あの夏が教えてくれた

アレン・エスケンス

ボーディはミズーリ州の田舎町で暮らす15歳の少年。父を亡くし母親と淋《さび》しい日々を送っている。高校に馴染めず、友達は一人もいない。静かすぎるその町で、最近大事件が起きた。町最大の企業〈ライク工業〉に勤める黒人女性が、不審な失踪を遂げたのだ。そんなとき、ボーディが慕う隣人ホークを保安官が訪ねてくる。女性は実はホークの知人で、ふたりのあいだには噂があったという。思いがけない事件が、ボーディの日常に不穏な影を落とす——。現実に悩みつつ、少年は鮮やかに成長する。『償《つぐな》いの雪が降る』の著者が贈る、心震える青春ミステリ！

登場人物

ボーディ・サンデン……聖イグナチオ高校の一年生。十五歳
エマ・サンデン……ボーディの母
ホーク・ガードナー……サンデン家の隣人
ジャーヴィス・ハルコム……聖イグナチオ高校の四年生
ビーフ……
ボブ……ジャーヴィスの仲間。ブーブ・ブラザーズ
ダイアナ・ジャクソン……聖イグナチオ高校の一年生
ウォリー・シュニッカー……乾式壁工事会社の社長
ジョージ・バウアー……ウォリーの友人
ライダ・ポー……失踪した女性。〈ライク工業〉社員
セシル・ハルコム……ジャーヴィスの父。〈ライク工業〉元工場長
マイロ・ハルコム……ジャーヴィスの叔父。ウォリーの会社の従業員
アンガス・ハルコム……マイロの息子。ジャーヴィスの従弟《いとこ》
トーマス・エルギン……サンデン家の向かいに引っ越してきた少年。十五歳
チャールズ・エルギン……トーマスの父。〈ライク工業〉新任工場長

ジェンナ・エルギン……………トーマスの母
マシュー・ヴォーン……………保安官
ディロン・ロイス………………州警邏隊《ステート・パトロール》の刑事

あの夏が教えてくれた

アレン・エスケンス
務台夏子訳

創元推理文庫

あの夏が教えてくれた

このすばらしい旅のわたしの相棒、愛する妻ジョエリーに本書を捧げます。また、わたしの両親、ビルとパットに、そして、わたしのきょうだい、デイヴ、ジョイス、ドン、ボブ、スーザンにも——この小説の場面のいくつかは、ミズーリ州の森での彼らの冒険が基になっています。またわたしは、娘のミケイラにお礼を言いたいと思います。二十八年いじくってきたこの物語を完成させるよう、背中を押してくれたのは彼女なのです。

著者の注記

わたしは本書、『あの夏が教えてくれた』を、偏見と人種差別という問題に関する自らの弱点をさぐるひとつの方法として、一九九一年に書きはじめました。その登場人物たちとプロットはわたしの意欲をそそりました。この小説を棚上げにしたのは、二十年、取り組んだ後のことです。執筆は時期尚早であり、わたしにはそれがわかったのです。その後、わたしは、自身の初のベストセラー、『償いの雪が降る』をはじめ、別の小説を五作、書きました。これらの執筆経験により、わたしは新たな興味と情熱をもって、再度、『あの夏が教えてくれた』に取り組むことができました。ついにこの小説を書けて、本当によかった。みなさんに楽しんでいただけますように。

第一章

ミズ・ライダ・ポーの失踪のことを知った日、わたしは十五歳だった。そのときのわたしにとって、彼女の名前はなんの意味もないものだったが、それを発音するときの舌の感覚が気に入って、わたしはその名を何度か小声で言ってみた。ライダ・ポー――面白いけれど、いかつい響きだ。その名の主《ぬし》は、酒場の店主か曲芸飛行士であるべきで――どう考えても、プラスチック工場で帳簿をつけている人じゃなかった。春の終わりのあの朝、彼女の失踪は時事問題の授業の一トピックにすぎず、あの日それ以外のすべてが崩壊しなかったら、この話は日々の雑事に取りまぎれ、わたしの頭から消えていたことだろう。

時事問題の授業になんの意味があるのか、わたしにはちゃんと理解できたためしがなかった。それはこんな具合に進行する。まず最初の三十分、ショー先生がその日の新聞を生徒たちに読ませ――自分がゴシップ誌をぱらぱらと繰《く》るあいだ、みんなを忙しくさせておく。その後、残りの三十分で、生徒たちはその日読んだものをテーマに話し合いをするわけだが、そのディスカッションは表層的で、深く掘り下げられることは決してないように思えた。たとえば、わたしはジミー・カーターという男が予備選挙で勝利を重ね、世間を驚かせているのを知っていたし、共和党の指名をめぐり、フォード大統領がロナルド・レーガンという俳優をねじ伏せるのに手一杯であることも知っていた。しかしそういったことが地元のＩＧＡ（アメリカのフランチャイズのスーパー・チェーン）での蕪《かぶ》の価格にどう関係してくるのか、わたしには説明できなかった。

ミズ・ポーはその日のトップニュースではなかった。それどころか、彼女の話は第三面に至ってようやく出てきたのだ。トップニュースとして第一面の大部分を占めていたのは、アメリカン・フリーダム・トレイン（一九七五～一九七六年にアメリカ合衆国建国二百周年を記念して運行された蒸気機関車の牽引する列車）、すなわち、わたしたち地元住民の言うところの〝二百周年列車〟の記事だった。この列車はその週ジェサップに停留しており、コールフィールド郡の各地から集められた学生たちが、建国二百周年祝典の密集行進に参加していた。それは、アポロ11号のカプセルがトラクタートレーラーの平台の上を駆け抜けて以来、ミズーリ州ジェサップで起きたもっとも大きな出来事なのだった。

フリーダム・トレインならもう実際に見ていたため、改めて記事を読むまでもないと思い、わたしは自分の横の開いた窓に視線を転じて、そよ風のなかに思考をさまよわせた。しばらくして気がつくと、わたしはお気に入りのオークの木の股《また》にすわって、ディクソンの池の水面《みなも》にきらめく午後の陽光を見つめていた。鼻孔は泥と水のにおいに満たされ、裸足《はだし》の足の裏には樹皮の感触があった。トンボがブンブンいう音、葦《あし》のなかで老いたカメがカサコソ動く音が聞こえる。学校生活のうちわたしがまあ我慢できると思う唯一の部分――白昼夢のなかに没入すると、安らぎがわたしを包み込んだ。

ディスカッションが失踪したあの女性のことに移ったとき、ショー先生の声の皮肉っぽさに教室へと引きもどされなかったら、わたしはベルが鳴るまでそのままぼうっとしていただろう。

ショー先生のあの口ぶりだと、聞く人はライダ・ポーが毎晩、ポーチの赤い照明の光のもと、前庭で裸で踊っていると思うにちがいない。「ライダ・ポーは」ショー先生は言った。「三十五歳。黒人で……離婚歴がありました」この〝離婚歴〟という一語からは、ミズ・ポーの苦難はすべてそのただひとつの最初の罪が起源なのだと誰もが信じ込むほどに、強烈な堕落のにおいがしていた。

記事にはミズ・ポーの離婚歴のことは書かれていなかった。ショー先生はこのとっておきの情報を自ら付け加えたのだ。それにその口調は、先生自身がライダ・ポーを知っていたことをにおわせていた。これは知り合いだったというより、おそらく先生が何かを耳にした誰かを知っている誰かを知っていたということだろう。当時、ジェサップの町は、毎日、道で知らない人とすれちがう程度には大きかったが、それと同時に、もし誰かが失踪すれば、誰もがそれについて何かしら知っていそうな規模でもあった。

新聞の記事は、ライダ・ポーが〈ライク工業〉の購買部で働いていたことに触れていた。ジェサップ最大の雇用主、〈ライク工業〉はプラスチック加工会社であり、サングラスから車のダッシュボードまでありとあらゆるものに部品を供給していた。どこの家の壁にでも掛かっているあのプラスチック製の電話機、虹の七色からどの色でも選べる長いコードのついたやつ――あれはミズーリ州ジェサップが発祥の地なのだ。ショー先生は以前、自分の夫は〈ライク〉に勤めていると言っていた。たぶんつながりはそこにあったんだろう。理由がなんであれ、先生はこの行方不明の女性のことがあんまり好きじゃないようだった。

ミズ・ライダ・ポーがなぜ消えたのかに関しては、記事にはほとんど情報がなかった。そこにはただ、誰かが家に行って彼女がいなくなっているのを知ったという事実が書かれているだけだった。それからもう二週間になるが、この女性を見かけた者はひとりもいないという。わたし個人としては、誰かがジェサップを出ていったとしても、少しも不思議に思わなかった。わたしにとって不可解なのは、なぜもっと多くの人が出ていかないのかだった。

わたしはふたたび窓に目を向け、ディクソンの池をもう一度、訪れようとした。ベルが鳴るまでそこにいられたらと思い、白昼夢の断片を呼び起こそうとしたが、それはすぐ消えてしまうロウソクの火のように明滅するばかりだった。ショー先生はつぎの記事に移ったが、ライダ・ポーの話はなぜかわたしを引きとめ、白昼夢に入り込む妨げとなっていた。ジェサップ脱出の暁には、僕は忘れずに置き手紙を残していこう——そう思ったことをわたしは覚えている。時事問題の授業で、自分の失踪の記事を高校生らに読まれるのはごめんだ。どうせ連中は関心を持ちゃしないだろうけれど。

＊

ベルが鳴ると、生徒たちが堤防をぶち破る濁流《だくりゅう》の勢いで各教室からあふれ出てきた。わたしは主階段をおりていき、青カビ色のロッカーがずらりと並ぶ廊下に出た。そこで自分のロッカーに午前の授業の教科書を放り込むと、黄色いノートをひっつかんで、ランチを食べに学食へと向かった。

わたしは昼休みが大嫌いだった。

他の生徒たちとちがって、食べ物の味は気にならなかった。だって、ホットドッグなんて、どうしたってそうまずくはならないじゃないか。そこは無関係。わたしが昼休みが嫌いなのは、自分に決まった席がないからだった。学食でのヒエラルキーにより、わたしはさまざまな派閥がそれぞれの席に落ち着くのを待ってから、自分の席を決めなくてはならない。この事実は、聖イグナチオ・カトリック高校に入ってそろそろ丸一年となるいまもなお、自分がよそ者のままであることを日々思い出させた。わたしは母に（心配をかけたくなかったから）新しい学校で友達ができたと言っていた。しかしそれが全部作り話であることは母も知っていたと思う。なぜなら母は友達の名前を決して訊かなかったし、こちらもそれを教えなかったのだから。

八学年の終わりまで、わたしは、森のなかの我が家にもう少し近いドライ・クリークの小さな郡立高校に通っていた。すべてが変わったのは、わたしがタバコを吸おうと決めたときだった。当時ＩＧＡではレジ前にタバコを置いていた。その場所は棒キャンディーやタブロイド誌のすぐ横で、一パック失敬するのは造作もなかった。ただ棚に背を向けて立ち、ポケットにこっそりタバコを入れるだけのことだ。店を出ると、わたしはそれを母さんに見つからないよう靴下のなかに移した。

帰宅して、母さんが買ったものをなかに運ぶのを手伝ったあと、わたしはディクソンの池のほとりの自分の木へと駆けていき、お気に入りの枝まで登って、初めてのタバコに火を点けた。それがすばらしい体験だったとは言えない。正直なところ、その日は一日、肺《はい》の半分を咳払《せきばら》いで吐き出したい気分だった。

わたしがタバコに手を出したのは、〈不良ども《ラウディーズ》〉と名乗り、放課後に喫煙する、ドライ・クリークのはみだし者のゆるいグループに入れてもらいたかったからだ。喫煙は、彼らの秘密の握手みたいなものだった。それによって彼らは他の生徒たちとちがうものになり、そのちがいが彼らに共通する何かを与える。彼らにとってそれは友情の土台となる最小公分母であり、わたしはタバコを知ることで自分もその一員になれると思ったのだった。

しかしわたしがこのグループに入り込もうとしていたまさにそのとき、わたしたちはつかまった。先生のひとりが、休み時間にわたしたちがこそこそと鉄橋に向かうところを目撃したのだ。騒ぎのほとぼりが冷めると、母はその秋、ジェサップ校ではなく聖イグナチオ校にわたしを入れることにした。わたし自身の知るかぎり、それまでわたしはカトリック教徒でさえなかったのに。聖イグナチオには不良どもはいなかった。少なくともドライ・クリークにいたような種類のは。聖イグナチオの不良どもは、カッコいい服を着て、車高を上げたトラックやカマロを乗り回し、わたしみたいな一年生を面白半分ぶちのめす、歯医者の息子や銀行員の息子たちなのだ。

わたしは聖イグナチオが大嫌いだった。

その日、わたしは学食に行き、列に並んでランチを買った。ホットドッグふたつ、ミルクふたつ、チップスひと袋――毎日変わらないわたしのランチだ。テーブルの列のいちばん端の空いていた席に飛びつくと、わたしは黄色いノートを開いて、自分が描いた――あるいは、描こうとしたロックバンドのロゴのページをつぎつぎとめくっていった。わたしには才能などなかった。みじんもだ。しかし何か描いていれば、やることがあるわけだから、一時間、向かい側の空席を見つめて過ごさなくてすむ。わたしはキッスのロゴとレーナードのロゴをたくさん描いていたが、その日はエアロスミスのロゴの翼を完璧に描くことに取り組んだ。ライダ・ポーの名をふたたび耳にしたとき、わたしはまさにその作業の最中だった。

それまで気づいていなかったが、わたしのうしろのテーブルには四年生のグループがすわっていた。ジャーヴィス・ハルコムと彼の子分、ビーフとボブだ。ビーフとボブは親戚ではないが、最初のイニシャルがふたりともBなので、下級生のほとんどが彼らをブーブ・ブラザーズと呼ぶようになっていた。思春期の空威張りから生まれたつまらない頭韻《とういん》。遠くでささやくことはできるが、ふたりのどちらかに聞こえるほど大きな声では絶対口にされないあだ名だ。

ブーブ・ブラザーズを従えていないジャーヴィスにはめったにお目にかかれなかった。ふたりは彼のジョークに声をあげて笑い、彼が何を言おうとたいてい賛成する。これぞ公認の人気者の特権。ジャーヴィスは、聖イグナチオから十何年かぶりに州大会に出場したレスリング選手なのだ。それに彼はプロムのキングにも選ばれていた――うちの学年のほとんどの子が、彼をいやなやつだと思っていたにもかかわらず。また彼は四輪駆動のトラックに乗っていたが、その車高は運転席に上がるために通常の踏板の下に追加のステップを溶接しなければならないほど、高くしてあった。

あの日までジャーヴィス・ハルコムはわたしがこの世に存在することも知らなかったにちがいない――わたし自身がその点をきっちりと正したわけだが。彼らの問題に首を突っ込む気などわたしにはなかった。しかしジャーヴィスがライダ・ポーの名を口にするのをひとたび聞いてしまうと、どうしても盗み聞きせずにはいられなかった。

「ライダ・ポーの一件が収まるまで待たないとな」ジャーヴィスがブーブ・ブラザーズに言った。

ビーフが言った。「おまえ、親父さんが俺を雇ってくれるって、言ってたろ。俺はもう、お袋に仕事もらえたって話しちまったんだがな」

「雇うさ。ただちょっと待たなきゃならないだけだ。ミネアポリスの阿呆どもがポーに何があったのか調べるために人を送り込もうとしてるから。そいつが消えるまで、うちの親父にはなんにもできないんだ」

「でも親父さんはボスだろ」ビーフが言った。「なんでやりたいようにやれないんだよ?」

「親父はここジェサップのボスにすぎないんだ」ジャーヴィスは言った。「みんな、ミネアポリス本社には従わなきゃならない。おまけにな、連中が送り込むその男……そいつはクロなんだ」

「嘘だろ」ビーフが言った。

「神に誓ってほんとだって、親父が言ってた」

ボブが言った。「どこを見ても、理由もなく出世させてもらってるのがいるんだよなあ。なんとかならんもんかね」

「いまに報《むく》いを受けるさ」ジャーヴィスが言った。「その点はまちがいない」

「俺たち自身で何かやるべきかもな」ボブが言った。「今夜、車でゴートヒルに行かないか」

ビーフが言った。「それはどうかなあ」

「また臆病風に吹かれたのか？」ボブが訊ねた。

「臆病風とは関係ない。その意味がわからないだけだよ」

「その意味はだな、俺たちがメッセージを送ってるってことだよ」ボブが言った。

「メッセージを送りたいなら、何もゴートヒルまで行くことはないぜ」ジャーヴィスが言った。「ここでもできるだろ。あの黒人のチビすけはどこにすわってる？」

わたしにはそれが誰のことなのかわかった。わたしと同じ一年生。全校唯一の黒人の生徒で、その子もやはりひとりでランチを食べている。歴史の授業では席がわたしの隣だが、言葉を交わした記憶はなかった。名前はダイアナ。母親が学食で働いており、そのおかげでダイアナは授業料がただなのだ――少なくとも、わたしはそう聞いていた。それに、なるほどとも思う。そうでなければ、彼女みたいな子が聖イグナチオに来るわけがない。

「ただおとなしく食べることにしないか」ビーフが言った。

「おいおい、ビーフ、軟弱なこと言うなよ」ジャーヴィスが言った。「何もあの子をぶん殴るとか、そういうことじゃないんだからさ」

「何をする気だよ？」ボブが訊ねた。

「俺は何もしない――おまえがやるんだ。おまえが……おまえが……俺のプディングを持ってって、彼女にぶっかけるんだ。うっかりやっちまったふりしてさ」

「よせよ、ジャーヴィス」ビーフが言った。「このド阿呆が本気にするからさ」

「俺は本気だぜ」ジャーヴィスが言った。「ボブは大口たたくけどな、ほんとに度胸があるかどうか見てみたいんだ」

「なんで俺なんだよ？　そっちが思いついたことだろ」

「おい、ボブ、おまえ、俺がやるべきことをやらないような男だって言いたいのか？」ジャーヴィスの声が低い唸《うな》りを帯び、学食内の空気を冷たくしたように思えた。「おまえが言ってるのはそういうことなのか、ボブ？　おまえはもっと利口だったような気がするが」

「いや、そうは言ってない」ボブは引きさがろうとしている。彼が答えたとき、その口調から、わたしにはそれがわかった。

ジャーヴィスはつづけた。「俺とおまえ、このふたりのあいだではな、証明すべきことがまだあるのはおまえのほうなんだよ」

壁の時計を見るふりをして、頭をめぐらせると、ジャーヴィスがチョコレート・プディングの深皿をすべらせ、ボブの前のトレイに載せるのが見えた。ビーフは小さく首を振りながら、自分のランチのトレイを見つめていた。

背後で悪だくみがとぐろを巻くさなか、わたしは学食全体に目を走らせ、監督係を見つけた。ブラザー・イヴァンとブラザー・バート。ふたりは部屋の向こう側で話し込んでいる。走っていって、ジャーヴィスの企《たくら》みをふたりに知らせようか――そう思ったが、わたしがそこに着くのは手遅れになってからだろう。こっちはただ事後に告げ口しているだけになってしまうし、それじゃダイアナにとってもわたし自身にとってもなんの益もない。

カトリックにからむ諸事のご多分に洩《も》れず、聖イグナチオ校の服装規定もまた女子より男子に寛容だった。われわれ男子はニットのズボンの着用を許されていた。襟《えり》さえあれば、色物のシャツもだ。一方、女子は白のブラウスと濃紺のズボン、もしくは、濃紺のスカートしか認められず、これももちろん膝丈《ひざたけ》のものと限られていた。わたしはダイアナに目をやり、その綺麗な白いブラウスがプディングでぐちゃぐちゃになったところを想像して、彼女がかわいそうになった。

「いいともさ」ボブが言った。

両肘《りょうひじ》を腹に埋め、椅子のなかに縮こまって、わたしは自分を踏み留まらせようとした――余計なまねはするなよ。僕には関係ないことだ。こっちは一年生なんだ。しかも弱いし、痩せっぽちときてる。相手は四年生なんだぞ。一年生はこんな局面に鼻を突っ込むもんじゃない。下手すりゃ鼻を折られちまう。こうなったのは、強いて言えば、ブラザー・バートとブラザー・イヴァンのせいだ。あの人たちの務めは、おしゃべりすることじゃなく、こういうトラブルに備えて見張りをすることなんだから。責任はあの人たちにある。僕じゃない。

だが、自分を説き伏せ、お節介をやめさせることは、どうしてもできなかった。情勢に目を向けると、選択肢はひとつしか見えなかった。もっと考える時間があったら、きっと怖気づいていたのだろうが。

椅子がキーッと床をすべる音がした。ボブが立ちあがったのだ。

馬鹿、馬鹿、馬鹿。頭のなかで同じ言葉が何度もやかましく鳴り響く。

ボブが歩きだし、わたしの背後から右側に出てきた。

馬鹿、馬鹿。

彼が通り過ぎようとしたとき、わたしは一方の足を蹴《け》り出し、彼の左足の踵《かかと》を蹴飛ばして、その足を彼の右膝の裏側へとたたきこんだ。

馬鹿！

ボブは手足を広げて、どっと倒れた。トレイと食器が大音響とともにタイルの床に落ち、その音が四方の壁から跳ね返ってきた——ボブの醜態《しゅうたい》に目という目を引き寄せるゴングの音だ。

わたしは息を止めた。いったい僕は何をしたんだ？

ボブは振り返ってわたしを見た。その顔は怒りで赤く煮えたぎり、頬とシャツには牛糞《ぎゅうふん》みたいなプディングの汚れがついていた。ビーフとボブとジャーヴィスがわたしをぶちのめす前に、ブラザー・イヴァンとブラザー・バートが争いに割って入った可能性もあったのだろうが、わたしはぐずぐずしてはいなかった。黄色いノートをひっつかむと、ただちに逃げだした。

「そのくそガキ、俺をすっ転ばせやがった！」ボブが叫んだ。

ジャーヴィスとビーフは一瞬、事態がのみこめなかったようだ。ふたりとも、猛スピードで通り過ぎていくわたしをつかまえようとはしなかった。二度目にどなったとき、ボブはただこう言った。「つかまえろ！」

その年、わたしは陸上部への入部を志願していた。これは母のすすめだ。何か課外活動をやれば、気がまぎれて、聖イグナチオにも耐えられるのではないかというのがその考えだった。しかしわたしは一日しか持たなかった。足が遅かったわけじゃない。足は速かったのだ。わたしが陸上をやめたのは、ジャーヴィス・ハルコムの同学年版、ブロック・ナンスというやつと、その子分どもの小集団に、体操着のとき他のみんなのような白のハイソックスではなく黒い靴下をはいていることをからかわれたからだ。連中はわたしを〝ヤボ天ボーディ《ボーディ・バンプキン》〟と呼んだ。流《は》行《や》ってほしくはないあだ名だ。だからわたしは部活に出るのをやめた。わざわざ他の少年たちと競走しなくても、自分の足が速いことくらいわかっていたし。

聖イグナチオ校の学食には中庭があった。屋外で食べたい生徒はそこで食べられるのだ。ジャーヴィスとビーフが椅子から立ちあがる前に、こちらはその中庭の半ばまで到達していた。めざしていたのは、芝生のほう、体育館の裏手に回る小道だ。自分のミスに気づいたとき、わたしはもう引き返せないところまで来ていた。左に曲がるべきときに、わたしは右に曲がってしまったのだ。左に行っていれば、その先は学校の本館で、そこには窓があり、先生たちがいて、助けが得られたろう。体育館には窓がない。もしその裏でジャーヴィスにつかまったら、わたしの悲鳴は誰の耳にも届かない。助けてくれる人はいないのだ。

わたしはギアを上げた。足は小道の固い土を激しく打ち据えている。振り返ってみると、ジャーヴィスの姿が迫っていた。我が校随一の重量級レスリング選手であり、オフェンシブ・タックルであるビーフは、巨漢にしては驚くほど駿足だったが、はるかに遅れをとっていた。前方には、マーチング・バンドがいつも練習を行う開けた場所がある。もしもそこに駆け出ていったら、わたしはヌーの赤んぼよろしく組みつかれてしまうだろう。唯一の望みは、体育館をぐるりと回って、なんとか学校の表側にもどり、ジャーヴィスにつかまる前に先生の誰かに気づいてもらうことだった。

体育館の壁にそって最初の角を曲がるとき、わたしの手はざらざらの煉瓦をかすめていた。アドレナリンが枯渇しつつあり、恐怖がそれに代わろうとしているのがわかった。走れ。もっと速く走るんだ。ペース配分なんか忘れろ——余力を残しておいたって、なんの意味もない。

もう少しでつぎの角というとき、ジャーヴィスの足音がさらに迫ってきた。ふたたび振り返ると、相手がまた三十フィート、距離を詰めているのがわかった。つかまる前に、学校の表側に到達するのは到底無理だ。

左方向にダッシュして、生徒用の駐車場をめざそうかとも思った。そこならば、連中があきらめるまで車のあいだを逃げ回れるだろう。だが相手はふたり、こっちはひとりだ。敵は罠を仕掛けることだってできる。学食の厨房の裏口のドアが目に入ったのは、万策尽きかけたときだった。生徒はそこに入ることを許されていなかったが、とにかくわたしはそのドアに飛びついた。

がっちり体型の女性がシンクの前に立って、山積みのプラスチック・トレイにホースの水をかけていた。転がり込んできたわたしを見ると、その顔に戸惑いの色が浮かんだ。わたしは両手を膝について背を丸め、なんとか嘔吐《おうと》をこらえながら、繰り返し大きく空気をのみこんだ。がみがみ言われるものと思っていたが、女性はわたしを追い出すそぶりをまったく見せなかった。

汚れた鍋《なべ》の山越しに学食のなかを見やると、ブラザー・バートとブラザー・イヴァンのふたりがどちらも持ち場を離れているのがわかった。たぶん体育館の裏に向かっているのだろう。持ち前の鋭い感覚で、ついに何かおかしいと気づいたわけだ。こっそり学食にもどろうか——わたしはそう思ったが、なかではボブがテーブルにもたれ、ナプキンの束でシャツについたプディングをぬぐい落としていた。学食内にはひとりも先生がいないのだから、そこに行くわけにはいかない。

そのとき、ジャーヴィスのリズミカルな靴の音が外で止まるのが聞こえた。そして数秒後、ビーフの靴の音も。彼は激しくあえいでおり、ゼイゼイというその呼吸音はドアのこちら側にまで届いた。シンクの女性は調理台の下の空いたスペースを指さした。彼女がうなずいて、そこに隠れろと合図したので、わたしはそれに従った。

膝を折って両脚を尻の下にたくしこむのと同時に、ジャーヴィスが厨房のドアを開けた。わたしの隠れ家からは、あの女性の靴が見えた。爪先に小穴がいくつも開《あ》いた茶色の革靴だ。彼女はせかせかと移動して、わたしの追っ手らの行く手をふさごうとしていた。「学生は厨房には入《はい》れないの」彼女は言った。

「人をさがしてるんだ」ジャーヴィスが言った。「ここにいると思うんだけど」

「学生は厨房には入《はい》れないの」女性は一語一語、力をこめて繰り返した。

「ちょっと見て回らせてよ」ジャーヴィスが言った。「一秒ですむからさ」

ジャーヴィスが無理やり女性の脇を通り抜けようとするのが見えた。彼を阻止すべく彼女の足が移動するのを、わたしは見守った。

「ねえ、あんた、いますぐこの厨房から出ていきな。さもないと、ブラザーたちの誰かにたのんで放り出してもらうからね」

「きみたち、何かあったのかな?」それは、よく響く低音のブラザー・バートの声だった。ラジオ番組や映画の予告編で聞く類《たぐい》の声。ジャーヴィスが厨房から出ていき、その背後でドアが閉まるのを、わたしは見守った。

数秒後、あの女性がわたしの隠れているところにやって来て、かがみこみ、顔をのぞかせた。

「もう出てきて大丈夫だよ」

わたしは隠れ家から這い出した。

「あんた、名前は?」

ちょっとためらった後、わたしは言った。「ボーディ・サンデン」

「ふうん、ボーディ・サンデン。わたしはミセス・レイセム、ここはわたしの厨房だよ。それじゃ、なぜあんたが勝てっこない喧嘩を始めたのか、話してくれない? その頭には石ころか何かが詰まってるの?」

「えーと、それって……」

「ちゃんと見ていたよ。あんた、あのでかいのをすっ転ばせたでしょ。いったいぜんたい何を考えてたわけ?」

「あいつがダイアナって子にプディングをぶっかけようとしてて、それで僕は――」

「ダイアナ・ジャクソン？　イヴリンの娘の？」

「たぶん」わたしはズボンから泥と古くなったフライドポテト一本を払い落とした。

「このことはラトガーズ校長の耳に入れとくよ」女性は言った。

「ううん、やめて、お願いだから。大事《おおごと》にしたくないんです。この学校にはこれからも通わなきゃならないんだし、チクリ屋と呼ばれるのは真っ平なんで。もうすんだことだしね。僕はただ授業に出て、このことは忘れたいんです」

女性は頬をへこませ、少しのあいだ考えていた。それから言った。「わかったよ。それがあんたの望みなら、わたしは何も言わない。でもベルが鳴るまでは、ここにいたほうがいいね。外は安全とは言えないから」

「ありがとう」

「それと、ボーディ」

「はい」

「覚えときなさい。向こうにしてみりゃ、この喧嘩はまだすんだことになってやしない。絶対にね。だからあんたは頭のうしろにもう一対、目をつけとくことだね」

「わかりました」

第二章

プディング騒動が起きたのは、金曜だった。わたしはちゃんと覚えている。ラスト三時限、ジャーヴィスとブーブ・ブラザーズをかわし切ったあと、これで土日を丸々使って、悲惨な第一学年の残りの数週間、連中を回避する作戦計画を練れると思ったのだから。しかし運命ってやつは人の計画など――たとえ、四年生にぶちのめされるというような生死にかかわる重要な局面であっても――二の次にしがちなものだ。

スクールバスは、我が家の前を通る行き止まりの坂道のてっぺんでわたしを降ろす。発車する際、バスは排気ガスの煙と石灰石の埃《ほこり》をもうもうと舞い上がらせ、それはこっちに漂ってきた。わたしは目を閉じ、息を止めて、その不快な雲を春風が吹き飛ばすまでじっと立っていた。ふたたび目を開けると、そこにはうちの前の道、フロッグ・ホロウ・ロードが放り出されたリボンよろしくねじれたりうねったりして、オザーク高原のなだらかな丘の腹をくねくねとのびていた。

わたしはスポーツバッグの持ち手を両手でつかむと、以前見たオリンピックのハンマー投げの選手のようにぐるりと一回転してバッグを、なかに入った代数とスペイン語の教科書ごと、思い切り遠くに投げ飛ばし、バッグが転がり、すべっていって、ゆるく敷かれた砂利のなかで停止するのを見守った。この二教科の両方でわたしは落第の瀬戸際にあり、その事実に対するいらだちは、なかなか教科書を開かない自分自身より、教科書自体にぶつけるほうがたやすかった。

わたしはぶらぶらと路肩に歩いていき、シーダー材の古い柱の上にのぼった。その丸太の杭《くい》は、わたしの胴回り《どうまわ》とほぼ同じ太さだったが、こっちはまだ十五歳の痩せっぽちの子供だったのだから、これは感心するほどのことでもない。柱の平らなてっぺんにサイズ一〇の靴を乗せ、五フィート八インチの細い体を柱の延長部のように精一杯伸ばして、わたしはその台座の上に立った。彼方には、オザークの丘陵が乱れたままのベッドに掛かったでこぼこのキルトのようにうねうねと広がっていた。まるで神様が通り過ぎしな、そこにポイと落としたみたいに、その土地は皺《しわ》だらけで、どこもかしこもよじれている。わたしは目の前に長くのびる曲がりくねった谷の曲線を目で追っていき、最後に八マイル先の給水塔のぼうっと霞《かす》んだ輪郭にたどり着いた。我が森の向こうにある文明の証に。

わたしはいつもその柵の支柱の上に立ち、何マイルもの樹木の広がりに囲まれて、王様の気分になったものだ。あの森の小道も池も小川も洞穴も、わたしは全部、知っていた。長い長い夏の日々は、その一帯をうろつきまわり、ひとりでできる遊びを編み出し、鉈《なた》を振るって道を切り開き、焚火台《たきび》や撚《よ》り糸で編んだハンモックまである凝《こ》ったキャンプ場をこしらえた。打ち捨てられた宝物をさがそうと岩場の泥を掘った挙句、見つかったのは泥だけということもあった。干からびた亀の甲羅で船を造り、ザリガニを船長にして小川に流したりもした。その森は、かつては絶対に離れたくないと思ったわたしの隠れ家だった。

ところが、初めて聖イグナチオ高校に足を踏み入れたそのころ、わたしの愛する森は変わりはじめ、山々は高くそびえる禍々《まがまが》しいもの――世界からわたしを切り離す壁と化した。わたしは町の風景と海のこと、ジェサップの外の世界の広さのことばかり考えるようになった。当初、胸の奥の小さな疼《うず》きだったものは、息ができなくなるほどのレベルにまで高じており、こうなったら町を出て、聖イグナチオ校から離れるしかないことがわたしにはわかっていた。必要なのは運転免許と車一台だけであり――このどちらについても、入手するための策はあった。

白昼夢に飽きると、わたしは杭から飛びおりて家に向かった。フロッグ・ホロウ・ロードは全長たったの半マイルで、そのうち最初の半分は左右どちらの側にもテントを張るほどの余地もない。左側はそそり立つ険しい崖、右側は深い谷へと落ち込んでいる。しかしちょうどまんなかあたりで、道は急カーブし、周囲の土地は何軒か家が建つ程度に平らになるのだ。

わたしはそのカーブを曲がった先の、左側の一軒目の家に住んでいた――母とわたしとうちの犬、レッドボーン・クーンハウンドのグローバーとで。名を成すために自分が出ていったあと、グローバーがそこにいて母をなぐさめてくれると思うと、安心だった。グローバーさえいれば、母さんは大丈夫だ――わたしは自分にそう言い聞かせた。でも、おそらくはユダも、あの銀貨をポケットに詰めたとき、これと同じ考えを抱いていたんじゃないだろうか？　母さんとグローバーが裏のポーチにすわっている姿をわたしは思い浮かべた。わたしの手紙――なぜ自分が発《た》たねばならないかを説明するやつを読むとき、母さんの手はあの犬の頭に置かれている。

想像のなかの母さんはそのとき、哀しげなほほえみを浮かべているが、心の奥底ではわたしにもわかっていた。ほほえみなどないし、忠犬から得られるなぐさめもない。母さんは泣くだろうし、その心は破れるだろう――またしても。そして今回、それはわたしのせいなのだ。そんな考えが襲ってくるたびに、わたしは説得力のない言い訳でそれを押しのけた。いずれこうなることが母さんにはわかっていたはずだ。子供は成長し、家を出る――たとえ十六歳でも。いつか母さんも理解してくれるだろう。わたしはその言い訳を真実を抑えつけるのに利用した。自分が出ていくことが母さんにどんな闇をもたらすか、わたしにはわかっていた。自分が去ったと知ったとき、母さんがどんな穴にもぐりこんでしまうか――それもわかっていた。だが、他に道があるとは思えなかった。

わたしはまた、自分が家を出ても母さんは完全にひとりぼっちになるわけじゃないと指摘して、良心をなだめた。うちの右隣にはホーク・ガードナーが住んでいる。その家はすぐそばだから、ときどき夜遅くに、彼のハイファイからジャズの調べが聞こえてくるほどだった。その音楽はわたしの寝室の窓へと這いのぼり、そこから忍び込んでくるのだ。それに、道のどんづまりには、乾式壁の会社を営む母のボス、ウォリー・シュニッカーもいた。わたしは別に母ひとりをあの森に置き去りにするわけじゃないのだ。

ウォリー・シュニッカーとホーク・ガードナーとわたしたち母子のうちの他に、フロッグ・ホロウ・ロードにある家はたった一軒、ディクソン邸だけだった。住む者もないその家は、道を隔《へだ》てた我が家の向かいにひっそりと立っていた。年月を経て、わたしはディクソン邸が空き家であることに慣れてしまった。夜、窓の外を見たとき、以前ティリー・ディクソンのポーチの明かりが輝いていたところに月の落とす影があることにも、手入れの行き届いた芝生だった庭が草ぼうぼうとなり、落ち葉が放置されていることにも。わたしたちはなおもその家をディクソン邸と呼んでいた。マティルダ・ディクソン（わたしたちにとってはティリー）が眠っているあいだに亡くなって、もう五年になるというのに。彼女が死んだ夜、その家は空っぽになり、以来そのままなのだった。

あの金曜日、わたしが我が家へと歩いていくとき、ディクソン邸はいつもと変わりなく見えた。道から引っ込んで立つその家は、上品なヴィクトリア様式の邸宅で、前面の端から端までつづく大きなポーチ、プラスチックなどなかった時代の木工の繊細な透かし模様が入った急傾斜する切妻、屋根の片端で家に城のような趣《おもむき》を添える小さな尖塔をそなえていた。それは二階屋だったのだが、わたしには常にもっとずっと大きく思えたものだ。

しかしあの日、さらにその屋敷に近づいたとき、きらりと光るものがわたしの目をとらえた。ヒマラヤ杉の木立の隙間に反射光が閃《ひらめ》いている。でも、林の向こうには反射するものなど何もないはずだ。道端で身をかがめ、木の間をのぞきこむと、屋敷の私道に何台かピックアップ・トラックが駐まっているのが見えた。わたしはトラックに目を据えたまま、道を進んでいき、気がつくと屋敷の真ん前に立っていた。屋敷のドアの網戸は開かれていて、男たちが垂れよけ布や梯子《はしご》やペンキのバケツを持って出たり入ったりしている。

ティリーの死後、わたしはときどき、修理屋のトラックが屋敷のちょっとした手入れのために立ち寄るのを見かけた。フィラデルフィアに住む、疎遠だったティリーの姪《めい》が費用を持つ修繕。しかしその日、わたしが見たものは手入れではなかった。それは本格的な改装だった。男たちは締め切りに追われているかのように、せかせか動き回っている。彼らは郡内の最高級の邸宅をさらに改善しようと懸命に働いているのだ。その屋敷はもともと、われわれ貧民から砂利道一本で隔てられた王族だというのに。

それにひきかえ、我が家のほうは農場の家風《ランチハウス》の小さな平屋、四角いだけのきわめてシンプルな造りなので、片側に簡易車庫がなかったら、めかしこんだ納屋に見えるところだった。長年、ろくに手入れもせずに住みつづけてきたため、その建物はがたがきていた。青い羽目板は色褪《いろあ》せて醜《みにく》い灰色に変わり、雨樋《あまどい》は堆積《たいせき》した枯れ葉の重みでたわみ、古くなった屋根板はでこぼこだった。父親の靴をはいてドタドタ歩く小さな子供のように、わたしはぶきっちょに一家の男の務めに取り組むようになり、ゆるんだネジを締めたり、切れたヒューズを交換したりと、自分にできる修理を行った。しかし経験を要する仕事――それらについては頭のなかのリストに書き込み、自分がまだ父に及ばないことを認めなくてすむように、奥のほうへとしまいこんだ。

道に立って二軒の家を交互に眺めていると、グローバーがのしのしとわたしを迎えに出てきた。目でさがすまでもなく、わたしの手は自然に彼の頭を見つけた。過去には、わたしがカーブを曲がるなり、この犬がまっしぐらに道を駆けのぼってきた時代もあった。グローバーに押し倒されずにすむサイズにまでわたしが成長したのは、四年生になってからだった。ところがこの一年のどこか——グローバーが九歳になったころに、その習慣はなくなり、彼は簡易車庫のなかでわたしを待つようになっていた。

グローバーをなでているとき、ホーク・ガードナーの家の網戸がパタンと閉まる音がして、彼がポーチに現れ、二脚置いてある椅子の一方にすわるのが見えた。わたしがうなずくと、彼は小さく手を振ってこれに応えた。作業員がひとり、ディクソン邸から出てきて、トラックの荷台を掘り返し、延長コードを手に屋敷へともどっていった。わたしはふたたびホークに目を向けた。彼は膝の上に分厚いノートを開いていた。道の向こうで起きていることなど気にもしていないようだ。彼は何か知っているにちがいない。そこでわたしは、グローバーを車庫に連れていき、彼の飲み水の容器をチェックしてから、ホークの家のポーチに向かった。

「やあ、ホーク」わたしはそう言って、二番目の揺り椅子に陣取った。

「やあ」彼は答えた。

髪はほぼ白髪のひょろ長い男、ホークには六十いくつという年齢が古いブーツみたいによくなじんでいた。彼はめったにほほえまないが、いざほほえむと、ホットココアみたいに人をあったかくすることができた。彼のそばにすわると、そこには本人が決して語らない彼の過去の一端が見られた。彼が歩くとき、その左腕は脇にだらんと垂れさがっている。そしてすわっているときは、濡れタオルよろしく膝の上に載っているのだ。また、彼の右のこめかみには指ほどの長さの傷跡が走っていて、それが薄い頭髪に不自然な分け目を作っていた。さらに彼には火傷《やけど》の跡もあった。両手の甲《こう》に広がったやつと、青白い前腕をくねくねのぼっていくやつだ。

最初のころ、彼は傷跡の話はしたくないとはっきり意思表示した。だからわたしたちはその話はしなかった。

わたしが揺り椅子に落ち着くと、ホークはノートを下に置いた。それからパイプを手に取って膝のあいだにはさみ、タバコのポーチを開けてなかの葉っぱを小指で火皿に詰めた。彼がパイプを詰め終え、マッチを擦《す》り、一服するまで、わたしは辛抱強く待っていた。彼のタバコのにおいが、わたしは好きだった。パイプの煙のにおいがするたびに、いまもわたしはホークのことを思う。もしも自由に選ぶことができるなら、わたしが思い出すのはそういうホーク・ガードナー——分厚いノートを膝に、パイプをくわえ、両足を手すりに乗せて、ポーチにすわっている彼だろう。だが人生はそういった選択肢を与えてくれるとはかぎらない。

「あれってどういうことなの？」道の向こうを指さして、わたしは訊ねた。

「ついにあの家が売れたのさ」

「嘘でしょ？」

「あの人たちは新しく来る一家のためにあちこち修理してるんだ。持ち主は来週にも入居するんじゃないかな」

「ほんとに？　その一家のこと、何か知ってる？」

「前に不動産屋が来ていたよ。エルギンという一家だそうだ。わたしが知っているのは、そんなところかね」

「きっと大家族だよね……あの家だもの……」

「それは聞いてない」

「少なくともふたりは子供がいるんじゃない？　どう思う？」

ホークはわたしを見て、小さな笑みを浮かべたが、なんとも言わなかった。どこか遠くのほう、カーブの向こうから、ガリガリと砂利を踏む音が聞こえてきた。長年の経験から、わたしはかなりよく砂利の音を聞き分けられるようになっており、今回のはおそらく乗用車か小さなピックアップ・トラックだろうと見当をつけた。

「ディクソン邸の二階には行ったことがないんだけど」わたしは言った。「上にはいくつ部屋があると思う？」

ホークは目を細め、小さくうなずきながら、窓の数を数えた。「そうだな……少なくとも四部屋はあるだろうね」

「それと、下の階の寝室だね」わたしは付け加えた。

ガリガリという砂利の音が近づいてきた。わたしたちはそろって頭をめぐらせ、視界に現れたその車に目を向けた。屋根に棒状の赤色灯が載った、長くて白いやつ。ドアにはコールフィールド郡保安官のエンブレムが入っている。保安官の車なんて、それまでフロッグ・ホロウでは見たことがなかった。わたしはホークの顔を見て反応をうかがったが、彼はただパイプを口から離して、タバコの薄い煙を吐き出しただけだった。

車の速度が落ち、のろのろ運転になった。車内の男が窓から顔を出し、わたしの家を観察しているのが見えた。いまにも停車しそうに速度を落としたとき、彼はポーチのわたしとホークに気づいた。男はそのままゆっくり車を進めて、わたしたちの真ん前で停止した。

「ホーク・ガードナーという人をさがしているんですが」保安官は言った。

「わたしがそのホーク・ガードナーです」ホークはパイプで自分の胸を指し示した。

車内の男はギアをパーキングに入れ、エンジンを切り、車から降りてきて、ほぼつるつるの頭に載せたカウボーイ・ハットを整えつつ、そこに立った。背が高く大柄で、頑丈な顎《あご》と赤い頬をそなえたその男は、マシュー・ヴォーンと名乗った。「あなたと少し話ができないかと思いましてね」

ホークは立ちあがり、ポーチの手すりに自分で打ちつけた金属製の灰皿にパイプを置いた。

「どうぞこちらへ」

ヴォーンはポーチに上がってきた。その目がホークとわたしを見比べている。「えー……」

彼はわたしを目で示した。「内密に話せませんかね」

「いいですとも」ホークは言った。「ボーディ、きょうはシュニッカーの倉庫の掃除に行かなくていいのかい？」

「あー、そうだね」わたしは言った。行くのはいやだったが、あとじさりしてポーチをおり、この訪問がどういう類のものなのか、少しでもヒントがないかと、最後にもう一度、保安官の顔を見やった。一方、ヴォーン保安官は石の仮面を介してじっとわたしを見ていた。

第三章

わたしは家に駆けもどり、勝手口の前でいったん止まってグローバーを車庫から出してやると、自分の部屋に飛んでいき、窓辺に寄って、盗み聞きすべく網戸に耳を押しつけた。うちには当時、エアコンがなかった。その代わり、母さんの部屋に古い窓用換気扇《ウィンド・ファン》が外向きに取り付けてあって、家じゅうの他の窓から空気を引き込むようになっていた。その風は肌に心地よかったが、別室のファンの音は（ほんのかすかではあるけれども）ホークの家のポーチから流れてくる声を踏み消してしまった。わたしは母さんの部屋へと走り、ファンを止めてからまた自室の窓のところにもどった。

わたしの部屋は道路に面しており、外に出ずにホークの家のポーチに接近するには、その窓辺にすわるのがいちばんだった。そこにいると、ぽつりぽつりと言葉が聞き取れた。だが会話の大部分は、わたしのもとに届く前に消えてしまう。わたしは息を止めた。それでなんとかなれば、と思ったのだが——無駄だった。だが、十五年待ってようやくこのフロッグ・ホロウで保安官の車を見られたのだ。ただ部屋にすわりこんでいて、隣で何が起きているのか見逃すなんて、絶対おことわりだった。

フェス・パーカー主演のテレビ・シリーズ、「ダニエル・ブーン」の再放送にはまって育ったわたしは、しばしば自分自身をかの伝説の男の――フェス・パーカーじゃなく、ダニエル・ブーン（アメリカの西部開拓者、探検家。一七三四～一八二〇）の――同類として考えていた。わたしは森のなかで何時間も動物を追跡して過ごした。つま先立って音もなく枯れ葉のなかを進み、ときにはスパイダークロールでもするように四つん這いにもなった。一度など、野生の七面鳥に、そいつが気づいて飛び立つ前に、至近距離まで近づいたこともある。だがそれまで、このスキルを人間相手に使ったことはなかった。わたしはそれを試す時がついに来たのだと思った。

わたしは車庫に駆けもどり、柵の手すりを乗り越えて、こっそり家の裏手に回った。角まで行くと、足を止めて向こうをのぞき、ホークもヴォーン保安官もこっちを見ていないのを確認した。ホークは保安官のほうを向き、ポーチの手すりに寄りかかっている。そして保安官はわたしからは見えない位置にいた。完璧だ。

うちのプロパンタンクは敷地境界線のすぐ手前、ホークの家の玄関からほんの三十フィートほどのところに設置されていた。そして、そのうしろに到達できれば、彼の家のポーチからの声はだいたい届くはずだった。わたしは四つん這いになって、庭の境目をそろそろと進んだ。何かの拍子にホークが振り返ったら、すぐに見つかってしまうところを。一インチ進むごとに、ポーチからの声はより鮮明に、より聴き取りやすくなった。

プロパンタンクの基部のまわりには枯れ葉が堆積していた。そこでわたしはその上に体を渡し、腕立て伏せの肘を伸ばしたときの姿勢になった。それから、用心深く、ゆっくりと体を下ろしたが、枯れ葉のパリパリ砕ける音は（私の耳には）クリスマス・プレゼントの包装紙を大急ぎで破るときの音以上に騒々しく響いた。平らな地面に身を伏せると、わたしは頭を傾《かたむ》けて、ホークのポーチのほうに一方の耳を向けた。呼吸が鎮《しず》まるまでに一、二秒かかったが、やがてふたりの男が話しているのが、はっきりと聞こえてきた。

「で、あんたのところで働いていたとき、ライダ・ポーはどんな仕事をしてたんだね？」

「会計、受付、ファイリング、別にむずかしいことじゃない。彼女の亡くなった父親とわたしは高校で一緒だった。それでわたしは大学出たての彼女を雇ったんだ。いわば、父親への好意だね。しかし彼女はよく働いてくれたよ」

「あんたはこのジェサップの高校に行ったのかね？」

「そう、ジェサップ高校だ」

「その事務所で、あんたたちはふたりきりだったそうだね——あんたとライダ・ポー。奥さんは気にしなかったのかな？」

ホークは答えなかった。

「あんたの奥さんが亡くなったのは、ほんの数カ月後のことじゃなかったかね？ あの……えー……あの事故は」

ヴォーンは、その非難の音色がプロパンタンクのうしろのわたしの隠れ家まで届くくらい、最後の一語にたっぷりと抑揚をつけていた。

「妙なあてこすりはやめてもらえんかな、保安官」

「これはあてこすりじゃない、単なる事実の叙述だよ。だがこれだけは言っておこう。あの一件であんたが刑務所行きにならなかったのには、驚いたね。わたしの友人が当時、コロンビア（ミズーリ州中央部の小都市、大学街）の警察に勤めてたんだがね、そいつもヘマをしたのを認めてるんだ。あんたを病院に連れてったあと、もっと調べるべきだったとな」

「それは彼らの問題だよ。わたしではなく」ホークが言った。

「なんの罪も問われなかったとはなあ」

「わたしがたのんだわけじゃない」

「ああ、そうだろうとも。だが、わたしの友人は噂もひとつ教えてくれたんだ。あんたとミス・ポーのことでそいつが耳にした話をな。黒人女が好みの男からすれば、彼女はなかなかいい女であるわけだし」

今度もホークは答えなかった。

「なんの話かわかってるだろう？」ヴォーンはつづけた。「深夜、一緒に働く孤独な男女。そりゃあいろいろ起こるだろうさ。わたしはどうとも言ってないぞ。ただ耳にしたことを話してるだけでね」

「わたしの前の仕事を思えば、警官どもがわたしに関する話をでっちあげても不思議はないんじゃないか？　しかしな、それはそれだけのもの――単なる話にすぎない。あまり重視しないことだな」

「いやあ、重視なんぞするもんかね。だが、確かに興味はそそられるね。もしかまわなければ、当事者から話を聞きたいんだが。あんたとライダ・ポーは男女の仲だったのかね？」

「彼女の年齢はわたしの半分なんだがな」

「だからこそ、じゃないかな」

「ライダはうちの事務所で働いていた――それがすべてだよ」

「偶然にしちゃいささか妙な気がするがね――彼女がコロンビアのあんたの事務所で働きはじめる。それからまもなく、あんたとライダのことが噂になり、その後……えー……あんたの奥さんがあんな死にかたを――あれはいつだったかな……六六年の五月か」

「そろそろお引き取り願えないかね、保安官」

「むろん法に触れるようなことは何もなかったんだろう。わたしはただ、自分が聞いた話を理解しようとしているだけだよ。あんたはひどい傷を負った。すると――パッ――ミス・ポーは若い男を見つけて、いきなり結婚。少なくともわたしはそう聞いている」

「ミズ・ポーの私生活は、わたしには関係ないことだ」

「あんたがここジェサップに越してきたのも同じころだな。こっちに移ったのは、だからなのかね？　女に振られたからなのか？」

「わたしはドライ・クリークで育ったんだ」

「だが、コロンビアではかなりいい暮らしをしてたそうじゃないか。ジャンジャン金を稼いでたんだろう？　森のなかに引っ込んで世捨て人みたいに暮らすために、それを全部放り出してきたってのか？　ただ、ここで育ったってだけの理由で？」

ホークの声が何音か低くなり、ゆっくりと不穏に流れ出てきた。「保安官、わたしがなぜジェサップに越してきたかは、あんたの知ったことじゃないよ」

保安官は精一杯がんばってこれに対抗した。「これは犯罪捜査なんだよ、ガードナーさん。わたしたちは大がかりな詐欺の話をしてるんだ。失踪した女、過去にあんたとかかわった女、あの大金を全部持って消えた女の話だ。だからな、申し訳ないが、これがわたしの知ったことかどうかは、自分で判断させてもらうよ」

「うちのポーチからいますぐ出てってくれ」ホークが言った。

その言葉にややひるんだとみえ、ヴォーン保安官の声に蜜《みつ》が加わった。「なあ、ホーク――ホークと呼ばせてもらっていいかね？　わたしはただ経緯《けいい》を追ってるだけなんだ。なんにもなかったとあんたが言うなら――そう、それで結構、なんにもなかったでよしとしよう。だがいくつか、解《げ》せないことがあるんだよ。たとえば、四年前、ライダの亭主が彼女を捨てて出てったとき、あの女はどうした？　あんたと同じく、ここジェサップに越してきただろう？　このことをあんたはどう説明するんだ？　亭主が彼女を捨てると――ジャジャーン！――ここに彼女が現れた。そしてここには、あんたもいる」

「わたしと彼女は知り合いだ――それだけだよ」

「だから彼女はジェサップに来たのかね？」

「それは本人に訊いてもらわないと」

「そうか。で、どこで彼女を見つけりゃいいんだ？」

「見当もつかない」

「最後に彼女にコンタクトしたのはいつだね？」

かなり長い沈黙の後、ホークは言った。「この町に来たとき、彼女はわたしに連絡してきた。一からやり直したい、と言ってね。〈ライク〉の購買部の仕事を紹介してくれそうな友人がいるが、自分は肌が黒いので雇ってもらえないんじゃないかと思う、だから保証人がほしい、とのことだった。それだけだよ」

「彼女みたいにいい女で……数字に強くて、男に弱いとなると……肌の色がどうあれ、〈ライク〉で雇ってもらうのがむずかしいとは思えないがな」

「もう一度言うがね、保安官、わたしは彼女の私生活のことは知らないんだ」

「彼女が年上の男——白人の男とつきあっていたとしたら？　そいつはあんたじゃないのか？」

「わたしが何か罪を犯したと言うのかね、保安官？」

「いや、そういうわけじゃない」

「わたしを逮捕するのか？」

「いいや」

「では、うちのポーチから出ていってもらえないかね……いますぐにだ」

「なあ、ガードナーさん」

「聞こえたろう、うちのポーチから出ていけ！」

ふたりの男はしばらく沈黙していた。それから、ドスンドスンという重たい足音がした。ヴォーン保安官がポーチからおりる音だ。

タンクのてっぺんから顔をのぞかせると、まだ手すりに寄りかかったままでいるホークのシャツの背中が見えた。そのシャツに目を据え、彼が振り返らないのを確認しつつ、わたしは四つん這いのまま、来た道を引き返した。それから、ホークの視界に入らないよう大急ぎで家の裏へと走り、車庫の手すりを乗り越えた。

　家のなかにもどると、母のウィンド・ファンをふたたび点け、自分の部屋に行って、通学服から仕事着に着替えた。ブルージーンズと、白いTシャツ、左右とも甲の部分が裂けている〈コンバース〉のスニーカー。支度ができると、またベッドの裾にすわって、窓枠に肘を乗せ、首や顔の汗を風に当てて冷ました。ヴォーン保安官はすでに立ち去り、ホークは揺り椅子にすわって、膝の上にふたたびノートを開いていた。パイプにももとどおり火を入れ、両足はポーチの木の手すりに乗せており、その姿はこのうえなく穏やかだった。

ホークはライダ・ポーと知り合いだったのだ。ふたりはどちらもコロンビアの住人で、ライダはホークのもとで働いていた……保安官は、いつと言っていたっけ？　六六年の五月？　十年前か。

　わたしは目を閉じて、ホークの家のなかに身を置いてみようとした。それは、何百回も行ったことがある場所だった。壁にどんな写真が掛かっていたか、あるいは、炉棚に彼がどこから来たのかを示唆《しさ》するような小物が何かなかったか、わたしは思い出そうとした。しかしそこに見えたのは、どんなガラクタ市にでも売っていそうな風景画、数点だけだった。わたしの心の目は、以前の人生のヒントとなるものを何も発見できなかった。写真も、記念品も、彼をその過去に結びつけられそうなものは何ひとつ。そしてわたしは、自分があの隣人についてほとんど何も知らないことに気づきはじめた。

ホークはわたしが五歳のとき、隣に越してきた。あれは、わたしの父が死んだのと同じ年だった。父の葬儀のことをわたしは覚えている。少なくとも、自分が小さな黒いネクタイをしていたことや、知らない人たちに抱き締められたことだけは。その年のクリスマスも、わたしは覚えている。みどり子のイエスに自分が捧げた祈りのことも、その祈りが母を泣かせたことも。しかしわたしには、父の死を知らされた記憶や、ホーク・ガードナーと初めて会ったときの記憶がまったくない。まるである朝、目覚めると、父の消えた世界があり、そこにホークがいたかのよう――まるで彼がずっとそばで暮らしていたかのようだった。

道の向こうで、建設作業員たちが道具類をトラックへと運びはじめた。終業時間が近づいているのだ。わたしはウォリー・シュニッカーのところに行って、倉庫の掃除をしなければならない――これもわたしが放課後にやる仕事のひとつだった。

通学服を洗濯籠《かご》に放り込むと、わたしはほんの二時間前までなかった影でいっぱいの世界へと出ていった。ホークはポーチでパイプをくゆらしており、通り過ぎしなわたしが手を振ると、笑顔でこれに応えた。そのほほえみをわたしは過去に千回も見ていたが、それが偽りに見えたのはこのときが初めてだった。

第四章

フロッグ・ホロウ・ロードは最終的に、砂利敷きの中庭風広場へと流れ込む。車回しとなっているその場所を取り囲むのは、三つの倉庫とウォリー・シュニッカーのファームハウス（農場の母屋風の家）。それらはみな、彼の一族がはるか昔から所有している土地に建てられていた。第一の倉庫、わたしたちが〝納屋〟と呼んでいるやつは、前述の広場に入っていくと、左手にある。時計で言えば、九時の方向だ。三つの倉庫のうちいちばん古いこの〝納屋〟には、ウォリーのフォークリフト、足場用の建枠《たてわく》の巨大な山、トラックの雑多な部品、古い道具、建設作業用の小間物――ウォリーが〝いつなんどき必要になるかわからんから〟取っておいたほうがいいとみなしたガラクタが収められている。

まっすぐ前方、十二時の方向には、ウォリーの家がある。この二階屋には、かつて家族が住んでおり、子供も三人いたのだが――そのうち成人するまで生き残ったのは、ウォリーだけだった。彼は独身農場主によくいるタイプ。その家の三代目の住人であり、こんなに岩だらけの土地じゃとても農場などやっていけない、と初めて認めた当主だった。農場経営をする代わりに、彼は乾式壁の会社を始めた。それはフルタイムの従業員が常時七名いる立派な会社で、夏が近づくと、さらに人が雇われ、そのひとりがわたしなのだった。

その夏は、わたしがウォリーのところで働く二年目の夏だった。強靭《きょうじん》な背中が求められ、特別な技術は一切いらない仕事なら、ほぼなんでもわたしはやった。学校のある期間中は、彼の倉庫の清掃だ。この仕事では、廃棄されたシートロック（石膏ボードの一種）の切れっ端で満杯のウォリーの一トン・トラックを彼の不法な投棄場所まで運転していかねばならない。わたしはその手動変速レバー車を運転する達人になっていた――投棄場所までの短い移動中、二速より上のギアを使うことは一度もないという事実に目をつぶるならば、だが。

前の年の夏、わたしはウォリーのところでほぼフルタイムで働き、週百ドルも稼いで、その大部分を家計の足しになるよう母さんに渡した。余った金は、〝ジェサップおさらば資金〟として取っておいた。これは森に埋めたコーヒーの缶のなかにしまってある札束で、わたしはそれまでにもう七百ドル近く貯めていた。

他のふたつの倉庫は大きくて色は黄色、時計盤の二時と五時の方角に立っていた。わたしたちはこのふたつを〝大倉庫〟〝中倉庫〟と呼んでいた。母が働いていたのは大倉庫、二時の方角のやつだ。この建物は四分の一が事務所になっていて、母はそこでウォリー・シュニッカーの帳簿付けだの納税手続きだのをしていた。その仕事を母さんは、父さんがウォリーのもとでボード貼りとして働いていたころ始めている。ちなみに、わたしたち小家族があの僻地《へきち》の袋小路に流れ着いたのは、父さんがウォリーの会社に勤めることになったからだ。

広場が近づくと、アンガス・ハルコムが彼の親父さんのピックアップ・トラックのテールゲートにすわっているのが見えた。アンガスはジャーヴィス・ハルコムの従弟《いとこ》で血のつながりがあるが、ジャーヴィスとは似ても似つかないやつだった。わたしがアンガスとうまが合い、ジャーヴィスを嫌いだったのは、だからだ。アンガスは〈ジッポ〉のライターを繰り返し太腿《ふともも》にたたきつけ、わたし自身何千回も見てきた、彼の親父さんのマイロがよくやっている技——振りおろして蓋《ふた》を開け、振りあげてローラーを回す術《じゅつ》を練習していた。カチカチッ。でもアンガスはうまくやれていなかった。蓋がその都度パタリと閉じてしまうのだ。カチカチッ。

わたしはテールゲートの彼の隣にすわり、「何してんの?」と訊ねた。

その日は金曜日——給料日なので、男たちは少し早めに仕事を切りあげて、大倉庫に集まり、軽くビールを飲みながら、母がいつも大急ぎで用意する給料の小切手を待っていた。アンガスはまだ(法律上は)飲める年齢じゃなかったが、シュニッカー社の常に変わらぬルールでは、働ける年齢の者は週の終わりにビールを一杯飲める年齢なのだった。

「親父の機嫌が悪くてさ」カチカチッ。

「そりゃめずらしいね」と返したかった。彼の親父さんは、自分の人生がどれほど悲惨なものであるか、言い立てるのが大好きなタイプだから。しかしわたしは自分の考えを濾過《ろか》してこう言った。「何があったの?」

「お袋がまた出てったんだ」カチカチッ。

わたしは思い返して勘定した。わたしの知るかぎりでは、アンガスの母さんが家出するのはそれが三度目だった。「心配ないよ」わたしは言った。「また帰ってくるさ」

「いやあ、今度はだめだね」アンガスは言った。その顎が一インチ下がって、胸に近づいた。

彼はライターを振るのをやめた。「荷物をまとめて行っちまったからな——何もかも持ってったんだよ。俺のことでお袋が親父に向かって叫んでいるのが聞こえたよ……あの子ももう十八だ、これ以上面倒を見る気はないってさ」

その言葉の冷たさに、呼吸が胸につかえた。アンガスは法律上、確かに成人なのだが、数年前に事故に遭い、以来ほんの少しズレていた。それはアンガスが十五のときのことで、わたしが聞いた話によると、彼はピックアップ・トラックの荷台から転落したらしい。運転者がふざけていきなりクラッチをつないだのがこの事故の原因であり、アンガスは石で頭を打った。その後、障害が残ったことから、ハルコム一族は彼が中退して、父親とともにボード貼りの仕事に出ることを認めたのだ。

ジャーヴィスとアンガスは同い年で、従兄弟《いとこ》というより兄弟みたいな感じだったが、件《くだん》のトラックのクラッチをいきなりつないだのは、実はそのジャーヴィスだ。ふたりはセシル・ハルコムの古いシボレーで一族の農場の釣り場に出かけた。そしてアンガスが釣り道具を取ってこようと荷台に飛び乗ったとき、ジャーヴィスはこう思った——ここでトラックをガクンと進ませ、従弟を驚かせたらきっとおもしろいぞ。結果、数年後の現在、ジャーヴィスが聖イグナチオ校をくそえらそうに闊歩《かっぽ》しているのに対し、アンガスのほうはオツムが足りなくて同じ学校に行くことができずにいる——というより、ハルコム一族はそう判定したのだった。

誤解しないでほしい。アンガスに、大声でわめくとか涎《よだれ》を垂らすとか、そういうことがあったわけじゃない。彼はめったにしゃべらなかったし、質問にはたいてい肩をすくめるか、ちょっと笑うかで応じていた。実のところ、彼が頭を打ったことを知らなければ、みんなアンガスは内気なのだと思うだけで、血の巡りが悪いとは思わなかったろう。他の男たちがいるときや、親父さんが見ているとき、彼が大人っぽく振る舞おうとしているのが、わたしにはわかった。だが彼らから離れると、そこには事故以前のあの少年が見えた。自分がアンガスと友達だったとまでは言わないが、まわりに誰もいないときは、わたしたちは仲よくやっていた。

カチカチッ。

広場の向こうの、大倉庫の横手の扉は開いており、わたしたちのすわっているところからは、なかでマイロ・ハルコムがジョークを飛ばしているのが聞こえた。轟《とどろ》くような彼の声が意地の悪いオチの数々をわたしたちのもとへ運んでくる。そのほとんどが、女の恐ろしさを揶揄《やゆ》するものだ。そして、ひとつオチを言い終えるたびに、彼は自ら馬鹿笑いするのだった。

カチカチッ。

マイロの声がいちばん高まるとき——母親に対する侮辱《ぶじょく》が最高潮に達するとき、アンガスが〈ジッポ〉を膝にたたきつける力は少し強くなるようだった。金色に光り輝くその〈ジッポ〉をわたしはそれまで見たことがなかった。アンガスはタバコを吸わないのだから、そもそも彼がライターを持っていること自体、わたしには奇妙に思えた。

「新しいライター?」わたしは訊ねた。

「親父のだよ」彼は言った。

カチカチッ。

アンガスが父親の新しいライターをそんなふうに膝にたたきつけているのは、まちがいなく反抗心に由来する行動だった。マイロは自分の持ち物に触られるのが大嫌いなのだ。前の夏、わたしは痛い目に遭ってそのことを学んでいた。その年、七月の四日ごろにアンガスがロケット花火をまとめ買いし、彼とわたしはそれを分け合って、広場でロケット花火合戦をやった。それぞれが車回しのエリアの片側に陣取り、二十ヤードほど距離を取って、お互いに撃ち合ったのだ。

アンガスはロケット花火に点火するのによい火付け木を——お香みたいな細い棒を一本、持っていた。わたしはそこらへんのトラックを漁って、平台の灰皿のなかにライターがあるのを見つけた。それはすり減った銀色のやつで、表面《おもてめん》に星空を泳いでいる女と思《おぼ》しき絵がついていた。わたしはシルエットだけのその女をしげしげと観察し、摩耗《まもう》のせいで判断はむずかしかったけれども、この女はおそらく裸だという結論に達した。わたしは自分の分のロケット花火を包みから取り出すと、すぐにつかめるよう目の前の地面に並べた。それからライターの蓋を開け、炎を噴出させ、アンガスに向かってロケット花火を撃ちはじめた。

マイロが現れるまで、その遊びは楽しかった。アンガスの一発の狙いがはずれ、わたしの横を通過していったのは、彼の親父さんが倉庫の角を回って現れたまさにその瞬間だった。ロケット花火はマイロの脚から跳ね返って地面の上で炸裂したが、彼を逆上させるにはそれだけで充分だった。

マイロは最初アンガスのほうに突進したが、わたしの手のライターを見ると、こっちにやって来た。その顔は大きくゆがみ、真っ赤になっていた。わたしの手からライターをひったくると、彼はどなった。「これはおまえのライターなのか？」

「いや」わたしはやっとのことでそれだけ言った。

「だよなあ。こいつは俺のもんだ。俺はこれを使っていいって言ったか？」

「いや」

「俺はおまえのうちに行って、おまえのものを盗ったりしない。だろ？」

「うん」わたしは言った。ライターは、彼のトラックじゃないトラックの平台にあったんだとは言わなかった。わたしはもっともっとなじられるものと思っていた――マイロってやつはいったん優位に立つと情け容赦のない男だから。しかしここで彼はアンガスのほうに行き、その頭を平手ではたいて息子を砂利の上に転ばせた。

「どうなってんだよ、いったい？　おまえってやつはときどき柵の杭並みに阿呆になるよなあ」マイロはアンガスの襟首をつかんで、地べたから引っ張りあげると、彼の半ズボンの尻を蹴飛ばした。「トラックに乗って、俺の帰り支度ができるまでそこにいろ――ラジオはつけるんじゃねえぞ」

カチカチッ。

マイロはなおもアンガスの母さんの家出をネタにジョークを繰り出しており、アンガスが〈ジッポ〉を膝にたたきつける力はますます強くなっていった。そのやりかたはひどく乱暴で、親父さんの新しいライターの蓋が取れてしまうのではないかと心配になるほどだった。これは、マイロに見つかれば、殴られることまちがいなしの所業だ。わたしはアンガスを落ち着かせ、母親をこきおろす父親の言葉から彼の気をそらせたかった。そこでわたしは言った。「きみの母さんのこと、残念だね」

アンガスは肩をすくめ、ほんの束の間、ライターを振るのをやめた。「こうなるのはわかってたよ」彼は言った。「ちょっと、行っちまってよかったと思ったりもする。親父と一緒に暮らすのは大変だからな。お袋にとっちゃこのほうがいいんだよ」

はっきり賛成するのも憚《はばか》られたので、わたしはただうなずいた。「きみは大丈夫？」

「親父はきのうの晩、残ってたウィスキーを飲み干しちまったからね」アンガスは言った。「そうひどいことにはなんないはずだよ。でも念のため、今週末は森のなかでキャンプして過ごすかも」

マイロの新たな下手なジョークと、その出来に不相応な大爆笑とが、わたしの注意を倉庫へと引きもどした。その事務所には、マイロから壁一枚で隔てられ、わたしの母がすわっているのだ。あのうるさい不平屋の声を聴きながら、母さんはどれほど身をこわばらせていることか。そう思うといたたまれず、わたしはアンガスに別れを告げて、事務所へと向かった。事務所には広場に出るドアと、もうひとつ、事務所と倉庫をつなぐドアがある。倉庫の大きな引き戸が開いているので、わたしは男たちに気づかれずにそこを通過できるという期待はほとんど抱《いだ》いていなかった。そしてもちろん、マイロはわたしに目を留めた。

「ボーディ！」大音声が轟いた。「こっちへ来いや」

わたしは足を止めた――安全な事務所の数フィート手前で。それから向きを変え、倉庫へと入っていった。なかでは男が四人、半円状に並べたバケツにすわっていた。見ると、マイロの足もとにはビールの空き瓶が五本あった。

「結婚なんて絶対すんなよ、ボーディ」回らぬ舌でマイロは言った。

わたしはなんとも答えなかった。

「みんな、一生離れないなんて言うだろ? ありえんね。俺は七十キロも痩せちまったよ。最高のダイエットだよなあ、こいつは」彼はわっと笑いを爆発させ、笑いながら、半円の他の男らに目を向けて、みんなが一緒に笑っているかどうか確かめた――彼らはちゃんと笑っていた。

むやみに腹のでかい、背の低い男、ウォリー・シュニッカーが事務所から出てきて、仲間に加わった。彼は丸々したその体を高さ四フィートのシートロックの山にひょいと乗せ、尻をもぞもぞうしろにずらして山の上にしっかり据えた。その腹は、跳ね回る半野生馬を御《ぎょ》すカウボーイのしそうなベルトの大きなバックルの上に突き出している。マイロは新たな観客を迎えたのを機に、またひとつジョークを飛ばした。

「ウォリー、サンドウィッチもまともに作れない女はなんて名前だと思う?」

ウォリーは肩をすくめた。

「離婚決まり!」ふたたびマイロは割れんばかりの声で笑った。

「なるほどね」ウォリーは形だけ笑ってみせながらつぶやいた。それからわたしに目を向けて言った。「ボーディ、向こうに行って、お母さんに手を貸してやったらどうだ?」

ウォリーはわたしを気遣い、マイロから引き離そうとしているのだ。そしてわたしはそのことに感謝した。昔からわたしはウォリーのそういうところが好きだった。ウォリーをよく知らない人は、彼は争いを避けている、気のない審判みたいにサイドラインの外側に突っ立っている、と思うかもしれない。だが、仲間内のちゃんと見る目がある者には、彼が何をしているかがわかるのだ。

ウォリーのこうした一面は、わたしの母に対する処遇にもっともよく表れていた。彼は母の前で悪態をつくことを禁じ、陰で母を悪く言う者がいれば厳しく叱責《しっせき》した。年齢は母より七つ上で、ふたりはほぼ毎日、小さな事務所の向こうとこっちで一緒に過ごしていたが、彼は決して母に言い寄ったりはしなかった。母を気遣うその姿勢にはなんとなく保護者的なものが感じられた――妹に目を配る兄のような。

わたしは事務所に行こうとして向きを変えたが、マイロは最後にもう一度、わたしに声をかけた。「待ちな、ボーディ。こいつを聞いてないだろ。自分のかみさんが癌《がん》だとわかるより悪いことはなんだと思う?」

マイロがオチを言いたくてうずうずしているのが目に見えていたので、わたしは肩をすくめることすらしなかった。

「それが治癒可能ってわかることさ」

わたしは唇《くちびる》を引き伸ばし、笑みの形にして、うなずいた。笑っているふりをしたのだが、マイロの目を見れば、見透かされていることはわかった。

わたしは事務所に入っていった。金曜日はいつもそうなのだが、室内では母がデスクに向かって頭をかがめ、計算機をたたき、帳簿に数字を記入していた。わたしの母は小柄な人で、デスクに向かって働いていると、肩をすぼめたその姿勢のせいで余計小さく見えた。そして、シユニッカー社に服装規定がないにもかかわらず、母は襟のあるシャツを（毎日）喉もとまでボタンをかけて着ていた。

「やあ、母さん」

「はあい」母は顔も上げなかった。「あなたのはまだできてないよ」

「いいよ」わたしはそう言って、ウォリーの席にすわった。母はいつもわたしの小切手をいちばんあとまわしにしたが、これは理にかなっていた。わたしには金曜の夜に行くところなどひとつもないのだから。

わたしはウォリーが雑誌を詰め込んでいる引き出しを開けて、彼のセレクションを漁った。「フィールド＆ストリーム」「スポーツ・イラストレイテッド」、それに二、三冊だが「銃と弾薬」まである。ウォリーはハンティングなどしないだろうし、そこまでスポーツ好きとも思えなかったけれど。それらの雑誌の下には「ピープル」が一冊あった。それがその引き出しのなかで、開いた形跡のある唯一の雑誌のようだった。

何か読むものがほしかったので、わたしはそれを取り出してウォリーの椅子に落ち着き、小切手がすべて切られるまで、無言で母とともに過ごした。それから、給料小切手を男たちに配ったが――どの男も頭のなかで計算をしているらしく、自分の小切手の金額を見ながらちょっと目を細めていた。

わたしが小切手を手渡すと、マイロはその数字を見て、薄笑いの形に口を歪《ゆが》めた。それから彼は、わたしにしか聞こえないくらい低い声で言った。「いまに見てな。じきにこの俺もやられっぱなしじゃなくなるぜ。この言葉を覚えとけよ、坊主」

第五章

樹木を迂回するときどちら側でも難なく通れるのに必ず決まった側を通って、鹿が森に道をつけるように、母とわたしにはわたしたちなりの習慣ができあがっていた。たとえば、平日、わたしたちは一緒に朝食を食べた。もっとも、本当に食事をともにしたとは言えないけれど。あれは、それぞれの世界に出ていく前に、互いのそばで過ごす十五分とでも言ったほうがいい。わたしたちは同じテーブルに着いて、同じ箱のシュガーレスのシリアルを食べた。冬場は、オートミールを食べることもあった。オートミールは母さんが作り、わたしは粉ミルクを溶いた。本当は、冷たいミルクが好みだったので、偽物のミルクは前夜に溶いておきたかったのだけれど。

しかし週末は、わたしたちは別々に食べた。母さんは裏のポーチでコーヒーをちびちび飲みながらトーストをかじり、わたしのほうは、ディクソンの池のオークの巨木へと(釣り竿《ざお》を片手に）向かう道々、何か手軽に食べられるものを腹に収めるのだ。だがあの土曜日は、いつものように食べ物をひっつかんで出かけたりはしなかった。わたしは回転盆からグラハム・クラッカーの箱を取り、冷蔵庫のインスタント・ミルクをコップに一杯作ると、裏のポーチに出て母さんと一緒にすわった。

うちの裏庭は格別おもしろいものじゃなかった。家から十歩ほどはゆるやかな下り勾配。庭はそこでわたしたち親子が南の森と呼ぶものにぶつかる。見渡すかぎりうねうねとつづくその樹木の密集地帯は、他の誰かの土地であって、わたしたちのものではない。ポーチは、ローンチェアを二脚置くのがやっとの広さで、わたしには憩《いこ》いの場というイメージはまるでなかった。これはおそらく、母が鳥のさえずりを聞き、リスのすばやい行き来を見ていたのに対し、わたしの目に見えたのは、ぐらぐらするポーチの手すりとか、ペンキを塗っていないせいで腐りはじめた床板など、修理すべき箇所ばかりだったからだろう。でもあの日はどうしても知りたいことがあったため、わたしは母さんのいるその場所に行った。

わたしは母さんの隣にすわったが、どちらも朝の挨拶はしなかった。母さんはそれほど無口だったのだ。また、母さんは顔も上げなかった。その目は、木のなかでさかんに身づくろいするカーディナルの雄鳥をじっと見つめたままだった。わたしは母さんと自分のあいだの沈黙を気づまりだと思ったことはなかった。それはいつもそこにあるものだったから、沈黙が消えたら、かえって変な感じがしただろう。わたしは綺麗に整備された母さんの静穏を蠟紙《ろうがみ》のガサガサいう音で破りつつ、グラハム・クラッカーの箱を開けた。

ティリー・ディクソンのかつての家で起きていることについて、母さんとわたしは前夜ちょっと話をしており、情報交換の結果、わたしがホークからつかんだ事実を、母のほうはウォリー・シュニッカーから聞いていたことがわかった。あの家は売られ、目下、新たな隣人のために修理が施されている——そういうことだ。わたしはヴォーン保安官がホークを訪ねてきたことを話そうかと思った。でも母さんはただでさえ神経質な人なのだから、このうえ心配の種を与えるなんてもってのほかだ。それに、自分が知ったことを話したら、わたしはどんな手でそれを知ったのか白状しなければならなくなる。ホークをスパイしたのがばれれば、わたしは外出禁止を食らい、森にもディクソンの池にも行けなくなってしまう。

　それでもなお、ホーク・ガードナーについて自分たちがほとんど何も知らないという事実は、気になってしかたなかった。ホークとヴォーン保安官とのやりとりを聞いたせいで、わたしは夜遅くまで眠れなかった。ホークは結婚していたのだ。でも過去の彼との会話のなかに、奥さんの存在をにおわすものなどひとつもなかった——ましてや、奥さんが亡くなっていたなんて。それに、コロンビアで彼はどういう仕事をしていたんだろう？　警官たちに恨まれるような仕事って？　ライダ・ポーの名前が新聞に出たとき、ホークが彼女と知り合いであることに触れなかったのは、なぜだろう？　それと、ヴォーン保安官が言っていた事故というのは？　そのせいでホークは片手が不自由になったんだろうか？

　わたしが音《ね》を上げたのは真夜中を過ぎてからだった。この件は母さんに訊いてみるしかない。ただし用心深くだ。そしてその朝、わたしが裏のポーチで母さんと一緒にすわったのは、そのためだった。

かつてわたしは、ホークの腕と火傷の痕のことを母さんに訊ねたことがあった。これに対し、母は何も知らないと答えた。その答えに満足できず、わたしはそれなら自分でホークに訊いてみると言った。すると母は厳しくわたしを叱り、そんなことは金輪際してはならないと命じた。だからわたしもそれだけはしなかった。

しかしその朝、わたしは別の方向から攻めてみることにし、クラッカーを箱半分食べ終えたところで、考えに考えて作った出来の悪い道を進みはじめた。

「マイロはきのう機嫌が悪かったよね」わたしは言った。

母はちょっと肩をすくめて言った。「彼はあの気の毒な奥さんをけなしまくるのをいつまでもやめないでしょうよ」

「アンガスにとってもすごいショックだろうね」

「ほんとにかわいそうにね」

「ホークにもそういうことがあったのかな」

この下手くそな方向転換に母は目を瞬《しばたた》き、たったいままちがった名前で呼ばれたかのようにわたしを見つめた。「いったいなんの話なの?」

「ホークが女の人と会ってるのとか見たことないもんね。前に奥さんがいたんだと思わない? それで……なんだろう……仲がまずくなったとかさ?」

「もしプライベートなことを知ってほしければ、ホークのほうからわたしたちに話してくれるんじゃないかしらね」

「たぶんね。だけど、僕たちって彼のことあんまり知らないよね」

こう言えば自然に話が進みだすと思っていたのだが、この発言を修辞的なものととらえたのだろう、母はただ肩をすくめて、例のカーディナルをまたさがしはじめた。

わたしはもうひと押ししてみた。「つまりさ、彼はずっと隣に住んでるわけでしょ？　えーと……もう十年くらい？　ここに来る前、何をしてたのか、母さんに話したことないの？」

母はこれについてしばらく考えていた。母の注意を引くあのカーディナルももうそこにはいなかった。「前に一度、以前はコロンビアに住んでたって言ってたわね。でも、そこで何をしてたのか話したことはないと思うよ」

「それって変だと思わない？」わたしは言った。「こんなに長いつきあいなのに、前に何をしていたのか、そこで何があったのか、一度も話したことがないなんて」

「人には自分のプライバシーを守る権利があるのよ、ボーディ。ホークはいい人だわ。彼にあれこれうるさく訊いちゃいけませんよ。わかったわね？」

その声に動揺や怒りの色はなかった——むしろ、まだ生じてもいないホークとわたしの言い合いにおいてホークの味方をしているという感じだ。埒《らち》が明かなそうなので、わたしはグラハム・クラッカーを食べてしまい、じゃあね、と言うと、途中、車庫の壁から釣り竿をつかみとって、いつものオークの木へと向かった。

ディクソンの池に通じるわたしの小道は、道路を渡った先、ホークの家の向かい側が出発点で、岩の層や低木や藪《やぶ》を迂回しつつ最高地点まで丘をくねくね登っていく。その頂《いただ》きで、森は開け、何年ものあいだ一頭の牛もいたことのない牧草地へと広がる。小道は急勾配のその原っぱを下るにつれてまっすぐになり、傾いたその木の根もとで終わるのだった。

幹回りのサイズがトラクターのタイヤにほぼ等しい斜めに生えたその木は、ティリー・ディクソンの牛の池の岸辺に立っており、傾斜度がごく小さいため、充分助走をつければ、手を使わずに駆けのぼることもできた。その幹は約十フィート上でふたつに分かれ、木の半分は天に向かい、もう半分は、まるで空と水のどちらをめざすかまだ決められずにいる若木みたいに池の上へと傾いていた。池に差し掛けられた木のその部分には、四リットル・バケツほどの太さの枝が一本あって、この枝は水面と平行に伸びていた。わたしは子供時代の多くの時間をこの枝の上で過ごした。

その木は長年、わたしにとっていろいろなものだった。幼いころの空想では、異教徒と戦うためのわたしの城であり、スペイン無敵艦隊に立ち向かう海賊船でもあり、また、ジャングルジムとブランコと空中ブランコが合体したものでもあった。そして成長するにつれ、それは神聖な場所——わたしの教会となった。その木の抱擁《ほうよう》のなかで、わたしは父の思い出のパッチワークを作り、ときおり父に話しかけた。父の応えは風に吹かれた木の葉の戦《そよ》ぎにすぎなかったけれど。わたしはあの木の枝々に抱かれて何時間も過ごした。すわって、考えて、待ちながら——何を待っているのか、わからないままに。

さざなみにぷかぷか弾む浮きを見つめること以外ほとんど何もしないでいるうちに、太陽はゆっくりと東の空を昇ってきた。正午前に釣れたのは、小さなブルーギル三匹だけだった。そこでわたしは計画を変更した。その春は季節はずれの暖かさだったので、そよ風だけでは暑さがしのげなくなったところで、下着を脱いで池に飛び込んだのだ。

ディクソンの池は、周の長さはシュニッカー社の広場とさして変わらず、深さのほうは、わたしが上に伸ばした手の指先を陽の光にちょっと当てたまま、つま先で水底に触れられるくらいだった。でもその水は冷たくて（わたしが身をくねらせて掻きまわすまでは、だが）澄んでいたし、土曜ののどかな朝の暇つぶしにこれに勝るものはない。

泳ぐのに飽きると、わたしは岸に上がり、あの木の幹に寄りかかって体を乾かした。陣取ったその場所は、グローバーが母の犬というよりわたしの犬だったころ、いつも居眠りしながらわたしを待っていた場所だった。

実を言うと、グローバーはそもそもわたしの犬になるはずじゃなかった。ホークがある日、ポーチで自分の隣にすわるお供にしようと考え、あの犬を――足ばかり大きい注意散漫でぶきっちょな子犬を自分ちに連れてきたのだ。当時六歳だったわたしに、その犬と遊ばないという選択肢はなかった。しばらくすると、ホークはわたしたちを引き離しておくに忍びなくなり、グローバーをわたしにくれた。グローバーがわたしの犬になるんだと母に告げられたとき、わたしは喚声をあげ、あの犬の首に抱きついて、泣きながら何度も何度も母にありがとうと言った。でも困ったことに、わたしにはホークにお礼を言った記憶がまったくない。

その日、木に寄りかかっていると、わたしの考えは、例によって、ジェサップ脱出計画へと吸い寄せられていった。聞いた話では、十六歳では賃貸契約はできないらしい。となると、住むところを確保するには、年齢をごまかさねばならないだろう。もしそれがだめだったら、ちょっとした森を見つけてテントを張り、どこか小さなアパートの部屋にうまくもぐりこめるまでそこで暮らすとしよう。金さえ見せれば、年齢に目をつぶるのを厭《いと》わない家主が、きっとどこかにいるはずだ。

しかしこの白昼夢はまもなくコースを変え、わたしはライダ・ポーのことを考えはじめた。彼女もわたしと同じような計画を抱いていたんだろうか？　なんとかやっていくために、人間の欲と現金という取り合わせをあてにしていたんだろうか？　どこかのひどいスラム街に身を潜めている彼女の姿が目に浮かんだ。生活苦にあえぐ同族のネズミたちの一匹にすぎないふりをしながら、その実、横領した金を靴下の引き出しに隠している女。

その空想が気に入らず、わたしは彼女をビーチに据えてみた。一ドルで一週間分の食料品が買える異国の地で暮らしているライダ・ポー。彼女は画家になっている。あるいは、トルコ石のジュエリーを作っているかだ。彼女にはロスコーという番犬がいて、危険が近づいたら、この犬が教えてくれる。こちらのイメージのほうがずっと好ましかったので、わたしはその空想のなかに留まり、濡れた体が太陽で乾くまでそうして木に寄りかかっていた。

＊

ようやく池からもどって森から出ていったとき、わたしはホークが自宅のポーチにすわって、赤い背表紙の分厚い黒いノートに何か書いているのを目にした。そういうノート、赤い背表紙の黒いやつは一冊だけじゃないはずだった。ホークにまつわるわたしの初期の記憶のなかでも、彼は膝にそのノートを載せて、よいほうの手の指のあいだから鉛筆を突き出させ、自らの想いをさらさらとしたためていたのだから。

何度か本人に、何を書いているのか訊いたこともあったが、彼は、幽霊を祓《はら》っているんだ、とか、まだ誰も問おうと思ったことのない問いに答えているんだ、などと曖昧《あいまい》に答えるばかりだった。幼かったわたしは、彼が何を言っているのか理解すべきだと感じつつ、やっぱり理解できなかったので、それ以上その件は追及しなかった。しかしもっと大きくなると、わたしにも、彼がそう答えたのはそのノートから話をそらすためだったのだと理解できるようになった。彼は自分の秘密を守りたいのだ。だからわたしはその気持ちを尊重した。

わたしが挨拶の手を振ると、彼はよいほうの手がふさがっているときの習いで、顎を軽くしゃくってみせた。道を渡っていくとき、わたしは、〈カーペットのアリステア〉と車体に書かれたトラックがディクソン邸の玄関のほうへバックで入っていくのを目にした。また、赤い大型車が一台、屋敷の私道に駐まっているのにも気づいた。絨毯《じゆうたん》屋の乗り物にしては、おしゃれな車だ。興味をそそられたわたしは、釣り竿を路肩に置くと、ホークのポーチへと向かい、そこに上がっていつものように第二の揺り椅子にすわった。

「釣れたかい?」ホークは訊ねた。

わたしに釣りを教えたのはホークだ。彼はキャスティングの技をわたしに伝授し、早すぎず遅すぎず、弧の頂点で親指を離すコツをわたしが覚えるまで、辛抱強く指導してくれた。一週間、うちの前庭で練習させたあと、彼はわたしをディクソンの池に腕試しに連れていった。自分が初めて釣った魚のことを、わたしはいまでも覚えている。体長十三インチのナマズ。ホークは、これはこの池の新記録になるんじゃないかと言った。わたしは得意でたまらず、その魚をガスと名づけた。もちろん、わたしたちはそいつを放してやった。ホークには、それを食おうなどと言おうものなら、わたしが動転することがわかっていたのだと思う。あの年、ホークが誕生日にくれたゼブコ二〇二を、わたしはいまも使っている。しかし、あの池でガスほど大きな魚を釣ったことはその後一度もなかった。

「ちっちゃなのが何匹か釣れただけ」わたしは言った。

ホークのポーチの床には、新聞が三紙あった。〈カンザスシティー・スター〉と〈ジェサップ・ジャーナル〉と〈コロンビア・ミズーリアン〉だが、ホークが自分の過去についてヴォーン保安官と話すのを聞いたあとなので、最後の一紙は新たな意味を帯びていた。わたしが行くといつもそうするように、ホークはノートを閉じて脇に置いた。それから〈ジャーナル〉を拾いあげ、いちばんうしろのページを開いて、やりかけのクロスワード・パズルのヒントのひとつに取り組みはじめた——まるで、ティリー・ディクソンの屋敷の私道にあるド派手な赤い車が〝こっちを見ろ〟と言っていないかのように。彼の頑固な落ち着きぶりにわたしは目玉をぐるりと回し、そこに来たそもそもの目的である質問をした。

「あそこに駐まってる車、誰のなの？」

ホークは顔も上げずに答えた。「あれはドナルド・リグビーという人の車だよ。彼はあの家を売った不動産屋でね、作業の進捗状況を確認しに来たんだ」

「その人と話したの？」

「ああ。いい人だよ」

「新しいご近所さんのこと、何か言っていた？」

「少しね」

「それで？」

ホークは左右の膝をくっつけて、にわか作りのテーブルにした。それから、不自由なほうの腕を重石にして新聞を折りたたみ、わたしに手渡した。「きみはきょうのトップ記事に興味を持つんじゃないかな」

わたしは第一面の見出しを読んだ――「〈ライク〉に新工場長来《きた》る」たいていの町では、工場の経営陣の入れ替わりなど見出しにはならないものだが、〈ライク工業〉はジェサップ随一の雇用主なのだ。実際、もしも〈ライク〉が干上がってしまったら、あの町がどの程度残存しえたのか、わたしにはわからない。

わたしは記事を読みはじめ、セシル・ハルコム――ジャーヴィスの父にして、過去十五年間、工場を切り盛りしてきた男――が、横領の証拠が出たことから、ミネアポリスの上層部によって降格されたことを知った。これらの文言は、ヴォーン保安官とホークとの会話をめぐるわたしの記憶を呼び覚ました。そう言えば、あの保安官はライダ・ポーと不正のことで何か言っていたっけ。

「この横領って……ライダ・ポーがらみなの？」

ホークが答えたとき、わたしはその目に悲しげな色を認めた。「わたしが言っていたのは、記事のその部分じゃないんだがね。そう確かに。それはライダ・ポーがらみだよ。彼女は〈ライク〉から金を盗んで出奔したと思われているんだ」

「ホークもそう思う？」

ホークは心を見透かそうとしているようにわたしを見つめた。その細めた目からわたしには、ライダ・ポーと知り合いであることを彼に認めさせようという自分の試みが失敗に終わったことがわかった。彼は椅子に背中をもたせかけた。「とにかくその記事を読んでごらん」

さらに先に進んで、わたしはミネアポリスからまもなく到着するチャールズ・エルギンという男が〈ライク工業〉の運営を引き継ぐという話を読んだ。記事を最後まで読みつづけたが、それ以外に人の名前は出てこなかった。

「チャールズ・エルギンって？　僕たちの新しいご近所さん？」

「そうだよ」

学食で耳にした会話を思い返し、わたしは訊ねた。「その人、黒人？」

「さあ、どうかな。なぜそんなことを訊くんだね？」

「学校でちょっと聞いたからさ」

「それが気になるのかい？　彼の肌の色が？」

「ううん。別に偏見とかはないよ」

ホークはシャツのポケットからパイプを抜き取り、左右の膝を合わせたところにきちっと据えると、タバコのポーチを取り出して、パイプに葉っぱを詰めはじめた。火皿がいっぱいになると、彼はポケットにポーチをもどし、パイプに火を入れ、大きく二度、煙を吐いてから、ふたたび口を開いた。

「そうなのかい？」彼は言った。

「そうって何が？」

「偏見はない？」

「ないよ、そんなの」わたしは言った。「肌の色が黒いってだけの理由で、人にちがう水飲み器を使わせるなんて、まちがってる。あの人たちがあんなふうなのは、自分じゃどうしようもないことなんだからね」

「で、〝あんなふう〟ってのは、どういうことなのかな？」

わたしは、ホークに説明するにはどう言うのがいちばんいいか、しばらく考えた。「つまりね、プロのフットボール・チームに黒人のクォーターバックがいないのにはちゃんと理由があるってことだよ。黒人は足が速いし、ブロックやなんかもうまいよね。でも、あの人たちは白人ほど頭が切れないでしょ。だからって、悪いやつらってわけじゃない。ただ、ちがうってだけなんだ」

わたしがべらべらしゃべるのをほとんど聴いてもいない様子で、ホークはパイプを吹かしながら、渦《うず》を巻いては消えていく煙にじっと目を据えていた。

「そうか、偏見がないってのは結構なことだね」彼は言った。

「ぜんぜんないさ。黒人だってその気になれば、白人と同じくらい立派な人間になれると思うよ」

「ふうん、同じくらいか？」ホークは左の眉《まゆ》を上げて、わたしを見た。

「そうとも。ほら、ボブ・ギブソンを見てよ。黒人だけど、すごいピッチャーじゃないか。あれがいい証拠だよ。黒人だってやればできるんだ」

「なるほどね」

ホークは別の一紙を拾いあげて開き、まるでそこにわたしがいないみたいにそれを読みはじめた。彼はいつもそんなふうだった。周囲の世界で起きていることになんの切迫感も覚えないようなのだ。仮にジェサップが一挙に崩壊する気になったとしても、ホーク・ガードナーにそのことに気づいてもらうには、彼が大事な新聞を読み終えるまで待たなくてはならないだろう。

わたしは手すりに両足を乗せて、ディクソン邸を見守った。薄いブルーのレジャースーツ姿の男がなかから出てきて、ホークに手を振ると、あの赤い車に乗り込んで走り去った。

「ああ、そうそう」ホークが言った。「さっきリグビーさんと話していたとき、彼がちょっと言ってたんだがね、チャールズ・エルギンはミネソタから家族も一緒に連れてくるそうだよ。奥さんと息子を」

「息子？」

「名前はトーマスだったかな。きみと同じ年だよ」

「同じ年？」

「リグビーによればね」

その瞬間、わたしの頭のなかでは何千もの考えがわめき立て、飛び回っていたが、わたしが言ったのはこれだけだった。「へええ」

第六章

月曜日はどう見ても最低な一日になりそうだった。暗い雲が丘の上空に低く広がり、霧雨とはいえ雨も降っていたので、わたしは道のてっぺんのバス乗り場に行くのに母の傘（黄色い水玉模様の入った赤いやつ）を持って出ねばならなかった。わたしが乗る場所はバスのルートの終点なので、わたしは毎朝、最初に乗り込むひとりであり、一日の終わりには最後に降りるひとりとなった。その朝、わたしはいつもすわるいちばんうしろの席に陣取り、座席を独占するために横向きになって両足をそこに乗せた。誰もわたしの隣にすわろうとしたことはないのだが、足をそこに乗せておけば、わたしがひとりでいるのは自分で選んだことのように見えるから。

同じバスに乗る子供のほとんどは、ジェサップのカトリック系小学校の生徒だった。実を言うと、バスに乗る他の子のうち聖イグナチオ校に行っているのは、二年生の双子の姉妹だけで、このふたりはわたしとは一切かかわろうとしなかった。わたしのほうもそれで結構だった——少なくとも、自分にはそう言っていた。そのバスに乗るようになった当初、この姉妹がわたしを会話に入れようとするんじゃないか、と思い、わたしは必ずふたりのすぐ前かうしろの席にすわるようにしていた。同年代の子は他にいないのだから、ふたりがいずれ誘惑に負け、車内唯一の高校生から情報を得ようとするのは当然のことのように思えた。そうはならないとわかると、わたしは最後列にすわって、その座席を独り占めし、バスの道すじの電信柱の本数を数えるというような、より重要なことで時間をつぶすようになった。

週末にわたしを襲った数々の気になる出来事のおかげで、わたしは例のプディング事件のことをほとんど忘れていた。ジャーヴィスとブーブ・ブラザーズのことがようやく頭に浮かんだのは、日曜日、もう寝るという段になってからだ。その不安は、心臓がドンドンとあばらを打つのがわかるほど、わたしの胸を締めつけた。

バスが学校に近づいていくとき、わたしはずっと外を見ていた。ジャーヴィスとその子分どもが降りるところで待ち伏せしてはいないだろうか？　大丈夫とわかると、一方の手に傘、もう一方の手にスポーツバッグを持ってバスを降り、学校まで半ブロック駆け足で進んだあと、伏兵がいないのを確かめるため最後にもう一度、入口で立ち止まった。

校舎に入ると、廊下は生徒らでいっぱいだった。半分眠っているやつもいれば、虻《あぶ》みたいに活発に動いているやつもいる。ジャーヴィスの姿は見当たらなかった。そこでわたしは奥に進んで階段をおり、連中がプディングの一件などもうすっかり忘れているよう期待しつつ、自分のロッカーへと向かった。

わたしは知り合いでもない背の高い子のうしろにつき、彼を盾《たて》にしてロッカーへと歩いていった。彼は数歩ごとに立ち止まって、誰かに〝やあ〟と挨拶したり、友達とバシッと平手を打ち合わせたりし、わたしはそのたびに横を向いて、ずっとそこに立っていた体《てい》でスポーツバッグのジッパーをいじくった。彼がふたたび動きだすと、わたしもあとにつづいた。そうやって、どうにか人に見られずにロッカーにたどり着き、すばやく教科書をなかに移して、母の傘をコートのフックに掛けた。ホームルームの教室に行こうとして向きを変えたとき、わたしは二十ヤード先にボブがいて、じっとこっちを見ているのに気づいた。その唇《くちびる》の端が上がり、〝しめた〟という笑いを形作った。

わたしは逆方向に走りだし、階段めがけてどたばたと人混みを駆け抜けていった。わたしのホームルームの教室は一階上だ。踊り場で向きを変えたとき、ボブが人のあいだを縫《ぬ》うように進んで、こっちに迫っているのが見えた。わたしはつぎの階段を二段抜かしで駆けあがった。

他の生徒らを右へ左へかわしながら、いちばん奥のホームルームの教室になんとかたどり着こうと、わたしは必死で廊下を進んだ。しかし途中ぴたりと足が止まった。ジャーヴィスとビーフが番兵よろしくそのドアの左右に立ち、わたしを待っていたのだ。うしろを振り返ると、ボブが階段のてっぺんに到達するのが見えた。彼は鋭くヒューッと口笛を吹き、その大きな音にジャーヴィスの頭が唐突にこっちを向いた。わたしたちの視線ががっちり合った。

わたしはさっとしゃがみこんだ――いくつもの脚が体にぶつかる。生徒らが左右に分かれてわたしをよけていき、いらだった無数の顔が声を出さずに悪態をつく。どこか教室に入らなくては。どの先生でもいいからなかで先生を見つけて、庇護《ひご》を求めなくては。わたしはいちばん近くのドアを開け、静寂のなかへと転がり込んだ。照明は点いていない。先生もいない。タイプライターの載ったデスクがずらりと並んでいるばかりだ。わたしは朝のホームルームに使われていない数少ない教室のひとつに飛び込んでしまったのだ。

ちくしょう!

飛び降りようかと思い、わたしは窓に駆け寄った――そこは二階で、下はコンクリートの歩道だけれど。ジャーヴィスにボコられるのと、どっちがましだろう? 連中が飛び降りたと思ってくれるよう祈りつつ、わたしは窓を開けた。それから、教室前方の教卓に駆け寄って、その下にすべりこみ、膝《ひざ》を胸にくっつけて丸くなった。

わたしがそこにもぐりこんだとたん、ドアがギーッと開き、声が聞こえてきた。

「ここに入ったはずだぜ」ボブが言う。「ずっと見てたんだ。やつは引き返してない」

革靴の音がのろのろと開いた窓に向かっていく。

「まさか飛び降りちゃいないよな」ビーフが言った。

「たまげたね」ボブが半分笑いながら言った。

「いや」ジャーヴィスが言った。「それはないんじゃないか」

ささやき声が聞こえ、つづいて、床板の上の砂を踏む音がした。連中が近づいてくる。わたしは呼吸音を漏らすまいと両手で口を覆った。一対の脚が教卓の前に見えたときは、息をすること自体、完全にやめた。なんとか策を考えようとしたものの、息を止めているせいで、頭はくらくらしはじめていた。と突然、教卓が床から離れ、うしろへとどかされた。その左右にひとりずつブーブ・ブラザーズが立っている。そしてわたしは丸くなったままジャーヴィスを見あげていた。

わたしはどたばた立ちあがったが、あわてるあまりバランスをくずし、教卓のなかへと逆もどりした。ボブはわたしの左に立って教室のドアをブロックしており、ビーフは右に立って窓をブロックしていた。ジャーヴィスは両手の親指を前ポケットにひっかけて、わたしの正面に立っていた。

「おまえ、ボーディっていうんだよな？」質問として、また、事実として、彼は言った。

わたしはうなずき、あたりを見回して自分の置かれた状況を確認した。背後の教卓を飛び越えさえすれば、大声で叫び、タイプライターを何台かひっくり返して、この場をひっかきまわしてやれる。しかしそうしたところで、生徒でいっぱいの廊下の喧騒に負けないほどの騒音を引き起こせるとは思えない。わたしはB案をさがしたが、そんなものはどこにも見当たらなかった。

脱出の手立てを考えていると、ジャーヴィスが一歩、進み出てきた。わたしは身をすくめた。

「落ち着けよ。何もしやしないから」彼は言った。

「ああ、そうだろうよ」わたしはそう言って、両手を拳にした。「でも、三人がかりじゃなきゃやれないぞ。見てろよ」

「まじめな話」ジャーヴィスは言った。「もし俺がおまえを懲《こ》らしめる気だったなら、おまえはいまそこに立ってないぜ。まだおまえが机のなかにいるうちにさんざん蹴《け》っ飛ばしてたさ」

わたしはビーフとボブを見やった。どちらもわたしに迫ってこようとはしない。「何が望みなんだよ？」

ジャーヴィスはうしろにさがって、黒板に寄りかかった。「なあ、あれは傑作だったよ……先週、おまえがボブにしたことはさ」

ビーフは小さな笑いを漏らしたが、おそらく自分が転んだことをおもしろがってはいないんだろう、ボブの表情は冷ややかなままだった。

「おまえはド阿呆か、すごく度胸があるかだな。その点に関して、俺たちの意見は割れてる。俺自身は、よっぽど度胸がなきゃあんなまねはできないと思ってるが、ここにいるボブは、おまえには自殺願望があるものと見てるんだ。おまえはどう思う、ビーフ？」

ビーフは、まるで自分の一票がわたしの運命を決するかのように、どう答えるか考えていた。

それから彼は言った。「度胸だな」

「まちがいない」ジャーヴィスは言った。「だってほら、こいつを見ろよ――拳を握って身構えてさ、俺たち三人全員を相手にする気みたいじゃないか。ふつうのチビなら、もういまごろパンツを濡らしてるぜ。そいつはもう下ろしたほうがいいんじゃないか」まだ握り締めたままだったわたしの両手を、彼は指さした。「何かのはずみで暴発するとまずいだろ」

わたしはゆっくりとウエストまで両手を下ろしたが、まだ拳は握ったままでいた。

「おまえは信じないかもな、ボーディ、でも俺はおまえのしたことに感心してるんだぜ」

ボブがふんと鼻を鳴らした。するとジャーヴィスが彼に鋭い視線を投げた。その顔がほんの一瞬、鬼のようになり、その後、笑みとともにわたしへともどった。

「きょうのランチは、一緒に食べてもらおうかと思ってるくらいだよ。俺たちにはおまえみたいなやつが必要だからな」

少し前、わたしはジャーヴィスと闘うという考えを受け入れかけていた。自分が負けること――こてんぱんにやられることはわかっていたが、そういう現実なら少なくとも理解はできる。だがこの感じのいいジャーヴィスには、全身がむずむずした。

「何が望みなんだよ?」わたしはまた言った。

「おいおい、俺たちと一緒はいやだってのか？　まあいいさ。ちょっと誘ってみようと思っただけだから。おまえはタフなやつに見える。ただそれだけのことだよ」

「僕とつきあいたいってのか……僕がこいつをつまずかせたから?」わたしは親指でボブを指し示した。「それじゃ、もし僕がこいつの顔をぶん殴ったら――そんときはどうする？　あんたのつぎの飲み会に招《よ》んでくれんのかな?」

ジャーヴィスとビーフは声を合わせて笑ったが、ボブは笑わなかった。

「ほらな?」ジャーヴィスが言った。「こいつは度胸があるって言ったろ」

どうやら無事にすみそうだという気がしてきて、わたしは訊ねた。「ぶちのめす気がないなら、あんたら、なんだって僕を追っかけてきたんだよ?」

「ひとつおまえに提案があるんだ」

「提案？」

「CORPS《コープス》の話、聞いたことあるか？」

鋭く尖《とが》った氷が背骨を駆け下っていった。CORPS――〈人種の純正と力の十字軍《クルセイダー・オブ・レイシャル・ピュアリティ・アンド・ストレンクス》〉。あの集団の話なら誰だって聞いている。ただしそれは、ささやかれる噂話、闇と銃と十字架でいっぱいの数々の逸話のなかでだ。ジャーヴィスの表情は、この会話が単なる噂をはるかに超えたものとなることをわたしに告げていた。

「彼らの話、聞いたことあるだろ？」ジャーヴィスがまた言った。

「うん」

「そうだな、CORPSがおまえの手を借りたがってるとだけ言っておこうか。もしかすると、彼らはおまえをメンバーにしたいのかもしれない。おまえ、そのことをどう思う？」

「なんでCORPSが僕のことなんか気にすんだよ？」向かっていると思《おぼ》しき方向から話をそらそうとして、わたしは言った。「こんなつまんないやつのことなんかさ」

予鈴が鳴った。ホームルームへ向かえという生徒らへの合図だ。ジャーヴィスが時計に目をやった。「本題に入ろう。最近、おまえんちの近所に新しい住人が引っ越してきたよな？」

「新しい住人？」

「エルギンっていう一家さ」

心をざわつかせるこの話の転換に、わたしは驚きを隠せなかった。

「そうとも、われわれはやつらのことをすっかり知ってるんだ」ジャーヴィスが言った。

ジャーヴィスが自分のうっかりミスに気づいたのかどうか、わたしにはわからなかったが、〝彼らCORPS〟は、〝われわれCORPS〟になっていた。

「で、おまえはたまたま協力できる立場にあるわけだ」彼は言った
「その人たちはまだ越してきてないよ」その点が重要であるかのように、わたしは言った。

「いまに越してくるさ。そこでおまえの出番となる。おまえはまあ、斥候《せっこう》みたいなもんだな。目を開き、耳をすませていてくれ」

「その人たちをスパイしろってこと?」わたしは訊ねた。

「スパイってわけじゃない。ただ……わかるだろ。注意しててほしいんだ。やつらがうちにいるとかいないとか、そんなことに。俺の親父、セシルのことや、〈ライク〉の工場のことで何か耳にしたら、俺たちに知らせてくれ」ジャーヴィスはすぐそばまで近づいてきて、わたしの肩に手をかけた。「俺の従弟《いとこ》のアンガスが、おまえはたよりになる、信頼できるやつだって言ってたよ。それはほんとなのか?」

わたしは肩をすくめた。「まあね」

「俺と俺の仲間たち——俺たちはいつも、おまえみたいなたよりになるやつをさがしてるんだ。もしアンガスの言うとおりなら——もしおまえが俺たちの期待に応えるなら——そうだな、おまえはこのうえなくいい仲間を得ることになる」

ここでボブが口を開いた。「それとな、忘れんじゃねえぞ。約束はきっちり守れよ。もしこ

の俺に決定権があったら――」

ジャーヴィスがふたたび彼をひとにらみし、ボブは口を閉じた。

「この件には多くがかかっているんだ、ボーディ。大勢の人間が注目してる。怒らせないほうがいい連中がさ。どういう意味かわかるだろ。われわれは、あの黒人のくそ野郎をミネソタに送り返さなきゃならない。やつに何もかもぶっ壊されて、工場が完全に閉鎖されちまう前にだ。この町にはあの工場が必要だし、あそこをちゃんと回してけるのはうちの親父だけだからな」

ボブの背後でドアの掛け金がカチリと鳴って、わたしを死ぬほど驚かせ、全員を振り返らせた。おそらく聖イグナチオ校最年長の尼僧であろうシスター・タシーラが、両手に紙の山をかかえて教室に入ってきた。シスターは足を止め、しゃべりだす前に唇を舐《な》めた。

「こんなところにいちゃだめでしょう」彼女は言った。一生懸命どなろうとしているにもかかわらず、その声は聞こえるか聞こえないかの大きさだった。「予鈴が聞こえなかったんですか？　それに誰です？　わたしの机を動かしたのは？」

わたしは床から教科書を拾いあげ、ボブの脇を大急ぎで駆け抜けた。彼はこちらに背を向けて、シスター・タシーラのほうを向いていたのだ。通り過ぎしなシスターに黙礼すると、わたしは廊下に飛び出して、ホームルームの教室に駆け込み、本鈴が鳴るのと同時に席に着いた。

第七章

わたしはジャーヴィスとランチをともにしなかった。早々に学食に飛んでいったため、わたしがホットドッグを買っているとき、ジャーヴィスとブーブ・ブラザーズはまだ列の後方にいた。その後、わたしは彼らに気づいていないふりをして、屋外の中庭に向かった。こうして公然と反抗したのだから、つぎにジャーヴィスと廊下ですれちがうときは少なくとも腕にパンチくらいは食らうものと覚悟も決めていた。ところが、六限目の授業に向かう途中その姿を見かけたとき、彼はまるでふたりのあいだに何か共謀者の絆みたいなものがあるかのように気色悪いウィンクをしてきた。そのとき初めて、わたしは気づいた――彼はあのタイピングの教室でわたしたちが合意に達したと思い込んでいるのだ。そしてわたしの見るかぎり、彼にそう誤解させておくことにはなんの害もなさそうだった。

正午ごろに空は晴れ、その午後、帰りのバスを降りたときには、ひどく高くなった湿気が地面から立ちのぼっていて、首も背中も胸も汗でびしょびしょになった。わたしはシャツのボタンを全部はずし、母の傘を、柄《え》にスポーツバッグをひっかけて、放浪者の杖みたいに肩に担いだ。

道のカーブが近づくと、ヒマラヤ杉の木立の隙間に何か大きくて白いものの輪郭がちらつきはじめた。カーブを曲がったとき、わたしはティリーの屋敷の私道にトラックが一台、駐まっているのを認めた。それは白いトラックで、サイドに大きな赤い文字で〈引っ越しと倉庫のファリス〉と書かれていた。

新しい隣人が到着したのだ。

トラックの後部からは傾斜板が下ろされており、前庭には大きめの家具数点と荷物の箱が少しずつ積み上げられ、整然と置かれていた。引っ越し業者たちは、ティリーがまだ車の運転ができたころ車庫として使っていた納屋のそばに、トレイラーに載ったゴルフカートを駐めており、その後部にはゴルフのクラブが三セット、ストラップで留められていた。カートの隣には、バーベキューグリルが置いてあった。ボタンを押して点火するガス式のやつだ。道のそばの、わたしからほんの数フィートのところには、乗用芝刈り機と並んで、光り輝く自転車が三台、キックスタンドで立てられていた。

わたしは向かいの地所のすぐ手前まで歩いていき、それらの自転車をよく見るためにしゃがみこんだ——十段変速、なめらかできらきらしていて、埃《ほこり》ひとつ付いていない。わたし自身の自転車は、無変速のグリーンの〈シュウィン〉で、タイヤがへこんだ状態のままうちの車庫の正面のフックに掛けてある。高い位置についたハンドル、バナナ・シート、高さ二フィートの女の子っぽいトップチューブを備えたそれは、わたしの八歳の誕生日に母がガラクタ市で買ってくれた子供用のやつだった。

口をあんぐり開けて立ち、それら十段変速自転車のひとつの、後輪に層を成すスプロケットを数えていると、大柄な黒人男性が家から出てきて、引っ越し用トラックの傾斜板に歩み寄った。分厚い眼鏡の奥の目が眠たげな、頬骨の高いその顔は柔和《にゅうわ》だった。彼は大きな手の持ち主で、足を止めてトラックの後部をのぞきこんだときは、仏陀《ぶつだ》みたいな腹をその手でさすっていた。一見、三十代半ばに見えたが、鬢《びん》のあたりの白髪によってこの推定年齢は四十過ぎへと上がった。

彼はショートパンツをはいて、黒い革のベルトを締めていた。これは家具を運ぶのにふさわしい服装とは言えない。それからわたしは気づいた。いま自分が見ているのは、新しい隣人、チャールズ・エルギンなのだ。認めよう――彼があの古いヴィクトリア様式の邸宅に自分の荷を運び込んでいるのを見て、わたしはなんとなく違和感を覚えた。それはまるで誰かがギターを調子っぱずれに奏でているようだった。誤解しないでほしい――ジェサップにだってそれなりに黒人はいた。でも彼らの大半は、ゴートヒルというもっと古い地区、町の北側の石壁の家が密集する一帯に住んでいたのだ。

ミスター・エルギンは傾斜板を上がっていき、しばらくの後、革張りのオフィス・チェアをかかえて下りてきた。彼はポーチで足を止めてひと息入れ、そのあいだに、〈ファリス〉のロゴ入りの赤いTシャツを着た若い白人男がふたり家から出てきて、トラックの傾斜板をトントンと駆けあがっていった。ふたたび椅子を持ちあげようとしたとき、エルギンはわたしに気づいた。彼はそこに立ったまま、凝《こ》りをほぐすように肩を縮め、それからわたしに手を振った。わたしは手を振り返した。この人の庭の端に立って自転車をうらやんでいることが、急に変な気がしてきた。

ディクソン邸の窓に目を走らせながら、わたしは自宅の私道へとあとじさりしていった。ホークの言っていた男の子のいる気配がどこかにないかと思ったのだが、反射する陽光以外、見えるものは何もなかった。道の自宅側に着いたとき、わたしはグローバーの鼻が脚に触れるのを感じ、彼をちゃんと愛撫《あいぶ》するために地面に膝をついた。その耳を両手でぴったり押さえ、頭のてっぺんにキスし――そうするあいだもずっとわたしは新しい隣人がドアから椅子を入れようと格闘するのを見守っていた。

疑問が湧いたときよくやるように、わたしはホークの家に目を向けた。すると彼がポーチにすわっているのが見えた。わたしにも引っ越しトラックにもまったく注意を払わずに、ホークは膝のノートに集中していた。グローバーの頭をもう少し掻いてやってから、わたしは彼の毛布がある車庫の奥の暗がりに犬を連れていき、その後、ホークの家に向かった。

ホークはまたあの赤い背表紙の黒いノートの一冊に何か書いていた。わたしの姿を見ると、彼は自分の考えから抜け出してノートを脇に置いた。わたしは彼の隣の揺り椅子にすわった。

「きょうがその日なんだね」わたしは引っ越しトラックを目で示して言った。

「そうらしいね」

「もうあの人たちと話しに行った？」

「さっきちょっと寄って、手を貸そうかと言ってみたよ」ホークには使える手が一本しかないことから、これは冗談なのかもしれないと思った。しかし相手がホークとなると、わたしにはほんとのところがわかったためしがなかった。

ミスター・エルギンが家から出てきて、トラックの後部の前で足を止め、白いハンカチで顔をぬぐった。彼は指で何かを指し示し、引っ越し業者のひとりに指示を与えたが、何を言ったのかは聞き取れなかった。

「家族の人たちにも会った？」わたしは訊ねた。

「ご家族はまだ来てないんだよ。息子さんが学年度の終わりまでいまいる学校に通うから、奥さんはその子と一緒にまだミネソタにいるんだ」

車が道を下りてくるのが聞こえ、またあの保安官じゃないかと思って、わたしはカーブに注目した。それがピックアップ・トラックに乗ったマイロ・ハルコムだとわかったときは、かすかな失望を覚えた。ディクソン邸に近づくと、彼は減速してのろのろと進みだし、引っ越し業者たちを一心に見つめた。彼らに集中しきっているため、ポーチにすわっているわたしとホークには気づきもしないほどだった。これに対して、アンガスのほうはわたしに手を振った。

マイロを見たせいで、わたしの頭にはジャーヴィスとの会話の記憶が呼び覚まされた。彼はわたしにCORPSの話をしていたっけ。それは超極秘グループとされているが、わたしはアンガスから聞いて彼らのことを知っていた。アンガスは彼らの話などしちゃいけなかったのだろうし、実際、多くを語ったわけではないが、一度、彼は口をすべらせ、CORPSの集会に参加したと漏らしたのだ。そこで彼らはビールを飲み、銃を撃ち、やがて起こる大きな闘いについて語り合っていたという。

彼らの活動がひどく不吉に思えたのは、この最後の部分、闘いに関する話のせいだった。アンガスはその闘いのことを起こりうるものとして語ったのではない。彼にとってそれは確実に起こるものなのだった。「アルマゲドンとおんなじくらい確かさ」彼は言った。「単なる時間の問題だよ」

「ねえ、ホーク、CORPSの話って聞いたことある?」わたしは訊ねた。

わたしの質問は、たぶんちょっと唐突だったんだろう、ホークの注意をとらえた。彼は椅子のなかで向きを変え、重々しい表情になって、わたしにまっすぐ顔を向けた。「きみはCORPSについて何を知っているんだい?」彼は訊ねた。ホークにはわたしの質問に別の質問で答えるという癖《くせ》があった。そういうときの彼は、実にいらだたしいやつとなる。わたしは言った。

「学校で他の子がその話をしてるのを聞いたんだ。それだけだよ」

「CORPSには絶対にかかわっちゃいけないよ」ホークは言った。

「でも、それってなんなの? その人たち、何をしてんの?」

「あれは単なるチンピラ集団だ。救いようのないド阿呆どもで――」彼は口をつぐみ、もとどおり椅子にもたれた。その目はディクソン邸に家具を運び込んでいる男たちを見つめていた。彼が言うべきことをもう全部言ったのかどうか、わたしにはよくわからなかった。だからわたしは待った。ホークは考えをまとめようとしているのかもしれないから。すると彼が言った。

「人というのは、物事を単純化して、〝われわれ〟対〝彼ら〟というかたちにしたがるものなんだ――そのことに気づいているかい、ボーディ?」

仮にその気があったとしても、彼にはこれ以上曖昧《あいまい》な言いかたはできなかったんじゃないだろうか。そこでわたしはただうなずいた。

「友人のグループにしろ、家族にしろ、たとえばオリンピックみたいな大きな集まりにしろ、人はグループに所属したがる。わたしが言わんとしていることがわかるかい？」

「わかる気がするよ」実はついていけなくなっていたのだが、わたしはそう答えた。

「〝われわれ〟か〝彼ら〟かに人を分けるのは、人間の性《さが》みたいなものなんだな」

「だけど、それがCORPSとどう関係してくるの？」

「肌の色で人を分けるほどたやすいことが他にあるかい？〝われわれ〟と〝彼ら〟。われわれは白人で、彼らは黒人だ。したがって、彼らはわれわれとはちがうことになる。しかもちがうだけじゃない。われわれはルールを作る側だ。だから自分たちを彼らより上の者と位置づける。これによって、いちばんつまらん白人でも、いつだって自分は黒人より上だと思って、威張り散らせるわけだよ」

「それで……CORPSのことだけど？」

「ボーディ、CORPSってのは、無知なクー・クラックス・クランかぶれの一団、優越感を抱《いだ》きたくてたまらないから、虐《いじ》めの対象にできる集団を見つけてもめごとを起こす、まぬけども群れだよ。そして数には力があるから、連中はそれをクラブにするわけだ。同じ意見の阿呆どもをそれなりの人数、ひとつの部屋に集めれば、そいつらの遅れた考えかたはたちまち正当であるかに見えてくる。もしわたしがきみなら、CORPSの話をするやつとは距離を置くだろうな」

エンジンの唸《うな》りがわたしの注意をホークからそらした。マイロのトラックが猛スピードで道をのぼっていく——いまはアンガスがハンドルを握っており、マイロは助手席で、開いた窓から肘《ひじ》を突き出し、手に缶ビールを持っていた。わたしたちの前を通過するとき、マイロはわたしを見た——笑みも浮かべず、手も振らず、うなずきさえせずに——それは、自分に何か腹の立つことをした相手を見るような冷たい凝視《ぎょうし》だった。

ディクソン邸を通り過ぎるとき、マイロは庭の端に置かれた十段変速自転車の一台に力一杯ビールの缶を投げつけた。

第八章

ホークはエルギン一家の他の人たちはあとから来ると言っていたが、あとというのがいつなのかわたしは訊かなかったし、ホークのほうも、仮に知っていたとしても、進んで教えてはくれなかった。だからわたしは一週間毎日、学校から帰ると、ミスター・エルギン以外の誰かがあの家を出入りするのが見られないかと自宅の前庭をうろうろした。土曜日には、そんなわたしもほとんどあきらめかけていた。

その土曜日、わたしはウォリー・シュニッカーに、ゴミ捨て場に溜まったものを始末してくれ、とたのまれた。これはもう何度もやっていて、とうの昔に新鮮味を失った仕事だ。そのゴミ捨て場は、森のなかの、道路から見えないくらい奥まったところにあった。轍《わだち》がかろうじて二本、路面の堆積岩《たいせきがん》に刻まれている狭い小道が、でこぼこくねくね小さな谷の開口部へと向かっていて、わたしたちはシートロックの切れっ端をその崖っぷちに捨てていた。そして月に一度、ウォリーはわたしに、フォードの古いトラクターのバケットでゴミの山を崖から落とす作業をさせるのだった。長年のあいだに、わたしたちは、面積が野球場のダイヤモンドほどあるその谷底の一角がすっかり埋まってしまうくらいシートロックを投棄していた。

シートロックは、ウォリーの主張によれば、もともと石でできているのだから、余った石膏《せっこう》を土に返すのに政府の許可はいらないはずだった。それでも彼は、そのゴミ埋立地のことは秘密にすべし、というルールを設けていた。そうしておけば、不法侵入者に勝手に使われる恐れもないのだ。ウォリーがその場所へのゴミの投棄を許している部外者は、彼の友人で、ゴートヒルにアパートの部屋を何室か所有しているジョージ・バウアーだけで、この男は賃借人が残していくガラクタ——家具や衣類や古いマットレスなどをそこに捨てていた。

わたしはほんの何回かそのゴミ捨て場でジョージに出くわしたことがあった。彼とわたしがそれぞれトラック一杯分のゴミを同時に捨てに行ったときのことだ。わたしたちは男同士の世間話をした。彼は（もしそんなことが可能なら）ウォリーをもっと青白くしたような人物だったが、それでも感じがよかった。そしてウォリーが〝ちぇっ参ったな〟なら、ジョージのほうは〝イエーイ!〟だった。世間によくいるあの妙に人なつこいタイプ。常時、顔には笑みが、頭にはキャップがある男。あのときわたしは、ジョージ・バウアーはウォリー・シュニッカーの唯一の友人なんじゃないか、と思ったものだ。これはもちろん、母さんを別にすれば、だが。

その土曜日は朝から暖かく空は晴れ渡っていた。そしてわたし自身の見立てでは、ゴミ捨て場に向かう前に、軽く釣りを楽しむ時間はたっぷりあった。そこでわたしはすばやくジーンズをはき、テニスシューズに裸足《はだし》の足をすべりこませ、Tシャツは着ないでその一部分を尻ポケットに押し込んだ。釣り竿《ざお》と釣り道具箱、それに朝食の林檎《りんご》をひっつかむと、わたしは池へと出かけた。

いつもどおり、あの傾《かたむ》いた木の幹を一気に駆けのぼるべくぐんぐんスピードを上げながら、わたしは干し草畑の裏手の牧場を突っ切っていった。手を使わずに幹をのぼるために到達すべきスピードは精確にわかっており、そのあとは惰性《だせい》の力によって魚釣りの枝まで進むつもりだった。

わたしは全力疾走の半分ほどのスピードで木にたどり着き、三歩で幹を駆けのぼって、枝の上へと飛び出した。するとそのとき――わたしの世界のすべてが整然として見えたまさにその瞬間、黒っぽい服装の誰かの姿が視野に飛び込んできた。目を皿のようにして、わたしの通り道にしっかり足を据えているやつ。エルギン少年だ。

わたしは止まろうとした――が、うまくいかなかった。わたしのスニーカーは底の凹凸《おうとつ》がすり減っていて、もはや熟《う》れすぎたトマトほどのブレーキ機能もなかったのだ。脚は踏み出す途中の格好のまま、両手を前に突き出して、わたしはすべりだし、つま先を枝の瘤《こぶ》にひっかけ、少年の胸に頭から突っ込んだ。

「ううっ」

顔面が彼の胸骨に激突し、鼻がぐしゃっとつぶれ、頭蓋骨の内側で痛みの星が炸裂した。釣り竿と道具箱と林檎が両手を離れ、池に向かって飛び出していった。エルギン少年とわたしはもつれあって宙を舞った。わたしは両手を振り回しており、彼はわたしの肩をつかんでいた。オークの小枝にてのひらが触れたので、わたしは力一杯その枝をつかみ、てのひらの皮膚《ひふ》を樹皮に削られながら枝にぶらさがった。

自分ひとりだったなら、わたしは水に浸《つ》からずにすんだんじゃないかと思う。しかし背中には彼がしがみついていたし、その余分の重みが加わっていては、わたしたちにチャンスはなかった。人間の振り子みたいにずるずる小枝をずり落ちていき、ついに痛みに耐えかねてわたしが手を離すと、わたしたちは水中に落下した。

なんとか水面に到達しようとして、エルギン少年は両手両足をばたつかせていた。一方、わたしは、できるだけ長く水中に隠れていたいという想いもあって、ただ息を止め、力を抜いて、体が自然に浮くのを待った。水面に浮上して、目から水をぬぐい落としたころには、エルギン少年は池の縁《ふち》の浅いところに体を引きあげていた。

彼は青いデニムのショートパンツに黒のTシャツという格好だった。そのTシャツはいま、彼の茶色い皮膚に貼りついている。肩からは苔《こけ》の房が垂れさがっており、赤いスニーカーは泥だらけだった。彼はごろりと転がって上向きになり、草のなかへと体を引きあげた。

わたしは釣り道具の箱が浮いているところまで数フィート泳いでいき、その箱を岸に向かってひと押しした。それから釣り竿を回収すべく、いつもすわるあの大枝の下の、泥で濁《にご》った池底にもぐり、三度目の潜水でそれを見つけた。ちょっと横泳ぎして竿をつかみとると、浅いところをぷかぷか漂っていた道具箱と林檎を胸にかき寄せ、わたしは岸に上がった。

エルギン少年はわたしと同じく痩せっぽちで、背丈もせいぜいわたしより一インチ高い程度だった。小さな水滴が陽光をとらえ、その黒い肌の上できらきらしている。短く刈り込んだ髪は水に濡れても少しも乱れてはいない。一方、野放図に伸びたわたしの茶色の髪は、くしゃくしゃになって頭に貼りついていた。いらだちと好奇心の入り混じった面持ちで、彼はわたしを見つめた。

わたしは尻ポケットからTシャツを引っ張り出し、池の水を絞り落とすと、彼の視線を無視して、そのTシャツで林檎をぬぐった。それからひと口、林檎を齧《かじ》った。

「きみがあの木から僕を突き落としたことはなかった体《てい》でいくってことか?」ようやく彼が言った。

「こっちはその方向に傾いてる」わたしは言った。「腹、減ってない?」こういうことはジェサップでは日常茶飯事だという顔をして、わたしは彼に林檎を差し出した。

「いや、いらないよ。もう朝食はすんでる……そのとき食べたものは池の水に浸かっちゃいなかったしね」

わたしは肩をすくめて、もうひと口、林檎を齧った。

彼は苔をひとすじ、髪からつまみとって放り捨てた。「きみは道の向かい側のあの小さい家に住んでる子だよね？」

それまで自分の家が〝小さい〟と言い表されるのは聞いたことがなかった。でもそれは本当なのだ——寝室はふた部屋だけだし、地下室も狭いし。だがたとえそうであっても、他人様《ひとさま》の家を小さいなんて言うもんじゃないだろう。わたしは返事をしなかった。

「きみ、なんて名前？」彼が訊ねた。

「ボーディ・サンデン」

「ボーディ？」少年は額《ひたい》に皺《しわ》を寄せた。「ボーディなんて名前の人、これまで会ったことないな」

「ほんとはジョンだけど」

「ジョン？」

「うん、まあ、どっちもありだな」

「一からやり直そう」彼はゆっくりと慎重に言った。「はじめまして、僕はトーマス・エルギンだよ。きみの名前は？」

「俺はジョン・ボーディ・サンデンだ。でも、みんなにボーディって呼ばれてる」

「ジョンは好きじゃないのか？」

「ジョンは父さんの名前でもあった。それで俺が赤んぼのとき、まわりの人たちが俺を〝ジュニア〟って呼びだしたんだ。だから母さんがみんなにミドルネームのボーディを使わせて、ストップをかけたわけだよ。それが定着したってとこかな」

「きみの父さんも〈ライク〉の工場で働いてんの？」

郡の住民の半数がそこで働いているように思えるのだから、彼がそう訊ねるのはまあ理にかなっていた。わたしは首を振って言った。「俺の父さんはもう亡くなってる」

父のことを訊ねたがためにその相手が死について語り合うはめになるのが、いつもわたしはいやだった。雑談のなかで、人はお天気の話でもするように気軽に父の話を持ち出す。ところが、父がすでに亡くなっていることをこっちが告げるなり、その顔は変わってしまう。そして彼らは視線をそらし、言葉につかえながら、話題を変えようとするのだ——そもそもその話を持ち出したのは向こうだっていうのに。

実を言うと、どんなふうに父のことを話せばいいのか、わたしにはまるでわからなかった。無頓着にその死を語れば、それは不敬に見えるだろう。なんと言っても、わたしはその人の息子なのだから、どれほど月日が経とうとも悲しんでいるべきなのだ。その一方、憂《うれ》わしげに答えるのは、どうも不正直な気がした。父の思い出は大好きだったが、父についてわたしが知っていることの大半は、母の整理箪笥で見つけた古い写真の箱に由来していた。それと、母やウォリー・シュニッカーが語ってくれる逸話とに。そしてその欠落部を、わたしは父について夢想することで埋めた。

しかしトーマスは、父が死んだとわたしが言っても動じるふうはなく、どうしてお父さんは死んだのかと訊ねた。

「教会の天井の工事をしていて、足場から落っこちたんだよ。ずっと前のことだけどね」

「つらかったろうな」

わたしはふたたび肩をすくめた。「あんまり覚えてない」それから、その話題から抜け出すために言った。「きみはミネアポリスから来たんだってね」

「イダイナ（ミネソタ州ミネアポリスの南西にある村）だよ。父さんが〈ライク〉の工場を引き継ぐためにこっちに異動になったんだ」

「でもミネアポリスにも行ったことはあるんだろ？」

「もちろん。何度も行ってる」

「どんな感じなのかな……都会暮らしってのは？　近所も犯罪が多かったりすんの？」

「僕はイダイナに住んでたんだよ」

「それで……」

「いや。犯罪は多くない」

「ギャングはいる？」

「ギャング？」

「ニューヨークみたいにさ」

「イダイナは郊外だから」

「だけど、やることはいっぱいあるんじゃない？」

「山ほどね。コンサートに行ったり、野球を観戦したり——来週は、ヴァリー・フェアっていう新しい遊園地に行くはずだった。オープンしたばっかりのところだよ。彼女を連れてくつもりだったんだけど、もうそれもできない。だって……いまじゃここにいるからね」

「彼女がいるの？」

「彼女がいた、だな。ミズーリに引っ越さなきゃならないって話したら、振られたよ。というわけで、僕はここにいる——彼女もなし、ヴァリー・フェアもなし、なんにもなし……例外は……まあ、きみってとこかね」

それはまるで、このわたしができれば置いて帰りたいパーティーの景品であるかのような言いかただった。「ジェサップへようこそ、だな」意地の悪さを隠そうともせず、わたしは言った。「きみはみごと最悪の僻地《へきち》に降り立ったわけだ。おめでとう」

「信じてくれ、これは僕の考えじゃない。僕は連れてこられたんだよ。もし選択の余地があったなら……だってほら、僕には彼女がいたし、友達もいたわけだからね。十分も歩いていけば、野球の試合も見られたし。だけど、ここには何がある？　なんにもないじゃないか」

ジェサップ脱出こそが自分の最重要課題だというのに、わたしはふるさとの町を擁護《ようご》したくなった。「俺たちには森がある」それ以上の説明は不要とばかりに、わたしは言った。それから、彼の額の皺が消えないのを見て、付け加えた。「小川もあるし、キャンプもできる。それに、ここには池もあるだろ。釣りはしないのか、トム？」

「トーマスだよ」

「え？」

「トーマスと呼んでくれ」

せっかく仲よくしようとしているのに、くそっ、まったくやりにくいやつだ。「釣りはしないのか……トーマス？」

「まだ荷物の箱から釣り竿を出してないんだ」

「大丈夫」わたしは言った。「釣り竿なら、ぱぱっと適当に作《ニガー・リグ》ってやるよ」

たったいま泥をひと握り、投げつけられたかのように、トーマスはいずまいを正してわたしを見た。「釣り竿を適当に作《ニガー・リグ》る？」

「うん。道具箱に余分な糸があるからさ。あと必要なのは、ヒマラヤ杉の枝だけだ」

「釣り竿を適当に作《ニガー・リグ》る？」

これでようやく、彼が何にそこまでひっかかっているのかがわかった。「ただの言い回しだよ」わたしは言った。

「驚いたな。なんて遅れた、無教養な……」彼は足に重心を移して、立ちあがった。

「そう怒るなよ。別に意味なんてないんだから。ここじゃ始終その手のことを言うんだよ」

「こんなド田舎に……こんな僻地に……引きずり込まれるとは」トーマスは向きを変え、首を振り振り土手をのぼっていった。「もう最悪だな。こんなことのために、僕はミネソタを離れたのか」トーマスは振り返らなかった。そして彼がぼやく声はだんだん小さくなっていき、やがて丘の向こうに消えた。

トーマスがいなくなったあと、わたしは釣り竿の準備にかかり、虫をさがすために切り株をひっくり返し、釣り針に餌をつけ、釣り糸を投げた。トーマスがもしもどるとしたら、こっちは彼が行ってしまったことなんか気にしてないんだと思わせたかった。魚たちはわたしを無視した。だがそれを言うなら、わたしだって魚たちを無視していた。わたしはずっと丘の頂《いただ》きに気をとられ、トーマスがもどってきはしないかと待ちかまえていた。二回ほど、ズボンがさらさら草をかすめる音が聞こえたような気がしたが、それは結局、気まぐれな風が葉を戦《そよ》がせる音にすぎなかった。

誰もいない干し草畑を見つめながら、一時間そうしてすわっていた後、結局きょうは釣り日《び》和《より》じゃなかったんだということにして、わたしは帰途に就いた。

第九章

わたしがゴミの山の始末にかかったのは、夕方になってからで、廃物をすっかり谷に落としたころには、太陽は木々の向こうに沈んでいた。フロッグ・ホロウへの小道をのぼっていくとき、あたりは月のない宵《よい》の濃い闇に包まれ、夜気はヨタカとコオロギとキリギリスの歌の快《こころよ》い和音に満たされていた。小動物たちが砂利を踏むわたしの足音に驚きあわてて逃げていき、あちこちでカサコソと枯れ葉を鳴らした。

ウォリー・シュニッカーの家からホークの家までの道には、オークの枝の天蓋《てんがい》が厚く覆いかぶさる一区間があり、わたしはその下を、夜に耳をすませつつ、そっと歩いていった。自宅が近づくと、かすかな音楽がディクソン邸から風に乗って漂ってきた。覆いのない窓の輝く明かりによってあの古い屋敷は絵本のように開かれており、エルギン家の人々がなかで動き回っているのが見えた。

ティリーは一度にひとつ以上明かりを点けておくことはめったになかったし、屋敷の二階部分はほぼ放置したままだった。彼女は夫より十年長く生き、そのあいだに彼女の世界は住居の一階を一歩も出ないで暮らせるまでに縮小されていった。彼女はキッチン、ダイニング、居間、料理人の寝室、浴室から成る生活の場を囲い込み、自分の居場所とした。居間の暖炉は火が入ることもなく、その煙突はツバメの巣によってふさがれてしまった。階段のカエデ材の太い手すりは、優美な曲線を描き、一階と二階を結ぶ理想のすべり台となっているのだが、いまや、子供がふたたびその上を滑降する日を待ちながら、ただ埃を積もらせるばかり。二階のベッドもまた、触れる者のないまま、静寂の神殿に納められた聖なる遺物と化していた。ディクソン家の人々が代々床を温めることを願って建てられた屋敷は、すり減った灰色のスリッパをはく小さな一対の足のみが来臨する数室の部屋へと変貌したのだった。

一度、ティリーが亡くなるほんの一年ほど前に、わたしは彼女が二階を歩き回っているのを見かけた。彼女は静かな廊下をさまよい、足を止めては何もない空間を凝視していた。アーチの通路や部屋部屋の壁を縁取る幅広の木の蛇腹《じゃばら》を背景に、その小柄な姿はより一層小さく見えた。まるで頭のなかの映像が形を成し、自分とともに家のなかを移動して、何もないところに命をもたらしているかのように、彼女は各部屋をじっと見つめていた。なぜかわたしは、ティリーが死ぬとき、この家も彼女とともに死ぬのだと思っていた。ところがいま、この古い屋敷は命と明かりによってきらめいており、そのことにわたしは大きな違和感を覚えた。

道の向かいの自分の家を見やると、リビングの窓が青白い光でちかちかしていた。なかに入れば、家の他の部分を闇に埋没《まいぼつ》させたまま、テレビの明かりで悲しみを堰《せ》き止め、母が色褪《いろあ》せた茶色のカウチにすわっているだろう。

その悲しみ（わたしはそれをそう名付けた）は、父が死んだとき我が家にやって来た。子供だったわたしにはそれ以外、なぜ母が決して笑わないのか、なぜ夕食後、自室に閉じこもってしまったり、カウチで眠りに落ちるまでテレビの青いざわめきを見つめていたりするのか、その理由を言い表すすべがなかった。わたしが朝、家を飛び出すとき、母は決してどこへ行くのかを訊かない。また、遅く帰ったときも、どこに行っていたのかを訊かない。母にとって、しゃべるというのは骨の折れることのようだった――まるでひどい重荷のせいで言葉を発することがいちいち労苦となり、効率重視にならざるをえないかのように。

その悲しみは突然やって来た。足場の板を踏みはずすという失敗とともに。そしていま、それは濡れた衣《ころも》よろしく母にまとわりついている。幼いころ、わたしは母と並んでベッドの前にひざまずき、お祈りをしていた。わたしは父の魂のために神に祈った。また、母と自分の安全と健康を護《まも》ってくれるように、と。でも母が行ってしまうと、もう一度ベッドを出て、お母さんを幸せにしてください、と祈ったものだ。わたしは見守り、じっと待ち、さらに待った。そしてついに祈ることをやめた。

十歳のとき、わたしは母がクロゼットの棚の上にしまっていた絵葉書の箱を見つけた。父がドイツで平時展開の軍務に就いていた当時、母が父からもらった絵葉書。母は高校時代からの父の恋人であり、父は優しいことをたくさん母に書いて、その長い文章をいつも「恋しくてたまらない僕の歌姫へ」と締めくくっていた。すてきな言葉だとは思ったが、わたしにはこの愛称の由来がどうしてもわからなかった。母は歌を歌うことなどなかったから。一度、わたしはそれについて母に訊いてみようかと思った。でもその質問をすれば、自分が母の持ち物を穿鑿《せんさく》していたこともばれてしまうのだ。

その箱には、父がまだ生きていたころの家族の写真もひと束、入っていた。わたしが特に好きだったのは、ピクニックをしている親子三人の写真だ。わたしたちは幸せそうで、母さんも父さんも子供みたいににこにこしていた。この一連の写真では、わたしは二歳くらいに見え、幅の広い父の肩にすわって、その髪の毛を引っ張っている。母はすばらしい新たな冒険を始めたばかりの人特有の幸福感に輝いており、ブランコに乗ったわたしを押しながら、その目は若若しく、笑いで活気づいていた。

当時、わたしは母さんのそのクロゼットにかなり頻繁に足を運んだものだ。そしてわたしは写真のなかの人々に恋をした。人生のその一時期を思い出したくてたまらず、ときには目を閉じて、父と過ごした日々のどれかをよみがえらせようとした。また、そんなふうに幸せだった母を思い出そうとしたが、それはできなかった。

自分の家とエルギンの家を交互に見比べながら、わたしはどうしてもうちに帰る気になれずにいた――無言で母の隣にすわり、テレビの前で時が過ぎていくのを見守るのだと思うと。わたしは森に駆け込みたかった。どこかひとりでいてもおかしくない場所に行きたかった。

宵闇に包まれてそこに立っていると、ホークの家のポーチで小さな炎が閃《ひらめ》いた。振り向いてみると、彼が暗闇のなかにすわって、エルギンの家を見つめるわたしを見つめていた。

「やあ、ホーク」わたしはそちらに行って、彼の隣の椅子にすわった。「あの家もずいぶん変わったよね」

「まったくだ」彼は言った。「あのうちの子にはもう会ったかい?」

わたしは肩をすくめた。

「それはイエスなのかな、ノーなのかな?」

「会ったことは会ったよ。大して感心もしなかったけどね」

「おや、そうかい? きみたちふたりは仲よくなれると思ったんだが」

「ああいうお堅いやつと仲よくなるのはむずかしいよ」

暗闇のなかでさえ、ホークが笑みを漏らしたのはわかったが、彼はこれをごまかそうとしてパイプを吸った。「その子のことをお堅いやつだと思う理由はなんなんだい?」

「池で偶然そいつと出くわしてさ。一緒に釣りをしようって誘ったんだけど、向こうはただ僕を侮辱《ぶじょく》して、行っちゃったんだよ」

「きみを侮辱した?」

「そう、僕が小さい家に住んでるなんて言ってさ」

「なるほど」ホークはまた何度かパイプを吹かしてから、ふたたび口を開いた。「人のうちを小さいなんて言うのは、よろしくないね。彼は侮辱のつもりでそう言ったのかな？　ただ、その形容詞が頭に浮かんだってだけのことなんじゃないか？」

「形容詞なんか使う必要ないだろ。ただ『道の向こうに住んでるの？』って言やあいいんだから。それで用は足りたはずだよ」

「まあ、きみの言うとおりなんだろう。しかしそれくらいは勘弁してやってもいいんじゃないかな」

「そうしたきゃホークが勘弁してやれば？　僕はおことわりだね」

「で、彼はきみと釣りをしたがらなかったのか？」

「釣り竿をこしらえてやるって言ったら、怒っちゃったんだよね」

ホークはじっくり考えるときよくやるように、パイプを持った手を腹に置いた。彼の額に皺が寄るさまが目に浮かんだ。「きみのしたことはそれだけなのかい？　そんなことで人が怒るとは思えないんだが？」

「そうだね……僕はこう言ったんだ……『釣り竿なら、ぱぱっと適当に作って《ニガー・リグ》やるよ』その手のことは誰だって言うもんな」

「なるほど」

「ただの言い回しなのに。あんなに怒るなんてね」

「その手のことは誰だって言うって言うが……わたしがその手のことを言うのを、きみは聞いたことがあるかい？」

　わたしは懸命に考えた。しかしホークの口からそういう言葉を聞いた事例はひとつも思い浮かばなかった。「いや」わたしは言った。

「きみのお母さんはどうだ？　一度でもその手のことを言ったことがあるかな？」

「そりゃまあ、ないけど――」

「それじゃ、誰だって言うというわけではないね」

「でも、言う人は大勢いるじゃない。黒人が言うのだって聞いたことあるよ」

「そうだろうね。しかし彼らにはその特権があるんじゃないかね？」

「それじゃ、黒人が言うのはいいけど、僕はだめってこと？」

「ボーディ、言葉のなかには歴史の重みを持つものもあるんだよ。これもそのひとつだな。その言葉は、われわれがある人種の人たちを自分たちより劣っていることにするために思いついたものなんだ。〝われわれ〟対〝彼ら〟。覚えているかい？」

「僕はただ、釣りをしたいかどうか訊いてただけなんだけど」

「きみが言ってたことは、本当にそれだけなのかな」

「彼がそれだとは言ってないよ」

「そうだね。きみは釣り竿を適当に作《ニガー・リグ》ってやろうと言った――本物の釣り竿より劣ったものを間に合わせでこしらえようと言ったんだ」

ホークはわかっていないのだ。「でも、僕よりずっと上みたいに振る舞ってたのは、向こうなんだよ」わたしは言った。「あいつは、自分のことをトムじゃなくトーマスって呼べって言った——まるで王族か何かみたいにさ。僕は仲よくしようとしたんだよ——ほんとだよ」

「わかっているとも、ボーディ。きみはいい心を持ったいい子だからな。だが、池の水面《みなも》を見おろしたとき、見えるものがそこに映る自分の姿だけってこともある。その奥の深いところが見通せないこともあるんだよ」

ホークと話していても埒《らち》が明かない。わたしは、こんな単純明快なことを大の大人に説明するのがいやになりだしていた。エルギン一家はすでに音楽を止めており、道の向こうの家の明かりは消されつつあった。母さんのテレビが消えるのを見ると、わたしはそれを口実にして、その場をあとにした。池での出来事に対する怒りは、おそらくは、ホークと話す前以上に大きくなっていた。

第十章

つぎの週は、ひとつの週としてこれ以上ありえないくらいゆっくりと過ぎていった。これは、その週が、期末テストの週を別にすれば、学校の最後の週だったためでもあり（夏休みが大きく迫ってくると、どの時計も絶対、正しい速度で時を刻んでいるように見えない）、また、トーマスとわたしのあいだに介在するわだかまりのせいでもあった。

わたしはジャーヴィスを避けて中庭でランチを食べていたが、まもなく、向こうはわたしが見当たらないのをそこまで気にしていないようだとわかった。このことから、わたしは、そもそも連中は本気でわたしと食事をともにしたかったわけじゃないんだという結論に達した。彼らは、仲よくしようという自分たちの誘いを、わたしには抗《あらが》えない、低くぶら下げられた果物みたいなものだと思ったにちがいない。そう、確かに、聖イグナチオ校にひとりかふたり友達がいるというのも、悪くないだろう。でも、ジャーヴィス・ハルコム？　その場合、わたしはまちがいなくブーブ・ブラザーズ第三号と呼ばれることになる。もちろん、向こうの立場からすれば、必要ないならわたしなんぞ仲間に入れたくないだろう。こんな下等な一年生と同席するという屈辱に耐えなくても、わたしの協力が約束されるなら（連中は約束されたと思っているらしいが）、そのほうがずっといいのだ。

しかしその週が葬送歌のようにのろのろ進行していたのは、実は一日の終わりに家に帰るからこそなのだった。学校で見えない存在であることにはもう慣れっこだったが、まさかこの問題がフロッグ・ホロウ・ロードまでついてこようとは思ってもみなかった。毎日午後にバスを降りたあと、わたしはトーマスが庭に出て何かしてるんじゃないかと期待しつつ、長い道を歩いていった。もし彼がいたら、手を振るかうなずくかしてもいい――彼にオリーブの枝（和解のしるし）を持ってくるきっかけを与えてやってもいいと思った。なんと言っても、その近所にはわたしたちふたりしかいないのだ。向こうも意地を張ってばかりはいられなくなるだろうという考えは、理にかなっている。だが彼は家から出てこなかった。荷ほどきに忙しいから――わたしは自分にそう言い聞かせた。

月曜日、わたしは（どのみち母さんがたのみたがっていたことでもあるので）うちの車庫の掃除をした――その間ずっと、何か動きがないか、道の向こうに目を光らせながらだ。こうしていれば、トーマスがたまたま家から出てきたら、こっちもたまたま外にいたことになる。火曜日は母の車のオイル交換をやった。これはわたしが十一歳のときホークが教えてくれた家の仕事だ。水曜日は芝生を刈り、刈り込み鋏《ばさみ》による仕上げをものすごく丁寧にやって、作業に通常の二倍の時間をかけた。

木曜になってもまだトーマスの姿は見られず、やるべき仕事もそのころには底を尽きかけていた。そこでわたしは、過去に一度もやったことのなかったこと、雨樋《あまどい》の葉っぱの除去に取り組むことにした。石膏並みに固く詰まった何年分もの堆積物を掻き出すために、わたしは小さな移植ごてを持って屋根に上がった。ようやくトーマスを見られたのは、屋根の縁《へり》に膝をつき、作業していたそのときだった。

まず届いたのは彼の声だ。わたしは樋の掃除を小休止して、顔の汗をふいていた。すると、道の向こうで高くなった人の声がかすかに鳴り響いたのだ。わたしは尻をついてすわりこみ、ディクソン邸の玄関に注目して、耳をそばだてた。その言い合いは最初、わっ、わっと小さく聞こえるだけだったが、そこにふたつの声があるのはわかった。トーマスと彼のお父さんが交互に強打を放ち、ときおり互いを踏んづけている。

しばらくするとトーマスがポーチに出てきた。彼は振り返り、父親に向かって叫んだ。「ここに連れてきてくれなんて、誰もたのんでないだろ？　なんでミネソタに置いてきてくれなかったんだよ？」

お父さんに答える暇も与えず、彼はポーチから飛びおりた。もっともその問いかけは、答えを求める問いかけではないように思えたが。トーマスは物置きに走っていき、例の十段変速の一台に飛び乗ると、屋根の上にすわるわたしにはまったく気づかずに道をのぼっていった。トーマスのお父さんがポーチの縁まで出てきた。その胸は、大声で叫ぶ直前のようにふくらんでいた。だがここで彼は屋根の上のわたしに気づき、その息は結局、音もなく吐き出された。一秒か二秒、わたしを凝視した後、彼は向きを変え、カーブを曲がって消えていくトーマスを見送った。

金曜が来ると、わたしはもう家のまわりをうろうろする口実をさがしたりせず、シュニッカー社の倉庫に向かった。これは、倉庫の掃除という仕事があったからでもあり、前日、あの親子の喧嘩を見てしまったせいで、胸がざわついていたからでもあった。あんなふうに穿鑿する権利など、わたしにはなかったのだ。しかし、池の深いところを見通すというホークのあの言葉がどういう意味だったのか、わたしは理解しはじめていた。

〝大倉庫〟に行ってみると、その扉の内側には、ウォリーの納入業者が届けた急速硬化の充塡《じゅうてん》用セメントがパレット一枚分、どんと置いてあった。倉庫の奥の隅っこに運ばねばならない、二十ポンドの袋が百袋以上。その仕事を誰がやることになるかは、だいたいわかった。ウォリーにどうするのか訊こうと思って事務所に行ったが、彼はまだそこには来ておらず、母さんがひとりデスクに向かって給料の計算をしていた。

顔も上げずに、母さんは言った。「きょうお向かいのお母さんを見かけたよ」

ふたりともそれまでトーマスの母親を見たことはなかったのだが、わたしは一度、その人が歌っているのを聞いたことがあった——二階の開いた窓から流れてくる低音のハスキー・ヴォイスを。

「わたしがお昼を食べにうちにもどったとき、ポーチの前で花を植えていたの」母さんは言った。「手を振ってくれたから、こっちも手を振り返した」

「その人と話してきたの?」

母さんは帳簿に目を注いでいて答えなかったが、そのこと自体が答えだった。新たな隣人のところに行って知り合いになるなんて、内気な母にできるわけがない。なのにわたしはまぬけにもそんな質問をしたのだ。

馬鹿な質問をそのまま流してなんとかつぎへ進もうとしていると、ウォリーが入ってきて、セメントの袋を運ぶ作業を手伝ってくれないかと言った。わたしは喜んでこれを引き受け、彼がひと袋ずつ運ぶのに対し、一度にふた袋ずつ運んだ。マイロとアンガスの乗ったピックアップ・トラックが広場に入ってきたのは、作業を始めた直後だった。マイロは、アンガスが足場用の建枠《たてわく》を積み込めるよう、〝納屋〟のそばにトラックを停めた。通り過ぎしなわたしたちに手を振って、彼は事務所へと向かった。その週の労働時間の調整が必要なのだとわたしは思った。これは金曜日の慣例だった。

わたしは倉庫の奥の暗い隅っこに袋を放り込む作業をつづけたが、そのあいだもずっと事務所のドアから目を離さなかった。マイロが出てくるのを確認したかったのだが、いつまで経っても彼は出てこなかった。三度目に奥に行ったあと、事務所をのぞきこんだわたしは、マイロが母のデスクに寄りかかっているのを目にした。その一方の手が上がり、指の節で母の頬をなでるような格好になっている。母は肩を縮め、彼の手から顔をそむけていた。

わたしはドアをバーンと開け、壁にたたきつけて叫んだ。「マイロ！」その声の大きさに彼は驚いて飛びあがった。そのあとのことを、わたしは何も考えていなかった。言うべき台詞《せりふ》の用意も行動の準備もない。わたしは彼が母に触れるのを止めたかったのだが、その目的はわたしの突入によってすでに果たされていた。

マイロはいまにも肘を引いてわたしをぶん殴りそうに見えたが、彼が本当にそうしていたら、これはかなり大きな痣《あざ》を残したはずだ。マイロは身の丈優に六フィートはあり、その腕はロープの結び目並みに固いのだ。彼が右の拳を握ったとき、わたしは〝さあ、来るぞ〟と思った。ところがそのとき、ウォリーが入ってきたため、マイロは緊張を解き、頬をゆるめて嘘つきの笑みを浮かべた。

「何かあったのか?」ウォリーは訊ねた。

「この小僧が死ぬほど脅《おど》かしやがってさ」マイロは言った。

「マイロが母さんに触ってたんだ」

「ほっぺたに粉塵《ふんじん》の汚れがついてたんだよ。だから取ってやってただけさ」

乾式壁の会社で働いていると、粉塵から逃れるのはむずかしい。でもわたしの母は過去十年それをうまくやってきたのだ。マイロはとんでもない大嘘つきだった。

「向こうにビールが冷やしてあるぞ」ウォリーはそう言って、一緒に来いとマイロを手振りで促した。

マイロはウォリーに従い、通り過ぎしな、わたしにささやいた。「身のほどをわきまえたほうがいいぜ、坊や」突き飛ばされるか肘鉄を食わされるかするものと半分覚悟していたのだが、彼はそうはせず、ただわたしに笑いかけた。その意味は何通りにも解釈できたが、わたしはそれを〝いまに見てろよ〟という意味ととらえた。

「大丈夫、母さん?」

「大丈夫」わたしにはその声が震えを帯びているのがわかった。

「あいつ、母さんに何を言ったの?」

「大丈夫」母さんはまた言った。「袋のかたづけをすませてしまったら? わたしはこの計算を終わらせないと」

わたしはためらったが、しかたなく仕事にもどり、マイロの前を往復してせっせと袋を運んだ。彼はシートロックの山の上にすわって、ウォリーとビールを飲んでいた。

「なあ、ウォリー、あんたのあの新しい隣人は要注意だぜ。ありゃあ陰険なくそ野郎だ。セシルがなんて言ってるか知ってるよな? エルギンはセシルのクビを切るための土台作りをしてやがるんだ。兄貴は降格になって、くそみたいな仕事をさせられてるだろ？　連中はそれだけじゃ足りないのさ。今度は、兄貴を例の金を盗んだ犯人に仕立てようってわけだ。あの金を盗ったのがポーだってのは、誰もが知ってることなのにな」

しゃべりながら、マイロは右肩に入れた色褪せたタトゥーをさすった。彼の腕に切っ先を向けた剣。その柄《つか》の上には燃え立つ光輪が浮かんでいる。わたしは一度、そのタトゥーの由来を彼に訊ね、おまえの知ったことかと言われていた。後にアンガスから聞いたが、その剣はCORPSのマークなのだそうだ。そういうタトゥーを入れていることは何を意味しているのか、アンガスに訊ねると、彼はそわそわして首を振った。それっきりわたしたちがその話をすることはなかった。

ウォリーは息を吸い込んで、ふうっとため息をつき、首を振った。彼には昔から、深く息を吸ってため息をつく癖があった。まるで何か深遠な考えに突き動かされているかのようだが、これは、ちゃんと話を聴いていることを相手に伝える彼なりのやりかたにすぎないのだ。

「つまりな、かなりヤバいことになりだしてるわけだよ」マイロが言った。「ちょっと耳にしたんだが、エルギンはセシルを排除したいらしい。そうすりゃ工場を閉められるからな。完全に閉鎖、一切合切終了。ミネアポリスだかどこだかのくそ野郎ども——やつらにはわかってるのさ。セシルが町の五割の人を解雇するのに同意するわきゃあない。だから兄貴を追っ払いたいんだ。たわけた話をこしらえてるのも、目的はそれだな。だが、もしそんなまねをしてただですむと思ってるなら、連中ば俺の兄貴がどういう人間か、わかってないことになる」

アンガスが倉庫に入ってきた。彼はビールを取ろうとはせず、セメントの袋を運ぶわたしを手伝いはじめ、わたしたちは黙々と働いた。

「まあ、しばらく様子を見ることだろうな」ウォリーが言った。

「様子を見てなんぞいられるか。よく聴きな。早いとこ芽を摘《つ》まないと、万事休すってことになる。それに、他の誰より心配すべきは、あんたなんだぜ」マイロはウォリーを指さして言った。「連中はあんたのご近所さんなんだからな。まずひとりが越してくるだろ。するとそいつの一族郎党がすぐあとにつづくんだ。じきにこの道すじはくそったれゴートヒルの第二号になっちまうぞ」

「それはどうかね」ウォリーはほとんどひとりごとのように言った。

「よく聴きな」マイロは言った。「俺たちに必要なのは、ちょっとしたニガー・ノッキングだ。そう、必要なのはそれだよ。昔ながらのやりかたにもどって、秩序を維持せんとな」

わたしは聖イグナチオに入学するまで〝ニガー・ノッキング〟という言葉を聞いたことがなかった。あの学校の廊下にはいろんな噂が幽霊みたいに漂っていた。目立たない車にぎっしり乗り込んで、ゴートヒルの通りを流し、歩道を行く黒人をさがす白人男たちの自慢話。黒人が見つかると、車は加速し、通り過ぎしな車内の誰かがソーダの瓶を投げるか、身を乗り出して箒《ほうき》の柄でその人の背中を殴りつけるかするのだ。一度、古きよき白人男のグループがゴートヒルにニガー・ノッキングに出かけたあと、若い女性が意識不明で歩道に倒れていたことがある。それをやった連中は結局つかまらなかった。

アンガスとわたしは最後の袋を奥に運び終えており、わたしはパレットを倉庫の側面に引きずっていって壁に立てかけた。

「アンガス、ビールをやりな」マイロが言った。「ついでにボーディにも一本取ってやれよ」

「いいよ」わたしは言った。「まだ倉庫の掃除があるから」

「馬鹿言うなよ」マイロは言った。「ビールの一本くらい、どうってことないだろ」

母さんはわたしが男たちとビールを飲むことをよく思っていなかったが、その一方、それを邪魔することもなかった。アンガスにビールを渡され、わたしはそのプルタブをいじくったが、開けることはしなかった。

「なあ、ボーディ、クロどもにボード貼りができないのがなんでかわかるか?」マイロが言った。「連中のオツムが弱すぎるからだよ。それは生物学的欠陥なんだ。連中の頭蓋骨は、俺たち白人の頭蓋骨より薄い。だから、天井にボードを取り付けようったって、それができないのさ」

以前マイロは、黒人はわれわれ白人に比べて頭蓋骨が分厚くて、脳の収まるスペースが小さいから、白人ほど頭がよくないんだと言っていたような気がしたが、わたしにはここで彼の矛盾を指摘しないだけの分別があった。

するとマイロが言った。「おまえ、俺の甥《おい》っ子のジャーヴィスと仲よくなったんだってな」

彼の質問に意表を突かれ、わたしはなんとも答えなかった。

「ジャーヴィスみたいな子からは何かと学べることがあるだろうよ。あいつは立派な人間だ

──好ましい種類の人間だからな」

「この道の先の黒猿どもとはちがってね」アンガスが言った。

アンガスがそんなふうに親父さんの前で話に入ってくることはめったにない。たぶん、うっかりまずいことを言ってマイロを怒らせたりしないよう用心しているんだろう。だが、エルギン一家というこの新たな話題に関しては、アンガスの歩く地面もよく踏み固められていて危険がないらしく、その寸言に彼の父親は声をあげて笑った。

マイロは腕に入れたＣＯＲＰＳのタトゥーを掻いた。それから（これは、わたしがほんの二、三回しか見た覚えのないことだが）息子に笑いかけて言った。「そのとおりだよ、坊主。道の先のあの猿どもとはちがってな」

第十一章

翌日の土曜の朝、わたしはうちの前の道で砂利がガリガリいう軽い音で目覚めた。窓に向かって身を起こすと、自転車でウォリーの家のほうに向かうトーマス・エルギンの姿が見えた。クロゼットの床を漁って、ブルージーンズとまあまあきれいなＴシャツをさがしていたとき、またあの音が──今度は道をのぼっていくのが聞こえた。わたしはキッチンに行き、シリアルを深皿に流し込み、それを車庫に持っていって、暖かな朝風のなかで食事をするため、手すりにすわった。そこから見ていると、トーマスは行ったり来たりさらに三回、前を通過していった。それは、わたし自身が退屈をまぎらわすためによくやる類《たぐい》のことだった。

わたしは空いた深皿を流しに持っていって洗った。車庫にもどってみると、トーマスの自転車は砂利道の脇に駐めてあった。場所は、池へとつづくわたしの小道のすぐそばだ。その道は、ティリーが生きていたころ、釣りに行きたくなるたびに彼女の屋敷を通らなくてもすむように、わたしが切り開いたのだ。

ぶらぶらと、特に行くあてもないといった風情で、キックスタンドを立てたトーマスの自転車のところまで歩いていくと、わたしは足を止め、彼が近くにいるのかどうか森の奥に耳をすませた。何も聞こえなかったので、落ち葉や小枝を踏む音を立てないよう用心しつつ、そっと木立に入って丘をのぼっていった。

森が終わり、干し草畑が始まるところで、わたしはふたたび足を止めた。物音は聞こえなかったが、土に残る足跡が目に留まったのだ。映画に出てくる騎兵隊の斥候《せっこう》みたいにしゃがみこみ、わたしは一本指でその輪郭をぐるりとなぞった。何年も森のなかを駆け回ってきたが、それまで他の子供の足跡を見たことはなかった――ただの一度たりともだ。これはわたしの道だ。わたしはこの道を鉈《なた》で切り開き、何度も池に通うことで踏みならした。他の誰もこれを利用したことはなかった。ホークでさえも。わたしを釣りに連れていくとき、彼が好んで使うのは、ティリーの家畜小屋から出る牛の運搬車の道のほうだったから。

その足跡を見つめていると、心が完全な麻痺《まひ》状態に陥《おちい》った。それは、この道の果てにいるのは——近所に子供はふたりしかいないというのに——自分とは一切かかわろうとしないやつだ、という事実に思い至ったからだった。

別に、それまでひとりも友達がいなかったとかそういうことじゃない。三年生のとき、わたしはマイケル・ペックという子と仲よくなり、一年間ずっとツツガムシみたいに彼にくっついていた。ところがその後、マイケルのお父さんが引っ越しを決め、彼ら一家はネブラスカに行ってしまった。五年生のときは、アクセル・スミスという友達がいた。彼はわたしをバディと呼んだ。わたしがニックネームをもらったのは、あのときが最初で最後だ。わたしは一度、彼の家に泊まりに行ったこともある。だが、〝汝、人気者であるべし〟の年ごろ、六年生になると、彼は新たな友達を見つけた。その男の子たちは、どうやらわたしは落ちたらしいテストに受かったわけだ。八年生になるころには、残っているのは、休み時間に学校を抜け出して鉄橋の下にタバコを吸いに行く連中だけとなっていて、そいつらとつるんだおかげで、わたしは聖イグナチオ校に送られるはめになったのだ。

伸びすぎた茎にジーンズを打たれつつ、わたしは干し草畑のなかを歩いていった。トーマスは丘のふもとであの魚釣りの枝にすわっていた。片脚はだらんと垂らし、もう一方の脚は膝《ひざ》を立てて胸に寄せている。その木の下で、わたしは足を止めた。初めて、わたしの木に——自分の木に登るのに何がしかの許可が必要な気がして。僕の木はこの子のお父さんの地所に生えているんだ——わたしがそう気づいたのは、そのときだった。

「よう」わたしは言った。

トーマスは振り向いてわたしを見た。わたしがそこにいることに驚くふうはまったくなかった。「やあ」

わたしは待った。そして、彼が登っておいでと言わないので、自分から言った。「そこに行ってもいいかな」

「もう池に突き落としたりしないよな?」

「そうしないよう精一杯努力するよ」

彼は小さな笑みを見せ、わたしはそれを登っていいという意味ととらえた。前にやってみたことはなかったが、魚釣りの枝は人間ふたりが充分すわれる大きさだった。トーマスは横向きになり、わたしは彼と同じ方向を向いてその隣にすわると、池の上に脚を垂らした。

こっちが口火を切るべきだろうと思い、わたしは言った。「こないだのことだけどさ、あの言葉には別になんの意味もなかったんだよ。ほら……あの言い回し」

「このへんじゃほんとにみんなあんなこと言ってんの?」

わたしは、このへんじゃみんなあれよりもずっとひどいことを言ってるんだと言いたかった。いやあ、人々のあいだで投げ交わされる諸々のフレーズに比べたら、あんなのはなんでもない。だがその話はまた別の機会に譲ろうと思い、わたしはただこう答えた。「うん」

「これは単なる一時的な措置のはずだったんだ」トーマスは言った。「上の連中は、父さんをここに送り込んで、事態を収拾させるつもりでいた。ところが、父さんときたら、僕に意見を訊きもしないで、みんなでミズーリに行くことになったって言うんだからな。永久的にだよ。

向こうには友達がいるのに。僕はゴルフのクラブに所属してたんだ。なのに何もかも一からやり直しじゃないか」

「なぐさめになるかどうかわからないけど、ジェサップ高校にはすごくいいゴルフ・クラブがあるらしいよ」

「僕はどっかのカトリック系の学校に行かされるんだ。聖なんとかいう」

「聖イグナチオ？」

「うん」

「あ、あそこに行くの？　それ、俺が行ってるとこなんだけど」

そんなのイカレてる、と言わんばかりの声になってしまった。これはたぶん、まさにそれこそわたしの思いだったからだろう。トーマスのお母さんは、肌の色が黒いというだけの理由で上級生が人にプディングをぶっかける学校に息子を入れようとしているのだ。彼は行く手に何が待っているかまったく知らないわけだけれど、わたしはこの話もまた別の機会に譲ることにした。

「母さんが、大学に行きたいならそこに行かなきゃって言うんだよ」

「その点は俺にはわかんないけどね。こっちは大学には行かないから」

「きみって……まだ一年生だよね？」

「うん」

「なのに、もう決めちゃったわけ？」

「自分で決めたわけじゃない。ただ大学に行くような頭はないってことさ」

まるで木の枝へのすわりかたでこの主張の誤りがわかるかのように、トーマスはわたしを眺め回した。「そうなの？」

「うん、聖イグナチオに行ったって、どうにもならない。俺はただ、母さんが行けって言うから、あそこに行ってるだけだ。奨学金をもらったから、ただで行けるんだよ」

「奨学金をもらった？　でも確かさっき――」

「成績優秀者のための奨学金じゃない。田舎の子供を町に送ろうってやつ。俺はその網にひっかかったわけだよ」

「うちの父さんは、僕が生まれる前から、僕を大学にやるって決めてたんじゃないかな。自分と同じように、経営学大学院に行かせたがってるんだけど、どうかなあ……僕自身は――」

一歩行き過ぎたとばかりに彼は口をつぐんだ。

「何よ？」

「きっと馬鹿じゃないかって思うよ」

「絶対思わない。言ってみな」

秘密を打ち明けていいものかどうか考えながら、トーマスはぎゅっと口をひん曲げ、目を細めてわたしを見た。こうなると、どうしても知りたくなる。

「誰にも言わないからさ」わたしは言った。

「約束する？」

「約束するよ」

「前に学芸会に出てさ……すごく楽しかったんだよね。『ウェストサイド物語』をやって、僕はシャーク団のひとりになったんだ。それでさ……俳優になるのもいいかななんて思ってる。だけど、うちの親には言わないでよ。父さんが大パニックを起こすからね」

トーマスの告白は、哀しくもわたしが期待していた血の誓いの爆弾には遠く及ばなかった。ともあれ、彼はわたしに秘密を託してくれたのだ。わたしの考えでは、これは非常に大事なことだった。わたしは自らの大きな秘密——一年後に、母もグローバーも誰も彼も置いて、ジェサップを出るというあの計画を、彼に打ち明けようかとさえ思った。結局それは思い留まったけれど。その重たい石をひっくり返す機会も、いずれまたあるだろう——わたしはそう思った。

第十二章

わたしたちは午前中いっぱい木の上にいた。トーマスはジェサップの暮らしについてわたしに訊ね、わたしは大都会での生活について彼に訊ねた。わたしは彼に、森のなかの自分の踏み分け道やキャンプ地の話、マムシやサソリの話をした。彼のほうは、都会のスカイラインやショッピングモール、ガラスと鋼鉄の峡谷の話をした。

昼ごろ、話題は音楽のことになった。わたしが試しに、エアロスミスとレーナード・スキナードが好きだと言うと、彼はアース・ウィンド・アンド・ファイアーとマーヴィン・ゲイでこれに応じた。かなり長い協議のすえ、ドゥービー・ブラザーズはいいよね、ということでふたりの意見は一致した。そして、彼らの曲のカセットをどれか持っているかとトーマスに訊かれたとき、わたしは母と自分はまだ8トラック・テープからカセットに移行していないのだとは言わず、ただ持っていないと答えた。

「僕はふたつ持ってる」トーマスが言い、これを潮にわたしたちは木からおりて、彼のうちに向かった。

ティリーが亡くなる前に行ったきり、わたしはディクソン邸に一度も足を踏み入れていなかった。あの最後の何年か、うちではいつもティリーから卵を買っていた。当時、あの屋敷は薄暗く寒々としていた。だがその日、トーマスとわたしが近づいていったとき、屋敷は輝くばかりだった。遠い昔、ディクソン一族が建てた当初も、きっとそんなふうだったのだろう。エルギン一家は何年分もの小枝や落ち葉を掻きのけ、芝生にのさばっていた雑草をすっかり刈り取っていた。チャールズ・エルギンは動力噴霧器を借りてきて、家の外壁の汚れや埃《ほこり》を水の噴射で洗い流しており、いまその壁はわたしがかつて見たことのない光沢を放っている。それに花――ミセス・エルギンは正面のポーチと家の片側をレッドシダーの腐葉土の赤い帯で縁取《ふちど》り、そこにパンジーとマリーゴールドを植えていた。

屋敷のなかもまた新たな衣装をまとっていた。色褪《いろあ》せた壁紙に替わる淡い色の壁、リノリウムのあったところには硬材の床。その床には、化学薬品の新鮮なにおいをいまも留める絨毯《じゅうたん》が敷かれている。そして、新しい家電、新しい調理台。そこに立ってすべての変化を五感に取り込んでいるとき、わたしは気づいた——ここはもうディクソン邸じゃない、ここはエルギン邸なんだ。

トーマスが二階にステレオラジカセを取りに行っているあいだ、わたしはリビングをぶらついて室内の家具を見て回った。展示場の家具のようにセットになっている革製の品々。それを見ると、肘掛《ひじか》けの穴が隠れるよう茶色い毛布を掛けてある自分のうちのカウチのことを考えずにはいられなかった。

オーク材の大きなコーヒーテーブルの中央には、果物を盛った鉢がひとつ置いてあった。林《りん》檎《ご》、オレンジ、桃。プラスチックか蠟《ろう》だと思って、桃のひとつに触れてみると、そいつは指の下でへこんだ。すぐ目の前、このリビングのまんなかに鎮座する、熟した本物の果物——それはわたしに、自分がまだ昼食を食べていないことを思い出させた。桃の香りが鼻に届くと、唾《つば》が湧いてきた。わたしはあたりを見回した。一個もらったら、この家の人たちは気づくだろうか？　そうしてもいいのか？　いや、それは失礼だろう。しかしなあ、あの桃のにおいのうまそうだったことと言ったら！

どうしたものか迷っていたとき、かつてティリーの寝室だった（そして、その前はメイドの部屋だった）リビングの先のかなり広い一室から、ミスター・エルギンのしわがれた低い声が流れてきた。わたしは一歩、二歩とそちらに近づいた。聞こえるのはミスター・エルギンの声だけで、第二の声はしない。これは彼が電話中だということだろう。マナーによれば、立ち聞きはいけないことになっている。ところがそのとき彼が「ライダ・ポー」と言うのが聞こえ、どうにも我慢ができなくなった。

わたしは階段のところに行って、そこでトーマスを待っている体《てい》で、いちばん下の段にすわった。そうするとかつてのメイド部屋のすぐ前に陣取ることになり、ドアの隙間から、その部屋がミスター・エルギンの書斎に作り変えられていて、デスクにバインダーや書類がうずたかく積まれているのが見えた。ミスター・エルギンはわたしからは見えないところにすわっていたが、組まれた二本の脚だけは見え、宙に浮いた一方の足は虚空をたたいていた。

「累計で十六万ドル弱だ」彼が言った。「どの請求書にもハルコムの名前が入っているが、それは彼のサインじゃない。よく似ているが別物だよ」

間。

「それはわたしも考えた。自分のサインをくずして書けば、全部偽造だと言える。ポーのせいにできるわけだ」

間。

「わたしもそう思う」

間。

「セシルが知らなかったはずはない。十六万ドルが消えたのに、気づかないっていうのか？わたしにはどうも怪しく思えるね」

間。

「うん、しかし彼を解雇すれば、ここは修羅場と化すぞ。あの男は郡の住民の半数とつながっている。すでに、わたしがここにいるのは工場を閉鎖するためだと触れ回っているしな。田舎者らしく振舞っているが、あの男は利口だよ。周到に事を進めていて、自分の足跡はことごとく覆い隠しているんだ」

間。

「うん、まさにそれがわたしの考えだ。もう少し具体的な何か、これと指さして、『セシル・ハルコムはきみたちみんなを騙《だま》してたんだぞ』と言えるものがつかめればな。そのときは彼を追っ払っても、そうひどいことにはならんだろう」

間。

「やりつづけるよ。ミズーリ大学に筆跡鑑定が専門の知り合いがいるんだ。たぶん彼ならあの請求書にサインしたのが誰かわかるだろう。セシルかライダ・ポーのどちらかにはちがいないが」

フロント・ポーチの足音に、わたしは思わず飛びあがった。急いでミスター・エルギンの書斎を離れ、カウチの背もたれに寄りかかると、ちょうどそこへミセス・エルギンが入ってきた。その肌の色は、彼女の夫やトーマスほど黒くなかった。また、彼女にはそばかすがあった。わたしは黒人にもそばかすができるとは知らなかった。自分がこの人は黒人女性にしては綺麗だと思ったことを、わたしは覚えている。

彼女は足を止め、園芸用の手袋をはずしながら、一方の眉《まゆ》を上げてわたしを見つめた。自分の家にわたしがいることに戸惑っているのが見て取れたので、わたしは進み出て自己紹介した。「こんにちは、ボーディ・サンデンです。向かいの家に住んでます」わたしは握手の手を差し伸べた。

「このあいだうちのトーマスを池に放り込んだというあの男の子？」

わたしの手が下がった。「うーん……」

するとミセス・エルギンの顔がほころび、彼女はわたしの手を取って上下に振った。「あの子ったら、溺《おぼ》れかけた猫みたいな姿で帰ってきたのよ」その笑みが大きくなった。「ああ……あれは……笑えましたね」わたしは言った。ミセス・エルギンに家から放り出されなかったところを見ると、トーマスはわたしがどんな言葉を使ったか母親に話さなかったようだ。あのことを秘密にしておいてくれるなんて、なかなか公明正大じゃないか――わたしはそう思ったものだ。

ミセス・エルギンは、自分の名はジェンナだと言った。ちょうどそのとき、夫が書斎から出てきたので、彼女は彼を、チャールズです、と紹介した。握手を交わすと、彼の手はわたしの手をほぼ呑みこんでしまった。彼はどうもとうなずいて、ダイニング・テーブルへと移動した。そこにはたくさんの書類が広げられていた。

「母さん！　電池はどこなの？」トーマスが二階から叫んだ。

「どのサイズのがほしいの？」ミセス・エルギンは叫び返した。

「単一」

「シーツの戸棚のいちばん下の棚にあるよ」

「それで……シーツの戸棚ってどこよ?」

「バスルームの横の細いドアのなか」

ジェンナは口をつぐみ、戸棚のドアが開かれ、その後、閉じられるギーッという音に耳をすませた。

「ありがとう！」トーマスが叫んだ。

ジェンナはわたしに注意をもどした。「今週のいつだったか、あなたのお母さんが道をのぼってくるのを見かけたような気がするけど」

「ああ、母さんはこの先の乾式壁の会社で働いているから」わたしはウォリー・シュニッカーの会社の方角を指さした。「経理をやってるんです」

「ぜひお母さんにお会いしたいわ。お招きするとしたら、いつがいいかな？」

「うちの母は……なんと言うか、内気なんで——本当に、すごく内気なんですよ。知らない人と会うとなると、びくついちゃうし、ときには言葉が出なくなったりもするんです。でも訊いてみますよ。ただ悪く思わないでくださいね……ほら……せっかくのお誘いを……」

「わかった」ジェンナは言った。「お母さんはなんて名前？」

「エマです」

「すてきな名前ね」

「ほら、これだよ！」トーマスが階段の上から叫んだ。その手には、大きくて美しい光り輝くステレオラジカセがあった。「電池も入れた」

「あなたたち、お昼は食べたの？」ジェンナが訊ねた。

「ううん」トーマスが階段の最後の三段を飛び越えながら言った。

彼が母親の前をすり抜けるより早く、ジェンナが彼に片腕を巻きつけた。それは捕獲であると同時に抱擁《ほうよう》でもあった。トーマスはいやがるふりをしたが、その笑みは内心を暴露していた。彼らにとっては、いつものこと、ありふれた日常のひとこまなのかもしれない。だがわたしは、ジェンナがふざけて息子をハグするさまに、奇妙な妬《ねた》ましさを覚えたものだ。

「果物か何か持っていったら？」ジェンナは言った。

トーマスは母親の腕から抜け出し、その体を迂回してコーヒーテーブルへと向かった。「何がいい、ボーディ？　林檎か、オレンジか——」

「桃がいいな」わたしは言った。

彼はいちばん上の桃、すでにわたしの指の跡がついているやつを放って寄越し、わたしたちはそろってドアの外へと向かった。

フロント・ポーチに陣取ると、トーマスは家の外壁に、わたしは手すりに寄りかかって、ふたりで彼のドゥービー・ブラザーズのカセットを聴いた。彼は元彼女の話をした。バスケットボールの観戦中、一緒に抜け出して、初めてのキスをしたことを。だがその直後には、同じ褒め言葉を繰り返し使うと、彼女に芸がないと言われるので、毎日新しい褒め言葉を考えなきゃならないんだと文句を言っていた。わたしのほうは高一の一年間をそういう面倒なしにうまく切り抜けたわけだ。

あの有名な曲、「ブラック・ウォーター」まで行くと、トーマスはテープを止めて何度も何度も巻きもどし、わたしたちは終盤のアカペラ部分をマスターしようとした。何度めかの挑戦のとき、わたしはジェンナが玄関のドアの内側に立ち、道の向こうのわたしの家をじっと見ているのに気づいた。

トーマスとわたしは「ブラック・ウォーター」をもう一度かけ、そのエンディングをかなり正確に歌えるようになったが、トーマスはまだ納得していなかった。

背後で車が道を下ってくる音がした。郵便配達夫だ――ヘレンという郵便配達婦。彼女は手紙をいくつかエルギン一家の郵便箱に押し込み、ウォリーの家のほうに向かった。

ヘレンが道を引き返してくると、ジェンナが身を乗り出し、網戸がギーッと鳴ってほんの一インチ開いた。トーマスは何も気づかなかった。ヘレンはうちの郵便箱の前で車を停め、請求書を何通か入れて、その後、走り去った。数秒後、ジェンナが網戸を開けて外に出てきた。最初は足早に、次いでペースを落とし、もっと自然な足取りになって、彼女はポーチをおりていった。頭をめぐらせると、ちょうど母さんもうちの郵便物を取りに来るところだった。

ジェンナと母さんは同時にそれぞれの郵便箱に到達した。ジェンナはパッと温かな笑みを浮かべて、何か言った。それから彼女は道を渡っていき、母さんと握手を交わした。母さんは手にした郵便物に心を奪われているかのように、視線を落としたままだった。最初はジェンナのほうがもっぱら話し役を務めていた。だがそのとき、母さんが何か言ってジェンナを笑わせ、ふたりはそろってトーマスとわたしに目を向けた。

母さんが冗談を言ったのか？

トーマスは何も気づかず、アカペラ部分の音の高いところを歌う練習をしていた。母親たちはそのあとしばらく話をつづけ、それからジェンナが郵便物を手にもどってきた。階段をのぼりながら、彼女は言った。「あなたのお母さんがあとでお茶に来てくれることになったんだけど、どんな入れかたが好きかお訊きするのを忘れちゃったわ」

「お茶？」その展開に驚いて、わたしは言った。うちの母さんがお茶に来る——会ったばかりの人の家に。「母は甘いのが好きです」

「甘いお茶は入れたことがないな。どれくらいお砂糖を入れればいいの？」

「うちではピッチャーにカップ一杯です」

「カップ丸々一杯？」そう言いながら、ジェンナはわずかに身をすくめた。それからその顔に笑みがもどり、彼女はなかに入っていった。

第十三章

学年末試験の週は、つぎの月曜に到来した。いやあ、あれは最悪だったよ。その学期中ずっと授業に身を入れていなかったわたしは、二日連続で徹夜して（なんとかオールDで逃げ切れればと）ごたまぜの知識を短期記憶に詰め込むはめになったのだ。すばらしい成績など、わたしは狙っていなかった。いや、中程度の成績さえもだ。なにせこっちは一年以内に中退する予定なのだ。だったらがんばる必要がどこにある？　しかし夏期講習を逃れるためには、全科目少なくともDは取らねばならなかった。

ジャーヴィス・ハルコムは学食でわたしが一緒にすわらなくても、特に騒ぎ立てはしなかった。そしてしばらくは、わたしもなんとか危機をすり抜けられたかと思っていた。ところが、期末試験の最終日にすべてが変わった。

わたしは、この惑星一つまらない無駄話をするブラザー・イヴァンとブラザー・バートに声が届く圏内で、ランチを食べるようになっていた。その最終日、一個目のホットドッグを食べ終えたちょうどそのとき、左右の椅子がいきなりうしろに引かれ、ブーブ・ブラザーズが一対の汗臭いブックエンドみたいにわたしの両隣にすわった。

「よう、ボーディ」ボブが言った。笑みを浮かべてはいたが、その目には悪意に満ちたきらめきがあった。「そのホットドッグ、うまいか？」

ビーフが学食内に視線をさまよわせた。彼の目がブラザー・イヴァンとブラザー・バートを通過していく。ふたりはいつもほどランチタイムの人混みに注意を払っていなかった。

「ジャーヴィスが話をしたいとよ」ボブが言った。

「なんの用だよ？」わたしは訊ねた。

「ちょっと外に出てこいよ。そうすりゃわかるさ」

「もしことわったら?」

ボブはテーブルの下に手をやって、わたしの膝小僧のすぐ上の部分をつかみ、ぎゅっと力を加えた。彼は握力が強く、神経と筋肉を締めつけられて、わたしはテーブル上にくずおれそうになった。

ビーフが身を乗り出して、ボブにささやいた。「放してやれよ」ボブはためらい、それから手の力をゆるめた。自分では気づいていなかったが、わたしは悲鳴をあげまいとしてずっと息を止めていたようだ。そのときビーフがわたしを見て言った。「あいつは話がしたいだけだよ。もうこれ以上事を荒立てるなよ」

もうこれ以上?

まずビーフが立ち上がってブラザーたちのところに行き、彼らの注意をそらすために、この夏、何か予定があるのかどうか、ふたりに訊ねた。一方ボブは襟《えり》をつかんでわたしを椅子から立ちあがらせると、肩に手をかけたままわたしを誘導し、彼らの前を通過していった。ブラザーたちは笑いながら、夏の布教活動のことをビーフに話していた。

ジャーヴィスは中庭でわたしたちを待っていた。それは、煉瓦の擁壁《ようへき》の向こう端の、木々や生垣がある、奥まった感じの場所だった。彼は茶色の紙袋を膝に載せ、両手でそれを囲っていた。どうやら中身はただのランチじゃないらしい。ボブがわたしを突き飛ばしてジャーヴィスの隣にすわらせ、そのあと自分もわたしの横にぎゅっと身を寄せてすわった。

「おまえ、俺を避けてたよな」ジャーヴィスが言った。「せっかく仲よくしようって言ってやったのに、自分のほうが上等ってような顔してさ」彼はわたしの肩に腕を回して、ぐいと引き寄せた。「まさかおまえ、自分のほうがこの俺より上等だなんて思っちゃいないよなあ、ボーディ？」

「思ってないよ」わたしは言った。その言葉はほとんど声にならなかったが。

「そりゃあよかった。俺は気になりだしていたんだ。こないだの話をおまえがまじめに取らなかったんじゃないか――これをただの遊びだと思ったんじゃないかってな。いいか、これは遊びじゃない。俺たちはおまえを見ている。きょうが学校の最終日だからって、逃げられるなんて思うなよ。そんな甘いもんじゃないからな」

まるで心を読まれているようだった。ボブに椅子から引っ立てられた瞬間から、わたしは最後のベルが鳴るまであと何分かカウントしていた。それ以降は、ずっとジャーヴィスなしだと。あと三時限しのげばいいんだと。

ジャーヴィスがわたしに紙袋を手渡した。ボブのほうはあたりを見回し、近くに教師がいないか警戒している。見渡すかぎり教師の姿はどこにもなかった。「開けてみな」ジャーヴィスが言った。

わたしは折りたたまれた袋の口を開け、なかをのぞきこんだ。最初は、意味がわからなかった。わたしはジャーヴィスに目をやり、その後ふたたび、袋のなかをのぞいた。それはスプレー缶のように見えた。

「今度の土曜日、おまえは寝る時間を過ぎても起きている。そして、みんなが寝静まったころ、こっそり道を渡っていって、あの黒いのの家の壁にペンキでメッセージを書くんだ」

その言葉に、胸のなかで心臓がドクンと鳴った。もう一度、袋をのぞきこむと、そこには赤のスプレーペンキがあった。「なぜ?」それが頭に浮かんだ唯一の言葉だったが、答えはすでにわかっていた。

「なぜなら、あのくそ野郎がうちの親父のことででたらめな話を広めてやがるからさ」その言葉は本人の心づもりより大きな音量で出てきたのだと思う。彼は声のトーンを落とし、低い唸《うな》りへともどした。「あいつは悪いやつらとつるんで、うちの親父をいけにえにしようとしてるんだ。エルギンは追い出さなきゃならない。それがすべてだよ。そこでおまえの出番となるわけだ」

「ただやつを脅《おど》かしてやりたいだけさ」ボブが付け加えた。「何も誰かをぶちのめしてこいって言ってるわけじゃない。おまえはただ、やつの家の壁に〝ニガーは帰れ〟って書きゃあいいんだ」

「それと、こいつを添えてやれ」ジャーヴィスはふたたびあたりを見回して、自分の姿が教師たちに見えないのを確かめた。それから彼はシャツの袖を引きあげ、肩に入ったタトゥーを見せた。下を向いた剣とその柄《つか》の上に昇る炎の光輪。マイロの肩にあったのと同じタトゥーだ。聖イグナチオではタトゥーは禁じられているが、ジャーヴィスの肩の剣は真新しい赤のインクの光沢を放っていた。「壁にこの剣の絵を描いてこい」彼は言った。「さっきの言葉と並べてな」

「絵なんか描けないよ」それがいちばんの気がかりであるかのように、わたしは言った。

「別にレンブラントをめざすことはないぜ」指で宙に図を描きながら、ボブが言った。「ただ、刃を表す長い縦棒を描いて、鍔《つば》の部分に短い横棒を描いて、その上に半円を描きゃいいんだ」

どっちの驚きのほうがより大きかっただろう？　ボブがジャーヴィスのタトゥーのスプレーペンキ版を造作もなく描写してのけたことなのか、それとも彼がその説明のなかで〝鍔〟という語を正確に使ったことなのか――わたしにはわからない。

「なんでお宅らの誰かがやらないんだよ？」わたしは言った。「なんで僕を引き込むんだ？」

「おまえはあそこに住んでるだろ。道を渡って、やることやって、ベッドにもどりゃいいんだもんな。簡単至極、朝飯前だ。それとな、さっき言ったとおり、おまえは見張られてる。そしておまえを見張っている連中は……そうだな、彼らは怒らせちゃまずい類の男たちだ。だがこの仕事をきっちりやれば、おまえは大事にされるだろうよ。俺の仲間たちは恩を忘れないからな」

「もしつかまったら？」

「つかまりゃしないさ」ジャーヴィスは言った。

「だがもしつかまったら」ボブが言った。「口をしっかり閉じてろよ」

ジャーヴィスはわたしの首に腕を回した。それはハグというよりむしろヘッドロックだった。

「ボーディはちゃんとわかってる。余計なことは言わないさ。それに、こいつには大事なお母さんがいるし。名前はエマっていうんだろ？　内気な可愛い女だって聞いてるよ。母親の身に何かあったら、悲しいよな」

震えが背すじを駆けおりていった。

「あんなとこにおまえと母さんとで――ふたりきりで住んでるんだもんな。となると、俺たちみたいな仲間がいたほうがいいんじゃないか」

「母さんを巻き込むなよ」わたしは言った。「僕を小突きまわしたいなら、そうすりゃいい。でも母さんのことは――」

ジャーヴィスがわたしのうなじをつかみ、脊椎《せきつい》がつぶれるほどの力で締めつけた。わたしの両肩は耳まで跳ねあがった。両手が宙を舞い、彼の指をつかむと、スプレーペンキの袋がコンクリートの歩道へと転がり落ちた。

「おまえ、誰にものを言ってるつもりだ?」ジャーヴィスはわたしの耳もとで低くすごんだ。「要求はするな。条件も出すな。言われたことをやって、あとは黙ってろ」

ボブが大きな音でわかりやすく咳払《せきばら》いをし、これを受けてジャーヴィスはわたしの首への圧迫をゆるめた。ブラザー・バートが外の生徒たちの様子を見に来て、わたしたち三人に目を留めたのだ。彼はこっちに向かっていた。

ジャーヴィスがささやいた。「ひとことでもしゃべってみな。その顔をひんむいてやるからな」それから彼は手の力を抜いたが、まるでわたしたちが仲よく談笑している親友同士であるかのように、その指はまだわたしの鎖骨のあたりにかかっていた。

「きみたち、こんなところで何してるんだね?」ブラザー・バートが訊ねた。

「ただランチを食べてるだけですよ」ボブが言った。わたしたちの誰も、なんの食べ物も持っていないというのに。

「それは誰のだい?」ブラザー・バートは地面に落ちた紙袋を指さした。

ジャーヴィスはボブに、ボブはジャーヴィスに目をやった。どちらも発言したくないようだ。

わたしは擁壁からするりと下りて、紙袋をつかんだ。「僕のです」わたしは言った。「いま捨てようと思ってたとこです」

誰も何も言えずにいるうちに、わたしはその場から歩み去り、最初に到達したゴミ容器に紙袋を放り込んだ。安全な校舎のなかに入るまで、わたしは振り返らなかった。ついに振り返ったとき、ジャーヴィスは怒り心頭で、わたしをにらみつけてきた。

第十四章

わたしにはまだ切り抜けるべき時限が三つあった。自習の時間と、歴史の試験、そして一年最後のホームルームだ。生徒みんなを夏休みへと発射するあのパチンコ、最後のベルが鳴るのを待ちながら、誰も彼もがむずむずそわそわしている空虚な一時間。なぜあの学校が最後の試験のあとすみやかに生徒を解放しないのか、わたしにはわかりかねた。ただ、これだけは言える——聖イグナチオ高校は自校のルールを大いに気に入っていた。

わたしはぶちのめされもせず、無事自習室にたどり着き、そこでの時間を利用して、大恐慌と第二次世界大戦に関する三つの章——本当はひと月前に読んでいなければならなかった部分を読んだ。自習の時間が残り三分となったとき、わたしはトイレに行く許可を求めた。それだけあれば、ロッカーに行き、そのなかを空にし、ベルが鳴る前に歴史の期末試験の教室まで行けるだろうと見積もったのだ。うまくやれば、ジャーヴィスとその子分どもが六時限目の教室を出る前に、こっちは席に着けるはずだ。

わたしは人気《ひとけ》のない廊下を急ぎ、自分のロッカーのある一階へと下りていった。階段のいちばん下の段に着いたとき、目に映ったものに混乱をきたし、わたしの足は止まった。わたしのロッカーの戸は開けっ放しになっており、その中身はすべて——教科書もプリントもペンも——床に散らばっていた。小枝の折れる音ひとつで駆けだす構えの鹿と化し、用心深く近づいていくと、表紙からむしり取られた教科書のページがロッカーから放り出され、半円状にばらまかれているのがわかった。ペンや鉛筆はへし折られ、3穴バインダーはつぶされていた。

落ちている物を踏まないようつま先立って進み、何か無傷のものはないだろうかとロッカーをのぞきこむと、そこにはただひとつ、赤いスプレーペンキだけがぽつんと置かれていた。ロッカーの奥には、あのCORPSのマークがスプレーされている。刀身を表す長い縦棒と、鍔に当たる短い横棒、そして、柄《つか》の上に浮かぶ半円——ボブの描写したとおりだ。この後始末をなぜ自分がしなければならないのか？　よくわからないまま、わたしは床に膝をついて、雑多な紙をかき寄せはじめた。バインダーの下には、電卓があった。わたしが自分の金《かね》で買ったやつが。連中はそれもぶっ壊し、ボタンのほとんどは飛び出していた。わたしは電卓のボタンをいくつか拾って、もとどおりソケットにはめこみはじめたが、定位置に収まったボタンはみな、ゆるくなった歯のようにぐらついていた。

そうこうするうちに、ベルが鳴ったにちがいない。他の子たちが通り過ぎていくのを、わたしは意識しはじめた。みんな、慇懃《いんぎん》にわたしの持ち物をまたいだりよけたりしている。そして電卓のプラスのボタンを取ろうとしたときだ。サイズ一二の頑丈な靴がひとつ、わたしの手の横に着地した。その靴がジャーヴィスのものであることは、見あげるまでもなくわかった。つぎにどうなるのかまるで予想がつかず、わたしは凍りついた。それから、そろそろと手を伸ばして、電卓のボタンのひとつを拾いあげた。

「馬鹿なまねをしたもんだよな?」ジャーヴィスは静かに、しかし、砂でうがいをしたあとのようなかすれ声で言った。この質問を修辞的なものととらえ、わたしは返事をしなかった。

「たぶんおまえは鈍《にぶ》すぎて理解できなかったんだろう。これで伝わったかな?」今度も答えずにいると、彼はわたしのバインダーを廊下の向こうへ蹴飛《けと》ばした。

周囲には野次馬が集まっていた。たぶん殴り合いが勃発するのを待っているのだろう。わたしは視線を下に向けたまま、電卓のプラスのボタンをその穴にはめこみ、つづいてイコールのボタンに手を伸ばした。わたしの沈黙は次第に大きくなっていき、それとともに、ジャーヴィスの広がった鼻孔を空気がひゅうひゅう通り抜ける音が聞こえてきた。

わたしの指が電卓の小さなボタンをつまんだとき、ジャーヴィスが足を上げてわたしの手を踏みつけ、そのブーツの裏の模様をぐりぐりと関節に刻みつけた。小指は彼の重みの下で変な角度にねじれている。痛みが一気に腕を駆けのぼり、胸郭いっぱいに広がった。

床に肘をつき、わたしは叫んだ。「足をどけろ！」だがジャーヴィスはわたしの手にさらに体重をかけ、わたしの耳にその顔が触れんばかりに身をかがめた。「やっちまったな、このヘド」

彼は何かもっと言ったのだが、焼けるような痛みがその声をシャットアウトした。わたしは悪態をつきはじめた。だが耳鳴りのせいで、自分自身の言葉さえわたしには聞こえなかった。指がずきずきし、腕が震えた。ジャーヴィスはわたしの手をつぶしかけていた。

かつてわたしは、ティリー・ディクソンの牛小屋で、屋根裏の干し草置き場を探検していて、うっかり野良猫を踏んづけたことがある。かわいそうに、そいつは麻布の下に隠れていたのだ。尻尾を踏まれたとたん、猫はまだら模様の悪鬼よろしくわたしの足に襲いかかった。考えはない、作戦もない、ただひたすら怒り狂って。何が起きたのかこっちが気づくより早く、あの猫はめちゃくちゃにわたしを引っ搔いていた。ジャーヴィスがその体重をぐいと手にかけてきたとき、わたしにはあの猫の気持ちがわかった。わたしはあの猫になった。

左足を引っ込め、自由なほうの手でジャーヴィスの足首をつかみ、彼の膝に肩をぶつけた。それは自分に出せると思っていた以上の力だった。全体重が彼の脚にぶちこまれると、つぶれた手が解放され、ふたたびそこに血液が流れ込んでドクドクと巡りはじめた。この攻撃はレスリングのスター選手であるジャーヴィスに不意打ちを食らわせ、彼は大の字になって床に投げ出された。

わたしは反撃を待ってはいなかった。そのまま惰性《だせい》で進み、さっと立ちあがって、ジャーヴィスの体を飛び越えた。彼が手を伸ばしてわたしのシャツのポケットをつかみ、そのポケットはシャツの一部とともにはがれた。何かが膝にたたきこまれ、わたしは前方に転がって、あおむけに倒れた。ジャーヴィスが襲いかかってくる——そう思ったが、彼は顔を押さえ、床の上をのたうちまわっていた。わたしの膝に当たったのはその顔だったのだ。

わたしは立ちあがって走った。

歴史の試験会場は二階だった。階段の角で振り返ったが、追いかけてくる者はなかった。ジャーヴィスはまだ横向きに倒れたままで、片手で膝、片手で顔の左側を押さえている。廊下の生徒らの半数は、唖然として彼を見つめており、残りの半数はわたしを見ていた。その思い(〝ああ、かわいそうに〟)は彼らの顔にはっきり出ていた。

わたしは階段のてっぺんでひと息入れ、歴史の試験の教室の前にボブが立っているのに気づいた——たぶんわたしがロッカーに寄らなかった場合の備えだろう。彼はこっちに気づいていない。そこでわたしは身をかがめて男子トイレに入った。それからいちばん奥の個室に向かい、便座の上に上がって、ドアに鍵をかけた。

＊

硬いタイルの床を踏む靴の音でその人数の減少を刻印しつつ、ひとり、またひとりと、男子らが去ってゆき、トイレ内はついにしんと静まり返った。わたしは個室のなかでしゃがんだまま、本鈴が鳴るのを待った。たとえ歴史の試験に遅れても、無事にその会場に着くことはできるはずだった。

個室の仕切りの下をのぞいてみると、トイレ内に人の足はひとつも見えなかった。そこでわたしはそっと便座をおり、個室のドアを開け、外に足を踏み出した——するとそこにビーフがいた。洗面台に尻を乗せ、壁に寄りかかり、左右の足をシンクのひとつの縁に突っ張らせ、腕は楽な格好で膝の上に置いている。でっかいやつにしては、その姿は意外とコンパクトになっていた。わたしを見ると、彼は笑みを浮かべた。

出口は彼の左肩の向こう——角を回った先だ。わたしの視線がドアのほうに飛んだのに気づいたにちがいない、彼は言った。「たどり着けやしないさ」

そのとおりなのはわかっていた。そこでわたしは両の拳を握って顔の前で構えた。自分なりに精一杯のモハメド・アリのポーズだ。ビーフを突破しないかぎり、脱出はできない。でも、もしわたしをぶちのめすつもりなら、彼にも苦労してもらおう。

「その手を下ろせよ、なあ。怪我をするぞ」ビーフはちょっと笑って言った。

わたしはあたりを見回してジャーヴィスとボブをさがした。だがわたしたちはふたりきりだった。

「ジャーヴィスは自分の喧嘩を自分じゃできないのか?」わたしは訊ねた。

「喧嘩? なんの喧嘩だよ?」

「あんた、僕をぶちのめしに来たんだろ」

「そうしてくれって言うなら、やれなくはないだろうな。でもちがうよ。俺がここに来たのは、そのためじゃない」

「じゃあ、なんの用なんだよ？」そう言いながら、わたしは拳を下ろした。

ビーフは洗面台からするりとおりて、布切れをひとつ差し出した。かつてわたしのシャツのポケットだったものを。「こいつを渡してやりたくてさ」わたしの疑いに理解を示すために、彼はふたりのあいだに充分距離を保っていた。わたしが布切れを受け取らないので、彼はそれを洗面台に置いた。

わたしたちはどちらも動かなかった。

「いいか、おまえらみんなに自分がなんて言われているか、俺はちゃんと知っている。俺はジャーヴィスのブーブ・ブラザーズの片割れなんだよな。おまえらは俺をただのスポーツ馬鹿、乱暴なやつだと思ってる。でもほんとはそうじゃないんだ」

「だからきょうの昼休み、ブラザーたちの気をそらして、ジャーヴィスに人気《ひとけ》のないところで僕をつかまえさせたってわけか」

「うーん……まあ、そう来るよなあ」自分を恥じているのか、ビーフは肩をすくめて、視線を下に落とした。「説明させてくれよ、ボーディ。ジャーヴィスと俺は幼稚園のころから親友だった。あいつは俺にとって兄弟みたいなもんなんだ。外に見せてるほど悪いやつじゃないし、いま起きてることにはいろいろと裏の事情があるんだよ」

ビーフは相槌《あいづち》を求めているかのようにわたしを見た。たぶん、わかるよ、と言ってほしいんだろうが、わたしは何も言わなかった。

「ほら、あの親父さん……そうだな、セシル・ハルコムと一緒に暮らすのは、なかなか大変だとだけ言っとこうか。特に最近は、工場の問題やなんかがあるだろ……ジャーヴィスは父親の悪いニュースのあおりをまともに食らっているんだよ。確かにジャーヴィスにはいやなところもある。でもな――」

「ジャーヴィス・ハルコムに同情しろって言うの？」

ビーフは、わかるよ、と言うようにほほえんだ。「そういうわけじゃない。ただジャーヴィスもつらい状況にあるってことを知っててほしいと思ってさ。あいつがきょうみたいな行動に出るときは……そうだな、それは他の何より親父さんのためなんだってことを頭に入れといてほしいんだよ」

「歴史の試験に行かなきゃ」わたしは言った。「遅刻しちゃうよ」

ビーフはドアのほうへ頭を傾けた。「行きな」

わたしは用心深く彼の前を通り過ぎた。ビーフは身じろぎもしなかった。だがわたしがドアを開けたとき、彼は言った。「もうひとつだけ。学校のあと、おまえは四番のバスに乗ってうちに帰るよな」それは質問ではなく、事実の叙述だった。

「なんで知ってるのさ？」わたしは訊ねた。

「ジャーヴィスはおまえのことをいろいろと知っている。たとえば、四番のバスが小学校から来てることや、おまえがそのバスを……ずっと向こうの、このブロックの端っこで……先生たちのいないとこで、待たなきゃならないってことを。あいつは、そのバス停にいるのが、おまえとふたりの女の子だけだってことも知っている。その子たちはたまたまあいつの従妹《いとこ》なんだが」

「あいつ、何をする気なの？」

「おまえは、何をする気だと思う？」

「なんでこのことを教えたんだよ？」

「俺はジャーヴィスの言いなりになる気はないんだ。ボブとはちがうんだよ。こういうことには賛成できない。だからおまえのためを思って警告してるんだ。それだけのことさ」

「警告はするけど、あいつを止めはしないんだね」

ビーフは重いため息を漏らした。「いろいろと複雑なんだよ」

「問題はそこだよ、ビーフ」わたしは言った。「僕はちっとも複雑じゃないと思う」

第十五章

わたしは十分遅れて歴史の試験会場に入った。試験用紙を渡しながら、セアー先生は怖い顔でわたしをにらんだ。

その授業では席の指定はなかったが、わたしはいつも同じ席に着いていた。これは、序列の確定後、みんながしていたことだ。授業の初日、わたしは（空想にふけれる場所のほうがよかったから）窓際の席に着いた。ところが、ちゃんと落ち着く暇もなく、ブロック・ナンスがやって来て、そこは自分の席だと言った。その日が初日なのだから、それが嘘なのはわかりきっていた。そこでわたしはデスクの上をさがすまねをし、きみの名前は書かれていないようだと言ってやった。彼はあたりを見回して、教室内に先生がいないのを確かめてから、わたしの胸を殴りつけた。

わたしはひとつ隣の席に移動した。必要以上は動くまいとして――それが一種の勝利であるかのように。すると今度は、ブロックの友達のひとりが、そこは自分の席だと言った。ずっといられる席が見つかるまでに、いい席は全部、取られてしまっていて、結局、わたしは窓のない壁際の席にすわることになった。

聖イグナチオ校でのわたしの初年度を非常につらいものにしたのは、そういったこと――たくさんのそういったことだった。毎日まわりで飛び交う会話、映画やパーティーやデート、さまざまな予定。それらはすべて、わたしが見たことのない世界で生まれる。また、その世界のほうにも、わたしの姿は（誤った席にすわらないかぎり）見えないらしい。だからわたしは授業中のほとんどの時間を、〝見えない〟という冷気に包まれ、ロックバンドのロゴの落書きに集中するか空想にふけるかして過ごした。

歴史の試験問題の一ページ目を見て、わたしは教科書を充分読んでおかなかったことを後悔しはじめた――それに、授業をろくに聴いていなかったことも。こう言ってはなんだが、取りあげる戦争がどんなに興味深かろうと、セアー先生の講義が舗装路を走る車のタイヤのブーンという音以上に活気を帯びることはなかった。一度、わたしは机に肘をつき、左右の拳で頬を支えた状態のまま、眠り込んでしまった。教科書を読むふりをしながら居眠りするのは、もうお手のものだった。だがこのときは、セアー先生に気づかれ、先生は黒板消しをわたしに投げつけた。黒板消しは頭のてっぺんに命中し、わたしはチョークの粉の雲のなかで目を覚ました。

クラスのみんなは大受けだった。全員がわたしを笑った――ただし、ボブがプディングをぶつかけようとしたあの黒人の女の子、ダイアナは別だ。歴史の時間、彼女はいつもわたしの左隣にすわっていた。ひとりだけ目に同情の色を浮かべていたせいで、彼女は他から目立っていたように思う。すでにわたしは聖イグナチオ校が大嫌いになっていたが、その黒板消し事件の後は――そう、ジェサップからおさらばしたいというわたしの気持ちは沸点に達した。

試験の多肢選択問題をよくよく眺めると、問いのいくつかがついさっき自習室で読んだ章から出題されているのがわかった。他の問題は記憶の琴線にかすかに触れたので、半分推測で答えを出した。最後までひととおりやってみたあとも、わたしの解答用紙にはまだ、埋めた部分とほぼ同数の空白部分があった。わたしはさらに深く記憶をさぐろうとした――脳の隅っこのどこかに、偶然セアー先生の講義が貼りついた壁面がないかと。しかし心は絶えずさまよいだし、ビーフのあの警告へともどっていった。バス停に行けば、ジャーヴィスがそこで待っているのだ。

最後の時限を途中で抜け出すことならできる。今度もまた、トイレに行きたいと言って、早めに出ていけばいい――だが、それでどうなる？　うちまでずっと歩いて帰るのか？　それじゃ何時間もかかってしまい、母さんがハイウェイ・パトロールに通報する事態となる。

気の散る考えを振り払い、わたしはテストに注意をもどした。まだ死守すべきDを取るのに充分な数の問いに答えていなかったし、セアー先生の出題項目のなかには、学期の初めの授業内容に関するものもひとつあった。教師どもにこれをやられると、本当にむかつく。わたしは目を閉じて、産業革命に関してなんでもいいから用語を思い出せないか靄《もや》のなかをさがした。

バス停にはジャーヴィスと一緒にボブもいるだろう。でもビーフは？　彼は止めに入ってくれるだろうか？　これまで彼がジャーヴィスを止めたことはない。ボブがダイアナにプディングをぶっかけに行こうとしたとき、彼はその計画を止めなかった。もしあのときビーフが強く反対していたら、こっちがボブをすっ転ばせる必要はなかったろうし、こういうことは何ひとつ起こらずにすんだろう。

集中しろ！　わたしは時計に目をやった。残り十五分。そして、わたしの試験用紙はまだ空欄だらけだった。**自由放任主義《レッセフェール》？　自由放任主義《レッセフェール》ってなんだよ？**　もし歴史で落第点を取ったら、夏期講習に行かされる。そうなったら、計画は丸つぶれだ。十六歳で町を出るためには、ウォリーのところで働いて、稼げるだけ稼がなきゃならないのに。この試験が突如、わたしの運命を握るものとなった。そしてわたしは、でたらめに楕円を塗りつぶすしかないところまで追い込まれていた。

教室の窓からは、敷地の角のバス停が見えそうで見えない。その場所は、ヒマラヤ杉の小さな木立の陰になっている。だからわたしへの暴行が先生たちの目に触れることはない。バスが来るまであの木立に隠れていて、最後の最後にダッシュで車内に駆け込むという手もある。ジャーヴィスはバスのなかまでは追ってこないんじゃないか？　そう、確かに。でも彼はずっとあとをつけてきて、フロッグ・ホロウ・ロードのてっぺんでひとりになったわたしをつかまえるだろう。となると、なんとかして、ボーディはバスに乗らなかったと彼に思わせなければならない。

「あと十分」セアー先生が言った。

くそっ！

窓から視線を引き剝《は》がし、試験に注意をもどしたとき、小さな動きがわたしの目をとらえた。ダイアナがすべての楕円が埋まっている自分の解答用紙を横に向けたのだ。これはわざとなのだろうか？　わたしは彼女にブーと言ったこともない。気のせいだ、とわたしは自分に言い聞かせた。だがそのとき彼女が、こっちには目を向けずに、試験用紙を軽く指でたたいた。

わたしは顔を伏せ、目玉をめいっぱい左に寄せた。そうすると、かろうじて彼女のドットの図柄をのぞき見することができた。わたしはそれと同じ図柄になるよう自分の用紙を埋めはじめた。

セアー先生はベルが鳴る直前に試験終了を宣言し、わたしは自分の解答（わかったやつ、もらったやつ、推測したやつ）をかなりの自信を持って提出した。この出来なら合格点に達したにちがいない。わたしはダイアナにお礼を言いたかった。でもお礼など言えば、わたしたちの共謀に注意を引き寄せることになる。彼女はわたしに目を向けて、ごくごく小さな笑みを見せ、わたしも笑みを返した。

ベルが鳴っても、わたしは席から動かなかった。ビーフは、ジャーヴィスがわたしをつかまえるのは学校が終わってからだと言っていたが、廊下で彼に出くわして、この点に関し気を変えられるのはごめんだった。生徒の一団が出ていき、別の一団（ほぼ全員二年生）が入ってくるあいだ、セアー先生は読んでいる本から顔を上げなかった。わたしに注意を払う者はひとりもいなかった。本鈴が鳴ると、セアー先生は顔を上げ、これが今年度最後の一時間であることや、まだ試験を受けている人たちがいるかもしれないから静かにしていなければならないことを話しだした。

それから先生はわたしに気づき、何かに興味をそそられた犬みたいに首をかしげた。「迷子になったのか、サンデン君？」

わたしは立ちあがり、ドアの外に向かった。通り過ぎしな先生に作り笑いをしてみせたが、質問には答えなかった。誰もいない廊下に出ると、わたしは最後の教室へとさりげなく歩いていった。

＊

ラスト一時間はドミノ倒しのスピードで過ぎていった。他の子たちは最後のベルを待ちながら、数人ずつ固まってだべっていたが、わたしは自分の席にじっとすわって窓の外を眺めていた。心がアイデアのカードをつぎつぎとめくっていく。だがどのアイデアもわたしをこの苦境から救い出すことはできそうにない。やがてわたしは、その教室の先生、ブラザー・マーカスがクロスワード・パズルをやっていて、生徒たちにまるで注意を払っていないのに気づいた。他の先生たちと同じく、彼もすでに休みに入っているのだ。これは利用できる。

ベルが鳴る十五分前に、わたしはブラザー・マーカスのところに行き、トイレに行く許可を求めた。彼はまず時計を見あげ、それからわたしを見た。

「ベルが鳴るまでに必ずもどるんだよ」先生は言った。

「大丈夫です」わたしは答えた。自分がもどらなくても先生が気づかないことはわかっていた――クロスワード・パズルという餌があるなら、絶対確実だ。

わたしは、学校のすでに夏休みに入っている一角（学食と体育館）に向かった。そのエリアはどこも霊廟《れいびょう》並みにひっそりしていた。誰もいない中庭にそっと入ると、わたしは体育館の裏をめざして進んだ。先生の誰かがたまたま窓の外を見ている可能性もなくはないので、念のため、自分には当然こうする権利があるのだと言わんばかりに平然と歩いていった。

そこからわたしは全速力で南へと走った。学校から遠ざかり、バス停とは逆の方向へ。校内の誰からも見えないところまで行くと、ぐるりと回って脇道に入り、姿を隠した状態のまま学校の正面へと向かった。

わたしの乗るバスは、そのブロックの西側で生徒たちを拾うのだが、わたしは東側の一時停止の標識からほんの数フィートのところに立つヒマラヤ杉の木に登り、枝葉のなかに腰を落ち着け、学校が終わるのを待った。

その居場所からはベルが鳴るのは聞こえなかったが、どっとあふれ出てきた生徒たちの洪水が今学年度が終わったことをわたしに告げた。ほどなくジャーヴィス・ハルコムが彼の赤い四輪駆動を運転して駐車場から出てきた。助手席にはボブが乗っている。ジャーヴィスのトラックはバス停を素通りし、ほんの束の間、わたしはビーフにからかわれたのかと思った。だがそのとき、トラックが脇にそれ、路地の一本に入って駐まるのが見えた。それはバス停を見張るのに最適の場所だった。

ボブが降りてきて、学校の向かい側の並木ぞいを走っていき、バスを待つときわたしが立ったはずの地点からほんの数フィートの生垣のうしろに陣取った。

騒々しい高校生を満載した車が駐車場からつぎつぎ出てきて、クラクションを鳴り響かせ、ステレオの音量を思い切り上げて、わたしのいる木を通り過ぎていく。車内の連中は、夏へと解き放たれて、歓声をあげていた。隠れ家のわたしに気づく者はひとりもいない——もっとも、たとえ隠れていなくても、彼らがわたしに本当に気づくことは決してないのだ。

車の流れが途切れがちになったとき、ブロックの向こうの角を曲がってバスが現れ、ふたりの女の子を乗せるために停止した。バスは二、三分待っていた。たぶんわたしに学校から駆けてくる猶予を与えるためだろう。ボブが持ち場を離れ、生垣をぐるりと回って車道側に出てきた。わたしが自分の前をすり抜けた可能性を考慮し、周囲をもっとよく確認しようというわけだ。つづいてジャーヴィスがバスの反対側に現れた。彼もまたあたりを見回し、わたしをさがしていた。

バスが発車すると、ふたりはその動きを目で追った。どちらも肩をすくめ、さかんに手振りを交えてしゃべっている。それから彼らはジャーヴィスのトラックへと引き返していった。

バスが一時停止の標識の前で停まると、わたしは木から飛びおり、駆け出ていってその真ん前に立った。わたしがただオーギーとして知る運転手の男は、道からどくよう手振りでわたしに合図した。彼はわたしが誰かを知っているし、わたしがいつもそのバスに乗ることも知っている。だがオーギーにはルールがあるのだ。決められた時間にバス停にいないなら、バスに乗ることはできない。

「そこをどけ」彼は窓からどなった。

「バスに乗らなきゃならないんだ」わたしはどなり返した。

「ルールは知ってるだろう？　さっさとどけ」

「絶対、動かない。必要なら世界の終わる日までここに立ってるからね。ドアを開けたほうがいいよ」

バスのうしろに近づいてくるジャーヴィスの二本出しマフラーの爆音が聞こえたが、わたしの姿は彼からは見えないはずだった。

オーギーは小声で悪態をついた（それは唇《くちびる》を読んでわかった）が、案外あっさりあきらめ、ドアを開けて、手振りで乗れと合図した。

「鼻先でドアを閉めたら、またここにもどってくるからね」わたしは言った。

「早く乗れ！」彼はどなった。

わたしはバスの車体に貼りつくようにしてドアまで歩いていった。わたしには、ジャーヴィスのトラックのサイドミラーが後続の車の列から突き出ているのが見えた。わたしが乗り込むと、オーギーはぶつくさ文句を言ったが、小さい子たちに汚い言葉が聞こえないよう声は低く保っていた。わたしはいちばん最初にたどり着いた空いた席に飛び込み、そのシートに身を沈めて姿を隠した。

バスが発車したあと、シートの背もたれの上からうしろをのぞくと、ジャーヴィスのトラックは横道に入っていくところだった。彼にはわたしが見えなかったのだ。

そのとき初めてわたしは実感しはじめた——聖イグナチオ・カトリック高校での最初の一年を自分は無事、切り抜けたのだ。これは歓喜すべき瞬間だった。木の上に隠れていたとき車で通り過ぎていった他の子たちのように、わたしも歓声をあげ、宙に拳を突き上げたかった。しかし喜びは感じられなかった。ジャーヴィス・ハルコムとのこの一件はまだ終わっていない——わたしにはそんな気がした。これは序の口にすぎないのだ。

第十六章

バスを降りるやいなや、わたしは聖イグナチオ高校での悲惨な一年を忘れる努力に取りかかった。フロッグ・ホロウ・ロードでの生活にそれまでになくたくさん未知の要素が存在したことはその一助となった。未知の要素のいちばん大きなやつは、もちろん、トーマスだ。

トーマスが話し好きだということは、時を経ずしてわかった。ここで言う話し好きとは、ものすごいおしゃべりという意味だ。彼はノンストップでしゃべりつづける――自分がやったスポーツのこと、自分がキスした女の子のこと。そこでこっちは、自分には仕事がある、それに、マニュアル車の運転もできる、という事実でこれに対抗した。しかし彼の話しぶりを聞けば、みんな、こいつは十五じゃなく二十歳じゃないかと思いたくなっただろう。とはいえ、ある深い谷にわたしが連れていった日には、そのトーマスが六歳児みたいに歓声をあげ、手足をばたさせながら、膝《ひざ》の高さまで枯れ葉が積もった急斜面を転がりおりていったものだ。それに、ふたりがヒッコリーの大木から垂れさがった蔓《つる》につかまって宙を駆けたとき、先にターザンの雄たけびをあげたのは、〝もう女の子とキスしてる〟氏のほうだった。

そしてある日、わたしはうっかり口をすべらせて、ジェサップから出ていくつもりであることを漏らしてしまった。

それは、わたしが前に何度も探検している地帯をめざし、ふたりで森の奥へと分け入ったときのことだ。そうしてわたしたちが到達したのは、郡道51号線のはずれの小峡谷だった。人々はこの谷にガラクタを捨てるようになっていた。家電、タイヤ、古いテレビといった粗大ゴミ――金を払ってコールフィールド郡のゴミ処理場に捨てる気にはなれないものを。わたしは何年か前、グローバーと探検していたときにこの谷を見つけていて、数年かけてソーダの空き瓶や銅線を二百ドル相当そこから回収し、その金をジェサップ脱出の資金として貯め込んでいた。

その日、わたしたちがガラクタの山のところに着いてみると、谷底には誰かが投棄した古い

AMCグレムリンがあった。それを見て、わたしはクリスマスの日の子供みたいに興奮した。錆《さび》だらけのその古いグリーンの車は、ごろごろ転がったせいでほぼぺちゃんこにつぶれ、裏返しになっていたが、わたしはその下側からエンジンに手を届かせることができた。

「部品は取りはずされてなかった」満面に笑みをたたえて、わたしは言った。「あのなかには二十五ドル相当の銅があるよ」

「でもグレムリンだぜ」トーマスは言った。「あのなかに二十五ドル相当のものなんかひとつもないんじゃない？」

「スパナが必要だな。今度また来て、始動装置や交流機やなんかを回収しよう」

「本気かよ？」

「もちろん本気だ。〝ジェサップおさらば資金〟の足しになるもんな」止める間もなく、その言葉が流れ出てくるのが聞こえた。

「〝ジェサップおさらば資金〟って？」

わたしはタイヤのひとつに寄りかかって、どの程度までトーマスに話したものか熟考し、最終的に何もかも話すことにした。「十六になったら、俺は出ていく。ずっと金を貯めてきたんだ。あとちょっとで中古のピックアップ・トラックを買えるくらいの額になる。でもうちの母さんには言っちゃだめだ。約束してくれよ」

「そんなの無茶だよ。どうやって金を稼ぐんだよ？」

「シートロックの壁貼り。そのやりかたなら、もうようくわかってるんだ。ずっと見て、覚えてきたからさ」

「壁貼りをやるために高校を中退する気？　そんなの馬鹿げてるよ」

わたしのなかで何かが鋭くなった。そしてわたしはナイフで狙うように言葉の狙いを定めた。「俺の父さんは壁貼りの仕事に満足していた」わたしは言った。「誰も彼もがきみたちみたいに大きな屋敷に住む必要はないんだよ」

こみあげる涙とともに、わたしはその場から歩み去った。胸は怒りでいっぱいだった。小川に着くまで歩きつづけ、わたしはそこでカメの形をした石の上にすわった。

トーマスが近づいてくるのが聞こえた。どうすればよいのかわからずに、彼は何度か足を止めたり踏み出したりしていた。彼がそばまで来ないうちに、わたしは目の涙をぬぐった。隣にすわると、彼は言った。「ごめん。あんなこと言うんじゃなかった」

「気にしなくていいよ」

「いや、僕は最低なやつだ。本当に悪かった」

「もういいって――とにかく秘密は守ってくれよ」

「誰にも言わないよ。約束する。でもさ……」

「なんだよ？」

「誰にも言わないってのは、ただ黙ってるってことじゃない。僕は行くのをやめるようにきみを説得する。いちおう前もって言っとくけど」

「どうぞいくらでもしゃべってくれ」わたしは笑みを漏らして言った。「それがきみの特技だもんな」

＊

トーマスとわたしは夕飯に遅れた。これはわたしたちが精一杯、時間を守ろうと努めていたにもかかわらず、よくあることだった。母親たちはふたり一緒にエルギン家のキッチンでルバーブのクリスプを作っていた。このことは、あの夏、未知の要素だったもうひとつのことをわたしに思い出させる——母がジェンナ・エルギンをどれほど好きになったかを。

別にふたりがああなっちゃいけないと思っていたわけじゃない。ただ、母さんは父さんが死んだあと分厚い壁を立ててしまい、そのなかに入れてもらえるのはほんのひと握りの人間だけだったから。ところがジェンナは、何か秘密のゲートみたいなものを通り抜けたのか、いともたやすく壁のなかに入り込んだようだった。

それはあの最初の日のお茶から始まった。そして二日後もふたたびお茶。つづいて土曜の朝、わたしが目を覚ましたとき、母さんはエルギン家のポーチにすわって、コーヒーを飲み、シナモンロールを食べながら、ジェンナと話していた。こうしてあっという間に、母さんはうちの裏のポーチにひとりですわっているという土曜の朝の儀式を新たなものに置き換えたのだ。

そのルバーブのクリスプはサプライズだった。なぜなら母さんはそれを一から作ったのであり、どんな料理にせよ母さんが一から作ることはめったになかったからだ。それにわたしには、母さんが以前にルバーブのクリスプを作った記憶もなかった。そのルバーブは、うちの地所の境界線にそって生えていたものだった。母さんは以前、それは父さんがそこに植えたのだ、父さんはルバーブのクリスプが大好きだったから、と話してくれた。まだ幼かったわたしは、ルバーブを食すには砂糖が山ほど必要だということが理解できず、その生の茎をかじってみたが、そのときはあまりの酸っぱさに顔がくしゃくしゃになったものだ。誰にせよ、それをデザートに食べたがるなんて、わたしには想像もできなかった。しかしその夜、母が作ったルバーブのクリスプは、過去にわたしが食べた何よりもおいしかった。こう言っているのは、作った人が自分の母親だったからじゃない。その味は本当にすばらしかった——特に、ジェンナがテーブルに持ってきたアイスクリームをひとすくい添えて食べると。母さんにそんな才能があるなんて、まったく意外だった。

あの夏には——少なくとも、学校が終わったあとのあの数週間には、人生最高の思い出となる出来事がいくつもあった。それはまるで、ひとつの季節を全部、数日間に詰め込んだかのようだった。だがその後、ウォリー・シュニッカーの会社でいろいろあって、わたしの世界のメカニズムにまたひとつ新たな歯車が加わることとなった。そしてもっとも大きな変化は、ある金曜日に起こった。ちゃんと曜日を覚えているのは、しばらくマイロ・ハルコムを見かけなかったことに自分が気づいたのがその日だったからだ。

その夏、わたしは三つの仕事をしていた。年間通じてやっている倉庫の清掃、壁塗りが作業にかかれるよう石膏《せっこう》ボードの切れっ端を住宅から運び出す撤去作業、そして、壁の磨き仕上げだ。この三つのうち、壁の磨き仕上げはわたしのお気に入りだった。壁塗り職人がひびや釘《くぎ》をすべて充填《じゅうてん》用セメントで覆ったあと、わたしが出ていって、それをすっかりなめらかにし、塗料を塗れるようにするのだ。わたしは磨き仕上げが大好きだった。その仕事は一フィート当たり一セントになるのだから。わたしがやっているウォリーのその他の仕事は、どれも十五分一ドルだった。フィートで働くということは（わたしたちはそれを出来高給作業と呼んでいたが）、がんばればがんばるほど金《かね》がもらえるということだ。磨き仕上げは、わたしにとってたくさん稼ぐ手段なのだった。

ウォリー・シュニッカーが磨き仕上げのやりかたを教えてくれたのは前の年のことで、その夏の終わりまでにわたしはこの仕事をしっかり習得していた。八月のある週には十二室あるアパートの壁を毎日磨き、このときの稼ぎは百三十五ドルだった。これはマイロとアンガスが稼いだのとほぼ同額だ。いざジェサップを出るとなったとき、自分には少なくともひとつはどこかで雇ってもらえるだけの技術があるのだ、とわたしは思った。そこからなんとか徐々に昇格して、父さんのようなボード貼りになろう。

その金曜日、わたしはスプリット・ホワイエ・スタイルの住宅でずっと磨き仕上げをしていて、ウォリーが迎えに来てくれたときは、まるで小麦粉をひと袋ぶっかけられたみたいに頭のてっぺんからつま先まで白い埃《ほこり》に覆われていた。わたしは装備と飲み水の容器をトラックの後部に放り込んで、最後にもう一度、服を払ってから運転席に乗り込んだ。営業所への帰路、ウォリーは回り道してマイロとアンガスがボードを貼っている別の現場に寄った。

「ここにいなさい」グローブボックスに手をやりながら、ウォリーは言った。「ひとっ走りしてあのふたりに小切手を渡してくるからな」

そのとき初めて、わたしは、マイロが母の頰に触れたあの日以来、彼を営業所で見ていないことに気づいた。パズルのピースがつぎつぎとはまりはじめた。ここしばらく周囲では、わたしには理解できないことがつづいていた。不可解な会話や動き——たとえば、ウォリーが釘の箱を現場に持っていくとか、アンガスが足場材を取りに来るといったことが。

ウォリー・シュニッカーがマイロの給与小切手を届ける、というやつは、絵を完成させる最後のひとつのピースとなった。ウォリーはマイロを営業所から——わたしの母から遠ざけているのだ。この処遇はマイロをものすごく怒らせたにちがいない。ウォリーはマイロを叱責《しっせき》したことを一度も漏らさなかった。ウォリーがトラックにもどり、わたしたちが帰途に就いたとき、わたしの顔に浮かぶ馬鹿みたいな笑みに仮に気づいたとしても、ウォリーは何も言わなかった。

営業所への帰り道、わたしたちは六棟のアパートの建設が始まっているある丘を通り過ぎた。ウォリーは指さして言った。「母さんから聞いたかな？　あのアパートはうちが手掛けることになったんだよ」

「ほんとに？」さらにたくさん稼げるという展望に色めいて、わたしは言った。

「二週間後に最初の一棟に資材を運び込む。この夏は忙しくなるぞ」

「僕は平気だよ」

「実は、もう少し手伝いを雇う必要があってね、きみにパートナーを付けようかと思ってるんだよ。撤去作業と磨き仕上げを手伝う誰かだな。きみの母さんは、きみの友達のトーマスがいいんじゃないかと思ってるんだが。きみはどう思う？」

白状しよう。わたしの頭にまず浮かんだのは、ものすごく身勝手な考えだった。トーマスが雇われるということは、わたしの出来高給を彼と分け合わねばならないということだ。こっちは彼に仕事を教えなくてはならないし、そうすれば作業のペースは落ち、上がりはさらに減るだろう。その一方、毎日がのろのろと過ぎていくときそばに話し相手がいるというのは、ありがたいことだ――いや、ありがたいなんてもんじゃない。以上が、わたしの頭に最初に浮かんだことだった。

つぎに頭に浮かんだのは、マイロ・ハルコムのことだ。「マイロはなんて言うだろうね？」わたしは訊ねた。

ウォリーはわたしに目を向けた。アーチを描いたその眉《まゆ》は、彼がすでに、自分ひとりでか、母と一緒になのか、その点を検討ずみであることを告げていた。「マイロに投票権があるとは知らなかったよ」彼は言った。

「投票権があるとは言ってないよ。だけど……彼がどんなか知ってるよね？」

「ああ、彼がどんなかは知ってる。だがわたしはいまもここのボスなんだからな」ウォリーのこの言葉が、わたしを納得させるためだったのか、それとも自分を納得させるためだったのか、わたしにはわからない。いずれにせよ、彼は自信ありげとは言えなかった。

わたしは想像しようとした――どこかの現場にマイロがすわっている。するとそこへトーマスが入ってくる。セシル・ハルコムの仕事を乗っ取った男の息子、わたしが落書きで汚すことになっていた家に住む子供が。わたしはウォリーに抜かりはないものと信じたかった。そう、確かにマイロは長いことシュニッカー社に世話になっている。だが、マイロとトーマスがどこかで接近することを思うと、わたしの胃には何か不快な酸っぱいものがこみあげるのだった。

「で、どう思う?」ウォリーが言った。「パートナーがいたら助かりそうかな?」

思いはふたたびトーマスと自分のことに舞いもどった。一緒に働き、並んで弁当を食べ、充填用セメントの埃だらけになってうちに帰るふたり。この想像は、わたしを笑顔にさせた。

「うん」わたしは言った。「パートナーがいたら最高だと思うよ」

第十七章

トーマスにウォリーのところで働きたいかどうか訊ねるのは、わたしの役目となった。わたしはその時が待ち切れなかった。ウォリーは、パパッとシャワーを浴びて埃を洗い流せるように、うちの前でわたしを降ろしてくれた。すっかりきれいになると、わたしはいつものジーンズとTシャツに着替え、トーマスにニュースを知らせに行った。わたしが保安官の車に気づいたのは、そのときだ。それは道の向かい側のエルギン一家のうちの前に駐めてあった。ポーチではチャールズ・エルギンとヴォーン保安官が向かい合って話していて、ミスター・エルギンは手に持った書類の束を指さしていた。一方、保安官のほうは腕組みをし、ひいきめに言っても、そこそこの興味しか持っていないように見えた。

束の間わたしは、自分が手を借すまでもなくジャーヴィスがなんらかのかたちであの脅《おど》し文句を届けたんじゃないかと思った。しかしチャールズが人差し指で書類をたたきつづけるその様子から、わたしにもこれは別件なのだとわかった。

奥のほうでは、母とジェンナがティリーの古い庭から石ころや雑草を取り除いていた。これもまた、ふたりが取り組むことにしたその夏の課題なのだ。ミスター・エルギンと保安官の邪魔をすまいと、わたしは庭のほうに行ったが、母さんに仕事を与えられないよう距離は充分に保った。トーマスがいるかどうかジェンナに訊ねると、彼女は、部屋に行ってみて、と叫び返した。

わたしはポーチの階段をトントンと駆けあがった。ヴォーン保安官とミスター・エルギンは論争を中断し、通り過ぎるわたしにそれぞれうなずきかけた。わたしがなかに入るなり、彼らは低い声でひそひそと話し合いを再開した。ドアが背後で閉まる直前、チャールズがライダ・ポーの名を口にするのが聞こえた。わたしはまた盗み聞きしたいという衝動と闘い、心のなかのよい天使らに服従して二階に向かった。

トーマスはふたりで行く週末のキャンプに備え、部屋で装備の点検をしていた。わたしたちは二週にわたってその冒険の計画を立ててきた。トーマスは興奮を抑え切れないようだった。彼の寝袋とテントはどちらもナイロン製でつややかに輝いており、おそらく両方合わせても、母がガラクタ市で買った、ジッパーが壊れているうえやたらとかさばる、わたしの古い寝袋ひとつより軽そうだった。トーマスはバックパックも持っていた。ここで言うバックパックとは、アルミ管のフレームをそなえ、テントと寝袋を留めるストラップが付いた、本格的なハイカーのバックパックのことだ。わたしのほうは、父さんの古い軍用ダッフルバッグを持っていくつもりだった。

「カブ・スカウトのメスキットがあるんだ」彼はそう言って、枕のそばに置かれた、コンパクトな鍋《なべ》や食器のセットを指さした。「あと水筒も……それにほら、柄《え》にコンパスが入ってるナイフもあるよ――父さんのだけど」

「コンパスなんていらないよ」妬《ねた》ましさが声に出すぎないよう注意しつつ、わたしは言った。「俺があの森で迷うわけはないからな」

「まあ、とにかく持ってくよ。だってきみが熊に食われるか何かしたら、こっちは自力で帰んなきゃなんないんだからさ」

「このへんじゃ熊の心配はいらないよ」わたしは言った。「しかしマウンテン・ライオンがなあ。やつらはただ面白半分、人を殺すんだ」

トーマスはもの問いたげな目でわたしを見た。大きな満足感をわたしに与える表情だ。キャンプのことでトーマスがひどく興奮していたおかげで、わたしは自分が何をしに来たか危うく忘れるところだった。「月曜日は何する予定?」わたしは訊ねた。

トーマスはくるりと目玉を回した。「たぶんあのつまんない庭から石ころを掘り出してるんじゃない?」

「俺と一緒に仕事に来ない?」

ひっかけを警戒するように、トーマスは首をかしげ、目を細めた。「行って何をするのさ?」

「家を作るんだよ……ほら、乾式壁のことやなんか、いつも俺が話してるだろ。きょうシュニッカーと話したんだ。彼はきみを雇いたがってる」

「ほんとに? 例の磨き仕上げってのをやるわけ?」

「そう。たぶん週に八十から百ドル、稼げるよ」

「行く行く! 母さんに訊かなきゃなんないけど。でもいいよ。最高だ」

ジェンナはシュニッカー社でトーマスを雇ってもらうという母の計画を全部知っているんじゃないか、とわたしは思った。いや、ジェンナはたぶんウォリーより先にそのことを知っていただろう。

「ほんとにほんとなんだよな?」トーマスは言った。「冗談じゃなく?」

「ほんとにほんとだよ」

「じゃあ母さんに訊いてくるよ」

トーマスは部屋を飛び出し、階段を一段抜かしで駆けおりていった。わたしが階段を半分までおりたときには、彼はもう勝手口に着いていた。わたしは彼につづいて外に出るつもりだった。ところがそのとき、またあの話し声がポーチから流れてきた。いま、ふたつの声は前よりも大きく、怒りをはらんでいる。階段からはそのやりとりがよく聞こえ、うしろめたさも感じないほどだった——彼らの声が届いてしまうとしても、それはわたしのせいじゃないのだ。

「そうだったかもしれないという理由で人を逮捕することはできんよ。わたしには証拠が必要なんだ」ヴォーンが言った。

「しかしセシル・ハルコムはそこにいたんだ。まちがいない。彼が――」

「それもだ。またあんたは臆測してる。捜査とはそういうもんじゃない。わたしは事実に向き合わなきゃならないんだ。客観的な厳然たる事実にな。あの金はすべてライダ・ポーの銀行口座に入金されていた。セシル・ハルコムの口座ではなく」

「じゃあ、セシルの聴取さえしないつもりか？」

「話は終わりだな、ミスター・エルギン」ヴォーン保安官がドアの外の見えるところに出てきた。その頭には帽子がしっかり載っている。彼はポーチの階段をおりていった。「何か重要なことがわかったら、連絡するよ」

その言葉を最後に、ヴォーンは立ち去った。わたしはあたふたと階段をのぼっていき、ミスター・エルギンが入ってくる前に、どうにか隅っこに引っ込んだ。するとその直後、彼が足音荒く正面の部屋を歩いていくのが聞こえた。書斎に入ると、彼はバタンとドアを閉めた。

第十八章

翌朝、ついにわたしたちのキャンプ旅行の時が来た。トーマスとわたしは持っていくものを全部、彼の家のフロント・ポーチに並べ、荷造りのために整理した。テントとトーマスの寝袋とふたりの水筒は、トーマスが持つことに決まった。

わたしのほうは、父さんのダッフルバッグに自分の寝袋を詰め込み、その上にふたり分の食糧——夕飯にするチキン半分と、朝食にするベーコンと卵を載せた。食べ物はビニール袋に入れて、氷をいっぱい詰めた水の容器のなかに収めた。水の容器はわたしのダッフルバッグにきちんと収まるので、アイスボックスより都合がよかったのだ。わたしはメスキットも持つことになった。トーマスのほうは懐中電灯を持つことになった。

最後にもう一度、チェックリストを確認したあと、トーマスがポーチの縁《ふち》にすわり、わたしは彼の背負ったバックパックの調節を手伝った。そのあと、わたしはダッフルバッグを肩に掛けて持ちあげ、軽く弾ませてそのバランスを整えた。ピックアップ・トラックが一台、カーブの向こうから現れたのは、わたしたちが道を渡ろうと（ふたりの初の遠足のためにわたしが選んだキャンプ地は、うちの裏の森を約五マイル行ったところにあったので）しているときだった。それはマイロのトラックで、わたしには運転席のアンガスが見えた。それに、助手席のジャーヴィス・ハルコムも。

トラックが速度を落とすと、胸がカッと熱くなり、ざわついた。トーマスに警告するか、走って逃げるか、大声でチャールズを呼ぶかしたかったが、わたしは何もしなかった。パニックの急襲のなか、ただその場に突っ立っていた。ジャーヴィスはわたしを見て、にやりとした。それから、開いた窓から片手を出して、指で銃の形を作り、その手を二回、跳ねあがらせた——トーマスとわたしを狙って一発ずつ発砲したかのように。

わたしたちの前を通り過ぎると、アンガスは速度を上げ、彼らはシュニッカー社を指して道を下っていった。

「荷物をおろせ」ダッフルバッグを草地に落として、わたしは言った。

「いまの、なんだったの？」

わたしはトーマスのバックパックの締め金をはずし、ほとんど押しのけるようにして彼の肩からバックパックをどけた。「あとで話すから。とにかく来いよ」

荷物を置いて身軽になり、わたしたちは道路の縁《へり》を走っていった。カーブのため、道の右側はシュニッカーの営業所のどこから見ても死角となる。だからずっとそちら側を離れずに行くようにした。そうしてマイロのトラックの前面が見えてくると、森に入り、木の間を静かに移動して、彼らの姿が見えるところまでつま先立って進んだ。

トラックはバックで〝納屋〟に寄せられていて、アンガスとジャーヴィスは足場の建枠《たてわく》を荷台に積み込んでいる最中だった。

「あれ、誰なの？」トーマスがささやいた。

「ジャーヴィス・ハルコム」わたしはささやき返した。「セシル・ハルコムの息子だよ」

「ジャーヴィス？　僕の父さんがちょうどそいつの話をしてたな。セシルが息子を工場の従業員にしてるって。でもその子は仕事にぜんぜん来ないんだってさ。一度も出勤しないで、一年近く毎週四十時間分、給料をもらってたんだって」

「ジャーヴィスが出勤しなかったのは、ずっと高校に行ってたからだよ」

「結局、父さんは彼を解雇した。そしたら、セシルがめちゃくちゃ怒って、父さんを脅したらしいよ。息子を雇いもどさないなら、全員出ていかせて、工場を閉めちゃうって」ここで一拍置いて、トーマスは訊ねた。「ジャーヴィスはいま、シュニッカーのとこで働いてんのかな?」

「いやあ、それはないと思うよ。マイロは週末に別の仕事をしてる。たぶんジャーヴィスはその手伝いをしてるんだよ。そうすりゃいくらか稼げるもんな。もう〈ライク〉からは給料をもらえないわけだからさ」

「で、さっきの銃を撃つまねだけど――彼が僕を狙った理由はわかるよ。僕の父さんが彼を解雇したんだからね。でもなんできみなのさ?」

「学校の最終日、俺はまあ、あいつの横っ面を蹴飛《けと》ばしたようなもんだからな」

「きみが彼を蹴飛ばした?」

わたしはトーマスにすべてを話さなかった。自分の臆病さを認めずに話すことはできないから。トーマスの家の壁に剣を描くようジャーヴィスに命じられたとき、わたしは逃げた。拒絶はしなかったし、人に相談もしなかった。わたしはただ逃げたのだ。「単なる事故なんだけどさ」わたしは言った。「あいつは根に持ってるんじゃないかな」

アンガスとジャーヴィスは足場の積み込みを中断し、トラックのサイドに寄りかかって話をしていた。耳を凝《こ》らしたが、彼らのいる場所は遠すぎた。わたしはあのふたりにキャンプの装備を見られたことを考えずにはいられなかった。彼らにはわたしたちが森に向かうことがわかっているだろう。わたしの想像力には暴走癖がある。いくら抑えようとしても、頭には、森のなかを歩き回って自分とトーマスをさがすあのふたりの姿が浮かんできた。自分たちを取り巻く森が全方向に何マイルも広がっていることを思えば、これは馬鹿げた考えなのだが、この事実もわたしの妄想を食い止めてはくれなかった。

一、二分後、彼らはふたたびトラックに乗り込んだ。今回はジャーヴィスが運転席に着き、彼らは道を登っていった。トラックが通りかかると、トーマスとわたしは茂みのうしろに身を沈め、その後、道路際に駆け出ていって成り行きを見守った。トーマスの家に近づくと、トラックは速度を落とし、わたしのダッフルバッグとトーマスのバックパックの前でほぼ完全に停止した。ジャーヴィスはあたりを見回し、やがてアクセルを踏み込んで、大きく埃を舞い上がらせた。

わたしたちは森を出て、荷物のところまで引き返した。マイロのトラックがカーブを回って現れる前よりも、足取りは若干重くなっていた。いやな予感を振り払うことができず、ふたたび荷物を担ぐ前に、わたしは自分の部屋に駆けていき、父さんの古いポケットナイフを取ってきた。それはトーマスのナイフほど大きくはなかったし、柄にもコンパスなど収納されていなかった。実のところ、刃も二枚しかないのだが、それはかつてわたしの父親のものだったナイフであり、わたしはいつもよく切れるようその刃をきちんと研いでいた。

母さんはよくわたしに、父さんには必ず身に着けているものが三つあったと言っていた。財布、〈タイメックス〉の腕時計、それに、ポケットナイフだ。財布はいま、母さんの化粧簞笥に載った宝石箱の底にある。父さんが転落した日のままに――運転免許証も、写真も、保険証も、所持金二十三ドルまでもが――人の手に触れられることもなく。父さんの腕時計は、ベッドの父さん側のナイトテーブルに置いてあった。母さんはいつもそのネジを巻いて時刻を合わせており、夜はチクタクというその静かな音が母さんを眠りへといざなうのだった。ナイフはと言えば、そう、母さんはそれをわたしにくれた。父さんはきっと、あなたにこのナイフを持たせたかっただろうから、と。わたしは靴下の引き出しにそれをしまい、ときおり取り出しては砥石《といし》で刃を研いだ。これもホークが教えてくれたことのひとつだ。転落死の後、父さんが遺していった所有物のなかで、そのナイフはわたしにとって他の全部を合わせたよりも重要なものだった。日常的にそれを持ち歩いていたわけじゃないが、もしトーマスがキャンプ旅行にナイフを持っていくのなら、わたしもそうするつもりだった。

第十九章

ふたりの初のキャンプ旅行に、わたしはトーマスを、何年か前、グローバーと探検に出かけたとき偶然見つけたウィスキー密造者の古い隠れ家に連れていきたいと思っていた。そのキャンプ地は、ウサギでなければたどり着けないほどヒマラヤ杉が密生した一角に切り開かれていた。わたしがそれを発見できたのは、グローバーが藪《やぶ》の向こうにいた野生の七面鳥のにおいを嗅ぎつけたおかげだった。彼は飛び出していき、わたしはそのあとを追って、サンザシとヒマラヤ杉と灌木《かんぼく》の壁を通り抜けた。するとその先に、木々の壁にぐるりと囲まれ、二軒つなげた移動住宅ほどのサイズの草地が開けていたのだ。

草地のまんなかには、密造者の蒸留装置の錆《さ》びた古い湯沸かし器が置いてあった。何十年も使われていない、銃弾が貫通した穴がいくつも開《あ》いたやつだ。草地の端には、周囲のヒマラヤ杉より高く、オークの巨木が一本そびえ立っており、わたしは、ひとりの男が密造酒を蒸留しているあいだ、もうひとりがオークの木の枝にすわって侵入者や政府職員を警戒している場面を思い浮かべたものだ。

その日、トーマスとわたしが密造者のキャンプに着いたのは、午前も半ばだった。これは、わたしたちが小川をジャブジャブ歩き回ったり、追いかけるべき小動物をさがしたりして時間を費やしたためだ。グローバーはわたしが森に入るとき一緒に来ない頻度《ひんど》が、若いころ一緒に来た頻度とほぼ同じになっていたが、わたしは彼をキャンプに連れていくのが好きだった。それに、母さんもそのほうがいいと思っていたと思う。ときおり何かのにおいに誘われ、コースをはずれがちではあったが、彼はかなりよくついてきていた。

キャンプ地に入ったとき、トーマスはしかるべく感心していた。彼もわたしが初めてそれを見たときと同じく、あの古い蒸留装置のところへ一直線に飛んでいった。

「おおっ、すげえ」彼は言った。「これ、本物?」

「使えるわけじゃないけど、本物だよ。蒸留装置、見たことないの?」わたしは生まれたときから密造者どものなかにいたかのような顔をしていた。実を言えば、蒸留装置などそれ以外ひとつも見たことがなかったのだが。「そいつには銃で撃った穴が開いてる。たぶん政府職員か他の密造者とのあいだで銃撃戦があったんだろうな」

トーマスはバックパックを背中から下ろし、銃弾の穴につぎつぎ指を挿し込んでいった。

「死人も出たかな?」

「当然だろ」

「今夜、昔の密造者の幽霊が出るかもな」トーマスが期待に満ちた笑みを浮かべていたので、わたしも笑みを返した。内心、自分にその考えを吹き込んだ彼の脛《すね》を蹴りつけてやりたかったが。

ダッフルバッグを足もとに落とすと、わたしは円《まる》い草地の縁に吊るしてあるハンモックにこっそり近づいていった。一年前、わたしが即席でこしらえた、撚《よ》り糸のひもがからみあう代物。ずっとそこで風雨にさらされ、この作品はもう腐っているのではないか。そう思って、わたしはギシギシきしむ網のなかにそっとすわった。それは崩壊しなかった。そこでわたしはあおむけになり、両手を頭のうしろにやって、トーマスがこっちに気づくのを待った。

「おっ、いいね!」そう言って、彼は駆け寄ってきた。

「だめだめ!」両手を振ったが、もう遅かった。彼がわたしの上に飛び乗ると、結び目はちぎれ、わたしたちは地面に落下して、そのままごろごろ転がっていった。グローバーはこれを遊びの時間の合図ととらえ、わたしたちの上に飛び乗った。わたしはオシッコが漏れるかと思うほど笑った。

しばらくするとわたしたちは落ち着き、キャンプの設営にかかった。テントを張ったり、薪を集めたり。やがてトーマスは自分の寝袋を草の上にくるくる広げ、頭のうしろで両手を組んで、そこに横たわった。彼の目はじっと雲を見あげていた。その様子がとても気持ちよさそうなので、わたしもこれに倣《なら》った。

「なあ、兄弟」トーマスは言った。「これぞ人生だよな」

トーマスに〝兄弟〟と呼ばれると、胸のなかが温かくなり、わたしはしばらくその瞬間に留まりたくなった。たぶん彼はわたしが聞き取ったような意味でそう言ったのではないだろう。わかってはいたが、それでもその言葉は快《こころよ》かった。

わたしたちはそこで無言のまま横たわっていた（これはトーマスといる場合、そうあることではない）。そしてわたしは、かつてポーチに一緒にすわっていたときホークが言ったあることを思い出した——完全な沈黙のなかで誰かといて、そのことになんの違和感もないとき、人はそれが本当に気の置けない相手だとわかる。これは彼の言ったとおりの言葉ではないが、趣旨はそういうことだった。

頭上には、雲が切れ切れにうっすらと浮かんでいた。わたしが過去に何百回も見てきたのとなんの変わりもない雲。しかしその日はそれがちがって見えた。なぜならわたしはひとりではなかったから——トーマスがその同じ雲を見ていたからだ。背後の木でピーピー鳴くリスたちの声は、トーマスにも聞こえる。グローバーが草地の縁を嗅ぎまわるとき草の葉がさらさらいう音も。その情景、音、においはそれまでも常にそこにあった。しかしトーマスが一緒だと、何もかもがもっとよいものになるのだった。

しばらくの後、トーマスが沈黙を破ってこう訊ねた。「ところで、あのホークってどういう人なの？」

「どういうって？」

「うーん……たとえばさ、あの手はなんでああなったのかな？」

「事故に遭ったんだよ。一度、ヴォーン保安官がホークにそのことを訊いてたけど」

「どんな事故？」

「知らないよ。保安官はなんとも言ってなかった。ただホークに、六六年の五月に起きた事故のことを訊いてただけだ。それと、ライダ・ポーって女のことも訊いてたな」

「その人なら知ってる」声に興奮の色をにじませ、トーマスは言った。「父さんが警察に逮捕させようとしてさがしてるんだよ。でも、なんで保安官が彼女のことをホークに訊くんだろう？」

「彼女は以前ホークに雇われてたんだ。彼がコロンビアにいたころ」

「彼はそこで何をしてたの？」

「知らない。彼は言わないし」

「だけど知りたいと思わない？　だって、あの不自由な手……それに、ライダ・ポーは以前、彼に雇われてて、いま現在、逃走中なんだぜ」

トーマスはまるでわかっていないのだ——わたしはどれほどホークのことを知りたがってい

たか知れない。ヴォーン保安官と彼とのやりとりを聞いてからは、なおさらだった。十年近く隣家で暮らしたあと、あの数分のあいだに、わたしはホーク・ガードナーについてそれまで知っていたすべてより多くのことを知ったのだ。しかしわたしはライダ・ポーにも興味を抱《いだ》いていた。

「ライダ・ポーは正確に言うと何をしたわけ?」わたしは訊ねた。

「〈ライク〉から金を盗んでいたんだよ。少なくとも、その犯罪の渦中にいたことは確かだ。僕も詳細を全部知ってるわけじゃないけど、たぶん彼女は架空の会社を二、三社、作ったんじゃないかな。その会社の銀行口座やなんかも作ってさ。そうしておいて、〈ライク〉がその会社から物を買ったことにしたわけだ。要は、架空の会社から架空の物を買い、その金を懐《ふところ》に入れてたってことだね。父さんはめちゃくちゃ怒ってる」

草の葉がさらさら鳴り、グローバーがわたしたちに加わる気になったことを告げた。彼は鼻先を低く下げて、物陰から出てきた。わたしたちのまわりを二回ぐるりと回ったあと、彼はトーマスの正面で止まった。トーマスは身を起こして、グローバーのお尻のてっぺんをたっぷり掻いてやった。こうすると、グローバーはいつも喜んでくねくねと身をくねらせるのだ。

「犬には幽霊が見えると思う?」トーマスが訊ね――そう、結局、わたしたちはそこにもどってしまった。

「なんでそんなに幽霊にこだわるんだよ?」

「一度見れたらいいなと思ってさ。それだけだよ。こういうキャンプ地は幽霊がいりゃ余計味わいが増すだろうし」

「幽霊を見たいわけ？　だったら、この少し先に幽霊の出る教会があるけど」

「ほんとに？　どこよ？」

わたしは立ちあがった。「来いよ。見せてやるから」

草地の縁には一本、他のより高く、巨大なヒマラヤ杉がそびえていた。若いころこずえが折れてなくなったため、その外形は日本の寺の塔とだいたい同じだった。わたしたちはこの木の幹をよじ登り、車輪のスポーク状に頑丈な若枝が広がっていて巣のような感じがする、てっぺんの平らな部分に体を引きあげた。

「あれはクエーカー教徒の教会なんだけど」わたしは彼方に見える尖塔を指さして言った。

「あそこには幽霊が出るんだ」

「このへんにクエーカー教徒がいるわけ？」

「本当にクエーカー教徒だったのかどうかはわからない——もしかすると、メノー派か何かだったのかもな——でもあそこには彼らのコロニーがあったんだ。昔、洪水が彼らと世界を結ぶ橋を押し流した。その後、彼らはどこかに移動したわけだよ」

「で、幽霊が出んの？」

「噂によると、脱獄囚がひとりあそこで死んだらしい。他に、クエーカー教徒のひとりが仲間を殺し、殺されたその男の幽霊が教会に出るっていう話もある」

「クエーカー教徒って平和主義者なんじゃなかったっけ？」

「ただみんながクエーカー教徒って呼んでるだけだから。連中が何者だったのか、確かなことは誰も知らないんだ」

「カルト集団だったのかもな」

「さっきも言ったとおり——」

「行ってみなきゃ」

「うーん……どうだろう。結構、遠いし——」

「まさか幽霊が怖いんじゃないよな？」

「まさか。でもまわりはフェンスで囲われてるし、〝立入禁止〟の看板がすごくたくさん出てるからなあ」

「きみねえ、もし怖いなら、無理に行くことはないんだよ。気にしなくていいよ」

巻き返しに出なくては——窮地を脱する策が頭に浮かんだのは、そのときだった。「いいことがある。きみがここから下まですべり降りたら、一緒にあそこに行ってやるよ」

トーマスは頭のおかしい人を見るような目でわたしを見た。

「俺は本気だよ。前にやったことがあるんだ。〝杉の木すべり《シーダー・スライディング》〟って俺は名付けてる。きみがそれをやったら、明日の朝、あの教会に連れてってやるよ」

「〝杉の木すべり《シーダー・スライディング》〟？　それってスナイプ・ハンティング（人を騙して無駄足を踏ませてからかういたずら）みたいなもんなんじゃないの？」

「ただ手足を広げて尻で枝をつぎつぎすべってきゃいいんだよ。杉の葉っぱで自然とスピードが落ちるから」

「いいことがあるぞ。そっちが先にやるんだ——それで、僕を死なせようとしてるわけじゃないって証明するんだよ」

〝杉の木すべり《シーダー・スライディング》〟は過去に何度かしたことがあった。近所に他に子供がいなくて、遊び相手が樹木だけというとき、子供はそういうことをするものだ。だがそこまで高いところからというのは、わたし自身、初めてだった。わたしは身を乗り出して、その滑り台の長さを測った。突然、地面からの高さがもとの二倍くらいに思えてきた。もし自分ひとりだったら、わたしは怖気づいてあきらめていただろう。

「やる気あんの？　それとも、ただずっとそこにすわってる？」トーマスが叱った。

「なんならそっちが試してくれてもいいんだけど」

「ちなみに、僕は止血帯の巻きかたを知ってる——もし必要とあればね」

「ぜんぜん励ましになってない」

「励ます気なんてないもんな」

わたしは歯を食いしばり、震える脚で立ちあがって、ほぼ直立した状態になった。三……二……一！　前に踏み出し、足を先に立てて、やわらかな針葉の上に尻を落とす。杉の枝がわたしの重みでたわんでいる。両腕と両脚を広げ、途中枝をつかみながら、わたしは滑降していった。触覚だけにたより、目はほぼずっと閉じたまま。手足を広げれば広げるほど、落下速度は遅くなった。うん、コツがわかったぞ。

根本に近づくにつれ、枝々が太く堅くなっていくのが感じられた。そこでわたしはかなりの太さの大枝をつかんでブレーキをかけ、優雅に体を停止させた。目を開けてみると、そこは地上から六フィートのところだった。

「イエーイ！」わたしは歓声をあげ、木からすべり出た。「いやもう……最高！」

木のてっぺんでは、トーマスがなんとも言えない表情を浮かべていた。わたしはそれをこう解釈した——なんと、ほんとにやっちゃうとはな！　そこでわたしは大きな笑みを浮かべて言った。「そっちの番だ」

彼はためらい、口をぎゅっと引き結び、ちょうどわたしがしたように地上をちょっと見おろした。

「とにかく手足を広げてりゃいいんだ。木のほうで自然に止めてくれるから」

「地面のほうもだろ」

「早く来いよ」わたしは叫んだ。

「せかすなって」

「この話、いつか孫たちに聞かせてやれるぞ」

「それだけ長生きできればな」それから声を落として、彼は言った。「こんな無茶をしようだなんて、自分でも信じられない」

あのてっぺんの若枝のなかで、トーマスはゆっくりとしゃがんだ姿勢になり、予行演習として何度か左右の腕を振った。それから、木のなかに身を投げ出し、両腕を針葉に打たれながら、バタバタと落下してきた。そしてわたしと同じく、彼も根本から数フィートのところで止まった。

「ウヒョーッ！」トーマスは叫んだ。「強烈だぜ！」

木からすべり出てくると、彼はくるりと向きを変えて、またのぼりはじめ——わたしもすぐあとにつづいた。ふたりの胃袋がそろそろ火を熾《おこ》して夕飯の支度にかかってくれと催促しだすまで、わたしたちは二時間、その木で交互に〝杉の木すべり〟をつづけた。

第二十章

その夜、わたしはなかなか寝つけなかった。これは、森のなかではそれまで一度もなかったことだ。何度かうとうとしかけたが、その都度、小枝の折れる音や葉擦《はず》れの音がわたしをこの世に引きもどした。どれもみな、草地を囲む木々の背後を小動物が動き回る音にすぎなかったが、わたしが頭に思い描いたのは、ジャーヴィス・ハルコムが古い焚火《たきび》の煙のにおいに引き寄せられ、忍び足で森のなかを歩いてくる姿だった。新たな音がするたびに、わたしはパッと目を開け、耳をそばだて——じっと待ち——それからジャーヴィスにここがわかるわけはないと再度、自分に言い聞かせる。それでもつぎの小枝の折れる音で、眠りはふたたび破られるのだった。

翌朝、わたしたちは朝食にベーコン・エッグを作った。ベーコンを先に炒め、卵はたっぷり出た脂《あぶら》のなかで焼いたため、その黄身はぐつぐつ煮える油脂の下へと姿を消したものだ。いやあ、あれは実にうまかったよ。

わたしたちはゴミを燃やし、水の容器のなかの解けた氷で焚火の火を消した。キャンプをたたむと、前日〝杉の木すべり〟をしたあのヒマラヤ杉の木の下に装備をまとめて置き、クエーカー教徒の教会をめざして出発した。

途中には谷がふたつあった。そして二番目の丘の峰で森は終わり、その先に、かつてアルファルファ畑であったらしい土地が広がった。いまは雑草と灌木がはびこるその原っぱは、最初はゆるやかな下り坂、その後、上り坂となっており、屋根の湾曲したあの教会は向こう側の小山の上に立っていた。

わたしたちとその原っぱのあいだには、きらきら光る有刺鉄線のフェンスがのびていた。鉄線が横に四列、一フィート間隔で渡されたやつだ。旅の途中、わたしたちが越えてきた数々のフェンスのどれともちがって、今度のはまだ亜鉛めっきに覆われており、これはつまり、そのフェンスがさほど古いものじゃないということだった。クエーカー教徒たちが五〇年代に洪水のあとこの地を去ったなら、そのフェンスはいったい誰が立てたんだろう？

フェンスには看板がいくつも掛かっていた――「立入禁止」と記されたやつが。誤解しないでほしい。「立入禁止」の標示があるからといって、わたしがフェンス越えに二の足を踏むことはなかった。現に、ウィスキー密造者のキャンプへの道々、わたしたちはふたつみっつそういうフェンスを乗り越えたのだ。だが、このフェンスはなぜかいつもわたしを怖気づかせた。鉄線の新しさのせいなのか、例の幽霊譚のせいなのか、あるいは、別の何かなのか、それはわからない。だが、このフェンスにかぎっては、わたしは一度も乗り越えたことがなかった。

わたしたちは「立入禁止」「侵入不可」の標識のひとつのそばで足を止めた。わたしは、無理に進むのが賢明なことなのかどうか、ここで協議が始まるものと思った。ところがトーマスは何歩かさがって助走をつけ、支柱に手をついてひらりとフェンスを飛び越えた。まるでわたしの拍手を待っているかのように、笑みをたたえ、両手を広げて、彼はくるりと振り返った。

「飛び越えな――このグズめ!」彼は言った。

「ちょっと待って」わたしは言った。

そしてグローバーを呼び、ひざまずいて、彼の長い耳をなでた。「ここにいるんだよ、ワン公。フェンスの下からもぐりこもうなんて考えるんじゃないぞ。わかったね?」もちろん彼はわかっていなかったが、いちおう話し合ったということで、こっちの気持ちはいくらか楽になった。そのあとわたしは、一度に一段ずつ鉄線をのぼっていき、フェンスを乗り越えた。

トーマスとわたしが原っぱに入っていくとき、グローバーはくんくん鳴いていた。わたしは何度か振り返って、彼が有刺鉄線の下をくぐろうとしないかどうか確かめた。彼はそれはしなかった。だが代わりに、自分を入口に導くにおいをとらえようとして、地面に鼻を押しつけ、フェンスの前を行ったり来たりしていた。

下り坂のおかげで原っぱを進むのは楽だった。谷底に近づいたとき、わたしたちは約十フィートの間隔で並んで立つ三本の木の杭《くい》に遭遇した。さらに近づくと、杭に釘が打たれていて、そこからボール紙の的がさがっているのがわかった。的のうちふたつは人間の上半身のシルエットになっており、三番目の的はよくある多重円の的だった。的はどれも銃で撃った穴だらけだ。杭から数ヤードのところで、わたしたちは二個のバケツの上に渡された板を見つけた。板の下の地面には、割れた瓶や複数回撃ち抜かれたビールの空き缶が散らばっていた。

「射撃の練習か」缶のひとつを拾いあげながら、わたしは言った。

トーマスは砂袋がずらりと並ぶところまで斜面を駆けあがっていき、そこでちょっと静止したあと、かがみこんで、足もとから手に一杯分、何かをすくいとった。彼が手を差し出して、てのひらを広げると、その小さなものは指のあいだからこぼれ落ちていき、チリンチリンと音を立てて地面にぶつかった。「薬莢《やっきょう》だよ」彼は言った。「何百個もある」

トーマスのいる砂袋の列の向こうに行ってみると、真鍮《しんちゅう》の空薬莢が地面に散らばっていた。

「もう行ったほうがいいな」わたしは言った。

「どうして？」

「なんだかいやな予感がする」

「表《おもて》に回ってちょっとなかをのぞいてみようぜ。せっかくはるばる来たんだからさ」

わたしは何か物音がしないか耳をすませたが、何も聞こえなかった。「わかった。でも一秒だけだぞ。行こう」

間近で見ると、その教会は遠目の印象よりひどい状態だった。ペンキはほとんどはがれ、建物基部のまわりの木材は朽ちて薄くなっている。かつてステンドグラスの窓だった縦長の穴には、誰が手当てしたのか、ぼろぼろのビニールの覆いが釘で打ち付けてあった。

駐車場と正面口のあいだにはピクニック・テーブルが三台、焚火台を囲む格好で半円状に並べられていて、そこからは動物の脂と焼けたオークのにおいがした。焚火台のそばにしゃがんだとき、わたしは、ほとんど見えないほどの細い煙がひとすじ、大きめの薪の下から渦《うず》を巻いて流れ出ているのに気づいた。その薪をひっくり返すと、くすぶる火の粉が中心に息づいているのが見えた。前夜、そこで燃えていた炎の最後のあえぎだ。

「きのうの晩、誰かここにいたんだ」わたしは言った。

わたしたちはそろって静止し、耳を凝らした。何か物音はしないだろうか？　ここに誰かいることを告げるような音は？　トーマスは教会の正面口に目を据えていたが、わたしのほうは、トラックのエンジン音が聞こえてこないかとアスファルトの道路に通じる長い私道を眺めやった。静寂。車は来ない。人の声も足音もしない。音はひとつも聞こえない――だが、わたしは確かに感じた。誰かがこっちを見ている。たぶんそれは、みんなが噂しているあのクエーカー教徒の幽霊だったんだろう。あるいは、ただの気のせいだったのか。

「でもいまは誰もいないね」トーマスが言った。彼が自分自身の考えを述べたのか、質問したのか、わたしには測りかねた。数秒の沈黙の後、彼は言った。「行こう」そして入口のほうへと歩いていき、用心深く掛け金をはずして、ゆっくりとドアを開けた。彼はなかに足を踏み入れ、わたしもあとにつづいた。

わたしはすぐさま、かつて祭壇があった場所の奥の壁に大きな南部連合旗が掲げられているのに気づいた。トーマスもそれに気づいてわたしを見たが、足は止めなかった。

ふたりでそろそろと進んでいくと、砕けたガラス——ビール瓶の破片のガリガリという音が四方の壁からこだましてきた。屋根の無数の穴から射し込む日の光は、鋭い矢となって宙を貫き、埃の渦に命を与えている。あたりには、腐りかけた木材とカビのにおいがした。十二列の信徒席は小さな集会の物語を語っている。薄い壁——カトリック教会の壁を飾っているような凝った蛇腹《じゃばら》などないやつは、かつてここで祈った礼拝者たちが、王のイエスではなく、羊飼いのイエスを求めていたことを示していた。

正面の右手には開いたままのドアがひとつあり、その奥は小さな聖具室になっていた。礼拝が始まる前に聖職者が過ごす舞台裏のエリア。細長いその部屋は、人ふたりがどうにか肩をぶつけずにすれちがえる程度の幅しかなく、わたしが通っていたドライ・クリークの小学校のトイレを思い出させた。聖具室の屋根は穴が開いていないらしく、なかには物がぎっしり詰め込まれていた（濡れないようにそこに収められたのだろう、とわたしは思った）。壁から突き出たフックには、アメリカ国旗と並べて、予備の南部連合旗が吊るしてあった。その下の床には、壁に立てかけるかたちで、例の射撃の的が重ねて置かれていた。

的の隣に額縁がひとつ伏せてあるのを見つけ、わたしはそれを拾いあげて、ガラスカバーの内側の写真をチェックした。横二列に並んだ男たち。全員、頭からつま先まで迷彩柄の服装で、顔は黒のバンダナに隠されている。後列の十一人は肩を並べ、胸の前に斜めに銃を持っていた。

銃のほとんどはライフルだが、ショットガンも二挺《ちょう》だけある。前列の男たちは片膝をつき、反対の膝に銃を載せていた。ただ、いちばん端の男だけはひとりあぐらをかいて、彼の銃、ピストルを膝からだらんとぶらさげている。そいつはカメラに視線を向けていない唯一の男だった。わたしは写真の男たちをようく見て、知った顔がないか――ジャーヴィスかマイロがいないか――さがした。しかしその写真はかなり遠くから撮られているうえ、焦点もぼやけているため、彼らは全員同じに見えた。ところが、いちばん端の男、あぐらをかいたやつに至ったとき、その背中を丸めた姿勢がわたしの記憶を刺激した。これはアンガスだろうか？

トーマスが紙の束を拾いあげた。中央に燃え立つ剣が描かれたちらし。いちばん上には、太字でCORPSと書かれている。それを見て、わたしの息は止まった。剣のイラストの片側には、こんなフレーズがあった――**祖国を取りもどせ！** 反対側はこうだ――**諸君の生得権！ 諸君の闘争！**

「ここを出ないと」わたしはささやいた。

そのとき教会の身廊で物音がし、心臓が喉まで飛びあがった。わたしはトーマスの胸に手を当てて彼を制止し、わたしたちはそろって耳をすませた。ふたたび同じ音がした。踏み締められたガラスがきしるような、くぐもった細い音。その発生源は、この部屋と唯一の出口のあいだのどこかだ。わたしたちは待った。息を止めてしばらくすると、三度《みたび》同じ音がした。

わたしは額縁を下ろし、トーマスはちらしの束を床に置いた――どちらも音はまったく立てずにだ。わたしは耳をすませた。きっとまたあの音が聞こえてくる、今度はもっと近くからだ。

そう思ったのだが、身廊は森閑《しんかん》としたままだった。わたしは隅に置いてあった小さな旗竿《はたざお》を手に取った。長さ八フィート、先端にプラスチックのとんがりが付いたやつ——武器としてはいまひとつだが、何もないよりはいい。トーマスのほうは椅子を持ちあげた。わたしたちは待ち——耳をすませた——が、やはりなんの音もしなかった。

外に誰がいるにせよ、そいつはわたしたちが聖具室に隠れているのを知っていて、忍び寄ろうとしているか、または、何も知らずにいて、これから死ぬほど驚くことになるかだった。わたしたちにとって最善の策は、そいつに突進し、不意打ちを食らわせ、優位に立ち、なんとか正面のドアまで行くことだろう。

わたしはうなずいて身廊のほうを目で示した。作戦がわかっているのだろう、トーマスもうなずき返した。そこでわたしはささやいた。「三、二、一」

わたしたちは聖具室から飛び出した。ふたりそろってバンシーみたいにわめきながら。わたしは旗竿を前に突き出し、トーマスは頭上に椅子を振りかざしていた。しかし身廊に出てみると、そこには誰もいなかった。わたしはゆっくりと呼吸した。空気が喉に重たかった。

トーマスが先にそれに気づいた。一匹のリスが通路のまんなかに立ち、じっとわたしたちを見つめている。その目は、わたしが過去に見たどのリスの目にも負けないくらい大きくなっていた。リスは一秒間わたしたちを凝視《ぎょうし》し、それから壁の穴に駆け込んで姿を消した。

胸のなかの定位置にふたたび心臓がもどった。わたしたちはそれぞれの武器を放り出してドアの外へと飛び出し、裏の原っぱを全力疾走で駆け渡り、フェンスの前に着くまで足を止めなかった。

「この場所、なんなんだよ」息を吸い込む合間合間にトーマスが言った。

わたしは息を整えようとして、両手を膝につき、咳き込み、あえいでいた。「たぶん……本部だと思う……CORPSの」

「CORPS?」

「〈人種の純正と力の十字軍《クルセイダー・オブ・レイシャル・ピュアリティ・アンド・ストレングス》〉。白人至上主義者のグループだよ。ここは連中が集まる場所にちがいない」

わたしはフェンスをのぼりだし、トーマスもすぐあとにつづいた。反対側に下りると、わたしたちは森に引っ込み、ひと休みするためにすわった。

「最悪だな」トーマスが言った。「それにあんなに撃ちまくって。まるで戦争の練習か何かしてるみたいじゃないか」

「ごめんよ」

「なんできみが謝るんだ?」

正直言うと、なぜ自分がそう言ったのか、よくわからなかった。ただそう言わねばならないような気がしたのだ。「もう出発したほうがいいな。いまにも誰かが道路をやって来るかもしれない」

フェンスの左右を見渡し、グローバーをさがしたが、その姿はどこにもなかった。「グローバー！」わたしは叫んだ。そして耳をすませたが——何も聞こえなかった。わたしはもう一度、叫んだ。さらにもう一度。やはり応答なしだ。そこでわたしたちはフェンスにそって、最後にわたしが見たとき彼が向かっていた方向へ歩いていった。トーマスは、銃弾の穴だらけの人形《ひとがた》が吊るされていたあの杭をしきりと振り返っていた。少なくとも二百ヤードは歩いたところで、わたしは心配になりだした。グローバーは最高に従順な犬とは言えないが、たいていはしばらくすると帰ってくるのだ。

わたしは足を止め、片手を上げて、静かにするようトーマスに合図した。最初は何も聞こえなかった。だがふたたび歩きだそうとしたとき、かすかな鳴き声がわたしの耳をとらえた。まちがいなくグローバーだ。わたしたちは少し引き返して、再度、足を止めた。またもや鳴き声が聞こえた。森の奥のほうからだ。わたしは音をたよりに進んでいき、フェンスから百ヤードほど離れた開けた場所で、土のなかに鼻を突っ込んでいるグローバーを見つけた。

わたしが呼んでも、グローバーは知らん顔だった。これは何かのにおいに釘付けになっているときの習いだ。掘るのは得意じゃないのだが、彼は前足で地面を掻き、穴を掘っていた。グローバーの名を呼びながら、わたしはそちらに歩いていった。一歩進むごとに一層いらだたしげになるわたしの声をよそに、彼は枯れた倒木の下の地面を掻きつづけた。

きっと小さな獣、たとえばウサギかスカンクをつかまえたんだ——そう思って、わたしはそちらに駆け寄り、首輪をつかんで、グローバーを引きもどした。彼は倒木の下から十二リットル分ほどの土を掘り出しており、穴にもどろうとしてわたしを引っ張った。

「こら、グローバー、やめろ！」わたしはさらに強く首輪を引き寄せ、今回はなんとか彼を穴から引き離した。わたしはズボンのベルトをはずして、犬の首輪に通し、引き綱にした。

「ボーディ」トーマスが言った。その声は少し震えを帯びていた。

「つかまえたよ」わたしは言った。

「ボーディ！」トーマスがまた言った。今回は強い口調だ。わたしはそちらに目をやった。トーマスは穴をじっと見おろしていた。それから彼は何かを指さした。「ボーディ、見て！」

グローバーを膝のあいだにかかえこみ、その動きを封じつつ、わたしはトーマスが指さしているものを見るためにゆっくり近づいていった。穴の前に着いたとき、わたしはそれを見た
――ねじまがった人間の手を。

第二十一章

わたしはそれまで死人の手を見たことがなかった。灰色で細くて、指は丸まり、皮膚《ひふ》はまるで水分を全部吸い取られたかのように突っ張って骨に貼りついている。ピンクのセーターの袖は手首の部分がゆるゆるになっていた。視野を広げるためにうしろにさがると、その穴の外形がはっきりした。

わたしは近くの木までグローバーを引きずっていき、低い枝にベルトを二重に巻きつけると、ベルト穴のひとつにバックルの突起を挿し込んで留めた。手を離したとき、グローバーは穴に

もどろうとしてベルトを引っ張ったが、ベルトと首輪が締まるのを感じると、おとなしくなった。

トーマスはあの手から目をそらせないようだった。女の手。男のものにしては、骨があまりにも小さすぎる。そしてセーターはピンク（これも女物）で、比較的きれいに保たれている。これはつまり、遺体がそこに埋められてからまださほど時間が経っていないということだ。深く考えるまでもなく、穴に横たわっているのが誰なのかは見当がついた。

わたしはトーマスと自分が教会に行くときフェンスからたどったコースに目をやった。彼女はいかにしてこの開けた場所に、そして、この穴に至ったのか――何かそのヒントとなるものが見えないだろうか？　何年にもわたりテレビでダニエル・ブーンを見て、森のなかでひとりダニエル・ブーンごっこをしてきて――いま、それを活かすチャンスが訪れたのだ。わたしは雑木林を見回して、ライダ・ポーがあの場所に引きずり込まれた痕跡をさがした。最初は気づかなかったが――やがてわたしはそれに気づいた。岩だらけの土地でひと旗揚げようとしているありふれた若木。一見そんなふうに見えたものの、その姿はなぜか心にひっかかった。

「あれを見て」ささやきに近い声で、わたしは言った。

そして、用心深く膝《ひざ》の高さのその若木に歩み寄り、読み手を待つ一冊の本を調べるようにそれをじっくり調べた。てっぺんから三分の一のところが折れ曲がっていて、折れた箇所より上では半分できかけた芽がひからび、下では葉っぱが繁茂している。

「犯人は彼女を引きずってここを通っていったんだ」上部の枯れた芽を指さして、わたしは言った。「ライダ・ポーが失踪したころ、このへんの葉っぱはまだ元気だったはずだ。枯れちまったのは、誰かに茎を折られたせいだよ。ほら。この低いほうの葉っぱは元気に育ってるけど、上のほうの枯れたやつは芽吹いてせいぜい二週間で終わってる」

わたしは一本の指を折れた茎に走らせた。「この折れ目は遺体が埋められてた穴の方角を指している。たぶん、犯人が彼女を引きずって通ったとき折れたんだ」

「へええ」トーマスはささやくように言った。

わたしは立ちあがって、さらなる徴《しるし》をさがしながら、フェンスのほうにゆっくりと歩いていった。折れた小枝がいくつか目についたが、それらが穴を掘った人物の通った跡なのかどうかはわからなかった。だがその後、フェンスの近くで、わたしは柿より少し大きいくらいの石に気づいた。地面のくぼみから蹴《け》り出された石。遺体を引きずってフェンスからうしろ向きに歩いていく男の姿が目に浮かんだ。その石を掻き出したのは、そいつの踵《かかと》かもしれないし、ライダ・ポーの遺体のどこかかもしれない――それを知るすべはないが、その石もまた強くわたしの興味を引いた。わたしはトーマスにそれを見せた。

「きみはその石をどう見てんの？」

得意な気持ちを隠そうとして、わたしは肩をすくめた。「この石は犯人が遺体を引っ張ってフェンスのこっち側に下ろしたとき、そこにあったにちがいない」トーマスは目を閉じ、鉄線をすーっと手でなでてチェックした。たぶん棘《とげ》にひっかかった毛糸の房をさがしているんだろう。わたしはフェンスの向こうの原っぱに注意をもどした。

もしさがしていなかったら、その轍《わだち》は目に入らなかったはずだ。目につくかつかないかのかすかなしるし――一対のタイヤに草が轢《ひ》きつぶされ、完全には埋めもどされていない帯状《おびじょう》の跡。それはフェンスから始まって、教会の方角へと消えていた。そして、二十ヤードほど小道を行ったところには、短いながら一部分、轍が特に目立つ箇所があった。

パズルのピースが目の前で魔法のように組み合わさった。遺体を発見したばかりなのだから、もっと厳粛な気持ちでいるべきなのだろうが、わたしは興奮を抑え切れなかった。トーマスもすっかり感心している様子で、それが余計わたしを勢いづかせた。

トーマスをすぐうしろに従え、わたしはフェンスを乗り越えた。しばらく歩いていくと、車がフェンスへと登ってきたとき、その車輪が斜面でスピンしたところに着いた。「ほら、これ！」わたしは轍のひとつのそばに膝をついた。車は教会に引き返す途中、泥のなかを通って、タイヤ痕を残していた。その春はかなり雨量が少なく、その痕跡を流し去るだけの雨は降っていなかったのだ。

「これはピックアップだと思う」タイヤの幅を示しながら、わたしは言った。「それか、スノータイヤを着けた車かだな。でも、たぶんピックアップだ。そして、このタイヤにはトレッドが欠けてる箇所がある」わたしは轍の一箇所に触れた。そこでトレッド・パターンは広がって周四インチほどの瘤《こぶ》を形作っていた。同じパターンは数フィート先にもまた現れており、これはつまり、それがたまたまじゃないということだった。

「保安官を呼んでこなきゃ」トーマスが言った。

ダニエル・ブーンごっこに少々熱中しすぎていたため、わたしには即座に同意することができなかった。だがトーマスの言うとおりだ。「うちに帰る近道があるんだ」わたしは言った。「荷物はキャンプに置いといて、あとで取りに来よう」

自分たちの見つけた黴に触れないよう用心しつつ、わたしたちはグローバーのところに引き返して彼を放してやり、大急ぎで帰途に就いた。

うちから密造者のキャンプまでのハイキングに半日、教会に行くのにさらに一時間ほどかかったというのに、わたしたちはなんとか二時間強でフロッグ・ホロウ・ロードにもどることができた。道中はほぼずっと走りどおしで、足を止めたのは必要に迫られたとき——呼吸を整えるときとグローバーを呼ぶときだけだった。息を切らし、疲れ果てて、わたしたちはのろのろと森から出ていった。丘をすべりおりたせいでシャツは汚れ、小川のなかを走ったせいでジーンズと靴は濡れていた。

まず向かったのはわたしの家だが、母さんはいなかった。わたしたちは道を渡り、母さんとジェンナを庭で見つけて、自分たちが何を発見したかふたりに話した。そのあと、またチャールズに同じ話をし、彼が保安官に電話をかけた。

ヴォーン保安官は、クエーカー教徒の教会の正面側のアスファルト道で落ち合おう、教会には近づかないように、と言った。そのあと、チャールズのクライスラー・インペリアルに全員が乗り込み、わたしたちは出発した。道案内をするために前の席には母さんが乗った。

＊

ヴォーンはたっぷり三十分、わたしたちを待たせた。トーマスとわたしは車のトランクにすわっていたが、大人たちはエアコンの利いた車内に留まった。死体よりも急を要することとは、いったいヴォーンはどんな問題をかかえていたんだか——まあ、これぱっかりはわからない。わたしは、保安官がゆっくりしているのは、たぶん、その女がすでに死んでいて、どこにも行きようがないからだろうと思った。だがヴォーンが到着したとき、この考えは変わった。彼は開口一番こう言ったのだ。「いいか、無駄足を踏ませたんなら承知しないぞ」

これはものすごく癇《かん》に障った。わたしは言った。「無駄足のわけないね。あれはライダ・ポーなんだから。彼女があそこに埋められてたんだ」

ヴォーンは足を止めて、服の袖で汗まみれの顔をぬぐった。「ライダ・ポーだと？　どういうわけでそれがライダ・ポーだと言うんだ？」

「だって他にいないでしょ」わたしは言った。

ヴォーンはわたしたち五人を眺め、それからわたしを指さした。「きみが案内しろ。残りのみんなは動くなよ」

わたしは彼のパトカーに乗り込み、わたしたちは教会につづく砂利道を走っていって、焚火《たきび》台のそばに前向きに車を駐めた。わたしは保安官を連れてぐるりとうしろに回った。それから原っぱを歩きだす前に、ピックアップ・トラックが教会とフェンスのあいだを移動するとき轢きつぶした雑草の列を指さした。「あの轍、わかるかな？」わたしは言った。「フェンスのあそこに向かってますよね。ほら」

ヴォーンは目を細めた。「轍なんぞ見えんが」

「あの丘です。見えませんか？」

「なあ、坊や、とにかくきみが見つけたっていうその死体を見せてくれんかね」

わたしは草のなかに入っていき、轍に――ヴォーンが見えないという轍に沿って歩きつづけた。例のタイヤ痕に近づくと、わたしはふたたび指さした。「今度のは見えるでしょ？」

「ふむ、何かそこにあるな。その点は認めよう」

「ここを見て」わたしはタイヤ痕のそばに寄った。「彼女をここへ運んできたトラックのやつですよ。このトレッドには特徴がある。それに森のなかにもいくつか痕跡が――」

「おい、坊や、わたしに死体を見せるのか、それとも見せないのかね？　このおしゃべりにはもういい加減うんざりなんだが」

彼の言葉はわたしをへこませた。こっちはここまでやったのに――あれこれ解明し、手がかりを見つけたのに、彼はそのことをなんとも思っていないのだ。わたしは無言でフェンスを乗り越え、遺体の埋められた場所へと向かった。ヴォーン保安官があのでかっ尻で有刺鉄線を乗り越えるのを待とうともせずに。保安官は難儀したにちがいない。彼の呼び声が聞こえてくるまでに、わたしはずいぶん待たされた。「どこに行っちまったんだ、坊や？」

「この奥ですよ」わたしは言った。「ライダ・ポーのところです」

保安官が森の最後の一区間をよろよろと通り抜け、開けた場所に出てくると、わたしはライダ・ポーの埋められた場所を黙って指さした。

ヴォーンは膝をついて、例の手を見つめ、それから言った。「なるほどな、坊や、ここからはこっちでやるよ。もう家に帰りなさい」

家に帰れ？　〝でかした〟は？　〝よくやったな〟は？　トーマスとわたしはライダ・ポーを見つけた。ヴォーン保安官をここに連れてくるために家まで走って帰り、ずたぼろになった。あのクエーカー教徒の教会では、命を危険にさらした。なのに、苦労の結果、得られたのは、〝もう家に帰りなさい〟なのか？　妙にがっくりして、わたしは待った――これで終わりのはずはないと思いながら。わたしがぐずぐずしているのを見ると、ヴォーンはどなった。「とっとと帰れ、このド阿呆！」

森から出ていくとき、胸の怒りは沸騰まであとほんの二、三度だった。

第二十二章

わたしがヴォーン保安官を案内しているあいだに、母さんとエルギン夫妻は額《ひたい》を集め、トーマスとわたしにキャンプの道具を取ってこさせて、そのあとふたりを車でフロッグ・ホロウへ連れ帰ろうと決めていた。キャンプ旅行の帰りに車に乗せてもらうというのはなんとなく敗北参みたいに思えたものの、状況が状況なので、わたしはこの案を歓迎した。

密造者のキャンプへの行軍中、頭に浮かんだのは、トーマスと自分は有名になるんだという考えだった。わたしたちはライダ・ポーを発見したのだ。ラジオでも新聞でも、このことは話題になるだろう。秋に学校が始まるときには、コールフィールド郡の子供はみんな、ボーディ・サンデンとトーマス・エルギンが何者なのかを知っているだろう。白状しよう、ただの隅っこの目立たないやつじゃなくなるんだと思うと、わたしはうれしかった——たとえその名声が、死んだ女性の犠牲によってもたらされるものだとしても。

トーマスとわたしは親たちをあまり長く待たさないようがんばり、好タイムを出した。ふたりで森を抜けたとき、太陽はまだ、昼から夕方へと移り変わっていく空の片隅にあった。フェンスの百ヤード手前の、死体があった場所の付近は、人の動きでざわついていた。パトカーが三台、フェンスのすぐ前に並び、その隣には古びた救急車も駐まっていた。有刺鉄線は切断され、副保安官二名が袋を手に地面に視線を据えて森のなかを歩いている。手がかりをさがしているんだ、とわたしは思った。

トーマスとわたしは原っぱに入ったが、わたしは教会やハイウェイのほうへは向かわずに、トーマスについてくるよう手振りで合図し、パトカーのほうに向かった。わたしたちは前にタイヤ痕に気づいた地点で足を止めた。痕跡はなくなっていた。丘に来ている車がみんな同じ道を通って、トレッドの痕を消し去ったにちがいない。

「あの馬鹿野郎ども」わたしはつぶやいた。

「まさに真上を通ってるな」トーマスが言った。

わたしはうんざりして首を振り、ダッフルバッグを放り出すと、少なくともひとりの保安官が止まれと叫ぶのをよそに、森のなかへと駆け込んだ。かさばるバックパックを胴部に留めたトーマスのほうは、その場に留まった。あの開けた場所に着いたとき、わたしはヴォーンに思いきり文句を言うつもりだったが、ヴォーンはそこにいなかった。例の穴の前にはふたりの副保安官が膝をつき、もうひとり、白シャツに黒ネクタイの男がまるで発掘を監督しているかのように立って遺体を見おろしていた。

男たちの下には、ライダ・ポーの顔の残骸《ざんがい》があった。空洞になった目、へこんだ頬、土気色の肌。突っ張った皮膚に引っ張られ、開いたままになった口。顎《あご》の骨から突き出た歯。歯茎はない。唇《くちびる》もない。そして、目と目のあいだには弾痕が見えた。小さな丸い穴が、ちょうど中央に。とてもきれいな穴で、位置も精確なところを見ると、引き金が引かれたとき、その銃口は彼女の肌に触れていたにちがいない。目をそむけたが、もう遅かった。わたしはすでに自分が見たかった以上のものを見てしまっていた。

「ここにいちゃいけないよ、坊や」男たちのひとりが言った。

ヴォーンがいないなら、わたしだってそんなところにいたくなかった。まぶたの裏にライダ・ポーの顔を焼きつけたまま、わたしはあともどりして森を出た。自分が何を見たか、トーマスには話さなかった。考えなければ、あの顔は消えるかもしれないと思ったのだ。しかしトーマスとともにハイウェイにとぼとぼと歩いていくとき、それはずっとついてきた。瞬《まばた》きするたびに、その映像は脳の奥にさらに深くにもぐりこんでくるようだった。わたしは新聞の写真で見た、美しい笑顔のライダ・ポーを思い浮かべようとした。わたしが覚えていたかったのは、そういう彼女だ。しかし記憶とは、自分の好きなように取捨選択できるものではない。

　ヴォーン保安官は、ハイウェイの路肩でミスター・エルギンと話していた。彼らから十ヤードほどのところには、母さんとジェンナが並んで立っていて、車はそのそばに駐めてあった。男ふたりが激しくやりあっているように見えたので、トーマスとわたしは立ち止まって、聞き耳を立てた。

「どういう意味かね？　充分な根拠がないというのは？」チャールズが言った。「ライダ・ポーが死んでいたなら、彼女が金を持ってアーカンソー州に逃げたっていうあんたの仮説は吹っ飛ぶ。何者かが彼女を手伝っていたにちがいない——そしておそらくその人物が彼女を殺したんだろう」

「しかしな、ミスター・エルギン、あの遺体がライダ・ポーなのかどうかもまだわかっていないんだ」

「可能性のある行方不明女性がいったい何人いるんだね？」

「わたしはただ、捜査にはしかるべきやりかたがあると言っているだけだよ。辛抱してもらわんとな」

　わたしは割り込まずにはいられなかった。「で、部下たちに車で証拠の上を走らせとくのがしかるべき捜査だってわけ？　あの人たちのせいでタイヤ痕が消えちまったんだけど」

　ヴォーンの頬が赤らんだ。彼はわたしをにらみつけた。「坊や、いまのは大目に見てやろう。おまえさんには礼儀作法を教える父ちゃんがいないわけだしな。だが今度、わたしに向かってそんな口のききかたをしたら、ただじゃすまんぞ」

「保安官！」ジェンナが鋭く言った。「いったいあなたは何様――」

「それに、あんたらみんなもだ！」ヴォーンが吼《ほ》え、その大音声にさすがのジェンナも黙り込んだ。「わたしの事件現場から出てってくれ――いますぐにだぞ――さもないと、捜査妨害で全員、逮捕するからな」そう言い放つと、ヴォーンは向きを変え、教会につづく砂利道を足取り荒く引き返していった。

母さんがやって来て、わたしを抱き締めた。ためらいがちに、ほんのちょっとのあいだだけれど、それでも抱き締めたことに変わりはない。それはわたしにとって思いがけないことだった。

はらわたが煮えくり返っているさなかでありながら、わたしは圧倒されている自分に気づいた。死体を発見したことにでも、コールフィールド郡の保安官に叱責《しっせき》されたことにでもなく、（たとえそれがほんの一、二秒のことであっても）自分を抱き締める母の腕の感触に。過去に母にハグされたことがあるのかどうか、わたしには思い出せなかった。もちろん、母が悲しみにさらわれる以前には、そういうこともあったにちがいない。でも、わたしにはその記憶がなかった。そして、このときの母の動作には（ひさしぶりで腕が鈍《なま》っていたから）ぎこちなさがあったけれども、そのハグは実に心地よかった。

「大丈夫？」母さんは訊ねた。

「うん……大丈夫だよ」

わたしたちはインペリアルに乗り込んだ。トーマスと母さんとわたしは後部に、トーマスの親たちは前部に。チャールズはヴォーン保安官とのやりとりのせいでいきりたっていた。

「いったいどうすりゃ、あのピエロはセシル・ハルコムの事情聴取をやるんだろうな」彼は言った。「あれじゃまるであの男をかばってるみたいじゃないか」

ジェンナが言った。「たぶん裏で保安官が口にできない何かが進行しているのよ。いまに一気に噴出してくるんじゃないかしら」

「われわれは力を合わせるべきなんだがな。わたしは彼にあらゆる情報を提供してきた。ところが、向こうはわたしをみそっかす扱いにしてるんだ」

「あなたにできることはあまりないんじゃない?」ジェンナが言った。

「わたしに何ができるか教えてやろう」チャールズが言った。「わたしには、セシル・ハルコムをクビにすることができる。降格だけじゃだめだったんだ。やつは何かにつけてわたしの足を引っ張ってきた。やつのスパイどもは、わたしの動きを逐一監視している。もううんざりだよ。うちに帰ったらすぐやつに電話して、あの――」ミスター・エルギンはルームミラーでわたしたちをちらりと眺め、言葉を選び直した。「セシル・ハルコムはもう終わりだ」

「本当にそれでいいと思う?」ジェンナが訊ねた。

「例の筆跡鑑定のプロと話すまで待てればと思ってたんだが、もうやってられんね。ミネアポリス本社はわたしに任せると言ったわけだし……そう、これがわたしの決断だよ」

第二十三章

案に相違して、翌日のラジオでわたしが自分の名を聞くことはなかった。翌朝、あたりの空気が不安を宿していたのをわたしは覚えている。もっと利口な子供なら理解できたかもしれない何か。わたしには理解できなかったもの——とんとんと階段をおりていく初出勤のトーマスを見送るジェンナの顔の作り笑い、トーマスとわたしが入っていったときぴたりとやんだ母さんとウォリーの会話。それはまるで、明るい青空の穏やかさにもかかわらず、彼らには嵐の最初の兆《きざ》しが感じ取れるかのようだった。

トーマスは彼の初日に飲料水の容器ではなく水筒を持ってきた。それと、紙袋に入ったランチを。わたしが持っていったのは、父さんのものだった使い古しの黒い弁当箱だ。それはまんなかでぱっくり開くやつで、下の段にはサンドウィッチ、上の段にはサーモスが入れてあった。男の弁当箱——ただ、わたしのサーモスの中身は、相変わらずクールエイドだったけれど。その日の仕事の打ち合わせをざっとしたあと、わたしたちはウォリーのピックアップ・トラックに道具を積み込み、最初の現場へと向かった。

運転免許のない者を雇っていると、ある程度、輸送のやりくりが必要となる。ウォリー・シユニッカーが送り迎えの労を取り、自分を働かせてくれるのを、いつもわたしはありがたく思っていた。ああして駆け回ってくれたのはウォリーの善良さゆえだと信じたいし――たぶん本当にそうだったのだろうが――心のどこかでわたしは常に、そこには罪悪感も働いているんじゃないかと思っていた。つまりほら、わたしの父が転落した日、ウォリーは父と一緒にその足場にいたわけだから。

ふたりはどこかの教会で天井を修理していた。父さんはただ、上を向いて作業に集中していたせいで足を踏みはずしただけだ。その足場台は四段目だった。つまり下までの距離はわずか二十フィートだったわけだ。命が助かってもおかしくなかったはずの転落。ただ父さんの落ちたところには木挽《こび》き台があった。父さんを病院に連れていったのはウォリーだ。みんな、ウォリーにはなんの責任もないと言っていたが、わたしはときどき、母さんとわたしに対する彼の態度は、まるで許しを求めているようだと感じた。

トーマスとわたしの最初の現場は、壁の磨き仕上げをすべき地下室で――トーマスに仕事のコツを教えるのにうってつけの、小ぢんまりしたいい場所だった。そのあとは、楽に歩いていける約二マイル先の住宅で廃材搬出の作業があった。このふたつめの現場で、トーマスとわたしは廃材を積み上げて、ウォリーを待つことになっていた。彼は一トン・トラックで迎えに来て、充塡《じゆうてん》用セメントを下ろし、わたしたちと一緒にトラックに廃材を積み込むのだ。

現場への道々、ウォリーは計画のどこかがどうもうまくないといった様子で、その日の作業予定の確認を再度行った。何が問題なのか、わたしにはわかっていた。マイロとアンガスが、午後にわたしたちが廃材搬出に行く住宅でのボード貼りをまだ完了していないのだ。しかしウォリーは（何度も繰り返し）あのふたりは昼までに現場を出るだろうと請《う》け合った。

彼がわたしたちの頭にすべての指示をたたきこんだところで、わたしは沈黙に乗じてラジオをつけた。普段はＦＭのロック音楽の局を聴くのだが、その朝、わたしはトーク番組の局にチャンネルを合わせた。当時、ジェサップには一般の人が電話をかけてきて、気になっていることを自由に話す、〈カントリー・クラッター〉という朝の番組があったのだ。

わたしは、自分たちがライダ・ポーの遺体を見つけたというニュースがその日一番の話題だと思い込んでいた――が、これはまちがいだった。この一件はニュースの最後の最後にどうにかひっかかっているにすぎなかった――行方不明のライダ・ポーのものと思われる遺体がふたりのハイカーによって発見された、と。ふたりのハイカー。名前はなしだ。ニュースのあと、番組司会者がもどってくると、電話してくる連中はみな、セシル・ハルコムがクビになった件ばかり話題にしたがった。

「わたしは小学生のときからセシル・ハルコムを知ってるんだ」ひとりの男は言った。「あの男はまったくの正直者だよ。上のやつらが彼についてどんなことを言ってようと、そいつは嘘っぱちだ。わたしが保証するよ」

つぎに電話してきたのは、中年っぽい声の女性で、もう一歩先まで踏み込んだ。「ほんとにもう、こんなに頭に来ることはありませんよ。セシルはこの町に大きく貢献してきた。雇用をもたらしたり、いろいろしてきたのにね。その人があんなふうに扱われるなんて、悔しいったらありゃしない」

三人目はまた男で、こう言った。「いいかね――よそからこの町に来て、地元民をゴミみたいに踏んづけようってなら、そいつはそれなりの報《むく》いを受けなきゃならない。連中がひっかきまわしてるのは俺たちの職場だからな。ここは俺たちの町であって――」

ウォリーはカチリとラジオを切った。「阿呆どもめ」彼はつぶやいた。「町の住民の半数は、セシルをすごくえらいやつだと思い込んじまってる。それもただ、彼が自分らの給料の小切手にサインしてるってだけの理由でな。こいつらはド阿呆の一群にすぎんよ。一切、耳を貸すんじゃないぞ」

その後、移動の時間は沈黙のうちに過ぎていった。やがてわたしたちは、建設中のある住宅に差しかかった。その土の敷地には、マイロのピックアップ・トラックが駐まっていた。「あれが廃材搬出に行く家だよ」ウォリーは言い、今回も忘れずに、マイロとアンガスはわたしたちが行く前に現場から立ち去るという点に言及した。

ウォリーはそのまま砂利道を北進し、一マイルほど先で、鉄の骨組みに木の板を渡したぐらぐらする橋を渡った。川の向こう岸に着くと、今度は折り返して南へ向かい、丘を頂《いただ》きまで登って、古いファームハウスの前にトラックを停めた。わたしたちの最初の現場だ。

その地下室はわたしが思っていたよりも小さかった。本来ならわたしひとりでも半日ですむはずの仕事だったが、どういうわけか、トーマスの手がありながら、その作業には正午まで丸丸かかった。人に仕事を教えるというのがあれほど時間を食うことだとは、わたしは知らなかった。なんだかトーマスを見守り、彼のすることを正している時間のほうが自分の分の壁を磨いている時間よりも長いような気がした。自分に仕事を教えてくれたとき、ウォリーがどれほど辛抱強かったかを思い出し、わたしはトーマスにもそのように接するべく精一杯努力した。結局のところ、トーマスはわたしよりも覚えが早かったんじゃないかと思う。

わたしたちはその地下室で、たったいま自分たちの手でなめらかにした埃《ほこり》っぽい壁に寄りかかって弁当を食べた。トーマスはいつもの彼にもどって、なんでも知ってる自分についてべらべらとしゃべりつづけた。そしてどの話にももちろん、女の子が出てきた。食べ終えると、わたしたちはその改装中の家に（ウォリーがあとでトラックで来て回収するので）道具を置いて、徒歩でつぎの現場に向かった。

あの川が見えてくるまでたっぷり半マイル、橋まではさらに半マイルの距離があった。地下室で壁を磨いているあいだに、空は暗くなっており、背後では雨が地平線を霞《かす》んだ灰色に染めていた。トーマスが、川に着いたら、橋まで余分な距離を歩かずに、向こう岸へ歩いて渡らないかと提案した。わたしもそれは名案だと思った。

丘を登りきったとき——古い豆畑のすぐ向こうに川が見えたとき——低音の唸《うな》りがわたしの耳を打った。エンジン・シリンダーのひとつに点火できないまま、うめきながら背後の道をのぼってくる車の音。振り返ると、遠くで古ぼけたトラックが埃を巻きあげ、爆音とともに加速するのが見えた。

わたしたちは歩きつづけた。トーマスはわたしの前にいて、川に目を据えている。トラックはかなりの速度で走っており、機能不全の排気管の唸りでその騒音は二倍になっていた。ようやく音に気づくと、トーマスは道の途中で足を止め、もの問いたげに眉を上げて振り返った。

何も言わずに、わたしは手を伸ばしてトーマスを道の端に押しやった。トラックはもう百ヤードうしろに迫っており、さらにスピードを上げた。

「なんなんだよ、いったい」とかなんとかつぶやきながら、トーマスはトラックをやり過ごすべく、草地に入っていった。騒音のため、その声はあまりよく聞こえなかったが。わたしたちをよけて進むだけの道幅が充分にあるというのに、トラックは道のこちら側を走りつづけていた。

わたしはトーマスを追って草地に入ると、その馬鹿野郎に、そういう無謀運転はありがたくない、と知らしめるため、中指を立ててトラックのほうを向いた。助手席のドアから何かが――棒状のものが突き出ていることにわたしが気づいたのは、そのときだ。トラックはゆるい砂利のなかで少し横すべりしたが、すぐにグリップを取りもどした。その棒――箒《ほうき》の柄《え》が、手袋をした手にしっかりと握られて、さらに大きく窓の外に張り出してきた。

思考が停止した。何が起ころうとしているのかわかっていながら、足に根が生えたようになり、わたしはただその場に突っ立っていた。助手席の男が開いた窓から身を乗り出し、開口部にすわった格好になると、片手でトラックの屋根をつかみ、もう一方の手で箒の柄を大きく振りかぶった。そいつは、おばけのキャスパーの白いお面をつけていた。

そのお面を見たとたん、恐怖の冷たい波がさーっと体を駆け抜けた。叫ぼうとしたが、声が出なかった。男が箒を振りおろしはじめた。

わたしはトーマスに襟《えり》をつかまれ、うしろにぐいと引き寄せられるのを感じた。

箒の柄をブロックしようとして、わたしは左腕を上げた。それと同時に、トラックが道路を縁取《ふちど》る砂利の隆起部にひっかかり、側溝に向かって傾《かたむ》いた。助手席の男は不安定なその席で大きく揺れ、箒の柄は男が意図したよりはるかに弱い力でわたしの前腕をかすめていった。痛みの衝撃が腕を駆けのぼり、全身を貫いた。わたしはうしろ向きに倒れ、トーマスにぶつかった。

トラックの運転者は（こちらもやはりキャスパーのお面をつけていた）ハンドルを強く握り締め、トラックの姿勢を立て直そうと奮闘していた。トラックは尻を振り、その後、もとの姿勢にもどり、橋をめざして爆走していった。

「くそったれ！」わたしはどなった。瞬時に恐怖は消え失せた。わたしはパッと起きあがり、川をめがけて畑のなかを走っていった。

トラックはガタゴトと進んでいき、橋を渡りだすと速度を落とした。

足もとに注意していなかったため、わたしは泥の塊《かたまり》に蹴つまずき、顔から畑に突っ込んで、地べたをツーッと胸ですべった。

トラックは跳ねあがって橋をおり、轍にひっかかりながら方向転換して、南へ、わたしのいる方角へと進みだした。手をついて泥のなかから起きあがるとき、石ころがひとつわたしのてのひらに触れた。表面にガラス質のすじが入った白いその石は、ちょっと野球のボールみたいに見えたうえ、それっぽく手にフィットした。わたしはそいつを拾いあげ、ふたたび走りだした。

恐れも、疑いも、痛みもなかった。わたしは畑を突き進んでいった。畝間《うねま》で足首がねじれたり曲がったりしたが、それでも速度は落とさなかった。わたしは石を大事に持って走った。川まであと六十ヤード。そしてぐんぐん近づいていく。

心臓が肋骨《ろっこつ》をドンドンとたたいている。

あと五十ヤード。

肺《はい》が空気を求めてあえいでいる。

四十ヤード。

血がドクドクと耳を打つ。

三十ヤード。

わたしは歯を食いしばった。大腿筋《だいたいきん》が燃えている。

二十ヤード。

助手席のやつがこっちを見た。

十ヤード。

トラックとわたしは叉骨《さこつ》のように一点に向かっていた。トラックは、川をはさんだ向こう側で、白っぽい道を爆走している。利き腕を思い切りうしろに引きながら、わたしは虚空に向かってジャンプした。わたしの下では、大きな淀みのなかで、昏《くら》く静かに水が渦《うず》を巻いていた。体が宙に浮くやいなや、わたしは持てる力の最後の一滴を振りしぼって石を投げ、その行方を見守った。意思と運とに軌道を支配され、石は空高く飛んでいった。

石の描くアーチを追って、助手席の男の顔が上を向いた。お面の奥でその目玉が飛び出している。彼ががばと身を伏せるのと同時に、石が窓をぶち破り、何百もの破片となってガラスが飛び散った。

わたしは向こう岸の土手に突っ込み、石がトラックの窓を打ち砕くのをなんとか見届けてから、あおむけに川に落ちた。

トラックの音はまだ聞こえていた。そのエンジンが速度を上げ、ギアがギリギリとうめいている。わたしはどうにか立ちあがって、土手の向こうを眺めた。トラックは、五〇年代のみたいな、古めのモデルのやつだった。それは道路を離れて、堤防を登ろうとしていたが、どうやらそこで切り株か岩につかえたらしく、タイヤで地面をかきむしり、煙と埃をもうもうと巻き上げていた。

何かがひっかかったにちがいない。トラックはいきなり後退し、すべっていって道路上で停止した。束の間、わたしはトラックの男たちが自分をつかまえに来るんじゃないかと思った。特に助手席の男——そいつはドアをぎゅっと、ずたずたに引き裂かんばかりにつかみ、お面越しにわたしを凝視《ぎょうし》していた。その目に燃える憎しみと怒りはものすごく凶暴で、わたしのいる川のなかからでもそれがわかるほどだった。

どうしたものかわからず、わたしはただ待っていた。とそのとき、助手席のやつがわたしの背後の畑のほうに目を向けた。トーマスが石を手にこっちに向かって走ってくる。助手席の男が運転席の男に何か言い、手負いのトラックはぎくしゃくと走り去った。

わたしはふたたび水中に倒れ、あの淀みに体を浮かせた。アドレナリンは底を尽き、わたしの手は震えていた。

第二十四章

トーマスはホームスチールするときみたいに川っぷちにすべりこみ、ついでに靴一杯分泥を蹴り上げ、わたしの顔にぶっかけた。

「大丈夫か、ボーディ?」

わたしはすわるのによい倒木を見つけて、えいやと水から上がり、トーマスのほうはわたしのいる川床に下りてきた。わたしの腕は痛んでおり、箒の柄が当たった肘《ひじ》の上にはクルミほどの大きさの瘤ができかけていた。「大丈夫だよ」まだ完全に自信が持ててはいなかったが、わたしはそう言った。

「いまの、なんなのさ? あの連中、何者?」

ちゃんと話さなくてはならないのに、彼の目を見ることができず、わたしの視線はふたたび川面に落ちた。「あれは……ニガー・ノッキングっていうんだ」わたしは言った。「たぶんきみをねらったんだけど、こっちに当たっちまったんだな」

どうにかそう言ってから、わたしは目を上げた。恐れ、怒り、当惑――それらが渾然《こんぜん》一体となったトーマスの表情は、わたしを恥じ入らせた。これをしているのは、わたしが属する側なのだ。ルールを決めたのは、わたしたちなのだ。

トーマスはなんとも言わなかった。彼はこのすべてをのみこもうと格闘しているようだった。そしてついに彼は言った。「名前があるほど、よく行われていることなんだね？」

なんと言えばよいのかわからなかったので、わたしはただ肩をすくめた。

「腕、痛い？」彼は訊ねた。

わたしは腕を持ちあげて、彼にあの瘤を見せた。「それほどでもないよ。拳を握ったりしなければ」

「岸に上がれるかな？」

「うしろから押してくれればね」

わたしたちは膝までの深さの水のなかを向こう岸までザブザブ歩いていき、そこでトーマスが両手を組み合わせて鐙《あぶみ》を作り、わたしを土手に押しあげた。かなり上まで送り出してもらったので、あとはわたしも自力で川から上がることができた。

「きみってやつはイカレてるよ」彼は半分笑いながら言った。「あんなふうにトラックを襲撃しちゃってさ」

「やつらの窓、ぶっ壊してやったぜ」わたしは言った。

「あのトラック、もうちょっとでひっくり返るとこだったよな。絶対ひっくり返るって思ったよ」

わたしたちは、トラックが切り株につかえて立ち往生したところまで歩いていった。あの運転者がなんとか脱け出そうとして、タイヤから煙を立たせたせいで、あたりにはまだ焦げたゴムのにおいが漂っていた。わたしはその焼け焦げを見つめ、トーマスは道の端っこの地面に目を走らせた。土に残るタイヤ痕に先に気づいたのは、彼のほうだった。

「あのタイヤの痕だよ！」トーマスは言った。

彼の指さす先を見て、わたしもそれに気づいた。トラックがバックで道路にもどった場所のやわらかな石灰石の粉の上には、わたしたちがクエーカー教徒の教会の原っぱで見たのとまったく同じタイヤ痕が残されていた。恐怖の波動に貫かれ、肺の底が抜けた。

「びっくりだな」トーマスが言った。

わたしのほうは声も出なかった。キャスパーのお面の男たちが乗っていたトラックは、ライダ・ポーの遺体を森へ運んだトラックと同じものだったのだ。いくつもの可能性が頭のなかでぐるぐると渦を巻き、糸がきれいにより合わされて、たったひとつの疑問になった。キャスパーのお面のあの男は、ライダ・ポーの頭に弾を撃ち込んだのと同じやつなのだろうか？　もしそうなら、わたしはついさっき人殺しとがっちり視線を合わせたことになる。

トーマスが道のまんなかに出ていき、トラックがガタピシと走り去った方角を眺めた。わたしたちは同じことを考えていたにちがいない――もしあの男たちが気を変えて、もどってきたら？

連中はわたしたちがこの道に出ることを知っている。わたしたちがどこから来たかも知っている。だからわたしたちがどこへ行くかも知っているはずだ。西の彼方では入道雲が丘の上を這うように進んでいて、その冷たい風が濡れたTシャツとジーンズに吹きつけ、わたしの背中に激しい震えを走らせた。わたしたちはこれからまだふたつめの現場に行かねばならない。そして、嵐が解き放たれる前にそこに着かねばならないのだ。

＊

ちょうどその住宅に着いたころ、重い雨粒がぽつぽつと落ちてきたが、トーマスもわたしもなかに入りたいとは思わなかった。家は確かに空っぽに見えた。わたしが道路の縁《へり》の土を調べたところ、トレッドの欠けたあのトラックがそこに来た形跡はなかった。それでもわたしたちは家に入る前に武器にする石をいくつか拾った。

暗くなりつつある空が影などないはずの隅々に影を落としていたものの、結局、屋内は空っぽだった。わたしたちがなかの見回りを終えるやいなや、外では空が始動し、滝のように雨が降りはじめた。

ついさっきあんなことがあったというのに、仕事をするというのはなんだか変な気がしたが、他に何ができるだろう？　電話のあるところ、助けが得られるところは、何マイルも彼方だ。それに、この住宅にはやっぱり搬出すべき廃材があるのだ。だからわたしはトーマスに仕事の手順を教えはじめた――シートロックの大きな破片を敷いて、その上に小さな破片を積み上げ、ウォリーがトラックでやって来たら、すぐ運び出せるようにしておくってやつを。

わたしの左手は物をつかむのがむずかしくなっていた。だがそのハンデにもかかわらず、トラックのエンジン音が外から聞こえてきたとき、わたしたちはすでに家の半分の搬出作業を終えていた。ふたりで外に飛んでいくと、一トン・トラックに乗ったウォリーが、ドアに近づこうとしてタイヤの回転数を上げ、前庭の泥のなかを進んでくるところだった。雨は小降りになっていたが、ウォリーがえっちらおっちらなかに入ってくるとき、その通り道は泥ですべりやすくなっていた。

わたしたちの第一の仕事は、例のピックアップ・トラックのことや、わたしたちを襲撃したおばけのお面の男たちのことを、ウォリーに報告することだった。自分の耳が信じられないというように、彼の目はトーマスとわたしのあいだを鋭く行ったり来たりしていた。話が進むにつれて、その頬の赤味はどんどん濃くなっていった。そしてわたしが腕の瘤を見せたとき、この人は爆発するんじゃないか、とわたしは思った。

「トラックに乗りなさい」彼は言った。

「だけどまだ――」自分たちの積み上げた廃棄するシートロックの山を指さし、わたしは言いかけた。

「とにかく乗りなさい」彼は踵《きびす》を返し、運転台へと向かった。「そっちはあとまわしだ」

トーマスとわたしは泥靴のまま運転席に飛び込んだ。一トン・トラックは最初、砂利のなかで横すべりしたが、やがてタイヤが地面をとらえると、勢いよく道に飛び出した。充填用セメントのバケツのいくつかが横倒しになって、ごろごろ転がったり横板にぶつかったりしたが、ウォリーは速度を落とさなかった。

トラックは進路を変え、ここ二、三年のあいだにシュニッカー社が施工した家がいくつかある宅地のなかを走っていった。ウォリーは猛然と建設中の角の家に向かい、玄関のすぐ前で急停止した。彼は運転席から飛び出すと、家のなかにドカドカと入っていった。

転げ回るバケツを固定すべく、わたしは荷台に這い込んだ。するとウォリーがなかでどなっているのが聞こえた。

「親父さんはどこだ？」

つづいてアンガスの声、小さな震え声が聞こえた。「タバコを買いに行ったけど」

「もどったら、わたしがすぐ営業所に来いと言ってたと伝えてくれ。大至急だぞ」

「でもまず、この天井をやっちまわないと――」

「これ以上なんにもするな。親父さんに、いますぐ会いたいと伝えろ！　わかったな？」

「わかりました」

わたしがバケツを繋ぎ終え、運転席に這いもどるのと同時に、ウォリーがひょいと乗り込んできた。彼はトラックのエンジンをかけ、営業所まで運転していった。移動のこの後半は、前半よりずっと穏やかだった――が、三人とも口はきかなかった。

営業所にもどると、母さんがわたしの腕に目を向けた。わたしは大丈夫だと請け合った。ただひどい痣《あざ》ができただけだから、と。そのあと、トーマスとわたしは、そこに留まってマイロとウォリーの対決を見届けるために、やるべき仕事をさがした。業者が充填用セメントを四パレット分、置いていっており、その荷は〝中倉庫〟の密閉室に積み上げる必要があった。そこでわたしたちはその作業にかかった。一方、ウォリーと母さんは事務所のなかで何か話したり、うろうろ歩き回ったりしていた。

マイロのトラックが広場に入ってきたのは、わたしたちがふたつめのパレットの荷を運んでいるときだった。彼の顔は怒りにゆがみ、その口はくわえたタバコをぎゅっと締めつけていた。彼はタバコを地面に投げ捨てると、ちょっと怯えているように見えるアンガスをトラックに残して、足取り荒く事務所に入っていった。トーマスとわたしは〝大倉庫〟へと走っていき、横手の大きなドアからこっそりなかに忍び込んだ。するとそこには、母さんが立っていた。母さんは修羅場になるのがわかっていたにちがいない。わたしたちが入っていくと、唇に指を当てて静かにと合図した。

「誰の仕業だ？」ウォリーはどなった。「あの子たちを襲ったのは、誰なんだ？」

「なんの話かさっぱりわからんね」マイロは言った。

母さんが事務所のドアを少し開けておいたため、わたしたちにはなかのふたりの男が見えた。マイロは腕組みをして、うすら笑いを浮かべていた――ウォリーを恐れるふうはみじんもなく。恐れる必要がどこにある？　マイロはウォリーより五インチも背が高いし、顔立ちだって〈マールボロ〉の男並みにいかついのだ。

これに対してウォリーは、腹はたるんでいるし、拳を振れば腕がたぷたぷ揺れてしまう。それでも、クリスマスのリボンに匹敵するほど赤い顔をし、凶暴なアナグマみたいに歯を剝《む》いて相手に詰め寄ったのは、ウォリーのほうだった。

「あの子たちがあの道を行くことは誰も知らなかったんだ」ウォリーはどなった。「あんたとわたし以外、誰もな。お膳立てしたのはあんただろう――誰がやったんだ?」

「ウォリー、うしろにさがんな。さもないと面倒なことになるぜ」

「もう面倒なことになってるさ、マイロ。あとは解決あるのみだ。白状するならいまだぞ」

「で、もし白状しなかったら?」マイロのうすら笑いがにやにや笑いに変わった。

「誰がやったんだ、マイロ?」

「さっき言ったろう――なんの話か俺にはさっぱりわからんよ」

ウォリーは尻ポケットに手をやって、給料の青い小切手を引っ張り出すと、マイロの胸に押しつけた。マイロは反射的にそれをつかんだ。

「それが最後のだ」ウォリーは言った。「あんたはクビだ」

「おれを……クビにするだと?」マイロは小切手を握りつぶした。仮にそれまでそうでなかったとしても、いまの彼はまちがいなく激怒していた。

「わたしの事務所から出てってくれ」ウォリーは言った。

「地獄に落ちやがれ、このくそったれなホモ野郎!」

すると瞬時に空気のなかの何かが変わり、ウォリーの目からあの炎が消え失せた。

「そうとも、俺は全部知ってるんだ。あんたとジョージ・バウアーのことは何もかもな。何年も前から知ってたさ。いや、誰も彼もが知ってるんだぜ。若い連中は、あんたに天誅を下したがっている。で、あいつらを止めてるのは、誰だと思う? あいつらがあんたの家を焼き払うのを止めてきたのは誰だと思うね？　そう、止めてるのはこの俺さ——それでも俺をクビにしようってのか？」

　その声を深く暗い穴へと落とし、マイロはさらにつづけた。「たったいま、おまえはそのみじめな人生で最悪のミスを犯したわけだよ」呆然と立ち尽くすウォリー・シュニッカーに肩をぶつけ、マイロは広場へと出ていった。彼が母とトーマスとわたしに気づいたのは、トラックに乗り込んでからだった。わたしたちを目にすると、彼はエンジンを吹かし、急ターンして、倉庫の壁面に砂利を浴びせた。わたしは前に出て母さんの盾《たて》となったが、そばまで飛んでくる石はひとつもなかった。

　マイロのトラックの唸りが遠のいていくなかで、言葉で表せないものを目で表しつつ、わたしはトーマスを見、トーマスはわたしを見た。たったいま、何か深刻なこと——恐ろしいことが、目の前で起こったのだ。

　母さんが事務所に入っていき、ウォリーに歩み寄ったとき、わたしはまだパズルのピースを組み合わせようと奮闘している最中だった。ウォリーの目は涙に濡れていた。母さんは彼に両腕を巻きつけて、その顔を肩に抱き寄せ——あのクエーカー教徒の教会でわたしにしてくれたように——抱擁《ほうよう》でウォリーをなぐさめた。

第二十五章

襲撃の件では、ディーン・ウィンズロウという若い副保安官がやって来て、トーマスとわたしの供述を取った。ただし彼はわたしたちの話に退屈している様子で、わたしがキャスパーのお面に言及したときなど、忍び笑いを漏らしたほどだった。さらにまずいことに、トーマスもわたしもトラックの特徴を、古いやつで埃と錆《さび》だらけで塗装は赤だったという以外、詳しく話すことができなかった。わたしはウィンズロウに、現場に案内してタイヤ痕を見せようと申し出たが、彼はあの大雨でたぶんタイヤ痕はもう消えているだろうと言った。

ウィンズロウが立ち去ると、わたしたちは仕事にもどった。わたしはジョージ・バウアーというのが誰なのか、トーマスに話して聞かせた。バウアーの車が敷地内に入ってきたのは、それからまもなくのことだった。彼は決然たる足取りでウォリーの家に入っていったが、その肩は強烈な喪失感の重みがのしかかっているかのように丸くなっていた。

髪に残った石膏《せっこう》ボードの埃を洗い流すためにわたしがうちにもどったとき、母さんはエルギンの家に行っていた。シャワーを終えても、母さんがまだもどらないので、わたしも向こうに行ってみた。母さんとジェンナはダイニングのテーブルに着いていたが、ふたりの顔に笑みはなかった。

「あなたたち、ちょっとここにいらっしゃい」ジェンナが言った。

「僕たち、なんか悪いことしたのかな?」トーマスが訊ねた。

「いいえ、ハニー」ジェンナはほほえんだ。「なんにも」

母さんが言った。「あのことは、わたしからジェンナに話した。それでふたりで考えたんだけど——ウォリーも賛成してるし——あなたたちは二、三日、お休みするのが一番なんじゃないかな——状況が落ち着くまでのことよ」

わたしはトーマスが異議を唱えるのを待った。彼のほうもわたしが異議を唱えるのを待っていたのだと思う。だが結局、どっちもピーとも言わなかった。

説得が必要だと思っているのか、母さんはさらにつづけた。「ウォリーは、マイロとアンガスの代わりの新しいボード工をさがさなきゃならない。だから、とっても忙しくなるの。ここにいて、にらみを利かせてはいられないでしょう」

「そのあいだだけど」ジェンナは主としてトーマスのほうに言った。「お父さんがね、あなたたちは自分と一緒にコロンビアに行くのがいいんじゃないかって言ってるの」

チャールズはキッチンでコーヒーメーカーからコーヒー粉を引き出しているところだったが、わたしたちが出張に同行するというジェンナの提案にその背中がちょっとこわばった。

「お父さんは例の筆跡鑑定の専門家に会いに行くんだけどね」ジェンナはつづけた。「あなたたちも一緒に行ったらいいんじゃないかと思うのよ。気分転換になるかもよ」

チャールズの背中をこれ以上こわばらせまいとしているのか、母さんは何も言わずにうなずいて賛意を表した。

トーマスはこの提案に顔を輝かせた。「やったね！」そう言って、彼はわたしに大きな笑みを見せた。

笑みを返したものの、わたしは目の隅でチャールズがため息をつくのを見ていた。

＊

その夜、母さんとわたしはエルギンの家で夕食を食べた。スパゲッティ・ミートボール。母さんはジェンナがミートボールを作るのを手伝い、ふたりは低い声で何か話していた。チャールズは書斎に引っ込み、トーマスとわたしは居間でテレビを見た。カウチのわたしの席からはキッチンが見え、母親たちにはさほど注意を払っていなかったものの、わたしは一度、母さんが頬の涙をぬぐうのを見たような気がした。わたしはこのひとコマについて考え、ここ数日いろいろあったものの、マイロのウォリーに対する仕打ちこそ母さんの涙の原因であることはまずまちがいないと思った。

夕食の席では、親たち三人がその日の出来事に一切触れずに会話をしようと大いに骨を折っていた。ジェンナは雑談が途切れないよう気を配り、母さんはほとんどどんな話題のときでも話に加わった。ジェンナは母さんの、わたしがそれまで見たことのなかった一面を引き出していた。それはまるで、傷ついた鳥だった母さんが、突然、自分の翼に気づき、飛び立ったかのようだった。その夕食のとき、母さんは過去にわたしとふたりで食べたどの食事のときよりもよくしゃべっていたと思う。

食事中、ジェンナは教区の祭りのことを訊ねた。彼女はその広告を新聞で見たのだ。教会があるくらい大きな町はどれも、教区の祭りを催す。毎年、夏のどの日曜かを押さえて、資金集めのパーティーを開くのだ。母さんはジェンナに、前の年、ウォリーがわたしたちをドライ・クリークの祭りに連れていってくれたことを話した。わたしはそれまで一度も教区の祭りに行ったことがなく、学校で他の子たちがその行事について話す様子から、自分は夏場の最高のイベントを逃しているのだと受け止めていた。

前の年のあのとき、わたしはこう疑ったものだ――ウォリーは母さんとのデートのつもりでうちの親子を誘ったんじゃないだろうか。理屈に合わない話だが、それでも懸念はぬぐいきれなかった。しかしあのふたりは毎日事務所で一緒にすわっているわけで、もしカップルになりたいのなら、何も教区の祭りに行かなくてもつぎの段階に進むことはできるのだ。お祭り会場に着いて数分後にジョージ・バウアーが現れると、わたしの不安はさらに和《やわ》らいだ。わたしが駆け回って、輪投げや福袋やダンクタンク（的にボールを当てて、水槽の上の人を水中に落とすゲーム）に金《かね》を浪費しているあいだ、彼ら三人はずっと一緒にいた。

母さんがジェンナに祭りの話をしているとき、わたしはようやく理解しはじめた――あのとき、母さんはすでにウォリーとジョージの関係を知っていたにちがいない。母さんはウォリーの共謀者であり、彼がジョージと（公《おおやけ》の場で）一緒にいられるよう、批判的な目から真実を隠す作戦に協力したのだ。そしてわたしは、マイロが去ったあと母さんがウォリーを抱擁したときの慈愛に満ちたしぐさを思い出した。すると急に、ウォリーが母に下心を抱《いだ》いているんじゃないかと思った自分が馬鹿みたいに思えてきた。あのときの母さんのハグはとても優しいものだった。マイロ・ハルコムみたいな輩《やから》に人生をぶち壊され、たったいまその世界が崩壊してしまった弟を抱き締める姉。あの夏は、振り向くたびに、母のなかに新たな何かが見えるようだった。

＊

夕食後、母さんは家に帰り、わたしはあとに残ってトーマスの皿洗いを手伝った――これは、わたしのじゃなく、母さんの思いつきだったが。皿洗いが終わると、わたしはさよならを言った。

外に出て、西の地平線に目をやると、丘の上空で嵐が終盤に到っており、落ちていく陽が雲を背に爆発して、金と紫と赤の波を描いていた。わたしはひととき足を止め、その色彩を観賞した。するとそのとき、ホークの家のドアがギーッと開くのが聞こえた。

その日何があったか、ホークはまだ聞いていないだろう――わたしはそう考え、そちらに行って例の襲撃のことを彼に話した。一部始終をきわめて詳細に――ホークは、わたしの知る他の誰よりも細部にこだわる人だから。わたしが話しているあいだ、彼はほぼずっとわたしの表情を見ていたが、話が終わりに近づくと、森のほうに視線をさまよわせ、特に何を見るでもなく、ただゆっくりと首を振った。

わたしが話し終えると、彼はため息をついて言った。「ごめんよ、ボーディ」

「なんでホークが謝るのさ？」わたしは言った。「ホークは何もしてないじゃない」

「きみに警告しておくべきだったよ……危険があることを」彼は言った。「前に、人間は他者を貶《おとし》めることで帰属感を持とうとするものだという話をしたのを覚えているかい？　〝われわれ〟対〝彼ら〟ってやつ？」

「うん」

「だがね、それよりもはるかにその根は深いんだよ」ホークは椅子に寄りかかり、突きつめて物事を考えようとするときの習いで、遠くの何かに目を据えた。「理想の世界では、無知から生じる考えは即座に息絶えるだろう。人種差別みたいなものは、同類さえ見つからなければ……石に向かって吠える犬みたいなものだからね。しかしたったひとりでも同じ考えを持つ者が見つかれば……そう、どんなに不合理な信念にも根が生える。心の狭い者たちは互いを糧《かて》とし、あっという間にそこに群れが出来上がり、燃える十字架や私刑がはびこるわけだよ」

「でもこっちはなんにもしてないんだよ。やつらにはあんなふうに僕たちを襲う理由がないじゃない」

「あの手の連中にはな、理由なんてものはさして重要じゃないのさ。何かに怒りを抱き、責める相手をさがしているやつが二、三人いれば、それで充分なんだ。キング牧師が言ったように、この世に真の無知ほど危険なものはないんだよ。ときどき、わたしは思うんだ。人間が過去に発した言葉のなかにあれ以上真実を突いたものはないんじゃないかとね」

「あの男、まるで殺そうとしてるみたいに僕の頭を狙って棒を振ったんだよ」

「ボーディ、エメット・ティルという少年の話を聞いたことがあるかい？」

「それ、ジェサップの人？」

「いいや。エメット・ティルはシカゴに住んでいた黒人の少年だ。一九五五年、親戚を訪ねてミシシッピ州に旅行したとき、彼は十四歳だった。滞在中、エメットはある白人女性に声をかけた。その後まもなく、銃を持った白人男の二人組がエメットをおじの家から連れ去った――ただいきなり拉致《らち》したんだよ。三日後、少年の遺体が川から発見された。その首には綿繰り機が縛りつけられていた。男たちは、少年を顔がわからなくなるほどぶちのめしたうえ、銃で撃ち殺したんだよ」

「うへえ」

「それもただ、白人女性への口のききかたが気に入らないというだけの理由でだ」

「だけどそれはずっと昔のことだよね。僕なんかまだ生まれてもいない。そういうことは政府がすっかりやめさせたんでしょ。公民権法が通ったんだから」

「ボーディ、何年ものあいだあの人たちをぶちのめし、殺してきた男たちだよ。法律がひとつ通っただけで、その連中があっさり消えると思うのかい？」ホークがそう言ったとき、まるで過去の人々が犯した罪の責任が自分にあるとでも思っているのか、その言葉は静かな悲しみに包まれていた。「その連中がただ、自分たちはまちがっていたと気づいて家に帰ったと思うのかい？」

「ううん、でもいまは昔とはちがう。そうでしょ？」

「だったらいいんだがなあ。その種のことはいまだに起きているんだよ。エメット・ティルのときとかたちはちがうだろうが、それはまだ存在する――今後もずっと存在しつづけるだろう」

「ずっとじゃないよ。人間は変わるんだから」

「人間は本人が変わりたいと思えば変わることができる。しかし悲しい哉《かな》、人間は生まれつき偏見を持つようにできているんだ。それは祖先から受け継がれてきたものなんだよ。祖先たちは、ただ何を恐れ何を狩るべきか見極めようとしていただけなんだが。われわれは物事を善と悪に分けることを学んだ。そして人間のその弱点は、われわれ全員のなかにしっかりと息づいている。問題は、われわれに偏見があるかどうかじゃない――偏見はあるに決まっているんだ。大事なのは、その本能を理解し、それと闘うことなんだよ」

パイプに火を入れたあと、ホークは深々と一服して、唇のあいだから煙を巻きあがらせた。煙がすっかり消えてしまうと、彼は言った。「人が頭で考えること、心に感じることは、法律を通したところで絶対に変えられない。もし本人に自分という人間を深く見つめる気がないなら、法律がそれに関して何を言おうと、そいつはさして気にかけはしないだろうよ」

第二十六章

わたしはそれまで大学のキャンパスというものに行ったことがなかったが、トーマスのほうは行ったことがあった。そしてコロンビアへの旅の途中、ミスター・エルギンのインペリアルの後部座席にふたりですわっているとき、彼は嬉々としてそのときの話をしてくれた。トーマスがいちばんよく覚えていたのは、建物のひとつの階段に立ち、通り過ぎていく人々に婚前交渉の危険について講義する伝道師のことだった。それは、コメディーの一幕みたいに見えた。なぜならその伝道師は精力のほとんどをジェイムス・テイラーの音楽の堕落を誘うパワーへの攻撃に費やしていたからだ。

今回の旅では、トーマスとわたしが伝道師を目にすることはなかった。それどころか、その快晴の日の大半を、わたしたちは新聞社の記録保管室に埋もれて過ごした。これはトーマスの案だ。

ミスター・エルギンは、エリス図書館に勤める筆跡の専門家と会うことになっていて、そこに行くのに、わたしたちはフランシス庭《クワッド》という、キャンパス中央の広大な芝地を横切っていかねばならなかった。それは、煉瓦《か》と花崗岩《こうがん》でできた十いくつかの校舎——敬意を求める厳粛な雰囲気の建築物に取り囲まれた場所だった。中庭のまんなかには、巨大な円柱が六本、立っていた。ただそこに、なんの意味もなく——わたしはそう思ったが、あとでプレートを見て、この円柱が一八九二年に校舎のひとつが焼け落ちたとき唯一残ったものであることを知った。周囲の立派な建築物には充分感銘を受けたけれども、わたしの目をいちばん惹いたものは、建物じゃなく——女の子たちだった。トーマスとわたしを従え、中庭を通り抜けるとき、チャールズは二、三人ずつ芝生にすわる学生たちのあいだを歩いていった。談笑する者、勉強する者、ただ日向ぼっこしている者。女の子たちはみんな綺麗で、聖イグナチオみたいな制服じゃなく、Tシャツに短パンかジーンズという格好だった。

もう少しで中庭の向こう端に着くというとき、女の子がふたり、こっちに向かって歩いてきた。どちらもすごく短い短パンをはいていて、一方はタンクトップ、もう一方はホルタートップだ。わたしたちは彼女らとすれちがったが、誓ってもいい、このふたりはどっちもブラジャーを着けていなかった。目を向けまいと精一杯がんばったが、それは無理ってもんだろう。ホルタートップのほうは、わたしが見つめているのに気づいて、ほほえみかけてきた。ふたりが通り過ぎると、トーマスは満面に笑みをたたえて、わたしのほうを見た。たったいま起きたすばらしい出来事を讃える無言の喝采だ。

エリス図書館に着くと、チャールズは三階までわたしたちを連れていき、そこでもう一度、正午、正面口集合、と念を押した。出口に引き返す途中、トーマスとわたしは図書館の広大な閲覧室を見おろせる場所を通った。三階に近い高さの天井とバス一台が余裕で通り抜けられそうな大きな窓をそなえたその部屋は、図書館というよりお城の大舞踏室のようだった。

ほんの束の間、わたしは人が大学に行きたがる気持ちがわかる気がした。なんと、ただそこにいるだけで、実際より賢くなった気がするのだから。わたしがその眺めに見入っていると、トーマスが道中、自分が練りあげた計画を語りはじめた。わたしたちはホーク・ガードナーの過去を掘り起こすつもりなのだった。

わたしたちの探求は、エリス図書館の司書に、コロンビアの古い新聞はどこに行けば見つかるか訊ねることから始まった。司書の女性はものすごく早口の人で、わたしには彼女の言っていることの半分も理解できなかったが、トーマスのほうは話がわかったようだった。最終的に、彼女はわたしたちを〈コロンビア・ミズーリアン〉紙の死体安置所《モルグ》へ（これが彼女の使った言葉だ）送り出した。

〈ミズーリアン〉紙はこの大学のジャーナリズム学部が生みの親なので、社まではほんの二、三ブロックだった。応対してくれたのはサンディという親切な女性で、彼女はわたしたちを古い新聞がすべて保管してある一室に案内した。

「古い新聞はマイクロフィルムかこの合本で見られます」彼女は言った。「インデックスはないけど、調べたいことがいつの出来事なのかわかれば、そのころのを出してあげますよ」

わたしはホークとヴォーン保安官のやりとりを思い返した。「一九六六年」わたしは言った。「六六年の五月に起きたある事故をさがしているんです」

「ちょっと待ってね」サンディは引き出しのひとつに向かい、マイクロフィルムを一巻取り出して、スクリーン付きの機械にかけた。「これが六六年の五月と六月の分。ふたりのどっちかが、これから見てみたら？」

トーマスが機械の前にすわって、フィルムを読みはじめた。

するとサンディは部屋の反対側に歩いていって、棚から大きな赤い綴《と》じ込みを下ろし、テーブルに置いた。「これはその月の新聞すべてのハードコピーですからね」

トーマスがその月の頭から調べはじめていたので、わたしは綴じ込みの五月十五日のところを開いた。トップ記事は、徴兵のために試験を受けるよう求められている学生たちの話だった。

その日の記事全部に大急ぎで目を通したが、事故の報道で見つかったのは、スカイダイバーが町の東で着地に失敗して脚を折ったという記事だけだった。

さらに三日分をざっと見たあと、わたしはある記事に行き着いた。見出しは——「女、住宅地を騒がす」。そのまま先に進もうとしたとき、記事に添えられた男の写真が注意をとらえた。新聞に名前が出たら使えるようビジネスマンが用意しておくような写真。その男の目はなぜかホーク・ガードナーを思い出させた——ただ、それはいまよりもずっと若くて、いまほどくたびれていない彼だけれども。

記事によれば、ある女が他人《ひと》の家の前を罵声《ばせい》をあげながらうろついていたため、警察が呼ばれたという。女は手に何か持っていて、近所の住人のひとりはそれが銃のように見えたと述べている。現場に着いた警察は、酩酊《めいてい》状態の女がホーク・ガードナーという男の家の外で騒いでいるのを見つけた。

「ひとつあったよ」わたしは言った。

「ホークの記事?」

「うん、でも事故の話じゃない。怒り狂ってる女の話」

「なんて書いてあんの?」

「ちょっと待って」

わたしが黙読するあいだ、トーマスは待っていた。読み終えると、わたしは自分なりに精一杯がんばってその記事を要約した。

「マリアム・フィスクって女が夜遅くにホークんちに行って、悪態をつきまくり——彼と闘いたがったらしい。ある人が女は銃を持ってたって言ってる」

「マリアム・フィスクって誰よ？」

「ホークの義理の妹。ホークにはアリシアっていう奥さんがいたんだ」

「マリアムはホークを殺したかったわけ？」

「どうもそうらしい。目撃者によると、ホークが出ていかないでいると、マリアムはなかに入ってあんたを殺すって言ったんだって。だけどそのときサイレンの音がしたんで、銃だかなんだか知らないけど、手に持ってたものを投げつけて、ホークんちのピクチャーウィンドウをぶち割ったんだ。警察の到着後、ホークは外に出てきて……彼、病院を出たばっかりだったんだよ。ああ、これか。自動車事故後、入院って書いてある。奥さんはその事故で死んだんだ。ホークは警察に、マリアムを逮捕しないでくれって言ってる。彼女は悲嘆に暮れてるんだからって」

「その自動車事故がいつ起きたのか、書いてある？」

「えーと……うん、五月五日だよ」

トーマスはマイクロフィルムにもどって、先へ先へとスクロールしはじめた。

わたしはつづけた。「ホークは訴えるのを拒否したそうだよ——銃なんかなかったと言って。彼女は石を投げて窓を割ったんだと言ってさ」

ここでトーマスが声をあげた。「あったぞ、その事故」彼は活字の列を指でなぞりながら、ぶつぶつと記事を読んだ。「ホークの運転する車が、道からそれて木に衝突したんだよ。車は引火したけど、ホークは衝突したとき外に放り出されたものと見られてる。奥さんのアリシア、それと……娘のセアラ。このふたりはどっちも死んでる」

「娘のセアラ？」

「うん」トーマスは振り向いてわたしを見た。「当時五歳だって」

わたしはホークの両手と両腕の火傷《やけど》の痕のことを考えた。彼は家族を救おうとしたんだろうか？　それとも、あの火傷は、自分が助かろうとしたとき負ったものなんだろうか？　それからわたしは、ヴォーン保安官の意味ありげな皮肉のことを考えた。あのとき、保安官はライダ・ポーと浮気していたろうとホークを非難しているも同然だった。そして彼は〝事故〟という一語を、まるでそれが事故ではなかったとにおわすかのように、強調していた。わたしはこの新情報のすべてを、いつも自分がポーチに並んですわるあの男となんとか結びつけようとした。

自らの考えに埋没《まいぼつ》し、トーマスの声はもうほとんど耳に入っていなかった。「死亡記事があったぞ」

そのひとことに、わたしは俄然、活気づいた。

「ホークは刑事弁護士だったらしいよ」トーマスは先を読むために少し間をとった。「彼とアリシアは子供のころから恋人同士だった。ふたりとも出身はドライ・クリーク。彼の奥さんと子供はそこに埋葬されてる……聖ペテロ霊園に」

トーマスとわたしは五月の新聞の残りをすべて読んだが、ホーク・ガードナーについても、マリアム・フィスクについても、それ以上は何も見つからなかった。わたしたちはサンディに手伝ってもらったお礼を言い、クワッドへと引き返した。ふたりとも、最初にキャンパス内を歩いたときより、おとなしくなっていた。空はいまも晴れていたし、女の子たちは相変わらず綺麗だったけれど、気がつくとわたしは芝生の中央に立つあの六本の円柱を見つめていた。ホーク・ガードナーと彼の静かな笑みに隠されたたくさんの秘密のことが、どうしても頭から離れなかった。

第二十七章

コロンビアを出発したとき、ミスター・エルギンはいつになくほがらかだった。なおかつわたしは、彼を〝ほがらか〟という表現がしっくりくる人だと思ったことはなかった。面談がよほどうまくいったのだ――わたしはそう理解した。上機嫌になった理由がなんであれ、そのおかげで、彼は運転しながらラジオに合わせて口笛まで吹いていた。

別にミスター・エルギンが気むずかしい人だったというわけじゃない。彼の頭には四六時中、仕事のことや山積する〈ライク〉の問題があったのだと思う。彼は一度、トーマスに、工場の従業員は信用できないから、家でたくさん仕事をしなくてはならないと話していた。「連中はハルコムの手下なんだ」彼は言った。「いつだってわたしのデスクのものをのぞき見しよう、電話の会話を立ち聞きしようとしてるんだよ」彼はすべてがかたづいたら、工場を大掃除して一からやり直すつもりでいた。

ジェサップへの帰路、わたしたちはジェファーソン・シティーを通り、そこでチャールズは〈ゼスト〉という小さな店に寄って、トーマスとわたしにコーン付きのアイスクリームを買ってくれた。その後、わたしたちは、右へ左へくねくねと蛇行《だこう》しながら、二車線のハイウェイをいくつも乗り継いで南に向かい、多種多様な小さな町をつぎつぎ通り抜けていった。ミスター・エルギンがバックミラーを見あげて、こうつぶやいたのは、ちょうどそういった町のひとつを通り抜けたときだった。「冗談だろ?」

トーマスとわたしはそろって振り返り、パトカーのライトを目にした。

チャールズは路肩に車を寄せ、窓を下ろすと、両手をハンドルに置いた。それは訓練された動きのようだった。その警官(どこかはわからないが、わたしたちがそのときにいた郡の副保安官)は、てっぺんだけ刈りあげた髪とその下の垂れた頬のせいで頭部が靴の箱みたいな形状になっている太った男だった。彼は車の後部の近くで立ち止まって言った。「両手をハンドルに置きなさい」

「もう置いてますよ、おまわりさん」ミスター・エルギンは言った。

すると、副保安官は運転席側のドアに歩み寄り、車の屋根に片手を置いて、身をかがめた。

「免許証を見せてもらえるかね?」

「そのためには両手をハンドルから離す必要があるんですが」チャールズは言った。「いいんですか?」

「なめた口をきくんじゃない」副保安官は言った。「さっさと出すんだ」

チャールズは前かがみになって財布を取り出すと、ビニールカバーから免許証を抜き取りにかかった。

副保安官はさらに身をかがめて、わたしを見、トーマスを見、ふたたびわたしに視線をもどして言った。「きみ、大丈夫かね?」

質問の意味がわからなかったので、わたしはトーマスを見やった。彼はまっすぐ前に目を向け、彼の父さんの後頭部を見つめていた。わたしは言った。「はい、大丈夫です」

チャールズが副保安官に免許証を渡した。「なぜこの車を停めたのか、お訊きしてもいいですか?」

副保安官は、その写真とミスター・エルギンを何度も見比べながら、免許証を子細に調べた。

「スピードは出していなかったし」チャールズは言った。

「これはあんたの車かね?」副保安官は訊ねた。

「ええ、そうです」

「登録証を見せてくれないか」

副保安官は銃の握りに手をかけて言った。「やれ」

「登録証はグローブボックスのなかです。横に移動しないと出せませんよ」

チャールズはシートの中央に尻をずらすと、身を乗り出してグローブボックスに手をやった。それからもとの姿勢にもどり、紙を一枚、副保安官に手渡した。「なぜ停止を求められたのか、知りたいんですが」

「これとよく似た車が暴走しているという通報が入ったんだ」

チャールズは目を閉じて深呼吸した。その手がハンドルをぎゅっと握り締め、それからゆるんだ。しかし彼は何も言わなかった。

自動車登録証の確認を終えると、副保安官はチャールズにその紙を返して言った。「いいか、ここを通るときは乱暴な運転をしてもらっちゃ困る。こういう大型車だと、大きな被害が出かねんからな。穏やかにたのむよ、ミスター・エルギン」

「わかりました」チャールズの口調はガラスみたいに平板だった。

副保安官はパトカーにもどり、Uターンして走り去った。

わたしたちの旅の残りは、ずいぶん静かなものだった。家までの帰路、チャールズ・エルギンはもう口笛を吹かなかったし、三人ともあまり話もしなかった。

＊

車がうちに着いたとき、母親たちはエルギンの家のポーチにいた。ジェンナが階段をおりてきて、わたしたちを出迎えた。「どうだった？」彼女は訊ねた。

チャールズは持っていた書類一束を軽くたたいて言った。「思っていたとおりだった。ヴォーンに電話するよ」

ジェンナはもっと会話がつづくことを期待していたと思うし、チャールズだってふつうならいろいろと話したがったんじゃないだろうか。しかし副保安官に車を停められたことで、彼は不機嫌になっているようだった。また、わたしとしても彼を責める気にはなれなかった。

ジェンナはポーチにもどり、ブランコの母さんに合流した。トーマスとわたしは、トーマスの持っているブラックライト・ポスターを部屋に飾ろうということになり、二階に上がった。彼の部屋の窓からは、ホークが自宅のポーチにすわって、またあの黒いノートのひとつに何か書いているのが見えた。幽霊を祓《はら》っている――彼は確かそう言っていたっけ。記憶にあるかぎり、ホークはずっとそういうノートに何か書き綴《つづ》っていて、その間ずっと、わたしから自分の過去を隠してきた。しかしいま、その過去（亡くなった妻、亡くなった娘、彼を撃とうとした義妹）を垣間見たがために、長きにわたる彼の執筆は前にも増してわたしの興味をかきたてるものとなっていた――あのノートのページには何が書かれているんだろう？

トーマスとわたしはポスターを張る作業にかかった。彼はジミ・ヘンドリクスのを一枚と、大きなピースサインが描かれたのを一枚、持っていて、わたしたちはこの二枚を並べて壁に張った。三番目のポスターは、わたしがいちばん感銘を受けたやつで、白く光る牙と爪を持つ黒《くろ》豹《ひょう》が描かれていた。わたしたちはこのポスターをトーマスのベッドの頭側の壁に張り、ブラックライトのもとでそれがどんなふうに見えるか、暗くなってからわたしが見に来る算段をした。

わたしが窓の外を眺め、ヴォーン保安官の車が前の道に駐まるのを目にしたのは、だいたいそのころだった。トーマスとともに階下におりていくと、チャールズとヴォーンが早くもやりあっているのが聞こえた。ふたりは前庭の歩道のちょうどまんなかあたりに立っていた。わたしたちはそっとポーチに出ていって、その正面の階段に陣取った。

「あの一連の請求書にサインしたのはセシル・ハルコムだと専門家が言ってるんだ」ミスター・エルギンが言った。「本人は自分のサインじゃないように見せかけようとしているが、専門家はハルコムの筆跡に一致する特徴を見つけた。ほら、見てくれ、Lのループのこの形。それに、大文字のCのカーブはどっちもおんなじだ。セシルが書く文字も高さと傾《かたむ》きが――」

「ミスター・エルギン、お知り合いの専門家に異を唱えるのは気が進まんが、もしあんたが〈ライク〉から金を盗んだ人物で、セシル・ハルコムをはめたかったとしたら、あんたとてその特徴とやらのいくつかをサインに入れようとするんじゃないかね？」

「そこがポイントでね、保安官。これらの特徴は偽造できるものじゃない。癖《くせ》で出てしまうものなんだ」

ホーク・ガードナーが自宅のポーチの階段をおり、エルギンの家のほうへと向かってきた。

「お知り合いのその専門家は、証言台に立って、一連の請求書にサインしたのはセシル・ハルコムだと――百パーセントまちがいないと証言すると言ったのかね？」

「百パーセントじゃないことはわかってるだろう。だが彼は、ほぼまちがいなくセシルの筆跡だと言うことができる。そして、もし実際にそうだとしたら、セシルはあの女性の死にも関与していたことになる。なぜそれがわからないのかな」

「ミスター・エルギン、あの事件についちゃ、あんたたちの知らないことが山ほど――」

「それは何度も聞いたがね、いったいぜんたいどんな情報をつかんでいると、セシル・ハルコムを調べることさえできなくなるんだ?」

「いいかね、まず大前提として、セシル・ハルコムにライダ・ポーを殺せたわけはないんだ。これは確かな事実なんだよ」

ホークがふたりの男から約十フィートのところで歩みを止めた。「どうしてそれがわかるんだね?」彼は訊ねた。

ホークが近づいてきていたのに初めて気づいたらしく、ヴォーンはうしろにさがって、集まっていた観衆を見回した。答えかたをじっくり考えているのか、彼はしばらくためらっていた。それから言った。「ようし、わかった。とっととすませちまおう。ライダ・ポーは自分の銀行口座から十五万八千ドルおろしてる――現金で――金曜の午後……ちょうど四時を回ったころだ。銀行の記録があるから、その点は簡単に確認できる。彼女の失踪は、日曜の朝、友人が届け出た。したがって、彼女は金曜から日曜までのどの時点かで消えたことになる。しかしな、セシル・ハルコムは町にはいなかったんだ。彼と息子のジャーヴィスは金曜の五時ごろにジェサップを発《た》っている。ふたりは週末のあいだずっとダラスにいた。鉄壁のアリバイもあるしな」

「セシルが五時に発ったというのは、どうしてわかるんだね?」ホークが訊ねた。

「あんたにゃ関係ないことだがね、わたしがセシルに訊ね、セシルがそう言ったということさ。彼がスプリングフィールドで七時にガソリンを買ったことを示す受け取りもあるぞ。わたしが自ら出向いて、店員と話したんだ。彼はセシルを覚えてた。ガソリン代を支払うとき、セシルがタバコの汁を床に吐き捨てたというんでな」

「しかしチャンスがまったくないとは言えんだろう」ホークが言った。「ジェサップからスプリングフィールドまでは、車でほんの二時間だ。ミズ・ポーが四時に口座を空にし、セシルが七時にガソリンを買ったなら、説明されていない時間が一時間残る。ミズ・ポーを殺したうえで、スプリングフィールドまで行くことは充分できるね」

「ところがだ、その夜の九時ごろにライダ・ポーのお隣さんが、本人の車に乗った彼女を見ているんだよ。彼女は自宅の私道に入って、しばらく車内にじっとすわってた。それから、何か思い出してもう一度出かけなきゃならないといった感じで、また出てったそうだ。車を出すとき、ポーはお隣さんの車にバックで突っ込み、そのまま行っちまったらしい。当て逃げだな。お隣さんは通報してる」

「夜の九時か」ホークが言った。「そのお隣さんはライダ・ポーを見たのかね、それとも見たのは、車だけかな?」

「車はライダー・ポーの車、場所はライダ・ポーの自宅の私道だぞ。いったい彼女以外の誰だって言うんだ?」

「他の可能性を除外するのが少々早すぎると思わないか?」チャールズが言った。

「いまから言うことをしっかり頭にたたきこんでくれ」ヴォーンが言った。「セシル・ハルコムはライダ・ポーの死とはなんの関係もない。わたしは証拠の指し示すままに進むし、証拠はセシル・ハルコムを指し示してはいない。それがすべてだよ」

「本当にそれがすべてなんだろうか」ホークが言った。「ではこれは、あんたとセシルがいとこ同士だという事実とは、なんの関係もないわけだね?」

チャールズの目が大きくなり、保安官の頬は真っ赤になった。

ホークはつづけた。「なんと、こちらのご立派な保安官は、本来ならこの厄介な事件の容疑者となってるはずの男のまたいとこだったんだよ」

ヴォーンはせわしく浅く胸で呼吸していた。「わたしがセシル・ハルコムのなんであるかは、まったく関係のないことだ」彼は言った。

剣のように宙を切り裂くこの非難の応酬に夢中になって、トーマスとわたしはポーチの階段から身を乗り出した。

「そう言えば」ホークはつづけた。「なぜここには州のパトロール警察が来ていないのかな? あんたはこの事件に携わってはいけないはずなんだが。これじゃまるで、都合よく水を濁《にご》らせておくために事件にしがみついてるみたいじゃないかね」

「いったい何をほのめかしてるんだ?」

「何もほのめかしてはいない——あけすけに言っているんだ。あんたの利益相反はきわどいなんてもんじゃない。わたしは州警邏隊《ステート・パトロール》に知り合いがいるし、ここで何が起きているのか、そろそろ彼らに調べに来てもらう頃合いじゃないかと思ってる」

「ステート・パトロールなんぞに用はない」ヴォーンは言った。「捜査は順調に進んでるんだ」

「ほんとかね?」チャールズが辛辣《しんらつ》に突っ込んだ。

「そうとも。いまこうしているさなかにも、われわれは重要な手がかりを追っている」ヴォーンは冷ややかにホークに目を向けた。「ライダ・ポーは白人男と交際していたらしい。われわれはその男が彼女の共犯だったものと見ている。ポーに金を全額引き出させ、彼女を殺して遺体を埋め、その後おそらく、彼女のあのグリーンのグレムリンで逃亡したんだろうよ」

トーマスとわたしは目を皿のようにして顔を見合わせた。ふたりの頭にあることを言葉にしたのは、わたしのほうだった。「いま……グリーンのグレムリンって言いました?」

第二十八章

わたしはヴォーン保安官の車に同乗し、トーマスと自分があのグレムリンを見つけた場所へと向かった。アスファルトの道から砂利道へ、さらに細い踏み分け道へと、わたしたちは進んでいった。母さんとホークとエルギン一家はインペリアルに乗って、ヴォーンの車についてきた。ヴォーンはわたしたちを崖の上に留まらせ、谷底のつぶれた車のところまでもたつきながら下りていった。ふたたび上にもどると、彼は無線で応援を呼んだ。「ライダ・ポーの車を見つけたんだ」彼は言った。

十五分足らずで副保安官たちがつぎつぎと到着しだし、一時間後には、そのうち四人が谷底にいた。フロントエンド・ローダーとともに現れたハイウェイ・パトロールの警官二名も一緒だった。彼らは車枠にチェーンをかけ、裏返しになっていたグレムリンを転がして起こした。

彼らがドアをこじ開けたあと、ヴォーンとウィンズロウ副保安官が車内に這い込んで、あちこち掘り返しはじめた。見つかったものがヴォーンの車へと運ばれ、フードの上に並べられていくあいだ、崖の上のわたしたちはじりじりしながら待っていた。最初、それは車のなかで見つかって当然のものばかりに見えた。アイススクレーパー、ロードマップ、タイヤレバー。それからヴォーンが、吸い殻がひとつなかでカラコロ転げ回っている車の灰皿をフードに載せた。灰皿の隣に、彼は銀色の〈ジッポ〉のライターを並べて置いた。

そのライターに見覚えがあるような気がしたので、わたしはもっとよく見ようとにじり出ていき、その表面のすり減ったイラストが見えるところまで近づいた。星空を泳いでいる裸の女。そのライターをわたしは知っていた。一度、この手に持ったことがあったのだ。

「そのライター、マイロ・ハルコムのだ」わたしは唐突に声をあげた。

ヴォーンはまず〈ジッポ〉を、次いでわたしを見た。「いったいなんの話だね?」

自分もよく見ようとして、母さんがわたしの横に来た。「確かにマイロのライターです。まちがいないわ」母さんは言った。「彼が使っているのを千回も見てますから」

「その吸い殻を見て」わたしは言った。「〈バイスロイ〉ですか?」

「〈バイスロイ〉?」ヴォーンが訊き返した。

「マイロの吸うのがそれなんで」わたしは言った。

ディーン・ウィンズロウが吸い殻をつまみあげて確認し、ヴォーンに向かってうなずいた。

ここでホークが、わたしたち全員の頭にあることを声に出して言った。「マイロがライダ・ポーの車をここに捨て、そのとき車内にライターを忘れていったわけだ」

わたしたちがその方向に進んでいくのを止めたいのか、ヴォーン保安官は〝いやいや〟と手を振った。「似たようなライターはこの世にいくらでもあるだろう。このことにはなんの意味も――」

「ヴォーン保安官」ホークが彼をさえぎった。「わたしは午前のうちに州警邏隊《ステート・パトロール》に連絡するつもりだ。あんたは好きなだけ、ごまかしたりはぐらかしたりしてりゃいい。しかしわたしは――われわれは――もううんざりなんだ。あんたがハルコム一族を調べないなら……この事件はわれわれが誰かその気のある者に調べさせるよ」

ヴォーンは背すじを伸ばし、口いっぱいに悪口を封じ込めているみたいに頬をふくらませた。それから、かすかに震える指をホークに向かって突き出した。「あんたら全員、引き取ってくれ――いますぐにだぞ。ここは事件の現場だからな」彼は副保安官に顔を向けた。「ディーン、この人たちをハイウェイまで送ってけ。それと、バッジを付けてる者以外ここには誰も入れるんじゃないぞ」

副保安官はちょっと申し訳なさそうにこっちを見て、肩をすくめ、その後、手振りでわたしたちをインペリアルへと追い立てた。彼がついてくるまでもなく、わたしたちはさっさとそちらに向かった。

フロッグ・ホロウへの帰路、ホークとチャールズはステート・パトロールを引き入れる決意を固めた。ふつうの人は、ライダ・ポーの車が発見され、その車内からマイロのライターが見つかったのだから、ヴォーンはマイロ・ハルコムを逮捕すべくサイレンをワンワン鳴らしてすっ飛んでいったと思うだろう。ところがそうはならなかった。

逮捕の報《しら》せのないまま、翌朝が来た。そしてその翌朝も。丸三日が過ぎたところで、ようやくわたしはマイロが逮捕されたというニュースを聞いた。容疑は殺人ではなく、盗難車の保有と、何かの犯罪の共犯だった。ミスター・エルギンの話からすると（トーマスとわたしは、チャールズがホークにそのニュースを伝えているとき、例のプロパンタンクのうしろに隠れてそれを聞いていたのだが）逮捕まで行っただけでもわたしたちはラッキーだったようだ。

「警察は車の投棄で彼を逮捕したんだ」チャールズは言った。「車内のいたるところに指紋があったんだよ。逮捕に赴いたとき、警察はマイロに、ポーと知り合いだったのか、彼女の家に行ったことはあるかと訊ね、彼はノーと答えた。警察が車のことを訊ねると、彼はその車には一度も乗ったことがないと言ったが、そのあと、きっと罠に気づいたんだろうね、だんまりを決め込んだそうだ。ありがたいのは、ステート・パトロールから人員が送り込まれたことだな。ロイス刑事という男。今朝、うちの社に来て、最新情報を教えてくれてね、目下、起訴陪審の招集を急がせてるってことだった」

「つぎのステップとして理にかなっているね」ホークが言った。

「そうそう、ステート・パトロールへの連絡、ありがとう。ロイスは、この件を強力に推し進めようとしているようだ。ミズ・ポー殺害の共同謀議でマイロの罪を問うだけの材料はあるかもしれないと言っていたよ。弱い証拠だそうだが」

「情況証拠だからな」ホークが言った。「車内にライターがあったことで、彼は渦中の人物となるが、それは彼がライダを殺した証拠にはならない。車を捨てた事実は殺人との整合性があるが、合理的な疑いの余地のない証拠とは言えないからね」

「ロイスも同じことを言っていた。だが彼は、マイロ・ハルコムは頭をかかえてるとも言っていたよ。手錠をかけられたときは泣きだしたというし、怒りと恐怖のあいだを行ったり来たりしてるらしい。警察は保釈金の額が高く設定されて、起訴陪審の審理のあいだ彼を収監したままにできるんじゃないかと期待している」

「ロイスはいい男だよ」ホークが言った。「昔、何度か法廷でやりあったことがあるんだ。彼は仕事のしかたを心得てる。いまわれわれにできるのは、待つことだな」

＊

誰にも言わなかったが、その日マイロが逮捕されたと聞いたあと、わたしはトラブルに備え、夜更けまで起きていた。キャスパーのお面をかぶった男たちがトラックに乗ってフロッグ・ホロウ・ロードをやって来るさまを、わたしは思い浮かべた。徐々に気を昂《たかぶ》らせ、最高潮に達した彼らが、エンジンを切り、惰行運転で音もなく近隣に入ってくる場面を。眠りに落ちるまで、わたしは窓の網戸に頭をもたせかけ、砂利のガリガリいう音が道から聞こえはしないかと耳をすませていた。

さらにふた晩（今度は快適な自分のベッドのなかで）わたしは耳をすませ、小動物の立てる音と人の足音を聞き分けようと気を張って過ごしたが、結局くたびれ儲けだった。四日目の夜、わたしは警戒を解き、耳をすますのをやめた。

第二十九章

ふつうの日常がもどるまでには（あの夏に何かふつうのものがあったとして、だが）一週間かかった。ウォリー・シュニッカーは、マイロとアンガスに代わる働き手をふたり見つけた。トーマスとわたしは仕事にもどり、廃材搬出や磨き仕上げなどウォリーからたのまれることはなんでも引き受けて、ドライ・クリークの祭りの前の金曜に初めて丸一週間分の給料の小切手をもらった。金額はそれぞれ八十四ドル。わたしの腕の怪我が治りきっていなかったことや、トーマスがまだ一人前とは言えなかったことを思えば、これは悪くない。

日曜までに〈カントリー・クラッター〉の話題は、マイロの逮捕から、来《きた》る祝日七月四日の二百周年記念祭、この国の二百歳の誕生日のことへと移っていた。噂によると、その年の花火を例年より派手なものにするために、ありとあらゆる町や集落が小銭を蓄えているとのことだった。さらに運のいいことに、たまたまその七月四日はドライ・クリークのお祭りの日と同じ日曜日だった。なんだか大事なことのために星がきれいに整列してくれたような気がした。

わたしたち親子の家は、北のジェサップより南のドライ・クリークのほうに近かった――大きな差ではないが、学区の区分によってわたしがドライ・クリークの小学校に振り分けられる程度には。どう考えてもドライ・クリークは大きな町じゃなかった。たぶん人口は九百人ほどだったんじゃないかと思う。それはちょうどカトリック系小学校一校と教会一堂をかかえられる大きさだ。当時、公立校という組織の落とし子だったわたしは、その学校へは行ったことがなかった。しかし教会のほうは行ったことがあった――少なくとも、母さんからはそう聞いている。ドライ・クリークの聖ペテロ教会はわたしの父の葬儀が行われた場所だ。そして道を渡った先の、聖ペテロ霊園は、父が埋葬された墓地なのだった。

学校と教会は一体となっており、ミズーリ州のその地域では何もかもがそうであるように、丘の中腹に建てられていた。頂上側から眺めると、その教会はミズーリ州の他の教会となんの変わりもないように見えた。ところがふもと側から見あげると、まだ教会まで行かないうちに、学校の校舎が一階、二階と斜面をのぼっている。そして、てっぺんに位置する教会と、天にのびるゴシック様式のふたつの尖塔とで、その建造物は、わたしが以前、写真で見たドイツの城のひとつのように見えるのだった。

それらすべての底辺には駐車場があり、これは学校のある期間は校庭として使用され、毎年夏の一日曜日には教区の祭りの会場となっていた。駐車場のいちばん奥からは、石を投げれば崖っぷちの向こうまで余裕で飛ばすことができる。崖の下には川が渦《うず》を巻いて流れていて、花火は日が沈み次第、この川に浮かぶはしけから打ち上げられる予定だった。

わたしたちが会場に着いたころには、陽気な賑わいは最高潮に達していた。わたしは入口で足を止め、押し寄せるさまざまなにおい（綿菓子、バーベキューソース、ポップコーン）の熱気に浸《ひた》った。すぐ前方では、がっちり体型の大柄な男がダンクタンクの高い台の上から群衆をからかっていた。男のTシャツはもうずぶ濡れなので、ウエストから上は裸も同然だ。彼の悪態の真っ最中に、ソフトボールが大皿サイズの的に当たり、男は盛大に水飛沫《みずしぶき》を上げて水槽に落っこちた。

トーマスはわたしと一緒に足を止めて雑踏を見回したが、母さんとジェンナはわたしたちを追い抜いて模擬店が並ぶところへと向かった。そのあと、トーマスとわたしは逆方向に歩いていった。この祭りにおけるビンゴに次ぐドル箱はビアガーデンであり、わたしたちはそこでビールを買おうとする人々の行列を縫《ぬ》って進んだ。わたしは歩きながら、どこかにジャーヴィスがいやしないかと人混みに目を走らせたが、彼の姿はどこにもなかった――それを言うなら、ブーブ・ブラザーズの姿もだ。代わりに副保安官がふたり会場を歩き回っている姿が見られ、このことにわたしは安堵を覚えた。

給料をもらったばかりだったので、わたしたちには自由に使える金があった。そこでふたりでゲームをやりだし、小皿の上にピンポン玉を着地させるやつや、コーラの瓶のネックに輪をかけるやつで競い合った。トーマスは輪投げの天才で、ほどなくわたしたちは、賞品のコーラの六本パックを四箱、車のトランクにしまうために、ジェンナにキーをもらいに行かなくてはならなくなった。

その日はウォリーもチャールズも同伴していなかった――ホークはと言えば、彼はそういうものには絶対参加しなかった。チャールズは、〈ライク〉で山ほど人を（彼の言うところの、セシルのスパイを）解雇したため、代わりをさがす必要があり、家で志望者の願書を見なくてはならないから、と言った。

ウォリーもまた仕事を理由にことわったが、この言い訳は誰も信じていなかったと思う。マイロと対決したあの日、彼のなかで何かが毀《こわ》れた。そして、時計を遅らせる傷んだバネのように、マイロの言葉がウォリーから大事なものを奪い取ったのだ。以前と変わらず日々の仕事をこなしてはいたが、彼の笑顔は無理に作ったものに見えたし、目にはそれまでなかった屈託が見られた。母さんによれば、取引先のうち二社が彼との契約を打ち切ったという。その理由は訊くまでもなかった——母さんにもわたしにもわかっていたから。

くだらない露店のゲームに数時間と二十ドル以上を浪費したあと、気がつくとトーマスとわたしは、バーベキュー場で食べ物を買うために行列に並んでいた。半円状にグリルが並ぶその場所では、染みだらけのエプロンをした汗びっしょりの男たちが、ホットドッグからポークやリブのステーキまで、ありとあらゆる種類の肉を、そのほぼすべてにバーベキューソースをこってり塗って焼いていて、これがわたしの口に否応なく唾《つば》を湧きあがらせた。

わたしたちが列に並んで待っているとき、いちばん前で、半分空のビール・ジョッキを手にした男が相棒とふざけるうちにバランスをくずした。彼が列の先頭でうしろ向きに倒れたため、あとにつづくわたしたちは停止する列車の有蓋《ゆうがい》車両よろしくお互いにぶつかりあった。わたしはうしろによろめいて誰かに衝突し、ぶつかった相手はキャッと声をあげた。振り向いてみると、そこにいたのはダイアナだった。

「どうも、ボーディ」彼女は言った。

ダイアナがわたしの名前を知っているとは思ってもみなかった。彼女はもうひとりの黒人の女の子と並んで立っていた。その子は、ダイアナより少し背が高いけれど、同じくらい痩せっぽちだった。

「わたしのいとこのシーラ」彼女はその女の子を指し示して言った。「シーラ、こちらはボーディ、それと……」

「トーマスだよ」わたしは指さして言った。

「ダイアナです」彼女はトーマスに手を差し出し、トーマスはその手を握った。つづいて彼はシーラとも握手し、そうしながら軽く一礼した。

わたしはそれまで校外でダイアナを見たことがなかった。そして、デニムのサンドレス姿の彼女は別人のようだった。学校では、彼女はいつも髪を一本の三つ編みにして背中に垂らしていた。それに加えて、紺と白の制服にサドルシューズだから、見る人はどうしてもその姿に幼さを感じてしまう。ところがお祭り会場での彼女は、髪を頭のてっぺんでやや一方にずらして結わえ、長くたっぷりと左肩にかからせていた。彼女がいつもより大人びて見えたのは、そのせいだったのだと思う。それと、サンドレスを着て肩を（聖イグナチオでは禁じられていることだが）露出させていたせいだろうか。理由がなんであれ、その作用によりわたしの舌はまともに動かなくなっていた。

わたしはトーマスに、ダイアナは聖イグナチオ高校唯一の黒人の生徒なのだと言いたかった。ふたりを近づかせて話をさせ——すべてを表《おもて》にさらしたかった。そうすれば、彼が秋から聖イグナチオ校に通うにしても、少なくとも行く手に何が待っているかわかったうえでのことになる。わたしには言いたいことがたくさんあった。しかし出てきた言葉は、これだけだった——「きみたち、食べ物を買うんだよね?」控えめに言っても、間の抜けたコメントだ。そのあとわたしは、ポケットに両手を突っ込んで口を閉じた。

つぎに口を開いたのは、シーラだった。その視線とほほえみは、自ら勝ち取ったコーラの一本を持つトーマスにまっすぐに注がれていた。「その炭酸、ひと口くれない? 並んでいるうちに喉が渇いちゃった。死んじゃいそう」彼女にはジェサップの住民より強い訛《なまり》があった。

「ぬるくなってるよ」トーマスはそう言いながら、半分空いたボトルを差し出した。「輪投げで獲ったやつなんだ」

「液体ならなんでもいいよ」シーラはそう言ってコーラを受け取り、トーマスのほうにするりと近づいた。「わたしたち、もう何時間も歩き回ってるんだけどね、ここじゃ日陰なんて絶対見つかりっこないね」

「シーラはメンフィスから来たの」シーラとトーマスがすぐ横ではなく別室にいるかのように、ダイアナがわたしに言った。「彼女、教区のお祭りは初めてなんだ」

「トーマスもだよ」わたしは言った。「彼はミネアポリスから来たんだ。僕の向かいのうちに家族で住んでいるんだよ」

「ミネアポリス？」これ以上興味深い話はないといった様子で、シーラが金切り声をあげた。

「わたし、前々からミネアポリスに行ってみたいと思っていたの」

「奇遇だなあ」トーマスが言った。「僕は前々からメンフィスが好きでたまらなかったんだ」

わたしは水をバケツに一杯分、ふたりにぶっかけてやりたくなった。

料理人たちのほうにゆっくり進んでいくうちに、シーラは横に割り込む格好でさらにトーマスに近づいてきたので、こっちはうしろに追いやられ、ダイアナと並んで歩かざるをえなくなった。わたしとしてはそれでちっともかまわなかったが。

「ダンスには行く？」ダイアナが訊ねた。

「どんなバンドが出るの？」気にしてもいないくせに、わたしは言った。

教区の祭りの締めくくりは、たいてい体育館でのダンスパーティーで、その参加者の大半は高校生だった。今回のパーティーは花火の開始とともに休止されるという噂が広まっており、母さんとジェンナはわたしたちに、車のところで合流して一緒に花火を見るなら――そしてそこから家に帰るなら、ダンスに行ってもよいと言っていた。正直言って、わたしはダンスに行く気はなかった。踊りかたを知らなかったし、硬い木の観覧席にすわって他の連中が踊るのを眺めるために二ドル払うなんて馬鹿らしいと思っていたから。

「バンドじゃなくて、DJなの」ダイアナは言った。

「どうしようかな」わたしは言った。

自然に振る舞おうと努めていたが、わたしは自分の見た目の細かな点がいちいち気になりだしていた。ずっと汗をかいていたけど、そのことは傍目《はため》にもわかるだろうか？　わたしはさりげなく脇の下に目をやった。おぞましい汗の染みは見当たらない。だがここでわたしは、シャツの裾が一部ズボンからはみ出して、不格好に尻に垂れさがっているのに気づいた。この場合、両手はポケットに入れたままにしておくべきだろうか？　それとも、手を出して、ズボンのなかにシャツを入れるべきだろうか？　いや、両手はただ脇に垂らしたほうがいいのでは？　ああ、俺ってやつはまるっきり能なしだ――わたしは思った。

わたしたちはホットドッグを買った。ダイアナは母親のために余分にひとつ。それからわたしたちは四人そろって調味料のテーブルに行き、わたしはそこにあるものを全部少しずつかけて自分のホットドッグを覆い尽くした。ダイアナは自分のやつのそれぞれに細くひとすじケチャップをかけた。シーラとトーマスがどうしていたのかは、わからなかった。ふたりはまるでわたしたちが存在しないかのようにこっちに背を向けていたのだ。

「行くよ、シーラ」ダイアナが言った。「ママにホットドッグを持ってってあげなきゃ」それからダイアナはわたしに目を向け、最高に優しい笑顔を見せて、肩をすくめた。その笑顔ひとつにあらゆる意味を読み込んでいる自分に気づき、わたしの舌はまたしてもまともに動かなくなった。

「じゃあまた。ダンスパーティーで会おうね」向きを変えて、ダイアナに合流しながら、シーラが言った。

「うん」わたしはどうにかそう答えた。「行けたらね」

そして、ふたりに声が届かなくなる前に、トーマスが叫んだ。「絶対、行くからね！」

第三十章

ホットドッグを食べ終えたあと、わたしがトーマスについてくるよう言い、わたしたちは教会の正面に出る階段を駆けのぼって、大排気量のスポーツカーが何台も路肩に並ぶ道に出た。カマロ、GTO、コルベット、ノヴァ――どれもみな、フードが開いている。わたしたちは、メカオタクの集団のあいだをすり抜けて墓地の正門まで進み、人に見られていないのを確かめるため、そこで一秒立ち止まった――ティーンエイジャーが忍び込んでいちゃつくのを防ぐために、墓地は立入禁止になっていたのだ。

こっちには誰も目もくれないので、わたしたちはそっとなかに入ると、小道をたどり、墓地の中心部へと向かった。そこには、慈悲を乞うているかのように、翼を広げ、両手を開いて立つ等身大の天使像があった。列のあいだをくねくねと行ったり来たりしながら、わたしは墓石を確認していった。

「何をさがそうっての？」トーマスが訊ねた。

「ホークの家族――奥さんと娘。あの死亡記事によれば、ふたりはここに葬《ほうむ》られているんだ」

「そうだったね」トーマスはひとつ向こうの列に行って、同じように捜索を始めた。

下で眠る住人に配慮するように、わたしたちは墓石をそうっとまたぎ越していた。そうしていると、以前はいつも父さんの誕生日に母さんと墓参りをしていたことが思い出された。母さんは父さんの眠る墓の前で草地にすわり、泣きながら、つややかな御影石から埃《ほこり》を払い落とす。そして墓石に語りかけ、あなたが恋しくてたまらない、あなたのいない毎日がその前の一日よりさらにつらく思えると訴えるのだ。わたしの心は破れてしまった、だから、ときには呼吸することと自体が痛みをもたらすように思える、と。

当時、わたしはまだ幼かったけれど、状況が理解できないほど幼くはなかった。すぐそばに立つ自分をよそに、母が一個の石に向かって悲しみを吐露するのをわたしは見ていた。いつしかわたしは、父が転落したとき自分の両親はふたりとも死んだのだ――そして、その一方だけが呼吸をやめたのだ、と思うようになった。大きくなってからは、墓参りそのものをやめてしまった。そこに来たのは四年ぶりのことで、何列にも並ぶ墓石の前を行くとき、あの古い記憶はそよ風に吹かれ、わたしのまわりで渦を巻いていた。

だがそのときわたしは、クエーカー教徒の教会の前で母さんがわたしを両腕でぎゅっと抱き締めたことを思い出した。母さんと自分は何か短期的な事業のパートナーみたいなもので、ハグが重視されるような関係にはないのだ――わたしはずっとそう思おうとしてきた。わたしたちのあいだに親密さは求められていないのだ、と。だがこれはまちがいだったのかもしれない。ふたりとも気づいていなかったが、あのハグの根っこはずっとそこにあったのかも。それはまるで、わたしたちがあの日、クエーカー教徒の教会で何かを――わたし自身は失ったことさえ覚えていなかった何かを見つけたかのようだった。そして突然、わたしはほほえみたくなった。

「あったぞ」トーマスが叫んだ。

彼は天使像の影のなかで立ち止まり、アリシア・ガードナーと名が刻まれた大きな御影石と向き合っていた。その墓標は、それよりもはるかに大きな、彼女の両親、アグネスおよびロバート・フィスクの墓石から数フィートのところにあった。アリシアの墓石に彼女がホークの妻であったことは記されていなかった。その文言は、〝愛情深い娘、献身的な母〟だった。アリシアの隣にはセアラの墓標があり、そこにはテディベアが彫刻されていた。テディベアの描かれたその墓石ほど悲しいものを、わたしはそれまで見たことがなかったと思う。

「なあ、想像できる？　家族全員に死なれちゃうなんてさ」トーマスが言った。

わたしはアリシアの墓石を指さした。「この人が奥さんだったことは記さなかったんだな——母親であり、娘であったとしか言ってない」

「冷酷だよな」トーマスがささやいた。

「それに、アリシアの隣にはもうひとつお墓が入るスペースもない——ホークが死んだとき入れてもらう場所はないんだ。まるで永遠に切り捨てられたみたいだよね」

「墓地ってやつは嫌いだな」トーマスが言った。「ただ通り抜けるだけでその悲しさが感じられるみたいでさ。なんかぞっとしちゃうよ」

「俺の父親はここに埋葬されてるんだ」わたしは言った。

トーマスは視線を落とした。「ああ、ごめん。変なことを言う気はなかったんだよ」

「いいさ。わかってる」

「お父さんの墓はどこなの？」

わたしはトーマスを墓地のもっと奥へ――その最果ての、川に向かって崖が開けるところへと連れていった。父さんの墓石、膝《ひざ》ほどの高さがあるかないかの簡素なやつにはこう記されていた――ジョン・マイケル・サンデン、一九四〇年十一月三十日〜一九六六年十月二十八日。わたしは父の墓を見おろし、そのかたわらの地面に置かれた新しい花束に気づいた。たぶん母さんがお祭り会場の露店のどれかで買ったんだろう。母さんは到着してすぐ、ジェンナを連れてここに来たにちがいない。わたしはその姿を思い浮かべた。今回、母さんは泣いただろうか？

特に理由もないのに、喉が詰まり、涙がこみあげてきた。わたしは向きを変え、崖へと歩いていって岩棚にすわった。トーマスもわたしに倣《なら》った。眼下では、花火を積んだはしけが川中《かわなか》に錨《いかり》を下ろして、日没を待っていた。石を投げれば届くほどのところで、ノスリが二羽、上昇気流に乗ってのどかに宙を漂っている。すぐ横の大きな砂岩には、何組もの若い恋人たちがイニシャルを刻みつけており、その多くはあとになって、悲痛な思いで切りつけたナイフの傷で消されていた。

わたしは岩の縁《ふち》から脚を垂らし、トーマスは両膝を胸に寄せ、わたしたちは無言でそこにすわっていた。しばらくの後、トーマスが訊ねた。「お父さんが死んだとき、きみはいくつだったの？」

「五歳」わたしは言った。

「お父さんのこと、覚えてる？」

「覚えてると思う――少しだけどね。ときどき目を閉じると、父さんの顔が見えるような気がするよ――でもそれが記憶なのか、自分が想像で作った顔なのか、よくわからないんだ。ときどきどこかの部屋に入っていって、何かにおいがしたり音が聞こえたりすると、思い出すんだよ……何を思い出すのか、正確なところはわからないんだけど、それがそこにあるのはわかる――たぶん、父さんといたときの自分の感覚とかなんだろうな」

トーマスの顔を見れば、自分がうまく説明できていないのはわかった。そこでわたしはもう一度トライした。

「〈オールドスパイス〉や刈りたての草のにおいを嗅ぐと、父さんを思い出すような気がするんだよ。それに、桑《くわ》の実を食べてると、なぜか父さんのことが頭に浮かぶ。なんでかはわからないけど、そうなんだ。頭のなかには、父さんの足跡が見える。父さんはいつも春にミセス・ディクソンの庭を耕してた。きっと俺はそのうしろをついて歩いてたんだろうな。だって、土に残った父さんのブーツの跡を覚えてるんだから。その間隔がまた、ものすごく広くてさ、俺はひとつの足跡からつぎのやつにジャンプしなきゃならなかったよ」

わたしはふたたびトーマスを見やり、今回はその目に憐《あわれ》みの色を認めた。

「馬鹿みたいだよな？」

「きっときみはお父さんが恋しいんだね」

わたしは肩をすくめた。

トーマスはそのあとはもう何も言わなかった——教会の向こうのどこかから音楽が漂ってくるまでは。「ダンスパーティーの音楽かな」彼は訊ねた。

「たぶん」

「で、きみはシーラをどう思う？」

「きみをめちゃくちゃ気に入ってると思う」わたしは言った。

「僕はとにかく彼女のしゃべりかたが好きだな。それと、あのもうひとりの子……なんて名前だっけ？」

「ダイアナ」

「そうそう、ダイアナ。あの子、可愛いじゃん。一緒に踊ろうって言ってみなよ」

「でも……俺は——」

「彼女、きみのことが好きなんだと思うよ」

「いや……そりゃあないな。歴史の授業で席が隣同士なんだけど、ひとことも話しかけてこなかったし。もし好きなら、声をかけるくらいはするだろ」

「きみってやつは、ほんとに女の子に疎《うと》いんだな」

「女の子に疎くはないさ」わたしはしらじらしく言った。「俺が疎いのは……ダンスの踊りかただよ」

「踊るのなんて簡単だぜ」

「だろうねえ」

「行進みたいなもんだと思えよ――リズムに乗って足を踏み出すわけだから、な？　ただ、前に進むんじゃなく、左右に動くってだけのことさ」

「ぜんぜん簡単そうじゃないけど」わたしは言った。

「会場に着いたら、とにかく僕を見て、そっくり同じことをしな」

「ほんとに行くわけ？」

「女の子がいるのはそこだからな」崖っぷちから立ちあがりながら、トーマスは言った。

わたしにしてみれば、ダンスに行くというこの案にはでかでかと〝悲惨な結末〟と書いてあるようなものだったが、トーマスはなんとしても行く気のようだった。だから、わたしたちは墓地のなかを引き返して正門から外に出た。スポーツカーがずらりと並ぶ道を渡るとき、わたしはその車列のいちばん向こう端にジャーヴィス・ハルコムのトラックが駐まっているのに気づいた。彼とブーブ・ブラザーズはそのテールゲートにすわって女の子たちと話しており、道を渡っていくわたしたちには見向きもしなかった。

トーマスとわたしはお祭り会場におりていく階段に至り、わたしはそこで最後にもう一度、ジャーヴィスのほうに目をやった。そして、自分たちが擁壁《ようへき》の下へと消えるとき、ボブがこちらに頭をめぐらせるのを、わたしは確かに見たと思った。

第三十一章

ダンス会場に入場する人々の行列は二列縦隊で、最後尾は十何番目かだった。自分の番が来ると、わたしは入口の女性にしぶしぶ二ドル手渡して、トーマスのあとからなかに入った。

館内には長い壁のひとつを背に観覧席が作られていて、そこに少人数のグループごとに人がすわり、踊る人々を眺めていた。踊っているのはいまのところほんのひと握りで、見物人の大半(わたしと同年輩の子供たち)は、まだ本格的に参加してはいないといった風情で、入口とダンスフロアのあいだのスペースに屯《たむろ》していた。

かかっている曲はわたしにしてみれば格別好きなやつでもなかったが、人混みのなかを進んでいくとき、トーマスは頭をめぐらせ、あたりを見回しながら、踊るように歩いていた。彼が誰をさがしているのかは、わかっていた。そして、お目当ての人を見つけるのは、わけもなかった。その会場ではトーマス以外の黒人の子は彼女たちだけだったから。彼はふたりを見つけ、そちらを指さし、彼女たちが並んですわる一番下の列をめざして観覧席に直行した。

シーラがわたしたちに気づいてダイアナを肘《ひじ》でつつき、ダイアナは笑顔で手を振った。それからシーラがすっとダイアナから離れ、わたしたちがすわれるようふたりのあいだに場所を作った。トーマスをシーラの隣に、わたしをダイアナの隣にすわらせるための動き——賭けてもいいが、前もって計画していた行動だ。

トーマスとシーラはそれぞれの故郷の町を話題にすぐさま話を始め、ふたりとも、どっちがカルチャー的に恵まれているかで上に立とうとした。ジェサップにはろくなカルチャーがないわけだから、ダイアナとわたしはこの話には入っていけない。何か言うことがないか頭を絞りながら、わたしはまず自分の足もとを、つぎに真ん前でラインダンスをしている女の子たちの一群を見つめ、それからまた自分の足もとに視線をもどした。歴史の学年末テストで助けてくれたことへのお礼をダイアナに言いたかったが、テストのカンニングに彼女がひと役買ったなんて話になるのはどうもまずい。だからわたしはただそこにすわって汗をかいていた。

それに、ああ、あの体育館のくそ暑さときたら！　太陽はすでに西の彼方の丘のうしろに這い込もうとしていたが、熱気のほうはそのまま居座ってわたしたちをさいなむことにしたようだった。縦長の細い窓はみな開け放たれていたものの、真夏の暑さはそれではほとんど緩和されない。四隅に一台ずつある大型扇風機四台が、体育館の中央に向かって細く長く風を送り出しているが、これはまったくの役立たずで、わたしのこめかみに流れてくる汗は一向に止まらなかった。

そしてそのとき——これ以上、居心地の悪い状況はありえない、とわたしが思ったまさにそのときに——トーマスとシーラがぴょんと立ちあがって、ダンスフロアに飛び出していき、わたしとダイアナはふたりきりでそこに取り残された。

トーマスのことを結構踊れるやつと言うのは、ローリングストーンズのことをまあまあのロックバンドと言うようなものだ。あの少年は、腰と胸部が切り離されているかのように動くことができ、このふたつを逆方向にスライドさせ、手足を牛追い鞭《むち》の先みたいにしなわせてはピシリと空を打っていた。彼のやっていることは、本人がわたしにやれと言った左右に行進するってやつとは、まるっきり別物だった。

「彼、ダンスが上手だね」ダイアナが言った。

「そうだね」

「あなたは踊るの好き?」

わたしは館内の雑踏を見回した。ぶらぶら歩き回る者、立っている者、批評している者。酔っ払った鶏よろしくそこでヒョコヒョコ動くのを、こいつらに見られるんだ——そう思っただけで、口がからからになった。

ダイアナはわたしの視線を追って見物人の一団に目を向けた。聖イグナチオの同学年の生徒たち。なかの何人かがわたしたちを見て、何か言っている。友達に耳打ちしながら、こっちを指さすやつまでいた。

「ああ、そっか」ダイアナがそう言って、床に視線を落とした。

「え? いや、ちがうよ」わたしは鈍《にぶ》った舌をなんとか働かそうとした。「ただささ……」

「気にしないで、ボーディ」

その集団のなかには、セアー先生が黒板消しをわたしに投げつけたとき笑ったやつらもいた。あの日の屈辱感は胸のなかでいまだにくすぶっていた。

だがここで、わたしはダイアナのことを思い出した。あのとき唯一笑わなかった生徒がダイアナなのだ。そしてこのとおり、わたしたちはいま一緒にすわり、そのダイアナはわたしが踊りたがらないのは、自分が原因だと——わたしが彼女に何か不足を感じているからだと思っている。この人は、こんな意気地なしにくっつかれて過ごすには、もったいない人だ。

音楽が一曲終わった。トーマスがわたしをフロアに呼び寄せようとうなずいて手招きした。シーラもまたわたしたちを誘い出そうとしていたが、ダイアナは目を伏せて、自分の靴のつま先を見つめており、この誘いには気づかなかった。新たな曲が始まった——わたしの好きな曲だ。

わたしは踊っている人たちを観察しはじめた。トーマスじゃなく他の人々を——なぜなら、ナイフを使ったジャグリングに挑むのは、まずテニスボールでできるようになってからにすべきだから。男たちのひとり、くたびれた麦わら帽子をかぶったタフガイは、ダンスのしかたを心得ているようだった。わたしはそいつのブーツにしっかり目を据え、そのステップをまねてすわったまま足を動かした。右へ踏み出す……両足をそろえる……左へ踏み出す……両足をそろえる……繰り返し。なんとまあ。実際それは左右に行進しているみたいだった。

「この曲、好き?」わたしは訊ねた。

「うん、大好き」

「そうか、僕もだよ」もっと何か言おうとしたが、何ひとつ出てこなかった。

少し間があったあと、ダイアナが言った。「これって踊りやすい曲なんだよ」

「そうみたいだね」わたしは言った。「でもさ、実はね……僕は踊りかたを知らないんだ」

ダイアナは嘘を見破ろうとするようにわたしの目を見つめた。

「ほんとなんだよ──これまで一度も踊ったことがないから……でも、もしきみが踊りたいなら、やってみるけど」

ダイアナはほほえんでうなずいた。その目のきらめきはこう言っていた──待ってました！

わたしたちはトーマスとシーラのすぐそばの空きスペースに入って踊りはじめた。わたしのステップはぎこちなくてリズムに合っていなかったし、わたしの腰は（他の人たちみたいに左右にじゃなく）上下にはずんでいた。わたしはまったくダイアナを見ていなかった。それよりも、例のタフガイをしっかり見ていたかったから。その男が両腕を脇に寄せているので、わたしもそうした。彼がくるりとスピンする──わたしはそれはしなかった。

どうにか基礎がわかったような気がしたところで、わたしはダイアナに目を向けた。すると、そのほほえみがわたしをつまずかせ──気がつくともう、わたしのリズムは狂っていた。わたしは彼女の足を見おろし、なんとかリズムに乗ろうとした。その曲が終わるころには、あのタフガイを見なくても、どうにか自力で踏ん張れるようになってはいたが、相変わらずわたしにはダイアナを見ることができなかった。

DJがみんなにフロアを去る暇を与えず、つぎの曲をかけた──これもまたいい曲だ。ダイアナがわたしに身を寄せて言った。「あなた、とっても上手に踊ってるよ」

嘘であることはわかっていたが、それは受け入れやすい嘘だった。わたしがドタバタ跳ね回るのをダイアナが気にしていないなら、こっちだって気にする必要はないじゃないか。その二曲目のあいだ、わたしは終始、ひとつしかない自らの技を磨きあげることに専念した。右、そろえる、左、そろえる、繰り返し。まもなくわたしは自転車の乗りかたを覚えたばかりの子供みたいな気分になった。ここまでやれたと思うと、歓声をあげたくてたまらず、二曲目がエンディングに向かうころには、意外と自分は踊るのが好きなんじゃないか、と気づくに至っていた。

そのときDJがわたしに新たな課題を投げかけてきた。人類の全史を通じて、すべての音楽は二種類に分類できる。速い曲と遅い曲だ。そして、わたしが速いやつに対処できるようになったとたん、DJはこう言った。「ここで気分を変えて、ちょっとスローな曲に行ってみよう」これに関しては、わたしには拠《よ》り所がなかった。テレビでスローなダンスを見たことはあったが、どんなふうに踊るのか注意して見たことはなかったから。わたしはちょっと間を取って、ダイアナにフロアを離れる機会を与えた。彼女は行こうとしなかった。それどころかわたしのほうに足を踏み出し、目でこう問いかけてきた――**踊るよね？**

スローダンスのために女の子を抱くというのは、テレビでは簡単に見えたのだが、わたしにはどうすればいいのかさっぱりわからなかった。ジミー・スチュアートが古い映画でよくやっているように、わたしは左腕を横に出した。するとダイアナがわたしの手のなかに手を置いた。わたしはその手をそっと握り、反対の手を伸ばして、こちらは彼女のウエストにあてがった。

わたしのこの動きとともに、ダイアナがさらに足を踏み出して、わたしの肩に手をかけた。

ふたりはぐるぐると小さな輪を描き、ゆっくりとステップを踏んだ。音楽が高まり、わたしの節々から不安の殻《から》を削《そ》ぎ落としていく。わたしはダイアナの目をのぞきこみ、ダンスフロアに出てきて以来初めて、視線をそらさず見つめつづけた。ああ、彼女の綺麗だったこと。ダイアナはわたしの胸に体をあずけ、わたしの手から右手を抜いて両腕をわたしの肩に巻きつけた。わたしは彼女のリードに従い、そのウエストに両腕を回した。

彼女は……いいにおいがしたと言いたいけれど、それだけじゃぜんぜん言葉が足りない。腕のなかに彼女がいることが五感の境の壁を侵食していくように思え、彼女の肌のやわらかさそのものの香り、香水と汗と林檎《りんご》のシャンプーの混ざり合った味が感じ取れて、そのせいでわたしは危うくめまいを起こすところだった。ダイアナは体を揺らし、わたしもそれに倣《なら》った。彼女の背中の小さな筋肉がわたしの指先で震えている。その髪に腕をくすぐられ、わたしはもっと強く彼女を抱き締めたくてたまらなくなった。

とそのとき、彼女がつま先立ちになり、わたしの耳もとに唇《くちびる》を寄せてささやいた。「あなたが何をしたか知ってるよ」

その言葉に混乱し、わたしの動きは一、二拍、止まった。

「ミセス・レイセムがうちのママに教えてくれたの。わたしにプディングを浴びせようとしていた男の子のこと。あなたがその子をやっつけて止めてくれたんだよね」ダイアナは唇でわたしの頰に触れ、口の端に口の端を押しつけてわたしにキスした。いつまでもいつまでもそうしていたあと、彼女は身を引いて、ふたたびわたしの目を見つめた。「ありがとう」彼女は言った。

ステップのこともリズムのこともビートのことも、すべて頭から消えた。わたしはただダイアナを抱いて揺れていた。そのひととき、世界にはわたしたち以外、何も存在していなかった。わたしは彼女の背中のカーブにそって、そっと上に手をすべらせ、その肩甲骨の丸みを感じた。彼女の体がぴったりと体にくっついている。DJのブースから放たれる回転するライトがダンスフロアを走って心地よいカオスを生み出し、ふたりを世界から切り離した。わたしは目を閉じて、過去に感じた何よりも強力な感覚に自らを埋没《まいぼつ》させた。

できるかぎり長くそのままでいたかったが、どんな曲にも終わりはある。音楽がやんだとき、わたしはふらふらになっていた。今度もスローなやつであるよう願いつつ、わたしはつぎの曲を待った。ところがつぎの曲はかからず、DJはみんなが外で花火を楽しめるようダンスは一時休止すると告げた。

それまでの人生、花火を見に行こうというときに、これ以上がっかりしたことはなかった。

第三十二章

わたしたちは四人そろってダンス会場をあとにし、うれしいような淋《さび》しいようななかなか終わらないさよならを経て、女の子ふたりは家族と一緒に花火を見るために立ち去った。そのあとトーマスとわたしは二手に分かれ、彼は母親たちをさがしに行き、わたしは右手の簡易トイレの列へと向かって、まあまあきれいに見えるそのひとつに飛び込んだ。

まだなかにいるとき、川の上空で花火の第一弾が炸裂するのが聞こえてきた。トイレを出ると、空は赤と金と白の閃光で明るくなり、火の粉が地上に降ってくるなか、いくつもの巨大な煙の塊《かたまり》が揺らめく影を落としていた。

花火に気をとられていたせいで、シャツをぎゅっとつかまれるまで、わたしはジャーヴィスに気づかなかった。彼は一列に並ぶ木々のほうに荒っぽくわたしを引き寄せ、その一本にたたきつけた。「見たぞ。おまえ、あの黒いのと踊ってたろ」彼は言った。「これでやっとわかったぜ。おまえ、あのおホモだちのせいでイカレちまったんだな」

彼の息は酒臭かったし、呂律《ろれつ》も怪しかった。ジャーヴィスのうしろでは、彼よりは人目が気になると見え、ボブとビーフがちらちらとあたりを見回していた。

「あんなふうにボブを蹴《け》つまずかせやがって。俺たちから逃げやがって。あげくに、俺の叔父貴を逮捕させやがって。あのライターのこと、黙っちゃいられなかったんだよなあ?」

わたしはきしり声を漏らした。「なんでそれを――」

ジャーヴィスはわたしを木から引き離し、再度、そこにたたきつけた。「俺たちはなんだって知ってるんだよ!」彼は言った。「俺たちはいたるところにいるんだ」

ボブが笑いだした。だがビーフはその場から離れていき、暗がりにすうっと引っ込んでお祭り会場のほうへと姿を消した。

「この〝クロ好き〟野郎め。最初からそうだったんだよな? おまえは俺たちの仲間じゃない。やつらの仲間なんだ」

〝やつらの仲間〟。学校で〝クロ好き〟と呼ばれるのは、最悪のことと言っていい。悪口という悪口のなかで、これと〝ホモ野郎〟は最大級の打撃を与える。このふたつは最高位を誇り、これを言われたら仕返しをせねばならない——少なくとも、それがルールなのだ。

だがこのとき、わたしはウォリー・シュニッカーのことを思った。どんなにひどい名前で呼ぼうと、彼が非常に立派な男であるという事実は変わらない。それに、トーマスはどうだ? 彼の友達だとジャーヴィスになじられ、わたしは憤《いきどお》るべきなのか? ダイアナと踊ってああいう気持ちになった自分に、嫌悪を抱《いだ》くべきなのだろうか? 〝ホモ野郎〟、〝クロ好き〟——これらの言葉は、わたしに対し大きな威力を持つようになっていた。善と悪、天国と地獄、〝われわれ〟と〝彼ら〟を分かつ深い溝。だが結局のところ、それは単なる言葉にすぎない。なけなしの勇気を総動員して、わたしはジャーヴィスに答えた。「俺があんたらの仲間じゃないことは確かだね」

彼の腕の動きはまさに目にも留まらぬ速さだった。大きく広げられたその手がさっと上がり、わたしの側頭部をひっぱたいた。それは、きっと歯が何本かゆるんだろうと思えるほどの強打だった。顎《あご》と頬と耳をひとまとめに殴られ、わたしは朦朧《もうろう》となった。彼の口が動いているのはまだ見えるし、怒気に満ちたその唾《つば》が顔にかかるのもわかったが、ブーンという唸《うな》りの向こうにある言葉は聞こえてこなかった。

真っ先にその霞《かすみ》を貫いたのは、花火の爆音だった。白、赤、青の閃《ひらめ》きがジャーヴィスの体から反射している。そのあとふたたび彼の声が聞こえてきた。

「俺を恐れてないなら、そりゃあ利口とは言えないぞ」そう言いながら、彼はTシャツの袖をまくって、肩に彫り込んだCORPSのタトゥーを見せた。「俺がどうやってこいつを手に入れたか知ってるか？」

「ジャーヴィス！　こんなところでいったい何をしてるんだ？」

声の主を確認すべく、ジャーヴィスとボブはそろって振り返った。見ると、あの若い副保安官、ディーンが笑みを浮かべ、ユーティリティー・ベルトに親指をひっかけて、ふたりに近づいてくるところだった。

「やあ、ディーン。ここにいる友達のボーディとちょっとだべってただけだよ。そうだよな、ボーディ？」

ディーンが言った。「聖イグナチオ校がうっかりヘマして、おまえに卒業証書をくれちまったって聞いたんだが。たのむから、嘘だと言ってくれよ」

ディーンの背後から、ビーフが一度に数インチずつじりじりと進んできて、まるで一度も脱け出していないかのように、もとの立ち位置にもどった。

「そうなんだよ、びっくりだろ」ジャーヴィスが大きな笑みをたたえて言った。「それだけじゃない、俺は奨学金をもらって、ウォレンズバーグ（ミズーリ州の町。セントラル・ミズーリ大学がある）でレスリングをやれることになったんだ」

「もう決まったことなのか？」

「ちょっと待ってよ」わたしは言った。「あんた、こいつが俺を殴るとこ、見たよね？」

「俺は殴ってなんかいないぞ」ジャーヴィスが叫んだ。「ちょっとふざけてただけさ」

ディーンが言った。「そろそろその坊やを解放して、花火見物に行かせてやったらどうだ。今年の花火はなかなかのもんだぞ」

「嘘でしょ」わたしは精一杯驚きをこめて言った。「それだけなの？」

「そうだな」ジャーヴィスが言った。「俺たちもちょっと花火を見てこようぜ」

彼ら三人は、ディーン副保安官とともに、教会の前のスポーツカーの列のほうへ引き返していった。

彼らのうしろ姿を見送りながら、わたしは思った。仮にディーンが現れなかったら――ビーフが彼を連れてこなかったら、ジャーヴィスはどこまでやっていただろう？　また、明日の朝、顔に痣《あざ》ができているだろうかとも思い、その場合、母さんやトーマスになんと言うべきか（何か言うとしたら、だが）考えた。暗いなかではふたりに痣は見えない。だからわたしはひと晩寝て、翌朝それがどうなっているか見てみることにした。

車を駐めた場所で、母さんとジェンナは持ってきたローンチェアにすわり、トーマスとわたしはフロントガラスに背中をあずけた。その花火は過去にわたしが見たなかで一番だった。それでも、頭のなかで他の多くの事柄が跳ね回っていたため――それに、顔の片側がずきずき痛んでいたため――思いは絶えずさまよいだして、ジャーヴィスの問題に、また、彼の言った言葉にもどっていくのだった。「俺を恐れてないなら、そりゃあ利口とは言えないぞ」

第三十三章

その夜は、いくら眠ろうとあがいても、ジャーヴィスとの対決のことが繰り返し脳裏によみがえってきた。とうとうわたしは、ダイアナとのダンスのことを考えるという手を使い、その記憶を頭から締め出した。わたしにはまだ頬に触れる彼女の唇が感じられた。てのひらに触れている彼女のドレスや、肌をくすぐる彼女の髪、肩に回された彼女の腕も。ゆっくりと息を吸い込めば、彼女の香水と体温の混ざり合ったにおいもした。

頭のなかの考えが夢に変わるあの境目をいつのまにか通過していたのだろう、気がつくと腕のなかにはふたたびダイアナがいて、わたしたちは柳の老木の木陰で踊っていた。夢のなかでは、わたしは優雅さをそなえており、足はほとんど地面に触れもせずステップからステップへと流れるように動いた。静かな音楽がふたりのまわりで渦《うず》を描いて、踊っているわたしたちを空中に浮き上がらせた。

しかしそんな至福のさなか、ヴァイオリンが唐突に調子っぱずれな音を奏でた。妙に聞き覚えのある音だ。ふたたび同じ音がしたとき、わたしにはそれがグローバーの鳴き声であることがわかった。目を開けると、半月の光が開いた窓から流れ込んでいて、わたしの犬がベッドの裾側に立って網戸に鼻を押しつけていた。

母さんの部屋でいったん寝床に落ち着いてしまうと、グローバーが母さんのそばを離れることはめったにないので、彼がそこにいるのは奇妙な気がした。わたしが身じろぎすると、彼はちょっとこっちを見て、ふたたび外に視線をもどした。緩慢《かんまん》に流れ込む夜風は、ほとんどカーテンを揺らしていなかった。

わたしはベッドの裾側にそろそろと移動し、グローバーの頭をなでてやってから、窓の外を見た。ホークの家は真っ暗。道の向こうのエルギンの家では、ジェンナがいつも点けておく、階段の上の電球一個の照明が淡い光を放っていた。わたしはベッドにもどろうとした。するとそのとき、砂利道を走っていくざくざくという足音が耳を打った。

窓の外に出たいのか、グローバーが吠え、前足でぴょんぴょん飛び跳ねた。わたしはその口を両手でふさいで、耳をすませた。足音は遠のいて小さくなったが、それでもまだ、グローバーの吠えるくぐもった声の合間に聞こえた。じっと目を凝《こ》らすと、何かが動いているのが見えた。影がひとつ。男が道路の果てに向かって走っていく。その姿は、ホークの家を通り過ぎて見えなくなった。新たな光にわたしが気づいたのは、そのときだった。ロウソクの炎のような小さなやつ。それがエルギンの家の前の芝生でちらちらと明滅している。

「母さん!」ズボンをつかみとり、寝室のドアから廊下に転がり出ながら、わたしは叫んだ。「母さん、エルギンさんちで何か起きてるよ」わたしはズボンに脚を突っ込んで、表《おもて》のドアからどたばたと外に出た。

裸足《はだし》で砂利道を横切っていきながら、ホークやエルギン一家が目を覚ましてくれればと思い、わたしは大声でわめき立てた。例の炎は芝生の中央に敷かれたロープにそって燃え進んでいて、そこに近づくにつれ、煙と灯油のにおいが鼻孔に広がった。炎の向こうには十字架が立っていた。高さ八フィート、まっすぐに立つ細いやつで、全体が黄麻布《おうまふ》みたいなものでくるまれている。

わたしが再度わめこうとしたそのときだ——ボワッ！　導火線の火が触れ、黄麻布が火柱となって燃え上がった。わたしは地面に尻もちをついた。炎の熱が胸と顔を舐《な》めている。這って火から離れるとき、大きなふたつの手がわたしの腕をつかんだ。それは、わたしをうしろに引きもどすチャールズの手だった。

ジェンナが怒りに目を尖《とが》らせてポーチに出てきた。トーマスはこちらにやって来て、わたしに合流した。部屋着姿の母さんが前庭の歩道を歩いてきて、わたしたちのうしろに立った。

「あの野郎ども」チャールズはそう毒づくと、水撒《みずま》き用のホースを取りに走った。

ホークがわたしたちのほうに向かってくる。するとそのかたわらで、それまでエルギンの地所の前をジグザグに嗅ぎ回っていたグローバーが不意に鼻をもたげ、道路の先に目を向けて、ダッと駆けだした。窓から見た男のことをわたしが思い出したのは、そのときだった。

「あっちにやつがいる！」ウォリーの家のほうを指さし、わたしは叫んだ。

「なんだって？」ホークが訊き返した。

それと同時に、チャールズも言った。「誰が？」

「男だよ！　さっき見たんだ！」

この言葉がわたしの口を離れるやいなや、トラックのエンジンの轟音《ごうおん》が闇を貫いて聞こえてきた。音の出所は、ホークの家からウォリーの家までの、道の暗い区間。加速を試みるエンジンが、息を詰まらせ、バッバッと音を立てている。その音をわたしは覚えていた。この前それを聞いたのは、キャスパーのお面の男が箒《ほうき》の柄《え》でわたしの頭をたたきつぶそうとしたときだ。

母さんが肩に両手をかけてわたしを引き寄せた。それは、わたしのイメージよりもはるかに自然に思えるしぐさだった。そしてわたしたちは——わたしたち小集団は、トラックの轟《とどろ》きに凍りつき、地獄の番犬の襲来さながらその音が高まるなか、そこに立ち尽くしていた。迫りくるトラックのヘッドライトがパッと点き、わたしたちの目をくらませた。通り過ぎるとき、運転席から男の声が何か叫んだ。それはこう言ったように聞こえた——「出ていけ、ニガー！」

わたしはヘッドライトの光の向こうに目を凝らした。ちらりとでも人の顔かナンバープレートが見えないかと思ったのだが、すべては闇に包まれたままだった。トラックの運転席にいるのがひとりだけなのかどうかさえ、わたしにはわからなかった。

それにわたしにはその石も見えなかった。誰にも見えなかったのだ——ピックアップ・トラックから何者かが発射したその無音のミサイルは、餌食《えじき》を求め、音もなく弧を描き、夜気のなかを滑空《かっくう》してきた。わたしたちは固まって立っていたから、それが的をとらえることは必至だった。

石が当たる音は聞こえた。肉が裂け、骨が折れるそのいやな音は、トラックの騒音のなか、かろうじて耳に届いた。それから、肩に乗っていた母さんの手の力が抜けた。母さんはくたくたとその場に倒れ、わたしの足もとで動かなくなった。

「母さん！」そう叫んで、わたしは母さんのかたわらにしゃがみこんだ。

ジェンナがそばに来て、ただちに母さんの頭をさぐりだし、べっとりと血の付いたその手を引っ込めた。彼女は大声で指示を出しはじめた。

「トーマス、懐中電灯とタオルを何枚か取ってきて」

ポーチの明かりの淡い光のなかで、母さんの頭のまわりに小さな黒い血溜まりが広がっていくのが見えた。

「チャールズ、救急車を呼んで――それと、保安官も」

ホークがゆっくりとひざまずいて、母さんの足を数インチ持ちあげた。

懐中電灯と大量の綿タオルで両腕をいっぱいにしたトーマスが家から出てきて、ジェンナの横にそのすべてを置いた。

「リネンの戸棚から毛布を取ってきて」ジェンナがトーマスに言い、彼はふたたびなかへと駆けもどった。

ジェンナが自信を持って動くのを――母さんの側頭部の傷にタオルをそっと押し当てるのを、わたしは無言で見守っていた。トーマスが毛布を持ってもどってくると、ホークがその一枚を丸めて、位置を高く保てるように母さんの足の下に置いた。別の一枚を、彼は母さんの体にかけた。

チャールズが家から出てきて、妻のそばに立った。「いま救急車がこっちに向かっている。それに――」

チャールズが途中で口をつぐんだので、わたしは顔を上げた。彼の目は道路の先の何かに注がれていた。彼はもっとよく見ようと足を踏み出し、その動きを追ってわたしは振り返った。するとウォリーの家の方角に木々のこずえを照らす赤い光が見えた。チャールズが道路に出て、大声で叫んだ。「連中が彼の家に火をつけたぞ」

チャールズは走りだし、トーマスも父親に遅れまいとすっ飛んでいった。ホークが立ちあがって、消防に連絡してくるとジェンナに言い、エルギンの家に向かった。

まわりでは誰も彼もがばたばたと忙しく駆け回っているようだったが、わたしだけは何もせず、ただ母さんの手を取り、その甲《こう》をそっとなでていた。実に長い年月、わたしたちは同じ家で暮らしてきた。お互いの生活のなかに影のように存在し、常にそこにいて同じ空間を共有し、それでいながら、本当に触れ合うことは決してなく――そしていま、わたしにできるのは、母の手を握り、浪費されたすべての時の重さに甘んじて耐えることだけなのだった。

消防署への連絡をすませ、ホークがふたたび母とわたしに加わった。「お母さんは大丈夫だ」彼はささやいた。「救急車がすぐ来るからな」

三十分。これが救急隊員の到着までにかかった時間だ。わたしの人生でもっとも長かった三十分。だがいったん到着すると、彼らはきびきびと行動し、それがわたしに希望を持たせた。

つぎに来たのは保安官だが、彼の車はわたしたちの前を素通りし、まっすぐウォリーの家へと向かった。その行く手で、炎は天高く噴きあがっており、わたしたちのいるところからも、木木の上の夜空を舐めるその姿が見えるほどだった。

救急隊員たちは母さんを担架に乗せた。二名の男が担架を押していくのを見送ったあと、わたしは歩道の横の、母さんが倒れた場所から少し離れたところに、何かが落ちているのに気づいた。それは母さんの頭に当たった石だった。身をかがめてその石をよく見たときは、こみあげる恐怖の波を懸命に呑みこまねばならなかった。その石をわたしは知っていた。野球のボールほどのサイズの、表面にガラス質のすじが入った白い石。それはあのピックアップ・トラックに——キャスパーのお面をつけた男たちに、この手で投げつけた石だった。

わたしたちの襲撃者がその夜いかに効率よく動いたかが明らかになった。彼らはエルギン一家を脅《おど》すために十字架を燃やした。そして、ウォリーがウォリー自身であることを罰するために彼の家に放火した。そして、その石——それはわたしが彼らにしたことに対する報復だった。わたしは彼らを挑発し、それを見過ごすことは彼らにはできなかった。つまりその夜、石の標的はわたしだったのだ。

第三十四章

救急車について病院に行くために、わたしがホークの車に乗り込んだとき、トーマスとチャールズはどちらもまだ道路の果てからもどってきていなかった。ウォリー・シュニッカーがどうなったのか、わたしにはまったくわからなかった。出発前に、わたしは母に当たった石をジェンナに見せ、それがキャスパーのお面の男たちに自分が投げつけた石と同じものであることを話した。その情報をヴォーン保安官に伝えるのは、ジェンナの役目となった。

病院に着くと、医師と看護師が救急隊員たちを手伝いに出てきた。看護師は担架をつかんでドアのなかに引っ張り込み、医師は担架のかたわらを歩いていった。緊急治療室のその医師は二十代後半、髪はうしろで小さなポニーテールにまとめていて、行く手に待ち受ける重要な任務には若すぎるように思えた。彼らは母の担架を押して受付を通過し、第二のドアの奥に消えた。

わたしはついていきたかったが、ホークが肩に手をかけ、待合室のオレンジ色の椅子が並ぶところへとわたしを連れていった。その部屋には重苦しい静寂を埋める音楽もテレビもなかったので、わたしは壁の大きな時計に集中し、それが午前一時に向かって緩慢にチクタクと進んでいくのを見守った。その細い秒針は無慈悲にも、ひとつの点の上で毎回ぐずぐずし、なかなかつぎの点に移動しないのだった。

新たな救急車が火傷《やけど》を負いながらも生き延びたウォリーを乗せていまにも到着するんじゃないか——わたしはそう思って、始終、入口に目をやっていた。別の救急車が現れないまま、待ち時間が三十分に近づくと、彼は炎を免《まぬが》れたんだろうと希望を抱いたが、その後、わたしは気づいた。もし火災で死んだなら、彼が緊急治療室へ運ばれることもないのだ。

一時四十五分、入口のドアが開いて、男がひとり入ってきた。四十代半ばの、頰髯《ほおひげ》を生やしたやつ。足の運びが重々しい。彼はわたしたちには目をくれずに前を通り過ぎていき、母さんが運び込まれた部屋のドアの奥へと消えた。ホークとわたしは顔を見合わせた。わたしが言葉にしなかった問いの答えを持ち合わせず、ホークは肩をすくめた。

じっと待つ時間がふたたび始まった。いつのまにか眠り込んでいたらしい——わたしは足音で目を覚ました。気がつくと、わたしはホークの腕に頭をもたせかけていた。あの長髪の若い医師が厳粛な表情で近づいてきた。

「医師のドレガーです」彼はそう言うと、わたしには見向きもせず、ホークと握手を交わした。「ミセス・サンデンの容態は安定しています。側頭骨が折れていたんですが」彼は自分の側頭部を指さして場所を示した。

ホークは医師の言ったことを理解していないか、懸念の色をわたしに見せまいとして表情を変えずにいるかだった。ランチ・スペシャルのメニューを聴いている人のように、彼は平静にうなずいた。だが、わたしのほうは自分の考えを口にせずにはいられなかった。

「頭蓋骨骨折？」わたしは小声で言った。

わたしの声は聞こえたはずだが、ドレガーは今度もホークに向かって言った。「どんな骨でも骨折していいわけはないんですが、今回の場合はメリットもあります。頭部外傷では、通常、腫脹《しゅちょう》が起こります——それがもっとも大きな危険のひとつなんです。骨折には実は頭蓋骨内部への圧迫を緩和する働きがあるんですよ。わたしたちは手術を行い——」

「手術？」わたしは言った。

ここでようやくドクター・ドレガーがわたしに目を向けた。「チームには、うちの外科医のドクター・カナーに入ってもらいました。彼は非常に優秀でね——超一流なんです。彼は腫脹を軽減する手術を行いました。患者は無事、乗り切りましたよ。バイタルは良好のようです。術後は鎮静剤を投与し、腫れを抑えておくために頭部を冷却しました。患者の反応をテストするために、仮のGCSプロトコルも行い——」

「GCSというと？」ホークが訊ねた。

「グラスゴー・コーマ・スケールの略ですが」

「昏睡《コーマ》！」膝《ひざ》がくずおれ、わたしは椅子のひとつにへたりこんだ。頭に浮かんだのは、あるパーティーで昏睡《こんすい》状態に陥《おちい》ったきりずっと意識がもどらないカレン・クィンランという女の子のことだった。カレンの話は時事問題の授業で取りあげられた。なぜならその春、彼女の事件が最高裁で審理されたからだ。この記事に関してわたしが何よりもよく覚えていたのは、彼女が生きていながら同時に死んでいるかのようなその書かれようだった。

「きみの名前は?」ドレガーが訊ねた。

「ボーディです」

「ミセス・サンデンの息子ですよ」ホークが言葉を添えた。

医師はわたしの隣にすわった。「いいかい、ボーディ。きみのお母さんはいま意識がない。でもそれはいいことなんだ。外傷を負うと……きみのお母さんのように頭をひどく打つと、体は自らを護《まも》るためにシャットダウンする。われわれがお母さんに鎮静剤を与えたのは、腫れが退《ひ》くかどうかわかるまで意識のない状態を持続させるためなんだよ」

「いずれ意識はもどるんですか?」わたしは訊ねた。「母はよくなりますか?」

「お母さんには最高の治療を施すよ」

彼はわたしの質問に答えていなかった。心の一部で、ちゃんとよくなるという医師の言葉を期待しながらも、わたしは別の一部で、彼が精一杯正直であろうとしていることに感謝していた。ホークがわたしの肩に手をかけた。涙がこみあげてくるのを感じて、わたしはその涙を押しもどし、体のなかへと呑みこんだ。

「面会はできますか?」

ドクター・ドレガーは意見を求めてホークを見あげた。ホークはオーケーの合図を出したんだろう――医師は言った。「ほんの少しなら会っていいよ」

わたしたちは、病院のさらに奥の、ほのかな明かりに照らされた一室へと向かった。母さんはそこでベッドに横たわっていた。その頭は白いガーゼに包まれ、口もとにはチューブが、腕には点滴の針が、テープで留められている。ベッド脇では、看護師が毛布の縁《ふち》から出ている複数のコードを調節していた。母さんは青白く弱々しく見えたが、エルギンの家の前庭で地面に横たわっていたときよりは、具合がよさそうだった。

ドクター・ドレガーが言った。「夜じゅうしっかり看視しますからね。朝にはドクター・カナーがまた診察に来るし。彼は研修期間をシカゴで勤めていましてね、いわば頭部外傷のエキスパートなんです。彼がいてくれて、われわれは大助かりです。いまのところ、これ以上できることはあまりありません。ただ、腫脹や感染症の徴候がないか、注意して見守るくらいですかね」

ホークが言った。「わたしたちは待つべきなのかな……ここで……？」

「うちにお帰りになって、少し休んで、また明日の朝、そうだな、九時ごろにいらしたら、どうでしょう。そのころまでには、ドクター・カナーも診察の時間をとれるでしょうからね」

ホークは同意を求めるようにこっちに目を向けた。わたしはうなずいた。

「きみはしばらくわたしのうちに泊まったらどうかな」ホークは言った。

わたしは再度うなずいた。

わたしたちは入口のほうへ引き返し、待合室で帽子を手に立つヴォーン保安官に出くわした。

「ちょっといいかね？」

わたしたち三人は椅子にすわった。

「ウォリーは無事ですか」わたしは訊ねた。

「うん」ヴォーンは言った。「ミスター・シュニッカーは留守だったんだ。彼は……友達のところ……ジョージ・バウアーという男のうちにいたんだよ。だが、家はなくなっちまったな。お母さんの容態はどうだね？」

　ホークがドクター・ドレガーの説明を彼に伝え、ヴォーンのほうはわたしたちに、トラックのことや石のこと、その他なんでも知っていることを教えてほしいと言った。ホークとわたしはどっちも大して役に立てなかった。

「だけど、あれは同じトラックでしたよ」わたしは言った。「まちがいない。タイヤ痕を調べてください。トレッドに欠けてる箇所があるから」

「それはもうやった」ヴォーンは言った。「エルギン少年がタイヤ痕を見つけてくれてな。彼は、そのトレッドはきみたちふたりが殴られた日に見たのとおんなじものだと言っている。われわれはタイヤ痕が一致するトラックをさがすつもりだ。ただそれは、干し草の山に埋もれた一本の針をさがすようなもんだがね」

「まずはハルコム一族から取りかかるべきだな」ホークが言った。「そのなかの誰がやったのかはわからないが、連中が今度のことにどっぷり浸《つ》かっているのは確かなんだ——まあ、マイロは別として、だがね」

「マイロは別として？」ヴォーンが訊き返した。

「なにせ牢のなかだからな」ホークは言った。「彼は除外できる唯一のハルコムだよ」

　ヴォーンはひどく混乱した顔でわたしたちを見つめた。それから彼は言った。「ミスター・

ガードナー、マイロ・ハルコムはきのうの朝、保釈されたよ」

第三十五章

わたしたちがもどったとき、エルギンの家の明かりは消えていた。道路の先にはまだ消防車や警察車両がいるんじゃないか――消防士や警官が残り火を踏み消したり、証拠をさがしたりしているんじゃないか、とわたしは思った。ホークのすすめに従い、わたしは自宅から寝袋と着替えと必要なものを何点か取ってきて、その後、彼の家に行った。

ホークの住まいはA字形キャビンを改装した家なので、二階部分は、下のリビングを見おろすバルコニーが付いた、ひとり用の寝室が一室あるだけだった。ホークはメインフロアの寝室で寝ていて、二階のその寝室は図書室になっていた。それは、長いほうの壁二面を背にした簡素な松材の棚に何百冊もの本が収められている部屋で、奥の壁際には小さな読書机が置かれ、ひとつだけあるその上の窓からは木々のこずえが見渡せた。

ホークはわたしのベッドとして、階下のカウチのクッションを三つ床に敷き、クロゼットから枕をひとつ取ってきてくれた。部屋を出ていくとき、彼は読書机のほうに行って写真のフレームを回収した。本みたいに開かれた、蝶番《ちょうつがい》付きの銀色のやつ。そこには写真が二枚、収められており、彼がフレームを閉じるより早く、わたしはそれを盗み見た。彼の奥さんと娘さんの白黒写真。死亡記事で見て知っている顔だ。

ホークはフレームを持った手を背中に回し、最後にもう一度、室内を見渡した。「何かほしいものがあったら」彼は言った。「わたしは下にいるからね」その言葉を最後に、ホークはわたしを残して立ち去った。

わたしは明かりを消して待った。家がしんと静まり返ると、こそこそと読書机のほうに行って、小さなランプを点け、ホークの生きた過去の痕跡をさがしはじめた——が結局、何も見つからなかった。壁を飾る写真も、机に載った思い出の品もない。彼と他の誰かとのつながりを示唆《しさ》するものは何ひとつ。彼が持っているのは、本だけ——大量の本だけだった。部屋の片側の棚には、幅広くさまざまな文学作品が収められていた。シェイクスピア、ホーマー、ホイットマン、フォークナー、まだまだある。反対側の壁に並んでいる本は、もっと教養的なものらしく、タルムード、コーラン、ウパニシャッド、ブッダやキリスト関連の歴史書に始まり、アリストテレス、ソクラテス、サー・フランシス・ベーコン、ショーペンハウアー、ライプニッツといった哲学書などもあった。それらの名前のいくつかは聞いたことがあったが、そのほとんどは当時のわたしには馴染みがなかった。

棚のいちばん端まで行って、わたしは読書机の脚のうしろに、トランクがひとつ押し込まれているのに気づいた。海賊の宝箱を小さくしたようなやつ。バックルがふたつ付いていて、まんなかに南京錠のかかった留め金がある。ずっと奥にすべりこませてあったため、床にすわらなければ、そこには手が届かなかった。わたしは音を立てないよう用心しながら、机の下からそろそろとトランクを引き出し、開いたままのバックルと南京錠を一本の指でなでた。南京錠はロックされていなかった。

なかに何が入っているのかは、なんとなくわかる気がした。ホークはその部屋に本をすべて収めている。でも、あの赤い背表紙の黒いノートはどこにあるんだろう？　何年ものあいだ、彼が何か書き綴《つづ》っているあの何冊ものノートは？　わたしは耳をすませたが、聞こえるのは静寂だけだった。彼の持ち物を漁ったりすべきでないのはわかっていた。でも彼のほうは、わたしのことを何もかも知っているのだ――彼の家のポーチにすわって、日々の出来事を逐一打ち明けてきたあの長い年月。これに対して、向こうは自分の人生のすべてを秘密にしている。

ホークに対するプライバシーの侵害を正当化するのに、さしたる努力は要らなかった。ヴォーン保安官は、ホークは何かの罪で監獄に行くべきだったと言っていた。それを見過ごすわけにはいかないじゃないか。母とわたしはこの男の隣に住んでいるのだ。わたしたちには知る権利がある。理由はそれで充分だった。わたしは留め金を起こし、トランクの蓋《ふた》をゆっくりと開けた。蝶番からかすかにキーッと音が漏れる。そしてそこには、ホークのあのノートが並んでいた。

トランクの蓋を壁に立てかけ、わたしはふたたび耳をすませた。物音はしない。バルコニーの縁まで忍び足で歩いていき、下をのぞきこむ。家は朝露のように静かだった。わたしはトランクのところに引き返して、十冊のノートの背表紙を指でなぞった。背表紙にはそれぞれ年が記されていた。いちばん初めは一九六六年、最後は一九七五年だ。一九七六年の巻は、階下のホークのところにあるにちがいなかった。

わたしは最初の一冊をそうっと取り出した──人の手が触れると崩壊しかねないとても華奢《きゃしゃ》な古い遺物を扱うように。そして最初のページを開いて読んだ。親愛なるマリアム、なぜ自分がまだ自殺していないのか、わたしはそれを説明するためにこの手紙を書いています。

マリアム・フィスクか？　そうにちがいない。手紙がどこまでつづくのか確認しようとして、わたしはページを繰《く》っていき、それがその巻の最後までつづいていることを知った。トランクから二巻目を取り出して開いたが、それも同じだった。何年ものあいだホークはずっと、死んだ妻の妹に──一九六六年当時、彼に殺意を抱いていた女性に宛てて、ひとつの長い手紙を書いていたのだ。わたしは最初の巻にもどって、ふたたび読みはじめた。

親愛なるマリアム、
なぜ自分がまだ自殺していないのか、わたしはそれを説明するためにこの手紙を書いています。わたしが生きながらえていることは、あなたの目には、忌まわしく卑怯なことに見えるだろう。そうじゃないと主張するつもりはわたしにはない。でも、なぜわたしがこの世に──娘と妻はもういないのに──まだいるのか、あなたには知る資格があるからね。願わくは、これを読むことで、死なないというわたしの決断に目的があることが、あなたにも理解できますように。
あなたがうちに来て、お父上のリボルバーを窓から投げ込んだあの夜、わたしにはあなたの言ったこと、わたしに向かって叫んだことが聞こえました――あなたは、わたしがあなたの姉さんとわたし自身の小さな娘を殺したんだと言っていたね。どちらの点でもあなたは正しい。わたしは確かにあのふたりを殺した。この手でふたりの頭を銃で撃ったも同然だよ。あの夜、あなたの姉さんは、運転しないでくれとわたしに懇願《こんがん》した。だが、わたしはときどき石頭になる。スコッチが効いてくると、どうにも手に負えなくなるんだ。そのことはもちろん、あなたももう知っているね。

本題に入る前に、あなたにひとつ知っていてほしいことがある。あの事故の夜、わたしは家族を救うためにできるかぎりのことをしたんだよ。あれ以来わたしには、自分だけ車外に放り出され、命拾いしてしまうという運命のいたずらを呪わなかった日は一日もない。あの夜、死ぬべきだったのは、このわたしなんだ。

もちろんあなたは自分の信じたいことを信じるだろう。それはそれでかまわないんだ。だがわたしにはもう嘘をつく理由などひとつもない。あなたがこれを読むころには、わたしはすでに死んでいて、わたしにまつわる記憶もほぼすべてこの世から消えているだろうからね。わたしはただ、本題に入る前に、あの夜についてあなたに真実を知らせておきたかっただけだ。

最後にもうひとつ。わたしはあなたに赦《ゆる》してもらおうとは思っていない――その逆で、あなたがわたしを責めるのは理にかなったことだと思う。わたし自身も、自分のしたことで自分を責めているからね。これを書いているのはただ、わたしがこの世にいつづけるのは、あなたが思うほど利己的な理由からじゃないことをわかってもらうためなんだ。

階下のどこかで床板がきしみ、心臓が止まった。新たな音を――ホークが階段をのぼってくるのかどうか知る手がかりになるものを、わたしは待った。だがそれっきりなんの音もしないので、忍び足でロフトの縁の手すりまで歩いていき、ふたたび階下を見おろした。家は森閑《しんかん》としたままだった。そこで、そろそろとノートの前にもどり、机からランプを下ろして自分の横の床に据えると、寝袋を自分自身とそのランプとにかぶせた。

ロフトからの光の漏れをしっかり防止し、これでよしと満足して、わたしはふたたびノートにもどり、ホーク・ガードナーの物語を――彼とわたしの物語を読んだ。

第三十六章

その最初の一巻を読むのは、暗く冷たい穴の奥底におりていくようなものだった。細部にこだわる男、ホークの記述が詳細をきわめたため、彼の旅の一歩一歩が目に見え、肌に感じられた。たぶんそれがその手紙の趣旨だったのだ――ちゃんと理解できるよう、マリアムを引き込むことが。理由がなんであれ、ホークの言葉は頭と心を悲しみで満たし、どんな光も生き延びられそうにない荒涼たる場所へとわたしを連れていった。そして、ホークの深い悲しみに底はないのだと確信したとき、わたしはその底に行き着いた。

一九六六年秋の骨も凍るほど寒い夜、ホーク・ガードナーはコロンビアからドライ・クリークまで運転していき、聖ペテロ霊園の入口のそばに車を駐めた。彼はグローブボックスに手をやり、かつて義父のものだったコルトを取り出した——マリアム・フィスクがホークの家のピクチャーウィンドウに投げつけたとき、彼のもとに届けられた拳銃。マリアムがホークを殺したいと願った夜の、苦しい最後のあがきの表徴。

銃を持った精気のない手の重みによって、ホークの左腕はだらんと膝《ひざ》に置かれていた。これは彼が最後にもう一度、その銃を点検するためだった。怖くはなかったが、それでも撃鉄を半分まで起こすとき、彼の指は震えていた。ホークは装塡口《そうてん》を開けてシリンダーを回した。弾は六発。だが彼に必要なのは一発だけだ。この絶望の瞬間でさえ、彼の意識はそういった細かな点に向けられていた。

ホークは車のドアを開けて、強風のなか斜めに吹きつける氷雨《ひさめ》に包み込まれた。半ば凍った小さな水滴が彼の顔や首を刺し、冷気が肌を貫いて骨と筋肉に深く染み込んでいく。こういう行為に理想的な天候というのがもしあるとすれば、と彼は書いていた。これこそがその天候だった。彼はジャケットの襟《えり》を立て、無精ひげの生えた首のまわりにしっかりと引き寄せた。そのウィンドブレーカーは寒さを防ぐには薄すぎたが、それで困るのもあと少しだった。

誰もいないのを確かめるため、ホークは墓地を見回した。大丈夫だ。まともな人ならこんなひどい天気の夜に墓地に来たりしないだろう。彼は天使像のところに歩いていった。天使の差し伸べた両手は、ホークに彼がいましようとしていることをやめるよう哀願していたが、その石の目は彼になんのなぐさめも与えなかった。天使の足もとには、アリシアの墓があった。そしてその隣には、彼の愛娘セアラの墓が。彼は濡れた草の上にすわって、墓石に刻まれたふたりの名を指でなでた。

「パパは運転が上手だよ」――ノートにはそう記されていた。それは、セアラの最後の言葉となる。父母の諍《いさか》いを止めようとする五歳児の奮闘。アリシアはホークに運転をさせたがらなかった。彼が飲み過ぎていることが彼女にはわかっていたのだ。しかしホークは耳を貸さず、車に乗れとアリシアに命じた。二十分後、彼は一本の木に衝突する。二十分後、セアラとアリシアは死ぬ。

ホークは身をかがめ、ふたつの墓石にキスしてささやいた。「ごめんよ」

彼はポケットからコルトを取り出して膝に載せ、霧雨の滴《しずく》を目からぬぐった。五カ月間、彼は苦痛と闘ってきた。そしてそれは日ごとに強まって、彼の心を、精神を蝕《むしば》んでいき、最後にはあまりにも大きくなったため、それを止められるのは弾丸だけに――冷たい濡れたリボルバーから発射される一発の弾だけになったのだ。

わたしは口もとに銃身を持っていき、それを舌に載せ、ガンオイルと硫黄《いおう》の強い苦みを感じた。

しかし親指を引き金にかけると、銃身は口蓋《こうがい》に当たってすべった。口蓋は狙いをつけるのに最適の場所なのだろうか？　疑問に思い、銃身を顎《あご》の下に移したが、それもどうもたよりなかった。その方法だと、顎骨か歯に弾が当たって弾道が変わるかもしれない。彼はこめかみに銃を当て、それがその場所だと判断した。右目の横の脆弱《ぜいじゃく》なその箇所が。

こんなのは不公平だし、わたし自身もそれはわかっていた。一発の弾丸で、わたしは苦しみから解き放たれる。それじゃあまりにも簡単すぎる気がした。

彼は空を仰ぎ、稲妻が川の向こうの地平線を突き刺すのを見つめた。それから目を閉じて、親指で撃鉄を起こした。胸のなかで心臓がバクバク鼓動している。呼吸が浅くなる。額《ひたい》は汗と雨でびっしょりだ。彼はぎゅっとまぶたを閉じ、もう一度「ごめんよ」とささやくと、強く引き金を引いた。

カチッ！

弾丸は出なかった。パニックの波が押し寄せてきた。彼は再度、撃鉄を起こした――カチッ！

「くそ！」天に目を向けて、ホークは手負いの犬のように吠えた。彼は三度《みたび》試みた。カチッ！挫折の重みに腕が下がり、頭は顎が胸につくほどに沈み込んだ。カチッ！「なぜ降りさせてくれないんだ。わたしはただこれを終わらせたいだけなのに」彼はもう一度引き金を引いた。するると今度は弾が発射された。

＊

ホークは（その年はそれが二度目になるが）病院で目を覚ました。頭には包帯が巻かれ、腕には点滴の針が挿し込まれていた。数分経って、やっと記憶がよみがえってきた。墓地、雨……拳銃。不発のたびに銃を持つ手が下がるのを自分は看過したのだ。すり減った撃針が雷管をとらえ、ようやく発火に至ったときには、銃は斜めになっていて、弾は頭蓋骨をかすめていったにちがいない。

雨のなか、自分のかたわらに男が——司祭が——ひざまずいていたのを、ホークはかすかに覚えていた。だが、その場所は墓地ではなかった。きっと彼は司祭館の階段までよろめいていったのだろう。ということは、拳銃はまだ墓地にあり、彼を待っているのではないか。

壁の時計は三時三十分を指しており、窓から射し込む日の光が、自分が何時間か、いや、もしかすると何日か、意識を失っていたことをホークに告げていた。怒りの叫びをこらえるのが彼には精一杯だった。彼は点滴の針を腕から引き抜き、小さなクロゼットで自分の衣類を見つけて着た。それから、始めたことを断固やり抜く覚悟で、こっそり部屋を抜け出した。ところが出口に至る前に、背後の廊下で騒ぎが起こった。看護師が患者がいなくなったと叫ぶ声を彼は聞いた。

そのとき、警官がひとり、外から入ってきた。そいつはまだ、頭に傷を負った男がさがされていることを知らない。猛スピードで警官を突破し、脱出を試みようか——そんな考えもよぎったが、消耗したその体ではすぐつかまるに決まっていた。彼はあたりを見回して、そこが院内の礼拝堂のすぐ前であることに気づいた。そこで、そっとなかに入って最後列の席のひとつにすわり、頭《こうべ》を垂れて祈っているふりをした。

職員たちが患者は外に逃げたものと思ってくれるよう願い、廊下からの声を聴きながら、ホークはそこで注意深く頭の包帯を取った。ようやく顔を上げたとき、彼は信徒席の最前列で若い女がひざまずいているのに気づいた。指の血がなくなるほど強くぎゅっと両手を握り合わせ、関節を顎に押しつけて、彼女は無言の祈りに唇《くちびる》を動かしていた。その閉じた目から涙があふれ出て頰を転がり落ちた。

ほどなく礼拝堂に医師が入ってきたため、ホークはふたたび両手のなかに顔を伏せた。しかし医師はホークを素通りして、ゆっくりと通路を歩いていき、あの女の肩に触れた。祈りから引きもどされて、女は振り返り、医師は相手の顔を見て告知を行えるようその場にしゃがみこんだ。

「残念です」医師はささやいた。「ジョンは助かりませんでした」彼はもっと何か言おうとしたが、女は青くなってくずおれた。医師は女を抱き止め、彼女の頭を信徒席のベンチにそろそろと下ろした。

ホークが子供に気づいたのは、そのときだった。まがい物のステンドグラスを眺めながら、礼拝堂の壁際をぶらついている男の子。彼は医師が入ってきたことにも、自分の母親が倒れたことにも気づいていなかった。窓から窓へ移動するうちに、男の子はホークがひざまずいている最後列に近づいてきた。ホークを目にすると、男の子は警戒しつつも興味津々でそばにやって来た。ちょっとのあいだホークをじっと見つめてから、その子供は言った。

「どうしてけがしたの？」

最初ホークはしゃべりたくなかった。だが男の子の大きな茶色の目――自分の人生がたったいまひっくり返ったことを少しもわかっていない目が、ホークの心に触れた。その瞬間、黙っているのは身勝手なことに思え、だから彼は答えた。

「事故に遭ったんだ」

「ぼくのとうさんもだよ」男の子は言った。

「きみの名前はなんていうの、坊や?」ホークは訊ねた。

「ボーディだよ」わたしは言った。

第三十七章

朝一番の淡い光が東の地平線へと滲《にじ》み出してくるころもまだ、わたしはホークのマリアムへの手紙を読んでいた。それは四巻目で、わたしはノートを膝に載せ、棚のひとつに寄りかかっていた。寝袋は相変わらず頭にかぶせてあり、かたわらに灯るランプが暖かかった。

ホークの記録は、白日のもとに隠されていた世界に向かってわたしの目を開かせた。それはまるで、これまでずっとひとつの鏡を見つめていて、その鏡が突然、窓に変わったかのようだった。幼いころからホークは常にそこにいた。不自由な手と、側頭部の傷——彼の命を終わらせるはずだった銃弾の残した傷とともに、すぐ隣の家に。だがこのとき初めて、わたしは理解した。ホークは偶然、フロッグ・ホロウに流れついたわけじゃない。彼はわたしたちをさがし出したのだ。

わたしの人生の小さな節目、わたしが偶然だとばかり思っていた出来事の多くは、実はホークが裏で糸を引いていた。たとえば、グローバーが来たこと。あれは全部、仕組まれたことだった。ホークはひとりで森をうろつくわたしをずっと見ていて、あの子には犬が必要だと考えた。だから彼はクーンハウンドの子犬を買った――わたしがその犬を大好きになり、母がその犬を飼うことを許さざるをえなくなるのを見越したうえで。そしてすべてがホークの計画どおりになった。

彼がわたしに伝授したさまざまなスキル、魚釣り、砥石《といし》の使いかた、オイル交換――父親が息子に教えるような事柄。彼はそういったことをわたしに教えるためにフロッグ・ホロウに来たのだ――父が遺していった穴を埋めるために。わたしはまったく気づかなかった。ホークのやりかたはとても静かで、控えめだったから、そのすべてが計画の一環だなんて思ってもみなかった。

だがホークの慈恵の対象は、母とわたしだけに留まらなかった。ノートには、ホークが自分の利他的行為への協力者として人を引き入れたことが書かれていた。ひとりは郡の福祉課で働いていて、その女性は毎年クリスマスに困窮《こんきゅう》している家族らの名前をホークに教える。すると、ホークがそうした一家にこっそりと贈り物を――橇《そり》や三輪車やおむつ、ときには少額の現金を（たいていは真夜中にポーチに置いていくという方式で）贈るのだった。

もうひとりの協力者は、病院勤めの看護師で、この人はどこかの子供が重い病気になると、その都度ホークに連絡していた。その苦難の時期に母親や父親が仕事を休んで子供のそばにいられるよう、ホークは秘かに子供の家族にお金を送った。父母たちは郵便受けに行き、お金がいっぱい詰まった地味な封筒を見つける。同封されたメモにはこう記されている――おふたりとお子さんの助けになりますように。

大きくなってから、わたしはちょくちょく〈ジェサップ・ジャーナル〉の言う〝ジェサップの匿名《とくめい》の天使〟の記事を読んだ。それらの記事には、いちばん必要なときに届けられる贈り物のことが書かれていた。それは祈りに対する答えなのだという。援助を受けた家族のひとつ、ジェンスン一家はその年の二月にうちの学校の集会で話をしていた。わたしと同学年の生徒の妹、レスリー・ジェンスンは橇で道路に飛び出してしまい、車に撥《は》ねられた。彼女は亡くなるまで一カ月以上、入院していた。彼女のお父さんは、娘が息を引き取るときそばにいられたことが自分にとってどれほど大きな意味を持つかを語りながら、泣きくずれたものだ。その贈り物の主がホーク・ガードナーだとは、彼は知らなかったし、他の誰も知らなかった。

階下から物音が聞こえてきたのは、ちょうど四巻目を読み終えたときだった。ホークが動き回っている。わたしは息を止めた。一階の硬材の床を足音がのろのろと進んでくる。わたしはランプを消し、寝袋から静かに抜け出して身構えた。すぐにもトランクにノートをしまい、一切合切を机の下の隠し場所に押しもどすつもりだったが、足音は階段の手前でやみ、そこでしばらく停止したあと、玄関へと進んでいった。

正面の妻壁の窓から見ていると、ホークはシュニッカーの家のほうに向かった。わたしは第四巻をトランクに収め、途中を飛ばして前の年、一九七五年の巻を開いた。ホークが書くことに大きな喜びを覚えていた日々の活動の記録を読み飛ばして進んでいくと、ほどなく母さんのことが書かれているページに至った。

わたしは少しも知らなかったが、ホークは毎日、母さんが昼食にうちに帰ってくるとき必ずポーチにいるようにしていたらしい。彼は気さくに挨拶し、ときとして母さんはそちらに行って、彼と一緒にポーチにすわった。

あるページには、母さんが途方に暮れ、取り乱していたときのことが書かれていた。ホークは母さんから話を聞き出し、わたしが学校でタバコを吸ってつかまったことを知った。母さんはどうしていいかわからないと訴えた。また、我が子をきちんと監督できるしっかりした親でない自分自身を責め、ジェサップ市立高校に入ったら、ボーディはどんどん悪くなるだろうと嘆いた。わたしを聖イグナチオ校に行かせてはどうかと言いだしたのはホークだった。だが母さんは、うちにはそれだけの余裕はないと言った。

つぎに書かれていたことで、わたしの足もとの地面は大きくゆらいだ。

高校入学の前の夏、母さんのもとに聖イグナチオ校から一通の手紙が届いた。わたしには、郡の子供を――わたしみたいな問題児を（たぶん矯正が目的だろうが）聖イグナチオ校に入れるための特別奨学金をもらう資格があるのだという。母さんはその奨学金の支給を申請し、わたしはそれをもらえることになった。その知らせはわたしを恐怖でいっぱいにしたが、母さんはそれを〝自分の祈りに対する答え〟だと言った。

実を言えば、そもそも奨学金など存在しなかったのだ。ホークのマリアムへの手紙には、聖イグナチオの校長、サイモン・ラトガーズと彼の密会のことが書かれていた。その場でホークは、金《かね》の一部を全額給付の特別奨学金を設けるために使うことを条件に、学校へのかなりの額の寄付を申し出た。それから彼は、さらに条件をふたつ付け加えた。ひとつは、いちばん最初の奨学金はわたしに与えられること、もうひとつは、わたしの母が資金源に関する真実を絶対に知らされないことだ。わたしが聖イグナチオ校に行く学費は、ホークが支払っていたのだ。

太陽が東の丘を越えるころ、わたしはランプと毛布をかたづけた。ホークが――〝匿名の天使〟その人が――玄関から入ってくるのが聞こえたのは、ふたたびノートを読みはじめようとしたときだった。わたしは一九七五年の巻をトランクにしまうと、全巻入ったそのトランクをそうっとすべらせ、机の下の隠し場所にもどした。それから、階下におりていき、まずバスルームに寄って自分の顔を確認した。ジャーヴィスに殴られたところは予想していたほどひどい痣《あざ》にはなっていなかった。それくらいなら誰かに気づかれても、泥の汚れで通りそうだった。

ホークは冷蔵庫の前に立ち、朝食の材料を取り出していた。「卵に添えるソーセージはいくつほしい？」

「ふたつかみっつ」わたしは答えた。

彼と目を合わせることはどうもできなかった。わたしは彼のマリアムへの手紙を読んだのだ。彼からものを盗んだわけであり、わたしはそのことを恥じていた――が同時に、再度やり直すとしても自分がまたそれを読むこともわかっていた。

「ちゃんと眠れたかい？」彼は訊ねた。

疲労が目に表れているんだろうか。「うん」わたしは答えた。

「朝一番に病院に行こうと思ってるんだが――もちろん、朝飯がすんでからだよ」

「母さんはまだ意識がもどってないと思う？」

「たぶん。だが、そういうプランだったろう？　医者たちはお母さんを眠らせておきたいんだ。向こうに行けば、もっといろいろ話が聞けるさ」

わたしたちは卵とソーセージと、バターで焼いたポテトを食べた。ホークは、ちょっとウォリーの家に行ってみたら本人がそこにいて、瓦礫《がれき》を漁って写真や思い出の品をさがしていたと話してくれた。「彼は今度のことにはマイロ・ハルコムがかかわってると思ってる。本人がまさにああいうことをすると言って彼を脅《おど》したという事実以外、何も証拠はないがね」

「ウォリーはアンガスも手を貸したと思ってるの？」わたしは訊ねた。

「彼はなんとも言っていなかったが。ボーディはどう思う？」

「マイロにけしかけられないかぎり、アンガスはそういうことはしないと思うよ。アンガスはあの親父とはちがうからさ――少なくとも僕はそう見てる」

「たぶんそのとおりだろうね」

ノックの音がしたのは、わたしたちが食事を終えて、食器を流しに運んでいるときだった。ホークが玄関に出ると、そこには、スーツにネクタイという格好の、四十代終わりの男がいた。

の者です」

「ディロン・ロイスです」男はそう言って、ホークに手を差し出した。「ステート・パトロール

ホークが静かに外に出てドアを閉めたので、ふたりの声は小さなつぶやきへと変わり、何を言っているのかこっちにはさっぱりわからなくなった。わたしはリビングに行って、椅子のひとつ、ドアにいちばん近いやつにすわった。そこからは彼らのやりとりがかろうじて聞き取れた。

「われわれは前にも会っているね」ホークが言った。

「覚えておいでかどうかわからなかったもので」ロイスが言った。「当時こっちはまだほんの新米でしたし」

「いやいや、たいていの相手より手強かったよ。いま、ライダ・ポーの事件を担当しているそうだね」

「というより、補佐ですね。あれはいまもヴォーン保安官の事件です。しかし協力はしていますよ。こちらにはその件で来たんです。いまミスター・シュニッカーの家に行ってきて、サンデン少年がこちらにいると聞いたんですが」

ホークは声を低くした。「しばらくうちに泊めたほうがいいと思ってね――マイロ・ハルコムが保釈されたとなると」

「昨夜の件にマイロ・ハルコムがかかわってるとお思いですか?」

「わたしならそこから手をつけるだろうな。セシル・ハルコムとその弟は、古き良き白人男の

一群とつるんでる。ＣＯＲＰＳと名乗ってね。やったのは、ハルコム兄弟の一方かもしれない。あるいは、そのグループの誰かか。いずれにせよ、ハルコムのどちらかがこの件に関与してるのはまちがいない。マイロの尋問はもうしたのかな？」

「それが問題でね、ミスター・ガードナー」ロイスは言った。「マイロ・ハルコムは行方がわからないんです。きのう兄が保釈金を支払い、彼を釈放させたんですが、それ以来、彼を見た者はいないんですよ」

「なんてことだ」ホークは吐き出すように言った。

「われわれはあなたに……それとその少年に、知らせておくべきだと思ったんです」ここでロイスがぐっと声を低くしたので、わたしは話を聞くためにドアに忍び寄らねばならなかった。

「いまからわたしが言うことは、他言無用ですよ。あなたにこの話をするのは、単に……えー、これがひとりの少年にかかわることだから、そして、彼が今度の事件の重要な証人だからなんです。わたしの言わんとしていることは、おわかりですね？」

「ボーディの身が危ないのか？」

「われわれの情報屋が、マイロが拘置所から電話をかけているのを聞いて、知らせてきたんですが、マイロは誰かに、自分を保釈させないなら何もかもぶちまけてやると言っていたそうです」

「何もかもぶちまける？」

「それが本人の言葉です。それから彼はこう言いました――『どっちみち俺はなんとかしてここを出る。どうするかは自分で決めな』するとたちまち、兄貴のセシルが保釈金を持って現れたわけです」

「いったい何をぶちまけると言うんだろう？」

「そして昨夜、ここでみなさんが襲撃を受けた。正直言って、どう考えたものかわたしにはわかりません。しかし現在マイロは見つからず、警察には誰も何も話そうとしない。サンデン少年が狙われているとは言いませんが、あなたが目を光らせていると思えば、わたしも夜、いくらか楽に眠れるでしょう」

「警告に感謝するよ」ホークは言った。

ロイスが行こうとしているのがわかったので、わたしは大急ぎで椅子にもどって、新聞のひとつを手に取った。ぱらぱらとそれを開いたちょうどそのとき、ホークが部屋に入ってきた。彼はちょっとおかしそうな顔でわたしを見て言った。「そろそろ出かけるから顔を洗っておいで」

わたしはうなずいた。それから手に持った新聞、読んでいるふりをしていたやつが上下逆さであることに気づいた。

第三十八章

わたしはホークの車で病院に行き、エルギン家の人々はインペリアルでついてきた。わたしたちはみんなそわそわしていた。到着すると、病院側が母さんの面会者を一度に三名に限りたがっているとわかったので、トーマスとチャールズを待合室に残し、ジェンナとホークとわたしが母さんの部屋に行った。

日の光のなかの母さんは、ホークとわたしが数時間前に見たときより具合が悪そうだった気がする。目のまわりには黒っぽい影があり、顔は前よりも腫れていて青白かった。ただ、病院は鎮静剤の投与を止めていて、わたしたちの声を聞くと、母さんは懸命に目を開けようとした。

「ボーディ?」わたしの名をささやいたとき、その声はしわがれていた。

「うん、母さん。僕はここにいるよ」

母さんは弱々しくほほえみ、片手を伸ばしてわたしの手を取った。わたしは母さんの手を軽く握り締めた。

「わたし……起きていられない」母さんはささやいた。

医師たちは、母さんは朦朧《もうろう》としているだろうと言っていた。また、前夜の出来事はまったく記憶にないだろうし、自分が病院にいる理由もわからないだろう、と。だからわたしたちはその話題を避けた。ジェンナは母さんに、ふたりで庭に植えたトマトの話をした。わたしは、ホークの家に泊めてもらっていることを話した。どうということのないやりとりばかりだったが、わたしたちの言葉のいくつかは母さんをほほえませた。疲れが出て、どうしても意識を保っていられなくなると、母さんはふたたび眠りに落ち、わたしたちは待合室にもどった。

相談の結果、チャールズがトーマスを連れてうちに帰り、わたしたち三人はそこに残って、母さんに会えるつぎの機会を待つことになった。そこにいるあいだずっとそわそわしていたところを見ると、ミスター・エルギンにとってはそれでよかったんじゃないかと思う。チャールズとトーマスが立ち去ってまもなく、ドクター・カナーがわたしたちと話すために出てきた。彼は、仮の検査の結果は良好で、いまのところ脳損傷の徴候は見られないが、まだ予断を許さない状況であり、鎮静剤の投与のため患者の運動能力のテストも行えないと言った。母さんは何日か入院する必要があるが、その後、家に帰れるようだった。

カナーは外傷性脳損傷に伴う長期的障害、たとえば、記憶の喪失や運動能力の低下について、わたしたちに説明した。それは単なる可能性にすぎないが、最悪に備えて心の準備をしておいたほうがいいという。

「本人が自力で立てるようになったら、コロンビアの大学病院に行ってもらうつもりです。そこでは、ハルステッド－レイタン・バッテリーという検査が受けられるので。この検査がわれわれに、損傷がどの程度のものなのか、どこに注意を注ぐべきなのか、教えてくれるでしょう」

「永久的な障害が残ると思いますか?」ジェンナが訊ねた。

「その可能性は常にあります。昏睡《こんすい》尺度では彼女の意識レベルは低から中度の範囲内で、これは幸先のいいスタートです。外傷性健忘のほうは……」翻訳が必要かどうか確認すべく、医師はわたしの顔を見た。翻訳は必要だった。「昨夜、何があったか覚えていないという点ですが——これはごく一般的なことで、大きな意味はありません。数週間後コロンビアで診《み》てもらえば、もっといろいろわかってきますよ」

ドクター・カナーが去ったあと、わたしたちは待合室のもとの席にもどった。カナーの言葉のうちもっとも暗いいくつかが頭から離れなかった——長期的障害、記憶喪失、運動能力の低下。母さんは今後しばらく介助が必要になるかもしれない——この先何年か——あるいは、ずっと。それからわたしは、ジェサップから出ていくという自分の計画のことを思った。あと八カ月だったのに。ドクター・カナーの話によって、準備のすべてが水の泡となってしまった。本来ならわたしは、邪魔が入ったことに怒り、心のなかで足取り荒くぐるぐる歩き回っているはずだ。しかし不思議と怒りは感じなかった。ほんの少しもだ。

この前ジェサップ脱出について考えたときのことを、わたしは思い出そうとした。かつてわたしの一大関心事だった企《くわだ》て、頭から振り払えなかったあの歌。だがそこにすわっているそのとき、わたしには、あの考えが最後に身内で蠢《うごめ》いたのがいつだったのか、思い出せなかった。わたしがフロッグ・ホロウでの生活を受け入れるに至った——好きにさえなったなどということがありうるだろうか？

考えているうちに、前夜の徹夜のつけが回ってきた。母のこと、ホークのこと、ウォリーのこと、エルギン家の人々のこと——物思いにふけりながら、わたしは深い眠りに落ちた。それは、体の下の布地（この場合は待合室のソファのビニール・クッション）に溶け込んでいくかのように思えるあの眠りだった。

あとになってジェンナに起こされたとき、わたしには自分がどこにいるのか、なぜそこにいるのか、しばらく思い出せなかった。ジェンナは、医師がつぎの面会を許可したとわたしに告げた。激しく瞬《まばた》きして眠気を払い落としてから、わたしはホークとジェンナに従ってふたたび母さんの部屋に行った。

このときの面会では、母さんは前よりも元気そうで、目を開けているのに必死の努力が必要ということもなかった。ただ、その左目は不自然に垂れさがっていたけれど。自分が恐ろしい何かから間一髪、救われたことがわかっているのか、母さんは用心深い笑みを浮かべた。両手は動かすことができて、わたしたちが入っていったときは、左手の親指を他の四本の指の先に触れ合わせる訓練の最中だったが——小指まで来てつまずいた。

ジェンナは頭の包帯に触れないよう用心しつつ、そっと母さんを抱き締めた。「元気そうじゃない」

「なんだか……麻痺《まひ》してるみたい」母さんはゆっくりと慎重に考え考え言った。わたしには母さんがどれほど注意深く言葉を紡《つむ》いでいるかがわかったが、それだけ努力していてもその子音の発音はやはり不明瞭だった。「何があったの？」

ジェンナがホークに目を向け、彼はベッド脇へと進み出た。

「あなたは事故に遭ったんだよ」ホークは言った。

母さんが混乱の色を見せたので、ジェンナが言った。「うちに帰ったら、何もかも話してあげる。チャールズと相談してたんだけどね、ボーディと一緒にうちに移ってきてもらえないかな——あなたがすっかりよくなるまで、だけど」

その話はわたしも初耳だった。たぶん意見を求めてだろう、ジェンナがこっちを見たので、わたしはうなずいた。

「ボーディはトーマスと共同で部屋を使えばいいし、わたしたち、チャールズの書斎をあなたの寝室にするつもりなの。あなた専用のバスルームも付いてるからね」

なぜ入院するに至ったのかという疑問から気をそらされ、母さんはふたたびほほえんだ。

第三十九章

ホークの運転でわたしたちはフロッグ・ホロウにもどった。トーマスとチャールズはすでに自宅の家具の配置換えにかかっていて、大混乱のさなかにあった。わたしは、まだホークのマリアムへの手紙を読み終えていないことを胸の内で嘆きつつ、ホークの図書室から自分の荷物を運び出した。

エルギンの家には寝室がいくつもあるので、わたしが自分用に部屋をもらうこともできるはずだった。実際、彼らは引っ越しの名残りの箱や物をあちこちに移してひと部屋、空けようかと言ってくれたが、これはわたしが遠慮した。トーマスと同じ部屋を使うという案をわたしは気に入っていた。彼は自室に簡易ベッドを設置していて、（おそらくは父親の指示で）自分のベッドを使うようわたしにすすめてくれたが、わたしは簡易ベッドで充分満足だった。トーマスが自分の引き出しの三つをわたしのために空けてくれたので、持ってきた衣類はそこに入れた。物の移動をすっかり終えてみると、彼の部屋にはまだ、道の向かいのわたしの部屋よりもたくさん歩き回れるスペースが残っていた。

　その日、エルギン家の人々はわたしがくつろげるようずいぶん気を遣ってくれた。わたしのほうも礼儀正しいお客であるべく精一杯努め、料理や掃除の手伝いを申し出た。夕方にはトーマスとふたりで庭の草むしりをしようかとまで言い、トーマスの顰蹙《ひんしゅく》を買った。それまで彼はその仕事を全力で回避してきたのだ。ベッドに入るころにはわたしは疲れ果てていて、煉瓦の山の上でも眠れるくらいだったので、簡易ベッドで寝ることはちっとも苦にならなかった。

　二日目、ウォリーが朝食後に顔を出し、いまも自分のところで働く気があるかどうかトーマスとわたしに訊ねた。わたしはあると即答したが、トーマスは答える前に母親の顔色をうかがった。彼女がかすかにうなずくと、トーマスもうなずいてウォリーにその意思を伝えた。わたしは、自宅が焼け落ちたことをウォリーはどう受け止めているんだろう、とずっと考えていた。これについては、仮に怒りや悲しみを抱《いだ》いていたとしても、彼はうまくそれを胸にしまいこんでいた、と言うしかない。考えてみると、ウォリーはすでに隠し事の達人みたいなものになっていたんだと思う。

しばらくの後、トーマスと一緒にシュニッカー社の事務所に入っていったとき、わたしはジョージ・バウアーが母さんの席にすわっているのを見て驚いた。その胸の内が透けて見えたにちがいない、ジョージはすぐさまこう言った。「心配いらないよ。わたしはきみのお母さんがもどるまでの代役だからね」わたしはそんなことは考えてもいなかったというように肩をすくめてみせた。

ウォリーはその日、わたしたちを外の現場に出さなかった。磨き仕上げはなし。廃材搬出もなし。その種の仕事は皆無だった。その代わり、彼はわたしたちに、焼け落ちた自宅の瓦礫のかたづけをさせた。黒焦げの木材やら家電やらで一トン・トラックを満杯にし、そのすべてを例のゴミ捨て場に放り込む作業だ。ウォリーがわたしたちを現場にやらないのは、マイロが理由なんじゃないか――彼があんなふうに幽霊みたいに消え失せたせいじゃないかとわたしは思った。マイロがわたしやトーマスを襲うために隠れ家から出てくるとはとても思えなかったが、ウォリーは安全な道を行ったわけだ。

ジェンナとホークとわたしは一日に二回、母さんの面会に行った。そして母さんは外から見るかぎり、毎回、その前のときよりも元気になっていた。母さんの話す能力はたった二日のうちに劇的に向上していて、水曜日、ドクター・カナーはわたしたちに、このぶんなら週末には退院できるだろうと言った。

その夜、わたしたちはチャールズのデスクを書斎から食糧貯蔵室へと移した。デスクは戸棚の列の前をふさぐ格好になり、チャールズは少し不平を漏らしたが、階段を使って二階まで引きずりあげないかぎり他にデスクを置く場所がないとわかると、すぐにあきらめた。それに、この点に関してはジェンナが、母さんは階段をのぼれないのだから書斎を使うしかないのだと言って断固譲らなかった。わたしは母さんのベッドを分解して道のこっち側に運ぶのを手伝った。そして一緒にベッドを組み立てているとき、チャールズは言った。「うまくいきそうだな」――これは、自分がこの件に関しジェンナの意思に屈したことを彼女に伝えるための言葉だったのだと思う。

木曜日、日暮れまで瓦礫の運搬作業に当たったあと、トーマスとわたしがエルギンの家のポーチにすわっていると、一台の車が前庭に入ってきて家の前に停まった。車から降りてきた男は、ロイス刑事だった。彼は軽くうなずいてわたしたちの前を通り過ぎ、ドアをノックした。

「ようこそ、刑事さん」ノックに応えて出てきたとき、チャールズはそう言った。

「ミスター・エルギン、ちょっとお話できませんか……ミスター・ガードナーも一緒に？」

「いいですとも。いま靴をはきますから」

ロイスはなかに入ってドアを閉めた。

「行こう」わたしはささやいた。

わたしはトーマスを引っ張って立ちあがらせ、わたしたちは一緒に道を渡ってわたしの家へと急いだ。車庫に入ると、わたしはグローバーのボウルにドッグフードを流し込み、彼の飲み水をチェックしたが、そのあいだもエルギンの家から目を離さなかった。チャールズとロイス刑事は外に出てくると、案の定、ホークの家へと向かった。

わたしはトーマスについてくるよう合図して、車庫の横の手すりを乗り越えると、彼と一緒に家の裏手に走っていき、その角でロイスとチャールズがホークの家のポーチの階段をのぼってくるのを待った。彼らの姿は見えなかったが、ドアをノックする音は聞こえ、それを合図にわたしたちはすばやく駆け出ていって、プロパンタンクのうしろに隠れた。

「やあ、ロイス刑事」ホークが言った。

椅子がずるずる引かれる音で、彼らがポーチに落ち着こうとしているのがわかった。

「ポー殺害の件で、起訴陪審がマイロ・ハルコムの起訴を決定しました」ロイスが言った。「起訴状はきょうの午後、提出されました。おふたりにお知らせすべきだと思いましてね」

ポーチはしばらくしんとしていた。それからホークが訊ねた。「証拠は堅いのかな?」

「かなり強固です」ロイスは言った。「土壇場で出てきた新たな証拠もあるので。それで万全ですよ」

「どんな証拠ですか?」チャールズが訊ねた。

「マイロの兄のセシルが自ら出頭して、マイロがライダ・ポーと関係していたことを話してくれたんです」

「ほう」チャールズが言った。「セシル・ハルコムはそんなふうに身内を裏切るような男じゃないと思ってたんだがな」

「わたしもその点を彼に訊いてみました」ロイスが言った。「本人によれば、これ以上、弟をかばいきれなくなったということでしたよ――特に今回、マイロの保釈中の出奔で、痛い目を見たわけですから。血は水より濃いかもしれないが、金は常に血よりも濃いんです」

ホークが言った。「つまり、マイロがライダ・ポーと関係していて、彼女に大金を着服させた……そして、我が身に危険が迫ると、彼女を殺し、その金を奪ったということか？　それが警察の推理なのかね？」

「それで充分すじが通りますからね」ロイスが言った。

「じゃあ筆跡鑑定のほうは？」チャールズが言った。「鑑定の結果は、セシルの関与を示唆《しさ》しているんですが」

「わたしはもともと筆跡鑑定にはあまり重きを置いていないんです。いくらかの妥当性はあっても、完璧ではないので。それに、その専門家はマイロの筆跡は見てないわけですよね？　セシルとマイロには似たような癖《くせ》があるのかもしれない。あるいは、マイロがセシルの筆跡に似せようとして、兄のサインをまねていた可能性もありますし」

ホークが言った。「ロイス刑事、あなたはマイロ・ハルコムという男をよく知らないわけだが……彼はとにかく頭が悪いことで有名なんだ。マイロがそこまで先を読んでいたとは思えないな」

「それに、拘置所からの電話の件は？」チャールズが付け加えた。「マイロがすべてをぶちまけると言ってたというあの話はどうなるんです？」

「まあ、拘置所の情報屋の言うことですからね。たぶん何か聞きちがえたんですよ」

「マイロがどこにいそうか見当はつかないのか？」ホークが訊ねた。

「それもお話ししたかったんです」ロイスが言った。「マイロのクレジットカードのひとつに動きがありましてね。彼は月曜の夜、テキサス州ラレド（メキシコとの国境にある町）でそれを使っています」

「彼はメキシコにいるというわけですか？」チャールズが訊ねた。

「ほぼ確かですよ」ロイスが言った。

「行く前に、彼は自分の銀行口座を空にしているのかな？」ホークが訊ねた。

「いや。しかし口座の残高はたった二百ドルですから。彼が保釈されたのは、日曜の午前。ここでの襲撃は月曜未明、銀行が開くずっと前に起きています。彼はミセス・サンデンに石を投げたとき、あなたたちの誰かに正体を気づかれたんじゃないかと思い、それで逃走した。だから、銀行に行く暇も口座を閉じる暇もなかったんでしょう。それに、もしライダ・ポーの共犯者だったなら、彼には充分暮らしていけるだけの金があるわけですからね」

「じゃあ、それで終わりなんですか？」チャールズが訊ねた。「マイロ・ハルコムの逮捕状を出し、あとはただじっと待つ――彼がメキシコからもどってくるかどうか様子を見るってことですか？」

ロイスが言った。「ご期待どおりの結末でないのはわかっていますが、どうやらそうなりそうですね。セシルからの新情報を考慮すると、この仮説は有力ですよ。いまのところ、これ以上やるべきことはありません。起訴陪審はすでに解散させました。これでこの件はおしまいです」

ふたたびホークが口を開くまでに長い間があった。「そうか。ここまでのお力添えに感謝するよ、ロイス刑事。少なくとも、われわれはマイロの起訴を勝ち取れたわけだ」

「今後も警察が目を光らせ、耳をすませていますからね」ロイスが言った。「何か新たな情報が出てきたら、喜んで調べさせてもらいますよ」

ロイス刑事のブーツが擦過音《さつかおん》とともに階段をおりていくとき、チャールズは同意の言葉も口にせず、別れの挨拶もしなかった。ロイスが去ったあと、チャールズとホークはなかに入り、ふたりの会話の声はキャビンの壁に遮断された。

第四十章

母さんはやや危なっかしいし、若干混乱してはいるものの、病院のベッドにいたときよりも元気な様子で帰ってきて、エルギンの家に迎えられた。その日、ジェンナが真っ先にしたのは、医師たちが手術のために剃《そ》った箇所がおおむね隠れるように母さんのヘアスタイルを整えることだった。これは母さんの気持ちを大いに引き立てた。わたしたちはみんな、なにやかやと母さんの世話を焼いた。チャールズでさえ、母さんがよろめけばその腕を支えた。母さんはそういった気遣いに抗議したが、耳を貸す者はいなかった。

大きなゴールに向かって一歩一歩、小刻みに前進し、母さんは毎日少しずつよくなっていった。認知力の検査は三週間後に予定されていて、母さんはそれらのテストを無用のものにするために持てる時間を一秒残らず使おうと心に決めていた。それを目標にクロスワードパズルに取り組み、運動能力を高めるエクササイズを行い、滑舌《かつぜつ》改善のために本の音読もした。

マイロがメキシコに逃亡したという噂が広まると、トーマスとわたしは、現場での磨き仕上げの仕事にもどしてもらえるよう、ウォリーの説得にかかった。彼はほぼ一週間、意思を曲げなかったが、その後、アンガスが町のタイヤ店に就職したという噂を耳にした。ウォリーはその店に行き、前の仕事にもどらないかとアンガスを誘った。しかしアンガスはそれはできないと言った――親族がよく思わないだろうと。

ウォリーがマイロのことを訊ねると、アンガスは、父親からは拘置所を出た日以来、音沙汰がないと言った。ウォリーがトーマスとわたしをもとの仕事にもどす気になったのは、他の何よりも、アンガスのその答えのおかげだと思う。ふたたび現場に出るのはいい感じだった――まるですべてが一周回ってもとの鞘《さや》に収まったような。トーマスとわたしは以前のように森にも行くようになり、木登りしたり池で魚を釣ったりして自分たちの休暇を祝った。

検査のためにコロンビアに行く週には、母さんは、ときどき午後に頭痛で寝込むことはあるものの、見たところはもう怪我をする前のもとの女性にもどっていた。家に帰してもらえるよう（何もジェンナの許可が必要なわけではないけれど）母さんはジェンナと交渉し、検査の結果がよければ母さんとわたしは向かいの家にもどるということでふたりは合意した。わたしはエルギンの家での暮らしが気に入っていたが、同時に自分の小さな家と小さな部屋が恋しくもあった。

母さんのコロンビアへの旅のやりくり算段は、ほぼ全員が何かを提供することでうまくまとまった。チャールズはマイロ・ハルコムのタイムカードをひと束、ウォリーから入手していて、筆跡鑑定のエキスパートをもう一度訪ねるついでに（彼は、セシル・ハルコムを牢にぶちこむことをまだあきらめていなかったのだ）みんなを車でコロンビアまで連れていこうと申し出た。ジェンナは母さんを精神的に支えるために一緒に行きたいと言い、ホークは（留守番することになっていたが）みんな一泊しなければならないのだから自分にホテル代をもたせてほしいと主張した。

トーマスとわたしはと言えば、コロンビア行きに誘われはしたが、自分たちはここに残ってウォリーの家の瓦礫をゴミ捨て場に運ぶ作業をしなくてはならないから、とことわった。母さんとジェンナは最初、渋っていた。トーマスとわたしは日ごろから付き添いなしでウォリーの仕事をしているというのに。チャールズはわたしたちの肩を持ち、マイロはメキシコに逃亡したんだからと言った。しかし決め手となったのは、いつだってホークがすぐそこにいるじゃないかという主張だった。これが決定打となり、天秤はトーマスとわたしに有利に傾《かたむ》いた。

でも正直に言うと、わたしたちがコロンビアに行きたくない理由は、ウォリーのために働かねばならないということだけじゃなかった。確かにふたりはウォリーの仕事に携わっていたが、うちに残りたかった本当の理由は、仕事とはなんの関係もなかったのだ。

エルギンの家のカウチにすわって新聞を繰《く》っていたときのこと——ひとつの広告がわたしの

目を引いた。ジェサップのドライブイン・シアターで「ポンポン・ガールズ」という映画が上映されるという。わたしの頭のなかであるアイデアが花開くまで、ほんの数秒だった。

わたしはトーマスを納屋に連れ出して、その広告を見せた。「今週末、ドライブインに行かなきゃな」わたしは言った。

トーマスはわたしと新聞を何度か見比べ、それから言った。「きみをがっかりさせるのは忍びないけど、そのプランにはいくつか穴があるね。なかでも無視できないのは、僕らがどっちも車を運転できる年齢じゃないってことだな」

「何も車を運転することはないさ」わたしは言った。「俺たちは歩いていくんだから」

「歩いて？　ドライブインに？」

「そのドライブインは、ジェサップの南端にある——この森のすぐ向こう側だ」わたしは町の方角を指さした。「急げば、歩いて二時間。俺たちはガナー川《クリーク》のこっち側にテントを張ることができる。日が沈んだら、トラクター用の古い橋を渡っていこう。ドライブインはそのすぐ先だ。車が駐まるところの横に草っぱらがあるから、そこにすわればいいよ」

「でも音が聞こえないだろ」

「やるのは「ポンポン・ガールズ」であって、シェイクスピア劇じゃない。音なんか必要ないさ」

じっと考えをめぐらすうちに、トーマスの顔に笑みが浮かんだ。「うまくいくかもな」ついに彼は言った。

「うまくいくとも」わたしはそう言って、手を差し出した。彼はその手を軽くぴしゃりとたたき、これで話は決まった。

＊

母さんの小旅行の日が近づくと、トーマスとわたしは、インペリアルがカーブの向こうに姿を消したら即、行動を起こせるよう、準備の仕上げにかかった。わたしはダッフルバッグと寝袋をエルギンの家にこっそり持ち込み、ふたりのキャンプ道具がほぼすべて保管してある場所――トーマスのベッドの下に隠した。わたしたちは水筒に水を入れ、懐中電灯には新しい電池を入れ、ミスの出る余地がないよう持っていくもののリストを作った。

ついに大人たちのコロンビア行きの日が来ると、トーマスとわたしは無頓着を装って四時までウォリーの仕事をし、仕事を終えるとシャワーを浴び、その後、トーマスのうちの裏庭で、胸の内の沸き立つ興奮を押し隠しつつ、何食わぬ顔でキャッチボールをした。

五時ごろ、チャールズが家のなかから現れ、母さんとジェンナの一泊用のバッグをインペリアルのトランクに入れた。一分後、母さんとジェンナが腕を組んで、ポーチに出てきた。階段をおりる母さんに手を貸すとき、ジェンナはなるべくそういうかたちをとるようにしていた。どっちかがおもしろいジョークを飛ばしたところなのか、ふたりの女性はそろってくすくす笑っていた。

トーマスが剛速球を投げてきた。その球を中指の付け根あたりで受け止めてしまったために、手にビリビリと衝撃が走り、わたしはあわててグローブを引き抜いて痛みを振り落とそうとした。トーマスは馬鹿受けしていた——そしてそれはまあ確かに、笑えると言えば笑えた。ホークからグローブを回転させるよう教わったのに、わたしはそれをしなかったわけだ。ホークの家のほうに目をやると、彼は「ほらな？　言ったろ？」と言わんばかりの笑みを浮かべ、ポーチからわたしたちを見ていた。

その瞬間、わたしはあたりを見回し、すべてを取り込もうと——スナップ写真のように心のなかに固定しようとした。あの夏はつらい時がとてもたくさんあったが、それとともによい時もあった。そしてあの日、あの幸せなひとときは、そんなよい時のなかでもとびきりのやつだった。

時間を止めて、ある瞬間を永遠に変わらないまま自分のなかに留めることができるなら、その記憶は決して手放せない貴重なものとなるだろう。だが記憶は写真とはちがう。記憶には過ぎていく時を止めることはできない。記憶とは道を行く人の歩みのようなもので、その一歩一歩が直前の一歩によって定められ、それにつづく歩みによって潤色《じゅんしょく》されてしまうのだ。長年にわたり、わたしは何度もあの午後の記憶を呼びもどそうとしてきた。瓦礫のなかからそれを引っ張り出し、汚れをぬぐい落とそうと。しかしこの世にはどうしても成しえないこともある。

第四十一章

親たちの乗った車がカーブの向こうに消えるやいなや、トーマスとわたしは行動を起こし、ライフルを組み立てる海兵隊の新兵コンビ並みのスピードと手際とでキャンプの道具をまとめた。そのあと三時間のハイキングが控えているため、ぐずぐずしている暇はなかった。

母さんとわたしがエルギンの家に移って以来、グローバーは車庫で眠るようになっていたが、これは願ったりかなったりだった。わたしたちとしては、彼についてきてほしくなかったから――何より困るのは、グローバーがドライブイン・シアターにさまよいこんで、こっちのミッションを暴露してしまうことなのだ。荷造りを終えると、わたしたちはグローバーに気づかれないよう用心しつつ、トーマスの家の裏口からそうっと抜け出した。

ハイキングのコースは、トラクターの道を進み、池を通過し、フロッグ・ホロウ・ロードとジェサップの文明社会とを分かつ深い森に分け入るというものだった。わたしたちは、わたしの馴染みの小道や長くのびる柵をたどって、一定のペースで歩いていった。体力を温存するため、会話はなるべく上りじゃなく下りのときにするようにした。ミッションに熱中していたため、思っていたよりいいタイムが出て、ガナー・クリークを見おろす峰に着いたのは日の入りよりもずいぶん前だった。ジェサップの南端は、この川のすぐ向こうに位置するのだ。

「あの商店の並びがオセージ・プラザだよ」わたしは、氾濫原《はんらんげん》の先の断崖のてっぺんに背面を見せて並ぶ建物の列を指さした。「レコード屋があるところだね」

「通りをはさんでIGAの向かい側にあるやつ？」トーマスが訊ねた。

「そう、それ」わたしは指を右のほう——崖の傾斜がゆるやかになり、上り下りが可能な丘に変わるところへと動かした。車はそこから谷底のドライブイン・シアターへと下りていくのだ。「丘のてっぺんのあの小屋が、ドライブインのチケット売り場だよ。ここからは見えないけど、スクリーンはあの木立の向こうにあるんだ」

「あの小川《クリーク》はどうすんの？」トーマスは、州によっては川《リバー》で通りそうな水の流れ、ガナー・クリークに視線を注いでいた。

「少し川上にトラクター用の橋があるから。そこを渡って、崖のふもとにそって進もう。草が高く生えてるから、ドライブインのすぐ横まで這っていけるさ」

「這っていく？」

「そうだな、暗くなるまで待って、ふつうに歩いていってもいいけど、その場合は物語の最初のほうを見逃すかもしれない」

「きみっておもしろいやつだな。わかってる？」

西のほうでは、下の部分が灰色の大きな白い雲が地平線上にかかっていた。

「今夜は僕たち、濡れることになんのかな？」雲を見ながら、トーマスが訊ねた。

「心配いらないさ」わたしは言った。「雨にはならない」

「またきみの森がらみの直感がそう告げてるとか?」

「いや、気象予報士だよ」わたしは言った。「きのうの夜のニュースで見たんだ」

これは嘘だったが、せっかくはるばるやって来たのに、トーマスがほんのちょっとの雨にビビったからと言って、ここであきらめる気はなかった。

トーマスはテントを張り、わたしのほうは火を熾《おこ》してホットドッグを作りはじめた。わたしたちは食事をし、水筒の水と土をぶっかけて火を消してから、ドライブイン・シアターをめざして出発した。映画を見たあと、ちゃんと帰り道がわかるように懐中電灯も持っていった。

ガナー・クリークの岸辺に着くと、細い泥道を川上に向かって進み、前世紀に造られたものらしいぐらつく古い橋まで行った。橋を渡ったあとは、密生する低木や茨《いばら》をかきわけながら川下へと引き返していき、オセージ・プラザの裏手に至る高さ三十フィートの崖のふもとにたどり着いた。ドライブインは二百フィート前方の窪地に広がっていた。

わたしたちは崖のふもとでいったん止まり、巨大なヒマラヤ杉の一群のなかに身を隠してひと息入れた。空がかなり暗くなっていたため、頭上からプラザの投光照明が崖の下までほのかな光を投じていて、風が強まるたびに、わたしたちの周囲で木々の影を躍らせた。前方のドライブインのスクリーンで予告編が始まった。

「つぎはどうすんの?」トーマスが訊ねた。

「ついてきな」わたしは言った。

トーマスとわたしは、外国の領土に侵入する兵士よろしく、身を低くして草のなかを進んでいった。ある程度近づくと、いくつもの小型スピーカーから音声のざわめきが聞こえてきた。あと四十フィートとなったところで、わたしたちは四つん這いの姿勢になった。その格好でドライブウェイのすぐそば、茨の茂みが自分たちと砂利敷きの駐車場とを隔《へだ》てる地点まで這っていき、映画をゆっくり見るべくそこに腰を落ち着けた。

ドライブイン内の車は少数だった。ちゃんとスクリーンが見えるところに十二、三台。さらに三台が、奥のほうの、人目につかない暗いところに駐まっている。映画は、ほとんど裸みたいな女の子の一団がビーチでチアリーディングのルーティンを練習している場面から始まった。古いスピーカーからは、劇中のやりとりがどうにか聞き取れる音量で、かすかなエコーが漂ってくる。それと、唇《くちびる》の動きを読むこととで、登場人物たちが何を言っているかはだいたいわかった。

「うまくいくって言っただろ」わたしはささやいた。

とそのとき、これが合図であるかのように、西の彼方で稲光が空を照らし出した。夜風が冷たくなり、前よりも強く吹きはじめて、うなじの毛を逆立たせた。するとトーマスが愕然としつつ、〝だから言ったろ〟という顔でこっちを見た。すると彼に言葉を発する暇も与えず、ジェリービーンズ・サイズの雨が一滴、その鼻をかすめていった。

「おっと」わたしは首をすくめた。

「おっとですむかよ!」トーマスが身を乗り出して、わたしの腕にパンチを加えた。

上腕をかかえこみ、茨のほうに身を転がすと、わたしは声をきしらせて言った。「ぜんぜん効いてないぞ。まるで女のパンチだ」

「で、これからどうするんだよ、お天気ボーイ？」

雨脚が強くなってきた。

「すぐやむんじゃない？」

稲妻が閃《ひらめ》き、直後に雷が轟《とどろ》いた。

「まあ、やまないかもしれないけど」わたしは言った。

「この馬鹿野郎」トーマスはどなった。「こうなると思ってたよ。絶対雨になると思ってたんだ」

「そう思ってたなら、なんでここまでついてきたんだよ？」

「そりゃこの僕がド阿呆だからさ」雨が一定のペースで落ちはじめた――わたしたちを強く打ち据える、大きな重たい滴《しずく》が。そしてそれはまだ序の口だった。「金《かね》、持ってる？」

「ああ。なんで？」

「IGAに行くからさ。でもって、きみが俺のためにレインコートかゴミ袋か何か買うからだよ」

トーマスは立ちあがって、券売所への坂道を駆けのぼりだし、わたしも彼のあとにつづいた。券売所の前を走り過ぎるとき、雨は本降りになっていた。

第四十二章

丘のてっぺんで、ドライブイン・シアターの出入口は、四車線のアスファルト道路、ジェファーソン大通り《ブルバード》に面している。その道は車でいっぱいであり、ドライバーの大半は免許取り立ての高校生どもだった。シアターを出て左手のオセージ・プラザは、どの店もすでに営業終了。しかしプラザの向かい側では、IGAが蜃気楼《しんきろう》のように輝いていた。わたしたちは車の流れが途切れるのを待ち、ブルバードを全速力で駆け渡ると、IGAの入口で足を止めて呼吸を整え、稲妻を見守った。閃光が立てつづけに閃いては、ガナー・クリークの向こうの丘の姿を黒く浮かび上がらせる。そこでは、わたしたちのキャンプ地が水びたしになりつつあるのだ。

IGAにはレインコートはもちろん売っていなかったが、大きな黒いゴミ袋があったので、わたしはそれをひと箱買った。また、キャンディ・バーを買って、トーマスに一本おごった。これはわたしなりのお詫びのしるしだ。ふたたび外に出ると、わたしたちは各自一枚、ゴミ袋を引っ張り出し、わたしがその袋に父さんのポケットナイフで頭と手を通す切れ目を入れた。ホームレスのコンビみたいなその格好で、わたしたちは店の天幕の下で雨宿りし、キャンディ・バーを食べながら、雨脚が弱まるのを待った。

「なあ」トーマスが言った。「仮にきみが大学に行くとしても、気象学は専攻学科の候補からはずせるね。その方面の才能がないのは明らかだから」

「前に言っただろ、こっちは大学に行くほど頭がよくないんだよ」

「いやいや、充分頭はいいさ」トーマスは言った。「きみは他の誰よりも早くあのタイヤ痕のことに気づいたろ。警察官とかになったらいいんじゃない？」

「ヴォーンみたいな？　ごめんだね。俺はむしろ反対側にいたいよ。ホークみたいにさ」

「うん、イメージできるよ」

　わたしはなんとも言わなかったが、そのイメージはわたしの心の片隅にもあった。たぶん、マリアムへのホークの手紙を読んだこと、彼の注意深く考え深い人生のとらえかたに触れたことがきっかけで、わたしも自分の将来にシートロックとは無関係な何かがあるんじゃないかと思うようになったんだろう。わたしはホークのノートを読んだことをトーマスに話していなかった。これは、自分の盗んだものを人と分け合うことが盗みそのものよりも罪深いことに思えたからだ。またわたしは、トーマスが四六時中大学の話をするせいで、自分の頭のなかに〝それもありでは？〟とつぶやく小さな声が生まれたことも彼に話していなかった。

　実を言うと、わたしはトーマスに期待を抱《いだ》かせたくなかったのだ――それを言うなら、自分自身にもだけれど。

「少し収まってきたみたいだよ」トーマスが言った。「走っていかない？」

　稲妻は相変わらず縦横無尽に空を切り裂いていたが、雨はまだやまないとはいえ前ほど大降りではなかった。わたしはうなずいた。わたしたちは駐車場を駆け渡ると、大通り《ブルバード》の前で足を止め、猛スピードで行き交う蛮人どもやメカ・オタクらの流れが途絶えるのを待った。

「あのトラックのあとだな」トーマスがそう言って、車の切れ目を指さした。

大きな赤いそのトラックが通り過ぎるとき、わたしはそれがお馴染みの車両であることに気づいた。ジャーヴィスの運転する、ジャーヴィスのトラック――そして彼のほうもこっちに気づいた。

トラックのブレーキがかかったとき、トーマスはすでに二車線を駆け抜けていた。濡れたアスファルトの上をタイヤがすべる甲高《かんだか》いきしりが夜を貫いた。

「走れ！」トーマスを追って道に飛び出していきながら、わたしはどなった。

「え？」

「走れ！」わたしはもう一度どなった。

ジャーヴィスが猛然とUターンした。トラックのタイヤが濡れた路面をかきむしりつつ、ザザーッと怒りの声をあげ、周囲の車は衝突を回避するためやむをえずブレーキをかけた。トーマスにもジャーヴィスのトラックは見える。だがその運転席にどんな脅威が潜んでいるか彼にわかるわけはない――それでも状況を理解したかのように、トーマスは走った。

わたしたちはオセージ・プラザの裏手をめざし、プラザの空っぽの駐車場を駆け抜けた。うしろを振り返ると、あのトラックが縁石《えんせき》にひっかかり、ヘッドライトを激しく跳ねあがらせながら、ワンバウンドして駐車場に入ってくるのが見えた。背後の冷たい夜気を貫き、トラックのエンジンの爆音が轟いた。

トーマスのほうが足が速く、先を走っていたが、自分がどこに向かっているのか、彼はわかっていなかった。プラザの裏手で左に曲がってドライブイン・シアターに向かうべきところを彼は右に行き、軒を並べる店舗の裏のトラック専用路に入ってしまった。わたしはどなったが、その声は雷の破裂音にのまれて消えた。トーマスの名を呼びながら、わたしは彼を追いかけた。ようやくその耳にわたしの声が届いたとき、わたしたちはプラザの向こう端までの距離のちょうど半ばあたりにいた。右手はコンクリートの堅牢な壁、左手は崖だ。

「こっちだ!」はるか彼方にあるドライブインの券売所の方角を指さして、わたしはどなった。

しかしふたりが回れ右するやいなや、トラックのヘッドライトが前方の角を照らし出し、退却は頓挫した。選択の余地はない。こうなったら、そのままトラック専用路を進んでいくしかなかった。わたしたちは、店舗の背面に設置されたわずかばかりの投光照明が照らすその道を全速力で走っていった。ところが、もう少しで向こう側に着くというとき、いちばん端の建物の角から人影がふたつ現れた。パイプを持ったボブと、タイヤレバーを持ったアンガスだ。

わたしたちはぴたりと足を止めた。

ジャーヴィスのトラックはかなりの速度で迫っていた。トーマスが山積みのパレットに駆け寄って、トラックの前進を阻《はば》むべくその山を引き倒した。ジャーヴィスは急ブレーキをかけざるをえず、トラックは建物に鼻先を突っ込み、路地の大部分をふさぐ格好で停止した。

トーマスがゴミ袋をむしり取って脱ぎ捨て、武器として懐中電灯を持ちあげた。わたしも彼に倣《なら》って父のポケットナイフを抜き、その刃を開いて、ジャーヴィスに見えるよう体の前に突き出した。わたしたちが武器をかまえると、ボブとアンガスは立ち止まった。わたしたちは崖っぷちのガードレールまで後退したが、あとは敵が襲ってくるのを待つよりほかなかった。絶体絶命だ。

ジャーヴィスがトラックを降り、ゆっくりと慎重な足取りでこっちに向かってきた。

「なんの用だよ?」トーマスがどなった。怒気を発したかったのだろうが、わたしにはその声にこもる恐怖が聞き取れた。

「いまの聞いたか、ボブ?」ゆっくりと路地を進みながら、ジャーヴィスが大声で言った。「この坊やが、なんの用なのか知りたいとさ」

「俺たちにかまうな、ジャーヴィス」わたしは言った。「面倒なことになるぞ」

「いやいや、もう面倒なことになってるさ」ジャーヴィスは酔っ払いの回らぬ舌で言った。「とっくの昔に面倒なことになってる。そうだろ、アンガス?」

アンガスは答えなかった。彼はどっちつかずの様子で、わたしとジャーヴィスとボブを見比べていた。ボブのほうは手にしたパイプでトントンと自分の脚をたたいている。

ジャーヴィスはわたしを指さした。「おまえのせいで、マイロは行っちまった」つづいて、片脚だけガードレールの向こうへ下ろしたトーマスに、彼は言った。「それと、そっちの坊主——おまえら、よくも俺の町にやって来て、俺の一族に手を出してくれたな。俺たちがこのへんでどんなやりかたをしてるか、たっぷり勉強してもらわんとな。この俺がおまえらに教えてやるぜ——ハルコム一族の者に手を出すとどうなるか」

彼らはゆっくりと迫ってきた。ジャーヴィスはわたしたちの右から、他のふたりは左からだ。トーマスがガードレールを完全にまたぎ越し、幅三フィートの石灰石の崖っぷちに足を踏み出した。視界の隅には、彼が崖の下の暗闇をのぞきこんでいるのが見えた。

「そうだ、坊主」ジャーヴィスが言った。「飛び降りな！　ほんとは頭に一発、撃ち込んでやりたいとこだが」彼は指を一本、自分の額《ひたい》に向け、目と目のあいだを軽くたたいた。「そのほうがきれいなのを俺は知ってる。でもまあ、なんとかなるだろうよ」

目と目のあいだ。ライダ・ポーの遺体を見たとき銃弾の穴があったまさにその場所だ。突如、景色が変わり、頭のなかで真相が閃いた。そしてわたしは心底怖くなった。

トーマスがどなった。「ボーディ、飛べ！」

わたしが振り返るのとほぼ同時に、トーマスの姿は崖の向こうへと消えた。わたしはガードレールを飛び越えて、下に目を向けた。トーマスのつぶれた体を見ることになるものと覚悟していたのだが、目に入ったのは一本の巨大なヒマラヤ杉だった。こずえまでは、わたしの立つところから六フィート弱。枝から枝へトーマスがすべり落ちていくのとともに、その木は激しく揺れ動いていた。

トーマスの自殺的ダイブがよほどショックだったんだろう。ジャーヴィスとボブとアンガスはそろって凍りつき、その場に立ち尽くしていた。それからジャーヴィスがわたしめがけて突進してきた。わたしは崖のほうを向いた。そして、父さんのナイフを木の幹のすぐ向こうに放り投げ、ジャンプした。

わたしは足から先に暗闇にすべりこんだ。木の中心の少し先に落ちると、そのまま濡れた枝のなかをつぎつぎ通り抜け、予想外の速度でドスンドスンと落下していった。木から飛び出ないようにするためには、全力を尽くさねばならなかった。なんとか枝をつかもうと手さぐりし、針葉に腕を掻きむしられながら、わたしは目を閉じた。一本の大枝に跳ね返され、顔から先に木のなかに突っ込むと、今度は別の枝、がっちりしたやつがあばらに突き刺さり、肺《はい》の空気が一気に吐き出された。わたしはどうにか体勢を立て直し、その直後——地上四フィートのところで停止した。

ゆっくりと地面におり、脇の痛みに体を丸めた。血が出ている感触はなく、これはありがたいことだった。心臓は胸板を激しくたたいていたし、耳のなかでは脈がドクドク大きな音を立てていたが、とにかくわたしは無事、地上にたどり着いたのだ。

「ボーディ、急げ!」トーマスが半ば叫び、半ばささやくように訴えかけてきた。彼はひとつ向こうの木の下にしゃがみこんでいた。わたしは父さんのナイフをさがしに枝の広がりの端まで這っていった。あのナイフを置いていく気はない。はるか上では、あいつらがどなったり悪態をついたりしていた。アスファルトの塊《かたまり》が落ちてきて、数フィート離れたところで、石ころだらけの地面に激突したが、木の下のわたしは安全だった。両手両足を地面について、わたしはナイフをさがしつづけた。どこか近くにあるはずなのだ。さらにふたつ、アスファルトの塊が落ちてきた。つづいて、タイヤレバーも。

光の反射が目をとらえたのは、そのときだ。ナイフの刃。それは二ヤード先の草叢《くさむら》のなかにあった。わたしはそちらにダッシュしかけた。するとそのとき、木が揺れはじめた――まるで幹が中央から引き裂かれつつあるかのように。見あげると、路地からの光を背に黒い影となった大きな塊が見えた。男の体が頭を先に枝をつぎつぎ通り抜け、猛スピードで落ちてくる。巨大怪獣の下敷きになってつぶされるのを回避すべく、わたしは左に転がった。それと同時に、木が男を宙に発射し、そいつはセロリの折れるような音とともに地上にたたきつけられた。

かけっこが始まるものと思い、わたしはあたふたと立ちあがったが、男の体はそれっきり動かなかった。わたしはためらった。そしてじっと見つめた。そいつはぴくりともしない。男が倒れているところに、わたしは這っていった。じっと動かず、不自然な角度に首を曲げ、口を開き、地面を凝視《ぎょうし》しているジャーヴィス。その首と胸に触れてみるまでもなく、彼が死んでいることはわかった。

しばらくのあいだ、わたしは遺体から目をそらすことができなかった。聖イグナチオ高校で廊下を行くわたしを執拗《しつよう》に追っていたあの目が、いまは冷たく虚《うつ》ろになり、ひとむらの草を見つめている。レスリング選手の巨大な手もその下の濡れた苔《こけ》と同じくもはやなんの脅威にもならない。

「ジャーヴィス！」ボブが上から叫んだ。「大丈夫か、ジャーヴィス？」

たぶん下におりる手をさがすつもりなのだろう、アンガスが崖の端の、絶壁が斜面に変わるところへと走っていく。ボブもそのあとを追い、ふたりの姿は夜の闇の奥へと消えた。

わたしの体には、切り傷、すり傷、打ち身が入り乱れて縦横に走っていた。そのうえ、脇は激痛に悲鳴をあげている。しかし二本の脚は健在だった——だからわたしは父さんのナイフを拾いあげ、走った。

第四十三章

「懐中電灯は？」これがわたしからトーマスへの最初のひとことだった。〝大丈夫か〟でも〝ジャーヴィス・ハルコムが死んだ〟でもなく、〝懐中電灯は？〟だ。

「壊れちゃったよ」彼は言った。「いったいぜんたいどうなってるんだ？」

「やつらが来る——逃げなきゃ」

　行く手に何があるかもわからないまま、背後にあるものに追い立てられて、わたしは低木と茨の茂みに飛び込んでいった。わたしたちは、ボブとアンガスが谷の底にたどり着く前に、橋を渡り切らねばならないのだ。頭上で稲妻が巨大なアーチの形に閃いた。茨にジーンズをひっかかれ、腕の皮膚《ひふ》を引き裂かれながら、わたしたちは遮二無二茂みを進んでいった。

　橋に到達すると、わたしは振り向いて後方を確認した。稲妻の一閃が草原を照らし出し、谷全体が影と動きでいっぱいになった。自分たちを追ってくる人影が見えたような気がしたが、それは単に風に踊る一本の若木にすぎなかったのかもしれない。わたしたちは橋を渡り、牛の運搬車の道を川下を指して進み、一本のオークの木の下で片膝《ひざ》をついて雨宿りした。トーマスが隣で膝をついたとき、わたしは彼が左腕を腹に押し当てているのに気づいた。

「大丈夫?」

「手首が折れてるみたいだ」彼は言った。「めちゃくちゃ痛いし、指がほとんど動かないんだよ」

わたしは彼の腕を診《み》ようとしたが、立てつづけに閃く稲妻のせいで何もかもが歪《ゆが》んで見えた。

「あそこで何があったんだよ?」トーマスが訊ねた。

トーマスの吊り包帯を作るべく、わたしは自分のTシャツの肋骨《ろっこつ》のすぐ下あたりを嚙みちぎり、その穴からTシャツの下半分を引き裂いた。

「ジャーヴィスが俺たちを追ってあの木をすべりおりようとしたんだ。彼は死んだよ」

「死んだ? 確かなの?」

わたしは吊り包帯をトーマスの首にかけ、彼の腕を慎重にそのなかに収めた。「確かだよ」わたしは言った。声に出してそう言うと、それはひどくリアルに、決定的に感じられた。

またしても稲妻が閃き、周囲の世界を照らし出した。そしてわたしは、誰かが橋に立っているのを確かに見たと思った。わたしが草のなかに低く身を沈めると、トーマスもこれに倣った。

「どういうこと?」

「わからない」

「あいつら、つけてきてるわけ?」

「暗すぎるからな。なんとも言えないよ」

「他に橋はない？　町に引き返せないかな？」

「俺が知ってる橋はあれだけなんだ。きみ、歩ける？」

「速く歩くのは無理だけど、きみについてくことはできるよ」

「じゃあ行こう」

わたしは絶えずうしろを振り返りつづけた。稲妻が数回、短く電撃的に谷を照らして黒い影を創り出し、それがアンガスとボブの形となり――その後、人影はびっくりハウスのなかのものが消えるように消え失せた。

復路、わたしたちには懐中電灯があるはずだった。だから、もっとしっかり道を覚えておけばいいものを、わたしはそこまでしていなかった。それでも、ガナー・クリークの上に差しかかった倒木のことは記憶にあり、その木が見つかると、あと少しだということがわかった。崖を登り、開けた場所に出れば、わたしたちのテントがそこにあるはずだった。

わたしたちは深い茂みをかきわけ崖を登っていったが、そのさなかにも低い枝や茨の棘《とげ》がむきだしのわたしの腹や腕を傷つけた。あの開けた場所に出るころには、わたしはぶるぶる震えていたし、トーマスは溺《おぼ》れかけた猫並みに弱り切って見えた。月のない夜だったため、わたしたちはテントまで盲人さながら手さぐりで進まなければならなかった。テントのなかに這い込むとき、トーマスは怪我した腕をあばらにぎゅっと押しつけて、三本脚の犬みたいによろめいていた。

「具合はどう？」ふたりの体を寝袋でくるみこみながら、わたしは訊ねた。

「腕が爆発しそうな感じ」トーマスは言った。「痛くないのは、感覚がないとこだけだな」

「副木《そえぎ》か何か作ろうか？」

「作りかた、知ってんの？」

「むずかしかないだろ。棒きれ二、三本をひもで束ねりゃいいんだから」

「ヒマラヤ杉の小枝で釣り竿《ざお》を作るのとはわけがちがうぞ。これは僕の腕のことなんだからな」

「まあ、いいさ。どっちみち、なんにも見えないんだから」

「僕のバックパックにペンライトがあるよ――背中側の小さなポーチのなか。ちっぽけなやつだけど」

わたしはバックパックをひっかきまわして、ジッパー付きのポーチをさぐりあてた。なかにあったのは、わたしの指ほどのサイズの小さなライトだ。カチッとスイッチを入れると、テント内はふたりにお互いが見える程度に明るくなった。わたしはライトでトーマスを照らし、彼の腕をじっくり調べた。トーマスは指をゆっくり動かしながら、傷めた左手首を右手でなでていき、小指側の腫れた箇所の近くで手を止めた。

「うへえ、ひでえな！」わたしはそう言って、体をうしろに傾《かたむ》けた。すると、トーマスのバックパックの固いフレームに背中が触れ――そこから、あるアイデアが浮かんだ。わたしはペンライトをくわえると、ポケットナイフを取り出して、バックパックのフレームのアルミ管を固定しているナイロンのストラップを切断しはじめた。

「何してんだよ？」トーマスが抗議した。

「副木を作ってるんだ」

トーマスは再度、抗議しそうに口を開いたが、彼がまだ何も言えずにいるうちに、バックパックはわたしの手で破壊されていた。

わたしはアルミ管をトーマスの腕にあてがい、必要な長さを測ると、左右に何度も折り曲げてその管をポキンと折り、この工程を繰り返して、同じ長さのまっすぐな堅い棒を三本そろえた。それから靴下を脱ぎ、トーマスが皮膚を切らないように、棒の片端のぎざぎざの部分をそれでくるんだ。バックパックをつなぎあわせていた頑丈なナイロンのひもは、副木を束ねるのにうってつけだった。それまで副木というものをじっくり見たことはなかったが、我ながら上出来だとわたしは思った。

「こんなもののために僕のバックパックを壊したわけ？」わたしの作品を見て、トーマスは言った。

「ちょっとは楽になったかな？」わたしは訊ねた。

「これはモルヒネじゃない、ただの副木だからね」彼は言った。「めちゃくちゃ痛んでるよ……でも、とにかくこれで手首を曲げちゃう心配はないな」

トーマスはうしろに体を傾け、テントの側面を照らすペンライトの光の輪を見つめた。雨はすでにやみ、雷も遠くへ移動していた。それでも音もなく稲妻が閃くたびに、わたしにはテントの外で動いている影が見え、想像力は木々のなかをうろつくボブとアンガスの映像を呼び起こした。新たに閃光が走るたびに、わたしはあのふたりがここまでつけてこられるわけはないと自分に言い聞かせねばならなかった。

また、わたしの心の目にはジャーヴィスの姿も見えた。瞬《まばた》きもせず、地面を凝視するあの目。彼が襲いかかってきたこと、あの崖っぷちにわたしたちを追いつめたことを、わたしは思い出した。自分の額を指でトントンたたく彼が、わたしには見えた。そしてわたしは、杉の木にジャンプする直前、自分の頭をよぎった考えを思い出した。

「ライダ・ポーを殺したのはジャーヴィス・ハルコムだと思うよ」

「えっ？」

「自分でやってないとしても、彼はそのときその場にいたんだよ」

「まさか」

「クエーカー教徒の教会で、俺がヴォーンをタイヤ痕のことでどなりつける前、警察はもうライダ・ポーの顔から土をどけていた。この目で見たんだ。突っ張って、土気色になっててさ、ちょうどここに弾の穴があったよ」わたしは一本の指で鼻梁と額の境目に触れた。「頭を撃つとどうなるかしゃべりながら、ジャーヴィスが指さしていたまさにその場所だよ。あいつ、なんて言ってたっけ？『ほんとは頭に一発、撃ち込んでやりたいとこだ――』」

「『そのほうがきれいなのを俺は知ってる』」

「実際に見てないかぎり、そんなことを言うわけないだろ」

「でも彼にはアリバイがあるんだよな？」

「ライダ・ポーを殺したとしても、やつらにはスプリングフィールドのガソリンスタンドに現れる七時までに、丸一時間の余裕があった。それにほら、ヴォーンが言ってただろ。ライダ・ポーの車が乗り回されてるのを見た人がいるけど、その人は彼女を見てはいないんだ。仮にマイロが、セシルとジャーヴィスにアリバイを与えるために、偽装工作をしていたとしたら？遺体を隠して、その夜、誰かが確実にライダ・ポーの車を見るようにして、そのあとであの谷に車を捨てたとしたらどうだ？」

「そう考えると、彼のライターがあの車にあったのもうなずけるな」

「そのとおり。そしてそれこそ、やつが拘置所から例の電話をかけた理由なんだ。すべてをぶちまけるって言ったとき、やつはウォリーの家に火をつけたことを言ってたんじゃない、アリバイのこと――その計略のことを言ってたんだ。やつがぶちまけようとしてたのは、それなんだよ。何があったか、やつは知ってた。自分も手を貸したわけだからな。もしセシルが保釈金を出さなければ、やつはセシルとジャーヴィスのしたことをばらすつもりだったんだよ」

「でもジャーヴィスにはライダ・ポーを殺す理由なんてないんじゃない？」

「まだ全部解明できたわけじゃないけど、ジャーヴィスがそこにいたことは確かだよ。でなきゃ、ライダ・ポーが目のあいだを撃たれていたことなんか、やつには知りようがないもんな」

「で、これからどうする？」

「まずきみを医者に連れてかないと」そう言いながら、わたしはふたたび靴をはいた。「それからロイスに電話して、俺たちの考えを伝えよう」

トーマスは自分の腕をペンライトで照らして、ほんの少し指をくねらせた。「出かけられそうだよ」彼は言った。
それを合図に、わたしたちはテントから這い出し、うちをめざして出発した。

第四十四章

ペンライトがあるとないとじゃ大ちがいで、その細い光がそれなりに世界を照らしてくれるので、わたしたちは行く手に横たわる特に厄介な障害物のいくつかを迂回することができた。その後、フロッグ・ホロウへの帰路の半ばで、雲のうしろから月が顔をのぞかせ、その明るさでわたしたちの行く道はちゃんと見えるようになった。トーマスは杖になる頑丈な棒を見つけ、ふたりとも満身創痍だったことを思えば、このハイキングの後半のペースはすばらしいものだった。

お馴染みの池の近くで森が切れ、景色が大きく開けると、安堵がどっと胸に押し寄せ、わたしの膝はへなへなになった。うちに着くまであと少しだ。わたしたちはあの傾いたオークの木を通り過ぎ、トーマスの家の裏へとつづくトラクターの道をたどった。わたしの濡れてふやけた足は古いスニーカーのなかでピチャピチャ音を立てていた。新しい靴下まであとほんの数百ヤード。わたしたちはまず乾いた服に着替え、その後、ホークを起こしに行って、何もかも——ジャーヴィスの死やトーマスの手首の骨折のことだけでなく、ライダ・ポーの事件に関する自分たちの考えも、彼に話すつもりだった。そのあとどうすべきかは、ホークならわかるはずだ。

わたしたちは干し草畑にそって、トラクターの道のゆるやかな坂をのぼっていった。古い牛小屋をぐるりと回って向こうに出ると、家のなかから流れ出る光のきらめきが、わたしたちにささやきかけ、里心を呼び覚ました。

わたしたちはフロント・ポーチに回った。エルギン一家はそこにあるプランターの下にいつも鍵を置いているのだ。トーマスが片手しか使えないため、ドアを開ける役はわたしが務めた。鍵を回したとき、それはなんの抵抗もなく回転し、まるでドアに鍵がかかっていないかのようだった。わたしはドアを開け、トーマスを通すために脇に寄った。

トーマスがわたしの前を通り過ぎるやいなや、影がひとつドアの向こうで動き、トーマスは真空に吸い込まれたかのようになかへと消えた。つづいて二本の手がわたしをとらえて、なかに引っ張り込み、体がバウンドするほど激しく床にたたきつけた。襲撃者はわたしの背中にずんと体重をかけ、左腕をうしろにねじあげた。

「つかまえたぜ！」背中の上の男が叫んだ。それはボブだった。蹴《け》りつけてやったが、これは効かず、相手はわたしの腕を関節がはずれるんじゃないかと思うほどねじあげた。

トーマスが痛がって悲鳴をあげているのが聞こえた。彼は部屋の向こう側で影たちと闘っているのだった。大きな男、年嵩《としかさ》の髭面のやつがトーマスを階段の手すりに押しつけている。ほのかな光のなかであっても、新聞で写真を見たことがあったため、それがセシル・ハルコムであることはわかった。マイロと同じイカレた目を持つ、背の高い肉付きのいい男。彼はトーマスの左右の腕を手すりの小柱のあいだから向こう側に押し出したところで、トーマスの背後ではアンガスが階段にしゃがんでその両腕を縛っていた。

「わたしが誰か知ってるか?」セシルが歯を食いしばり、怒気をはらむ低い声でトーマスに言った。

トーマスは答えなかった。

「わたしはおまえらが今夜殺した少年の父親だ」

トーマスが口を開いた。「僕たちが殺したわけじゃ――」

セシルは彼のあばらを殴《むく》りつけた。「黙れ、小僧。ひとこともしゃべるなよ。うちの息子は死んだ。誰かにその報いを受けてもらわんとな」

ボブがわたしの背中に膝をついた。彼はセシルに視線を注ぎ、わたしのねじれた左腕を右手で押さえつけている。その瞬間、なぜかエメット・ティルのことが頭に浮かんだ。彼は助かるために闘ったのだろうか? それとも、生きたまま解放されることに望みをかけ、おとなしくしていたのだろうか? もしわたしたちが抵抗せず、こいつらの意図する罰を甘んじて受け、何も言い返さなかったら、わたしたちは生きたまま解放されるのだろうか? わたしは、セシルがわたしたちを殺す一歩手前でやめるものと思いたかった。だが心の底では、そうはいかないとわかっていた。彼はわざわざ自分が何者かをわたしたちに教えたのだ――これは、相手を生きたまま解放する気ならやるとは思えないことだ。

わたしはおとなしくしてはいないことにした。

数フィート先に、暖炉に立てかけられた火掻き棒が見えた。敵の手を振りほどいて、あれをつかみとることはできるだろうか？　いや、ボブは重すぎるし、強すぎる。逃れられたとしても、棒を振るう前にまたやつにつかまるだろう。じゃあどうする？

トーマスを階段に縛りつける作業が終わり、セシルがうしろにさがった。しゃべりながら、彼は両の手を震わせていた。「悪のあるところからは、悪を一掃せねばならない」彼は言った。「わたしは相応のかたちで報復を行う——目には目を」

彼はわたしたちを殺す気なのだ。恐怖が背すじを這いのぼりだした。そしてわたしは懸命にそれを押しのけようとした。何か策はあるはずだ。ただそこに横たわって、セシル・ハルコムに殺されるのを待つなんて、まっぴらだった。

そのとき、父のポケットナイフのことが頭に浮かんだ。体の脇にはいまも自由な右腕がある。そこでわたしは、気づかれないよう用心しつつ、ゆっくりとポケットのほうに指をすべらせていった。ボブはセシルに視線を向けたままだ。セシルは自分の頭のなかのどこか奥深いところで道に迷ったかのように、小さな輪を描いてぐるぐる歩き回っていた。わたしは二本の指をポケットに入れられるよう、ゆっくりと腰を傾けた。金属の目釘《めくぎ》が指先に触れるのがわかった。わたしは人差し指と中指でナイフをはさみ、すうっと引き出した。

セシルが歩き回るのをやめ、床を見つめたまま言った。「アンガス、ボブ、バッジを獲得する時だ」

セシルの声に――あるいはその言葉に――ひどく怯えた様子で、ボブが身をこわばらせた。わたしはナイフの溝をさぐりあて、柄《え》を太腿《ふともも》に立てかけて刃を開いた。カチリと音がし、これは絶対ボブに聞こえたと思ったが、彼には聞こえていなかった。わたしは刃の部分を手首の内側に隠すかたちで、手のなかにナイフを収めた。それからそろそろと腕を這わせていき、頭のそばにやった。

「おまえたちはずっとタトゥーをほしがっていた……そう、今夜こそその夜だ」セシルはうしろに手を回してシャツの裾を持ちあげ、ベルトから拳銃を抜いた。

嘘だろ!

セシルはアンガスに手招きした。「さあ、自分がどういう人間かを示す時だ。うちのジャーヴィスと同じくおまえにも資格があるかどうか見てみよう。やるべきことができないなら、おまえはわたしの兵士じゃない」

その瞬間、ジャーヴィスがなぜライダ・ポーを殺したのか、わたしは理解した。父親を喜ばせるため。ジャーヴィスの腕のタトゥー、エルギンの家に落書きするようわたしに言ったとき彼が見せたやつ――あれは彼のバッジだったのだ。父親の承認の証、〝やるべきこと〟をやれる証、CORPSにおける彼に対する評価の証。わたしはまた、祭りのときのジャーヴィスの言葉をまったく新たな観点から理解した――**俺を恐れてないなら、そりゃあ利口とは言えないぞ。そして彼が再度タトゥーを見せたときの言葉も――俺がどうやってこいつを手に入れたか知ってるか?**

アンガスは銃を受け取らなかった。セシルに胸に押しつけられてようやく手に取ったが、そのときも、まるで嚙みつく恐れがあるものを扱うように、慎重に指を巻きつけていた。

手首の内側に刃を隠したまま、わたしは腕を体の前にやった。ボブを振り落とせたとして、そのつぎは？　ホークの家に走ろうか？　だがその場合、トーマスの死は確定する。アンガスのところに到達できれば、彼に撃たれる前に、拳銃をもぎとることができるかもしれない。わたしは第三の案をひねり出そうとした。わたし自身の空想のなかで不幸な結末を迎えないやつを。しかしどんなに頭を絞っても、それ以上いい案は浮かばなかった。攻撃に出るしかない。銃を奪うか、挑戦して死ぬかだ。

無惨な結果を引き起こす可能性を思い、わたしは無言でトーマスに赦《ゆる》しを乞うた。それからナイフを上に向け、渾身《こんしん》の力をこめて腕を振りあげた。

ボブが悲鳴をあげた。ナイフの刃が膝の肉に食い込み、彼はぐらりと傾いて、わたしの腕から手を離した――が、背中から落ちはしなかった。わたしは身を転がして、もう一度、今度は彼の胸を狙って、切りつけた。攻撃をかわそうとしてボブはうしろに体を倒し、ナイフの刃は彼の脇腹に刺さった。

第三の攻撃のためにナイフを引き抜いたとき、わたしはその刃先が折れているのに気づいた。それはいまボブの骨盤に埋まっているのだ。三度目に刺す暇もなく、まるでスズメバチの群れに襲われているかのように、ボブはわたしの背中から飛びのいた。これでこっちは自由の身だ。

わたしは飛び起き、立ちあがった。アンガスとセシルが呆然とこっちを見つめている。わたしはふたりに突進したが、たちまち転倒した。ボブに足首をつかまれたのだ。わたしは自由なほうの足で彼の顔を踏みつけ、鼻に二度、打撃を加えてその手から逃れた。

そしてふたたび立ちあがったが、銃を握っているのは、もはやアンガスではなかった。セシルがそれを持ち、銃口をわたしに向けている。その目には憤怒の色があった。陰険な笑いが彼の頬へとのぼっていく。銃声が部屋に鳴り響く直前、わたしの頭に浮かんだ考えはこれだ――しくじった。

第四十五章

それは――その弾丸の衝撃はパンチのようだった。弾は左の鎖骨下に命中し、わたしはうしろ向きに吹っ飛んで、玄関のドアの横の壁にたたきつけられた。外に逃れられるかと思い、ドアを開けようとしたが――腕は上がらなかった。頭がくらくらし、わたしは壁に背中を貼り付けたまま、脚を広げてずるずると床にずり落ちた。痛みの波が胸に広がり、左腕の感覚が消えた。燃えるような痛みが起こったのは、そのときだ。くそっ、ほんとに燃えてやがる。
引き金が引かれる直前の一瞬、セシルが撃つ気であることがわたしにはわかった――わかってはいたのだが――それでもいざそうなってみると、とても信じられなかった。警告も何もなし――彼はただ、歯にはさまった肉でもつまみだすように平然とわたしを撃ったのだ。

世界は水中で動いているようだった。音はくぐもり、すべての動きが緩慢《かんまん》になった。わたしは立とうとしたが、それだけのエネルギーは見つからなかった。そのうえ、ほんの少しでも力を入れれば、胸と腕の炎はより熱く燃えあがった。肩のうしろでは、細い血のすじがわたしがずり落ちた壁を汚している。シャツの胸の部分には、血が赤黒く広がっていた。トーマスを救おうというわたしの試みは、水泡に帰したのだ。

頭のなかに広がる霧を目を瞬《しばたた》いて払いのけると、セシルがまだ銃でこっちを狙っているのが見えた。わたしが動けないと見て取ると、彼はアンガスに銃を渡した。「こいつを始末しろ」セシルは命じた。

アンガスは銃を受け取って、おぼつかない目でわたしを見、ふたたびセシルに視線をもどした。セシルもその表情に気づいた。

「さっさと撃たんか!」セシルはどなった。「こいつはうちの息子を殺したんだ。ジャーヴィスを殺したんだぞ」

「俺はジャーヴィスを殺してない」わたしは言った。「きみはあそこにいたよな、アンガス。俺が殺してないのは知ってるはずだよ」

「こら、アンガス、務めを果たせ。わたしが命令したら、おまえはその命令に従うんだ。役立たずのままただこの場を去ることは許さない。わかってるな? おまえはこいつを殺すか、こいつと一緒にここに残るかだ」

アンガスの額を汗がたらたらと流れ落ちてきた。彼は銃を持ちあげ、わたしに照準を合わせた。

「撃たないでくれ、アンガス」わたしは懇願《こんがん》した。「俺たちは――俺ときみは友達だろ。たのむから、こんなこと――」

「おまえの親父に警察をけしかけたのは、こいつだぞ。こいつのせいで、おまえの親父は殺人罪で追われてるんだ」

「きみはこいつらとはちがうだろ、アンガス。きみは人殺しじゃない」

わたしの言葉がどこかに引っかかり、銃口が下がった。

「おいこら、アンガス、いますぐその小僧を撃て。さもないと、わたしがおまえを撃つぞ。本当にやるからな！」

銃身がぴくつき、アンガスは目から汗を払いのけるように激しく瞬きした。頬と首に赤い斑《まだら》を浮かび上がらせ、セシルはさらに一段、声を大きくした。「わたしは本気だぞ――その引き金を引かないなら、おまえは生きてここを出られない。おまえはまだいいとこなしだ。さあ、このガキを撃ってけりをつけろ」

犬がハアハアあえぐときのように、アンガスの胸が大きく動いている。彼は左手を添えて、銃を安定させようとした。しかし銃は相変わらず震えていた。

「やれ！」セシルがどなった。

アンガスは目を細め、銃の照星を照門に合わせた。それから左目をつぶり、右目で狙いをつけ、引き金に指をかけて絞った。

とそのとき、彼の右目が上がって、照準の先へと向かい——わたしを見た。ハアハアというあえぎが止まった。銃口が下がっていき、やがて床を指した。

セシルがシャツをつかんでアンガスをゆすぶりだした。「この腰抜けめ！　さっき言ったろう——」

セシルに言えたのはそこまでだった。玄関のドアが突如開き、ホークが飛び込んできたのだ。その右手には黒いリボルバーが握られ、体の前に突き出されている。彼は撃鉄を起こし、引き金を引いた。

カチッ——弾は出なかった。

セシルは呆然自失の体《てい》で、リボルバーを片手に向かってくるこのイカレた親父を凝視していた。それから彼はアンガスから銃をひったくった。

ホークがふたたび撃鉄を起こし——クックックッ——引き金を引いた。カチッ——今度も不発だ。

セシルがホークに向けて発砲し、その弾丸はホークの腹を貫通して、わたしの横の壁にたたきこまれた。

弾丸が命中すると、ホークは足を止めた。そしてふたたび、クックックッ——今回、ホークの銃は機能した。その弾丸はセシルの胸の上部に当たり、彼をうしろによろめかせた。

セシルの弾丸がかすってもいないかのように、ホークは発砲を試みつづけた。クックックッ——カチッ、クックックッ——カチッ。

セシルが再度、発砲し、二発目のこの弾はホークの不自由な左腕を貫通した。そしてホークは少しも痛手を受けず、六度目に引き金を引いた。クックックッ——カチッ。

セシルの発射した三発目はホークの胸に命中し、彼に片膝をつかせた。その手からリボルバーがだらんと垂れさがった。

セシルはホークの息の根を止めたと思ったにちがいない、ふたたびわたしに銃を向け、胸のどまんなかに狙いを定めた。わたしは目をつぶった。しかし彼が発砲したとき、わたしは何も感じなかった。目を開けると、ふたたび立ちあがったホークがセシル・ハルコムとわたしのあいだにいた。その両腕はだらんと脇に垂れ、立った姿勢を保つために膝は震えている。ホークはわたしのために身を挺《てい》してセシルの弾を受け止めたのだ。

撃鉄が引き起こされるカチッという音がした。そして最後の力を振り絞り、ホークがさっと腕を上げて発砲した。

その弾丸はセシルの首を貫通し、血飛沫《ちしぶき》をほとばしらせた。セシルは銃を取り落とし、驚愕に目を大きくして、両手で傷口をつかんだ。

ホークは床に膝をつき、頭《こうべ》を垂れた。もう一度銃を持ちあげようとしたが、もはやそれはできなかった。

セシルは、死にかけた魚よろしくぱっくりと口を開け、ドアへと走った。家から逃れ出ようと必死になるあまり、彼はボブにつまずきかけた。その脚をつかもうとして、わたしは無傷のほうの腕を伸ばしたが、結果は胸の痛みを目覚めさせただけで、その激痛をこらえるには、顎《あご》の骨が砕けるんじゃないかと思うほど強く歯を食いしばらねばならなかった。

ホークが床にくずおれ、くたくたの塊と化した。わたしはごろりと横向きになり、胴部全体が燃え立つさなか、なんとか彼のところに行こうと身をよじって進んだ。

ボブが立ちあがってセシルのあとを追おうとしたが、わたしが負わせたナイフの傷のせいで彼の右脚は用をなさなくなっていた。彼は立つことをあきらめ、無傷の手足三本で役立たずの一本を引きずってドアのほうへ這ってきた。

あの夜わたしは、自分にはボブを殺すことができると思った。しかし床の上で互いにすれちがったとき——彼がこちらへ、わたしがあちらへしずしずと進んでいくとき——わたしは彼の目が涙に濡れているのを見てしまい、それによって、彼の喉にナイフを突き刺したいと願っていたわたしの一部は気勢をそがれた。

ホークはあおむけに倒れていた。全身血まみれで、胸はひくひくと動いている。彼はなんとか呼吸をしようと闘っているのだった。わたしは彼の頭を腕にかかえた。

わたしを見ると、彼はささやいた。「ごめんよ」

「僕は大丈夫だよ」わたしは言った。

血の泡が口からこぼれ出てきて、目玉が裏返り、まぶたが閉じた。彼は呼吸しようとしたが、息はすべて喉につかえ、ゴロゴロという音とともに吐き出された。どうすればよいのかわたしにはわからなかった。

すると、ほとんど聞き取れないほど弱い声で、彼がもう一度、言った。「ごめん……よ」そしてその言葉とともに——人生で二度目に——わたしは父を失った。

第四十六章

そのあと起こったことの多くは、霞《かすみ》のなかで展開された。ホークの隣で床に横たわっていたとき、トーマスが傷に布をあてがってくれたことを、わたしは覚えている。彼がどうやって自分のところに来たのかは、後に本人から聞くまで（アンガスが縄を切って階段の手すりから彼を解放したのだそうだが）わからなかった。トーマスが助けを呼ぶあいだ、アンガスは部屋の隅の暗がりにすわって泣いていた。救急車で病院に搬送されたことは記憶から消えているが、ベッド脇に医師たちが立ち、手術について協議していたことはいまもかすかに覚えている。わたしは彼らの話をよく聴いて理解しようとしたが、執拗《しつよう》な睡魔の要求に屈し、目を閉じざるをえなかった。

つぎに記憶にあるのは、病院の一室で目覚めたことだ。ベッド脇の椅子には、母さんとジェンナとトーマスが（腕にギプスをしたトーマスが）すわっていた。後にわたしは、トーマスが大人たちの泊まっているホテルに電話して、何があったか彼らに伝えたことを知る。しばらく抱き合ったり泣いたりしたあとで、わたしはホークのことを訊ねた。みなは互いに顔を見合わせ、母さんはひどく泣いてしまって口をきくことができなかった。わたしがすでに知っていること――それでも訊かねばならなかったことを話してくれたのは、ジェンナだった。

負傷者のうち現場を最後にあとにしたのは、トーマスだ――ボブは二台目の救急車で運ばれたし、わたしは一台目だった。そしてトーマスは、襲撃の詳細をヴォーン保安官にきちんと伝えた。トーマスによれば、担架で運び去られる前、彼が最後に目にしたのは、ヴォーン保安官がアンガス・ハルコムに手錠をかけている場面だという。トーマスは他にもいろいろ言っていたが、わたしは目を開けていることができず、ふたたび眠りに落ちた。

＊

わたしは三日間、病院にいた。二日目、ヴォーンとロイスが事件についてわたしの話を聞くために訪ねてきた――警察はライダ・ポー事件の捜査を再開したのだ。トーマスがすでに話した内容に自分が付け加えるべきことはあまりなさそうな気がしたが、トーマスとふたりで組み立てた仮説をひととおり語るのはいい気分だった。

退院が許されると、わたしは自分の小さな家と小さな部屋に帰った。母さんとわたしの荷物は、すでにチャールズが我が家にもどしていた。これは母さんの考えだ。母さんは自宅でわたしの世話をしたいとジェンナに言ったのだが、何はともあれ、また自分のベッドで寝られるのは快適だった。二日後、トーマスが訪ねてきて、ロイス捜査官がいま彼のうちに来ていて、みんなと話したがっている、と告げた。捜査官には、夜のニュースに出る前に、わたしたちに知らせておきたいことがあるのだという。

わたしは縫《ぬ》ったところが動いてしまわないよう、腕を胸に押しつけて固定しておくタイプの吊り包帯で片腕を吊っていた。母さんのほうは相変わらず、髪を横分けにして頭の傷を隠していた。道を渡っていくときのわたしたちは悲惨な状態だったが、そのさなかにも、わたしは隣家のポーチの空っぽの椅子に目をやり、自分がいま生きているのは、ただただホークが最後にとった行動のおかげであることを考えずにはいられなかった。

エルギンの家に着くと、わたしは恐怖に凍りついてポーチで足を止めた。そのドアの向こうで起きたことが頭のなかによみがえり、呼吸のリズムは四分音符の連打となっていた。わたしの心が鎮《しず》まるまで、母さんは一緒に待っていてくれた。そしてそのあと、なかに入っていくとき、わたしは失神するかと思った。わたしには銃をこちらに向けているセシル・ハルコムの姿が見えた。それに、弾丸の前に懸命に割って入ろうとするホークの姿も。また、階段の手すりの小柱に縛りつけられたトーマスの姿も。

それらの映像が煙と化すまで、わたしは目を閉じていた。ふたたび目を開けたとき、わたしに見えたのは、壁に開いた弾丸の穴をふさぐ漆喰《しっくい》の補修部だった。それと、自分の血とホークの血が溜まっていたところに新たに敷かれた敷物。それと、ダイニング・テーブルを囲むエルギン家の人々とロイス捜査官だ。彼らの表情は、わたし自身の懸念をそっくり映し出していた──こいつには幽霊たちと闘って前進し、椅子にたどり着くことができるのだろうか？　チャールズが助けに来て、わたしの腕を取り、ダイニング・ルームへ、席のひとつへと連れていってくれた。

ロイスがこう切り出した。「今回の……えー、今回の出来事に関し、いろいろと動きがありましてね。われわれはきょうの午後、プレス・リリースを出す予定です。そこで、その前にまずみなさんにお話ししたかったわけですよ。ライダ・ポーの身に何があったのか、われわれは突き止めました」

わたしはテントでのトーマスと自分の会話を思い返した――ジャーヴィスに関するわたしたちの仮説、ふたりでロイスに伝えたあの仮説。トーマスとわたしは顔を見合わせた。わたしが思うに、彼もまた、自分たちの考えが正しかったのかどうか気になっていたんだろう。

「われわれはボブ・デッカーを――つまり、きみが……ここで刺されたあの少年だね――われわれは複数の重大な重罪により彼を告発しました。彼がふたたび外の世界を見るのは、かなり先になるでしょう」

「彼は殺人の罪に問われているのかな？」チャールズが訊ねた。

「いや、ミスター・エルギン、そうではないんです。あなたがたが新聞で知る前に話しておきたかったこととというのは、ひとつにはそれなんですよ。デッカーの両親がすぐさま弁護士を付けたので、われわれには彼の供述をとることができませんでした。しかし、こちらには〝重罪謀殺〟という犯罪を成立させうる強力な証拠がある。彼の弁護士にその点を示したところ――」

「すみません」ジェンナが口をはさんだ。「謀殺は全部、重罪じゃないんですか？」

「重罪謀殺とは、別の犯罪――別の重罪の実行中に付随して起こる殺人を指すんです。つまり、ここに来たとき、ミスター・デッカーが、どんな展開を予想していたかは無関係なわけです。ですから彼は、彼らはこの少年たちを襲う意図を持ってここに侵入した――それは重罪です。ですから彼は、それに付随して起きたどんな死に対しても責任があることになります」

「しかし彼はその罪は問われていないわけだ」チャールズが言った。

「そうです。われわれは彼に取引を持ちかけました。ここでの犯行とそれ以外の襲撃——不法侵入、放火、暴行に関し、有罪を認めることも、その取引の一部でね。デッカーは、自分とジャーヴィス・ハルコムが車を使って襲撃を行い、箒の柄《ほうきえ》できみを殴打したことを認めたよ。ミスター・シュニッカーの家を焼き払ったのも、あの石を投げたのも、彼らです」ロイスはうなずいて母さんを示した。「やらせたのはセシルですが、実行したのはあのふたりでした。だからミスター・デッカーは長いこと刑務所で過ごすことになりますよ——たとえ殺人罪で訴えられなくてもね」

「だけど、アンガスは？」わたしは訊ねた。

「彼はここでの暴行の罪には問われるが、それだけだ。本人は他の襲撃にはかかわっていないと言っているし、わたしもそれは本当だと思っている。どうも彼はそこまで身内の信用を得ていなかったような気がするんだよ」

アンガスのために安堵するのが適切なのかどうかわからなかったけれど、とにかくわたしは安堵した。アンガスはセシルやジャーヴィスには到底かなわない。それでも最後の最後、彼はわたしを撃たなかったのだ。

「ライダ・ポーを殺したのはジャーヴィスなんですか？」わたしは訊ねた。

用意してあったスピーチの邪魔をされたかのように、ロイスはちょっと沈黙し、それから言った。「そうだよ。そしてそれがわかったのは、ボブ・デッカーのおかげなんだ。これもわれわれが彼に取引させてやった理由のひとつでね。ジャーヴィスはボブ・デッカーに秘密を打ち明けていた。だからわれわれは、セシルがポー殺害を息子の通過儀礼として使ったことを知っている。しかし正直言ってわたしは、ポー殺害は彼女の肌の色とはなんの関係もないと思う。すべては、セシルが誰かに横領の罪を着せるためだったんだろう」

「すると、金を横領したのはセシル・ハルコムだったんですね」チャールズの口調は、だから言ったじゃないかと言いたげだった。

「われわれはセシルの農場に対する捜索令状を執行し、ライダ・ポーの金《かね》の大部分をそこで発見しました。ライダ・ポーが秘かに会っていた白人の男――彼女の共犯者がセシルであったことは、ほぼ確かです」

「セシルは彼女を利用したのよ」ジェンナが言った。「ライダに大金を盗ませ、その後、あっさり彼女を捨てたんだわ」

「まあ、そんなところです」ロイスが言った。「引き金を引いたのはジャーヴィスかもしれないが、すべてを仕切っていたのはセシルです。彼女は理想的な生贄《いけにえ》だったわけです」

「ところがそのあと、セシルは自分の弟を犯人として名指ししたってことか」チャールズが言った。

「そう、我が子を護《まも》るためにね」ロイスが言った。ここで、その表情がそれまでより一段、厳粛になった。「マイロ・ハルコムの遺体は、セシルの納屋のひとつの床下に埋められていました」

その言葉に母さんはハッと息をのんだ。それから、ほとんど独り言のように言った。「セシルがマイロを殺したんですか?」

ロイスはうなずいた。「われわれは、ライダ・ポーの車が発見され、例のライターが車内で見つかった時点で、セシルが計画を変更したものと見ています。おそらく拘置所からのあの電話がマイロの運命を決定づけたんでしょう。彼は、保釈金を出さなければ悪事を暴露するとセシルを脅《おど》した。それでセシルも弟を裏切るのが――マイロを新たな生贄に仕立てるのが、より楽になったわけです。

でも忘れないでください、マイロ自身も一連の事件に関して潔白とは言えません」ロイスはつづけた。「あの車を隠し、セシルとジャーヴィスにアリバイを与えたのは、彼ですからね――これはアンガスから提供された情報ですが。伯父に父親を殺されたと知ると、アンガスはしゃべりたくてたまらなくなったわけです。あの車をあなたたちが見つけたあと、彼はセシルとマイロが言い争っているのを耳にしています。セシルは、ポーの遺体や車の隠しかたのことで、なんでもっとうまくやらなかったんだとマイロを責めていたそうです」

「でも、そもそもマイロはなぜかかわったんでしょう?」母さんが訊ねた。「どうもそこがわからないわ」

「金ですよ」ロイスは言った。「マイロの家を捜索したところ、紙幣で二千ドル見つかりました――ライダ・ポーの口座から引き出されたやつです。まだ帯封が付いたままで、彼女の親指の指紋がそこから採れています」

話しにくいことを話し終えたとき誰もがやるように、ロイスは椅子にもたれて緊張を解いた。

「きみたちの推理はかなりいいところをついてたわけだな」彼はトーマスとわたしに言った。

本来なら、その日ロイスが話したことの大部分をすでに自分が解明していたことを誇らしく思うところだが、わたしは誇らしさなど感じなかった。あの夜、トーマスをドライブイン・シアターに連れ出したのは、わたしなのだ。セシル・ハルコムをフロッグ・ホロウへと引き寄せたのもわたしだし、そのためにホークは命を落としたのだ。そう、わたしは誇らしさなどみじんも感じなかった。

何年も後のある日、大学から家に帰る旅の途中、わたしは自分の抱《いだ》く罪悪感を母に打ち明ける。すると母は、わたしが何度となく自分に言い聞かせてきたことと同じことを言った――あの夜、ジャーヴィス・ハルコムに出くわすことなど、わたしには知るすべがなかった、それに、マイロがメキシコに逃げたことで、誰もが脅威は去ったと思っていたのだ、と。母はわたしの気持ちを楽にしようとベストを尽くしてくれたが、罪悪感の痛みはそのまま残った。

チャールズが重いため息をついた。「となると、あとはセシルを見つけるだけということですね」

ロイスは姿勢を正し、両手を組み合わせて、ふたたびテーブルに身を乗り出した。「そう、それなんですが……ガスコネード川で流し釣りをやっていた少年たちが、半分水没したトラックを見つけましてね。そのタイヤのトレッド・パターンがわれわれのさがしていたトレッド・

パターンと同じだったんです。まちがいない、あれはあなたが投石で怪我した夜、連中が運転していたトラックです」彼は母さんを目で示した。「また、そのパターンはミスター・ガードナーが亡くなった夜にも、地面の泥から見つかっています」

「それはセシルのトラックだったんですね？」わたしは訊ねた。

「厳密に言うとそうじゃない。そのトラックは以前〈ライク〉で働いていた男のものでね。その男は六八年に失踪しているんだよ。われわれはその捜査を再開することになった。どうやらセシルは足がつかない車両が必要なときだけそのトラックを使っていたらしい――たとえば、一連の襲撃のときなんかだね」

「それでセシルは？」わたしは訊ねた。

「車内に遺体はなかった。そのトラックはかなり急な斜面を転がり落ちている――下までの落差は優に百フィートはあるだろう。窓はひとつ残らず割れ、ドアも両方ともはずれていた。車内は血だらけだったし……あれで助かる人間がいるとは到底思えないね。われわれは目下、ダイバーを現場に送り込み、川の捜索に当たらせている。犬たちにも臭跡を追わせて、彼が崖を登っていないか、それ以外のなんらかの方法で移動していないか調べている。これまでのところ、何ひとつ見つかっていないがね。しかしこれだけは覚えておいてくれよ、セシル・ハルコムはまずまちがいなく死んでいる。川下のほうで漂っているのか、倒木にひっかかっているのか、いずれにしろ遠からず見つかるだろうよ」

あの夜、セシルが家から飛び出していったとき、その首から噴き出していた血飛沫《ちしぶき》が目に浮かんだ。ロイスの言うとおり、セシルは死んでいるにちがいない。わたしはロイスを信じたかった――信じる必要があった。しかしセシル・ハルコムの遺体は結局、見つからずじまいだった。

第四十七章

あの夜のこと――ホークが死んだ夜のことは、ミズーリ州のほぼすべての新聞、カンザスシティーやセントルイスのやつにまで載った。おかげで、大勢の記者たちがうちに電話をかけてきたし、なかには写真を撮るためにフロッグ・ホロウまで車を走らせてくる者もいた。プレス・リリースが出て、ホーク・ガードナーの悲劇的な死、および、ハルコム一族、セシルとマイロとジャーヴィスの至極もっともな最期について説明がなされて以来、ラジオではずっと激論が戦わされていた。町の住民の半数はホークの尊い犠牲を讃えるために番組に電話をかけ、あとの半数は、これを政府によるハルコム一族への許しがたい攻撃とするイカレた陰謀論をつぎつぎと繰り広げて、放送波を渋滞に陥《おちい》らせた。嘘八百に嫌気がさして、わたしはラジオを消し、それっきり点けなかった。

わたしたちがホークの追悼式を執り行ったのは、二週間後のことだった。ヴォーン保安官は記者たちや有象無象が侵入しないよう入口に副保安官をひとり配置した。それでも、命をなげうってふたりの少年を救った男に敬意を表しに来た人の数は、町の人口の半数にも及びそうだった。ラトガーズ校長がとりわけ悲しそうに通路を進んでいくのを見て、わたしはこの人が単なる傍観者のひとりじゃないことを思い出した。校長はホークが偽りの奨学金によって秘かにわたしの学費を払っていたことを知っているのだ。

その姿を見ると、こんな疑問が頭に浮かんだ——マリアムに宛てたホークの手紙に登場するソーシャルワーカーや看護師もここに来ているのだろうか？　関連記事が続々と出てくるなか、わたしは彼らの誰かがホークの秘密をマスコミに明かすのではないかと半ば期待していたが、そうする者はなかった。〝ジェサップの匿名《とくめい》の天使〟はわたしの命を救い、トーマスの命を救って、わたしの腕のなかで死んだのだ。

ホークの灰が納められた地味な茶色の小箱を見て、わたしの胸は引き裂かれた。彼の生没の日付以外何ひとつ刻まれていないオーク材の入れ物。それは、散らかったガレージにある、ネジ釘《くぎ》やナットの箱みたいなものだった。でもこの箱には、わたしの友、ホークが入っている。彼はもうこの世にいないのだ。そのことを思い、わたしは号泣した。

式が終わるころ、参列者のなかからグレイの三つ揃いを着たひとりの男が母さんのところに来て、名刺を差し出した。また記者だろうと思ったが、この男は、ホーク・ガードナーの弁護士、フィリップ・ワズニスキと名乗った。彼は母さんに、話したいことがあると言い、式のあと自分の事務所に来てもらえないだろうかと訊ねた。母さんはわたしに目を向け、わたしは、別にいいよ、と肩をすくめてみせた。

ウォリーとエルギン親子にさよならを言ったあと、母さんとわたしは車に乗り込み、聖イグナチオ高校からほんの数ブロックの事務所までミスター・ワズニスキの車についていった。ワズニスキが、この話は少々時間を（おそらく一時間くらい）要すると言うので、わたしは母さんに、学校で待ってるからと言った。

ざわざわ動き回る生徒らのいない聖イグナチオ校は、いつもとちがって見えた——なんの害もないもの、単なる煉瓦と窓の集合体のように。フットボールの練習場からは、部員らのうめき声が立ちのぼってくる。わたしは草深い丘のてっぺんにすわり、下のグラウンドで夏の特訓に耐えるフットボール部員らを見守った。見学に集中しようとしたが、思いは絶えずさまよいだして、いくつもの〝もしも〟へともどっていった。もしもわたしが歴史のテストでカンニングをしなかったら？　わたしは夏休みの補習に行くことになり、あの場にはいなかったわけだから、ジャーヴィスとボブに棒で殴られることもなかった。だからあの石を投げることもなかったし、やつらの投げた石が母さんに当たることも……

そんなことを考えていると、頭がおかしくなりそうだった。何千もの小さな分岐点。その先には必ず、ホーク・ガードナーの死という結末から逸れていく新たな道が見える。わたしはこの迷宮から抜け出す道、どんどん胸を侵食する考えから離れる道をさがした。するとそのとき、誰かの足が背後の草叢《くさむら》をざわつかせる音がした。振り向いてみると、ビーフがこっちに歩いてくるところだった。

逃げようかと思ったが、彼は両手をポケットに入れ、肩を丸めていた——これはどう見ても、友達を殺した相手をぶちのめしに来た男の姿勢ではない。だからわたしは下のフットボール・フィールドに視線をもどして待った。

ビーフは何も言わずにわたしの隣にすわった——ただ腰を下ろし、まるでふたりで丸一日そこにすわっていて、いま話の種が尽きただけであるかのように、遠くを見つめたのだ。わたしは彼が口を開くのを待った。そしてチクタクと時が過ぎ、秒が分に変わると、こちらから沈黙を破った。

「彼があの人を殺したって知ってた?」わたしは訊ねた。

ビーフがいつまでも考え込んでいるので、わたしは、きっと質問の意味がわからなかったんだろう、と思いはじめた。ところが再度、訊ねようとしたとき、彼が言った。「たぶん知ってなきゃいけなかったんだろう。でもな、実のとこ、俺は知らなかった」

信じてよいのかどうかわからず、わたしはしばらくこの答えを宙に浮かせておいた。沈黙が重くなってきたとき、ビーフがふたたび口を開いた。「ジャーヴィスと俺だけどな……俺たち、長い付き合いだったんだ。一緒に育った人間にああいうことができるって信じるのはむずかしいもんだよ。でもな……いま振り返ると、やっぱり俺はなんかおかしいってわかってたんだと思う。俺たちは以前ほど仲よくなかった。二年になってから、いろいろ変わっちまってさ。ジャーヴィスの親父さんがあいつを引っ張り込もうとしだして——ほら、CORPSだなんだっていうあの糞《くそ》みたいなやつな。ボブはあの猿芝居に大喜びで付き合ってたが、俺はなんかいやでさ——ジャーヴィスにそう言ったんだ。俺たちはその後も友達のまんまだったが、やっぱり前とはちがってたな。ある日、始業時間前にあいつがトラックの車内にいるのを見つけてさ、ようって声をかけに行ったんだが、あいつが泣いてたのが俺にはわかった。もちろんあいつは否定したよ。何があったか教えないんで、俺はただ、また親父さんとやりあったんだろうって思ったんだ。いま振り返ると、あれはポーって人が失踪したころだった気がするよ。たぶん俺はしくじったってことだろうな」

わたしは言った。「お祭りのときは、ありがとう。きみがこっそり副保安官を呼びに行くの、見てたよ」

ビーフはそこに腰を下ろして以来、初めてわたしに目を向けた。「あのな……前にトイレできみに言われたこと……なんでジャーヴィスがきみをぶちのめすのを止めようとしないのか、そんなのちっとも複雑じゃないっていうあの言葉……あれが結構、こたえたんだよな。恥ずかしいって気持ちになってさ。いまも考えずにはいられないよ——俺には止められたんじゃないか、そしたらジャーヴィスもまだ生きてたんじゃないかって」

「彼が死んだのが残念だよ」わたしは言った。本心ではなかったと思うが、そう言うのは適切な気がした。

「うん、残念だよな」

フィールドの選手たちは行ったり来たりダッシュを繰り返しており、ビーフとわたしがふたたび黙り込むと、彼らの唸《うな》りやうめきが丘をのぼってきてその空隙《くうげき》を埋めた。

「きみはフットボール部に入るべきだよ」ついにビーフが言った。その言葉は唐突で、わたしは冗談かと思ったが、彼の表情はまじめそのものだった。「つまり……怪我が治ったらってことだよ、もちろん。きみが走るところを見たけど。足が速いよな。俺は今年、ラインマンの指導の助手をしてるんだ。よかったら、セアー監督に口をきいてやるよ」

わたしの頭はそれでなくてももう満杯だった。だからわたしはなんとも言わなかった。わたしが答えないでいると、ビーフは立ちあがり、ジーンズについた草を払い、それから言った。

「まあ、考えてみてよ」

「そうするよ」わたしは言った。そして一見、荒唐無稽《こうとうむけい》な感じのする案だけれども、それはその一日わたしの頭をかき乱してきたさまざまな〝もしも〟よりも、よい〝もしも〟だった。

「ありがとう、ビーフ」

「ロニーだよ……俺の名前は。ロニー・デュプリー」

「そうか、それじゃありがとう、ロニー」

＊

母さんと弁護士の面談は一時間以上に及んだ。そしてわたしが車に乗り込んだとき、母さんの目は泣いたせいで赤くなっていた。

「大丈夫?」わたしは訊ねた。

答えようとして口を開いたが、涙がこみあげて口をきくことができず、母さんは首を振った。

わたしたちはモンゴメリー館の駐車場まで車で行き、他の人たちから遠く離れた場所に駐車した。

「どうしたの？」改めてわたしは訊ねた。

「ホークはわたしたちにあの家を遺してくれたの――遺言状で」

母さんはさらに、弁護士との面談について語った。弁護士は、ホークがわたしたちに遺してくれたものを列挙したあと（それだけでも充分信じがたかったのに）、ホークが母さんを自分の遺言執行者に指定していたことを伝えたという。これはつまり、ホークの最後の願いがきちんとかなえられるよう、母さんが監督するということだ。母さんは、ホークが自分の金で援助したいと願っていた大勢の人について語りながら、おいおいと泣いた。そしてそのあと、話題は彼のノートのことに移った。

「それとね、わたしはマリアム・フィスクという人に日記を届けなきゃならないの――ホークの義妹なんだけど。彼に義妹がいるなんて知らなかったわ。ボーディは知っていた？」

ちょっとためらってから、わたしは言った。「うん。ホークの身内のことなら知ってる。日記のこともマリアム・フィスクのことも知ってるよ」母さんのぽかんとした顔を見て、わたしはコロンビアでトーマスと一緒に新聞社の記録保管室を訪れたときのことを話して聞かせた。また、ホークの過去について自分たちが知ったこともすっかり教えた。話が車の事故のくだりに至ると、母さんは青ざめた。

「あの人が自分の灰をオールド・プランク・ロードに撒《ま》いてほしいと言い遺したのはだからなのね。たぶんそこが事故の起きた場所なのよ。遺言状で、彼は自分の命はオールド・プランク・ロードで終わるはずだったと言ってるの。それがどういう意味なのか、わたしにはわからなかった」

「ホークは自分の灰を道端に撒いてほしがってるの?」

「実を言うと、本人は〝撒く〟という言葉は使ってない。自分の灰はどぶに〝捨てて〟もらいたいって書いてるのよ」

「だめだよ……ホークの灰を捨てるなんて」わたしは言った。「そんなこと、しちゃいけない」

「それがあの人の最期の願いなのよ」

「母さん、ホークのことじゃ母さんの知らないことがいっぱいあるんだよ。彼の日記を読んでよ——それは、マリアムって人に宛てたひとつの長い手紙なんだ。絶対に読まなきゃ。そうすればわかるよ——」

「ちょっと待って——あなた、彼の日記を読んだの?」

うしろめたさが胸を刺すのを感じたが、心の底でわたしは、やっぱりああしてよかったと思っていた。「何冊か読んだよ。母さんも読むべきだよ。絶対に読まなきゃ」

「それはプライベートなものなのよ」たったいま、教皇の帽子をはたき飛ばせとでも言われたかのような目で、母さんはわたしを見た。「読むわけにはいかない。わかってるでしょ」

「父さんが死んだって医者が母さんに話したとき、ホークがあの病院の礼拝堂にいたのを、母さんは知ってた?」

ショックを受け、母さんはただわたしを見つめた。

「僕が聖イグナチオに行くお金を払ってくれてたのがホークだって、母さんは知ってた?」

「どうしてそんな……」

「母さん、お願いだから日記を読んでよ。それで、何もかもわかるから――なぜホークの灰をそんなふうに捨てちゃいけないかも、わかるからさ」わたしは泣いていた。

さらにしばらく、わたしたちはやりとりした。母さんはマリアムへの手紙を読むことに最後まで同意しなかったものの、断固拒否の姿勢からは少し後退した。母さんとともに帰宅すると、わたしはホークの家の図書室からあのトランクを取ってきて、怪我していないほうの手でうちに引きずっていった。

第四十八章

母さんが十一巻全巻を読むのには一週間かかった。最初の日が最悪だった。母さんは自分の部屋でそれを読んでいたのだが、ドアの向こうからは嗚咽《おえつ》が聞こえてきた。母さんはわたしが知ったことを知ったのだ――ホーク・ガードナーがわたしとわたしの母のために人生を捧げてきたことを。わたしたちが思ってもみなかったありかたで、彼は常にそこにいた――わたしたち母子の世界のくずれかけた壁を支えて。なのにこちらは、何も気づいていなかったのだ。

その最初の日以降、母さんは裏のポーチで、かたわらにティッシュの箱を置いてノートを読むようになった。三日目、トーマスと遊んだあとわたしが帰宅すると、母さんはテーブルに着いて一九七〇年の巻を読んでいた。こっちはその巻を読んでいなかったが、わたしが入っていくと、母さんは立ちあがってわたしを（まったくなんの理由もないのに）抱き締めた。その後、母さんはノートを持ってポーチに移った。そんな反応を引き起こすなんて、一九七〇年には何があったんだろう？　わたしは思い出そうとしたが、何も頭に浮かばなかった。

母さんが最後の巻を読み終えたあと、わたしたちはアリシアとセアラの墓参りをするために車でドライ・クリークの墓地に行った。

「ホークにはここに入る資格があるよ」わたしは言った。

「そうだよね」母さんは言った。「でも、彼の最期の願いを無視するわけにはいかないでしょう?」母さんはひざまずいて、セアラの墓石に手を触れた。「わたしにはそんな権利はない」

「ホークは僕の命を救ってくれたんだよ、母さん。過去にどんな悪いことをしたにしろ、もう償《つぐな》いはすんでるよ」

「わからない、ボーディ？　これはわたしたちが決めることじゃないの。わたしたちにその判断はできないのよ」

作業着姿の男が何列か向こうを通りかかった。その手に剪定鋏《せんていばさみ》が握られていることから、わたしはこの人を管理人とみなした。

「すみません」わたしは声をかけた。

彼が足を止めてこっちを見たので、わたしは手招きした。

「ここで働いてる人ですよね?」わたしは訊ねた。

「そうだよ」男は言った。「何かご用かね?」

「骨壺を納めることに関して規則はどうなってます?——たとえば、ここに、ですけど」わたしはセアラの墓のすぐ下を指さした。

男はまず草の生えたその場所を見おろし、つづいて墓石を見た。それから、一歩二歩と長さを測ると、向き直った。「標準的な柩《ひつぎ》は長さ七フィートなんだ」彼は言った。「だがここのやつは小さな女の子のみたいだね——なんと、享年五歳だって? この子が占めてる長さは三フィート、年の割に背丈があったとしても四フィート程度じゃないか。となると、土と石以外なんにもないところがたっぷり三フィートはあるわけだ。骨壺は——収納箱に収めると——そうだな、一フィートも場所を取らんだろう。寺男は俺たちに、なるたけ有効にスペースを使えと言ってるし、ここに骨壺を納めることにはなんの問題もあるまいよ。ただ、遺族の許しは必要だがね。それさえあれば、うん、やってあげられるよ」

「ありがとう」わたしは言い、男は立ち去った。

わたしは母に目を向けた。男がたったいま指さした草の生えた場所を、母はまだ見つめていた。おそらく(わたしと同様に)ホークの名が記された小さなプレートが目に浮かんでいるのだろう。本人はそれ以上何も言わなかったが、わたしには母が思い悩んでいるのがわかった。ホークは自分の灰が雑草のなかに捨てられることを望んでいた。自分が最大の罪を犯したその場所に放り出され、忘れ去られることを。彼は自分にはそれ以上を望む資格がないと思っていた。でもそれはまちがっている。

わたしたちは墓地のいちばん奥へ、父の墓へと歩いていった。母さんはそこに膝《ひざ》をついて刈り込まれていない草の葉をいくつかむしった。長いこと墓石を見つめていたあと、母さんは言った。「父さんはあなたを誇りに思ったでしょうね」

その言葉は不意打ちであり、わたしは何も答えられなかった。

「あなたはいつも働き者だったし、親切で、思いやりがあった。それに今度のこと——あなたがホークの遺灰のためにしたがっていること——それは正しいことだしね。あなたは常にそうやって自分の道を定めてる。ジョンもそういう人だった。何が正しくて何がまちがっているかちゃんとわかっていて、このふたつの境のグレイゾーンなど認めていなかった。あなたのなかにも父さんとおんなじものがある。そう思うと、鼻が高いよ」

母さんは立ちあがって、膝から草を払い落とした。「このことでは、あなたが正しいよ。ホークには家族と一緒にここにいる資格がある。マリアム・フィスクを説得する必要があるなら、そうね、わたしたち、それをやるしかないんじゃない?」

＊

マリアム・フィスクは、コロンビアのすぐ南の小さな町、アッシュランドに住んでいた。八月には珍しく涼しいある朝、母さんとわたしはホークのノート全巻を車に積み込み、その町に行った。母さんは前もってミズ・フィスクに電話をかけ、わたしたちがホーク・ガードナーの隣人だということ、彼女に届けるものがあることを伝えていた。マリアムはそれがなんなのか訊ねたが、母さんは直接的な答えを避け、これはホークの最期の願いなので、こちらとしては届けないわけにはいかないとだけ言った。「家の前に置いていかずにすむよう、おうちにいて受け取っていただけると助かります」母さんは言った。

マリアムの家に着くと、母さんとわたしは左右から取っ手をつかんで、あのトランクをマリアムのポーチに運び込み、ドアをノックしてミズ・フィスクが出てくるのを待った。彼女は美人だった――というより、かつては美人だったはずで、わたしには、のろのろと過ぎていく時がその目の下の皺《しわ》を深くし、髪の光沢をくすませたことがわかった。彼女は網戸を開けながら、疑わしげな目でわたしたちを観察していた。

「それはなんです？」トランクを指さして、マリアムは言った。

「ホークからあなたへの遺贈の品です」母さんは弁護士に教わった言葉を使って言った。

ホークが彼女に遺贈したものは、それだけではなかった。母さんはわたしに（ホークの日記を読んだあと）彼が事故以来毎月五百ドル、マリアムに送りつづけていたことを話してくれた。彼はまた、遺言によって一万ドルを彼女に遺していた。マリアムは（母さんとわたしをのぞけば）彼の遺産をもらう唯一の人だった。それ以外の財産はすべていくつもの慈善事業に寄付されたのだ。

「なかに入ってもいいでしょうか？」

マリアムは値踏みするような目でわたしたちを見た。それから返事はせずに、踵《きびす》を返し、家のなかに入っていった。母さんは勇気を奮い立たせるために大きくひとつ息を吸い、わたしたちはトランクをなかに運び込んで、マリアムにその中身を見せた。彼女の顔には、本人が額《ひたい》にフェルトペンで〝がっかり〟と書いたとしてもそれ以上明白にならないくらいはっきりと失望の色が浮かんでいた。

「本ですか」

「彼の日記です。でも実はそれは、あなたに宛てたひとつの長い手紙なんです。彼はあなたにこれを持っていてもらいたいと遺言に書いています」

「なんでわたしがあの男の書いたものをほしがるって言うんです？　あの男はわたしの姉を殺したんですよ。そのことはご存知でした？　あの男は、自分が酔っ払って車で木に突っ込んで我が子を殺したことも書いていました？」

「ええ、そのことは知っています」

マリアムは、明らかにやりあう気満々らしく、きっとした表情で母さんをにらんだが、母さんは言った。「わかりますよ。受け入れがたいでしょう。さぞおつらいでしょう。お葬式のとき、わたしは芳名帳を見て、あなたのお名前をさがしました。なぜ参列なさらなかったのかは理解できます」

「あのたくさんの新聞記事。わたしも読みましたけどね、みんな、ほんとのことを知らないんだわ。あの男がアリシアに何をしたか――セアラに何をしたか、みんな知らないのよ」

「そうですよね、ミズ・フィスク。でも彼の書き遺したことを読むべきですよ。それで理解できるかもしれない」

「何を理解するの？　今更あれこれほじくり返して、なんになるんです？」

母さんは意を決して言った。「ミズ・フィスク、わたしはホークを彼の家族のいるところに埋葬したいんです……ドライ・クリークに」

そう、これはマリアム・フィスクを爆発させた。「そんなことさせない」マリアムは言った。「わたしの姉とわたしの可愛い姪《めい》の居場所をあの男の残骸《ざんがい》で汚すなんて、そんなこと許さない。あいつは下《げ》の下の人間、最低のくずよ。何があろうと——」

「よくもそんな！」母さんは低い声ですごんだ。「よくも——そんな！　その最低のくずはわたしの息子の命を救ったのよ。彼はうちの坊やのために弾丸の前に割って入ったの。あなたはほしいだけの憎しみをその黒い心にかかえていればいい。でもわたしの前であの人を侮辱《ぶじょく》しないで」

わたしは息を止めた。自分の母親にあんな大声が出せようとは、そうするだけの気骨があろうとは、思ってもみなかった。ああ、あのときの母さんは本当にすごかった。

マリアムの顔が真っ赤になった。「ふたりとも、わたしのうちから出てってください」

「日記を読んで」母はピシリと言った。

「出てってと言ったでしょう！」

ドアを出て、車に向かって歩いていくとき、わたしには母さんの胸が速い呼吸に激しく動いているのがわかった。こんな馬鹿なことをさせて——そう叱られるものと、わたしは半ば覚悟した。しかし車内でめいめい席に着くと、母さんは言った。「あれはないよね、ボーディ。あの人はつらくてたまらないんだから。あんなふうにどなりつけるべきじゃなかった」

「だけど当然の報《むく》いだよ」わたしは言った。

「いいえ、ボーディ。あの人は悲しんでいる。ただそれだけよ」

第四十九章

その八月は、過去にわたしが過ごしたどの月にも負けないくらいのろのろと過ぎていった。トーマスの手首は折れているわ、こっちの肩はめちゃめちゃだわで、わたしたちはシュニッカー社の仕事ができなかったし、森を歩くのもひと苦労だった。ふたりそろえばワンセット、役に立つ手があるんだと考え、魚釣りもやってみた。あの傾《かたむ》いた木に登るのは造作もなく、どうにか水中に釣り糸を垂らし、魚を一匹、釣りあげさえした。しかしごく簡単な作業にもいちいち骨が折れるせいで、その釣りはちっとも楽しくなかった。

ホークの図書室から本を持ってきて暇つぶしに読書でもしたら？――母さんがそうすすめるので、パッとしない案に思えたものの、わたしたちはいちおう試してみることにした。図書室にはサー・アーサー・コナン・ドイルの本がひとそろいあり、それがシャーロック・ホームズを書いた人だと知っていたので、わたしはその一冊を棚から取った。トーマスは、メアリー・シェリーの『フランケンシュタイン』を選んだ。わたしはその映画を見たことがあったけれど、本もあるとは知らなかった。

わたしたちはホークの家のポーチに陣取った。わたしはいつもの椅子、トーマスはホークの椅子だ。隣にすわっているのが、ホークではなくトーマスで、そよ風に漂うパイプの煙もそこにないのは、なんだか奇妙な気がした。でもホークはもういないのだし、その椅子を無駄に置いておいたところでなんの意味もない。わたしは『バスカヴィル家の犬』から読みはじめ、たった二日で読み終えてしまった。それがおもしろかったので、わたしは別のも読むことにし、ほどなくシリーズ全巻を読破した。

八月の第三週、母さんとジェンナとトーマスとわたしは、母さんの認知機能検査のために、ふたたびコロンビアに行った――わたしが撃たれたせいで、前回、母さんは検査を最後まで受けられなかったのだ。今回、母親たちがトーマスとわたしを連れていったのは、わたしたちふたりがこれ以上トラブルに巻き込まれないように、との配慮だった。わたしはそんな必要はないんじゃないかと思う一方、母親たちがそうするのも道理だとも思った。

その日が来ると、わたしたちはジェンナの運転で大学まで行き、そこでモーテルに泊まった。トーマスとジェンナがひと部屋、わたしと母さんが別のひと部屋だ。翌朝はジェンナが母さんを検査に連れていき、トーマスとわたしはまたキャンパス内を散策した。わたしたちはあの中《クワ》庭《ツド》に直行し、草地に寝ころんで、通り過ぎていく女の子たちを眺めはじめた。ところがほどなく、長髪の男ふたりがすぐ近くで、お手玉を蹴《け》ってパスしあうゲームをやりだした。膝、足、踵《かかと》――彼らは手以外のあらゆる部位を使って玉を打ち返していた。

わたしたちは驚嘆しつつ観戦し、彼らが休憩に入ると、トーマスがそういうお手玉はどこに売っているのか訊ねた。男はそのお手玉を〝ハッキーサック〟と呼び、ポケットからひとつ予備のを取り出して、わたしたちにくれた。それでそう、母さんの検査がすむまでどうやって暇をつぶすかという問題は解決した――翼を傷めたふたりの少年にこれ以上ぴったりのゲームがあるだろうか？　午後がのろのろと近づいてくるころには、わたしたちはかなり上達していた。そして、ハッキーサックに興じ、女の子たちを眺めて過ごしたその午後のどこかで、わたしは大学に行こうと心に決めた――少なくとも、がんばれるだけがんばってみようと。もし大学に入れるだけの脳みそがなかったなら――それはまあ、それでしかたない。でも努力不足で不合格になるのだけはごめんだ。

午後三時、わたしたちは予定どおり病院で母さんとジェンナに合流し、全員でジェンナの車に乗り込んで、ジェサップへの帰途に就いた。母さんは、検査の結果は良好だったと言った。怪我の後遺症はいくらか残るものの、それもいずれ消えていくという。こうなるとお祝いをしないわけにはいかず、わたしたちはジェフ・シティーの〈ゼスト〉に寄って、またアイスクリームを食べた。

ジェサップに着き、フロッグ・ホロウ・ロードにもどったとき、わたしたちは見覚えのない車が一台、我が家の私道に停まっているのを目にした。母さんがエルギンの家の前を動かずにいると、その車からマリアム・フィスクが降りてきた。彼女は車のトランクを開け、母さんが道を渡っていくのを待った。先に口を開いたのは、マリアムのほうだった。

「ミセス・サンデン」彼女は言った。「あの、わたし……本当にすみませんでした……あなたに対して、あんなものの言いかたをすべきじゃなかったわ」

「何も謝ることはありませんよ」母さんは言った。「言いすぎたのはこっちですもの」

「わたし、知らなかったんです。つまりね……あの人は長年ずっとお金を送ってくれていました。でもわたし、彼がそうするのは自分の気持ちを楽にするためだとしか思っていなくて。あなたやあなたの息子さんのことは何も知らなかったんです」

「ホーク・ガードナーは複雑な人でしたから」母さんは言った。

「あのノートはあなたが持っているべきだと思うんです」マリアムはあのトランクを引っ張り出して、うちの私道に置いた。「これは、わたしのというより、あなたの物語ですもの。でも、無理に読まされてよかった。ありがとう」

母さんは進み出て、マリアムを軽く抱き締めた。「お身内を亡くされたこと、本当にお気の毒でした。心から愛する人を失うつらさは、わたしもよく知っています」

「ええ、確かにあなたはご存知でしょうね。それと、お知らせしたいことが――あの件は、墓地の人たちに話しておきました。ホークをアリシアとセアラのところに葬《ほうむ》る許可は出しましたから――もしまだ遺灰をお持ちなら、ですけど」

「持っていますとも――どうもありがとう」

それから母さんはわたしに目を向けて、トーマスとわたしでトランクをなかに運び込んでくれないかと言い、わたしたちはその作業をした。わたしたちがふたたび外に出ていったとき、マリアム・フィスクはもういなかった。

＊

わたしたちは、新学期が始まる前の最後の木曜にホークの亡骸《なきがら》を葬った。それは小さな集まりだった――参列者は、わたし、母さん、エルギン一家、ウォリー・シュニッカーだけだ。母さんはマリアムを誘ったが、彼女は来なかった。墓地の管理人は、埋葬用の小さな箱を地中に下ろすと、わたしたちが墓前でひとことずつ言えるよう気を利かせて立ち去った。誰もが何かしら言った。いちばん初めは母さんで、たぶんいちばん長く話していたと思う。

自分が何を言うべきか、わたしは考えた。どうすれば短いスピーチのなかにすべてをまとめられるのか。考えながらそこに立っているとき、わたしは低く落ちた夕陽が天使の像に影を落としているのに気づいた。自分はいま、十年前、ホークが自殺を図ったその場所に立っているのだ――そんな考えが頭に浮かんだ。すると、決定的な〝もしも〟が降りてきた。もしもホークがその夜、目的を果たしていたら？

もしもホークの銃弾が頭蓋骨にはじかれずに彼の脳に撃ち込まれていたら、わたしの人生はまるでちがったものとなっていただろう。もしもそうだったなら、彼があの礼拝堂でわたしを見つけることもなかった。常にそばにいて、ああしていろいろ教えてくれることもなかったろう。こちらは知らずにいたけれど、彼はさまざまなかたちでわたしたちを庇護《ひご》してきた。母さんとわたしは巨大な崖の際で生きているようなもので、常に転落まであと一歩のところにいた。でもわたしたちに気づかれぬまま、ホークはいつもそこに、わたしたちと崖っぷちのあいだに立っていてくれたのだ。そういう人に別れを告げるときはなんと言えばいいんだろう?

自分の話す番が来たとき、わたしに言えたことはこれだけだった——「ありがとう、ホーク」

そのあと、墓前の小さな集団は沈黙に陥った。わたしの母が顔を伏せ、目を閉じ、大きく息を吸い込んだのは、そのときだ。そして母は歌いだした。

くすしき神の御恵み《アメージング・グレイス》、なんと美しいその響き……

その声は豊かで、蜜《みつ》のように甘く、わたしたちを取り巻く虚空にふんわりと浮遊していた。わたしはそれまで母さんが歌うのを聞いたことがなかった。鼻歌程度の歌さえ一度も。だがそのとき、父さんがドイツから送ってきたたくさんの絵葉書のことが頭に浮かんだ。そう、父さんは母さんを〝僕の歌姫〟と呼んでいたっけ——その意味がやっとわかった。

このようなみじめな者さえ、お救いくださった……

これに合わせて、低い声でジェンナも歌いだした。そして一緒になったこのふたつの声は、ひとつの美しい声のように聞こえた。

わたしは一度、道に迷い、いま、さがし出された……

どんな歌であれ、わたしにはまともに歌えたためしがない。でもあの日、わたしは唇《くちびる》を動かし、自分だけにかろうじて聞こえるほどの声でその歌詞をつぶやいた。

かつては盲目だったが、いま、わたしには見える。

謝辞

この小説を形にするのを助けてくれた、以下の多くのみなさんにお礼を言いたいと思います。ジョエリー・エスケンス、ナンシー・ロジン、わたしのエージェント、エイミー・クラフリー、わたしの編集者、エミリー・ジグリオラノ。また、リトル・ブラウン社／〈マルホランド・ブックス〉のみなさんにも深く感謝しています。編集長、ジョシュ・ケンダル、出版担当、リーガン・アーサー、マーケティング部長、パメラ・ブラウン、広報担当、マギー・サザード、広報アシスタント、シャノン・ヘネシー、カバー・デザイナー、ルーシー・キム、制作担当編集者、マイク・ヌーン、原稿整理編集者、アリソン・カー・ミラー。

さらに、専門的なご助言をくださった以下のみなさんに特別な感謝を捧げます。ジェニファー・ショーツ・フラック、コートニー・フラック・セールスマン、ジョニ・ガットネック、テリー・コランダー、サンディ・シーファー。

解説

古山裕樹

本書『あの夏が教えてくれた』は、冒頭にある注記に示されているとおり、アレン・エスケンスが二〇一九年に発表した六作目の小説である（邦訳としては四作目）。

エスケンスの作品群は、作者自身はシリーズではないと語っているものの、登場人物を通して互いにつながっている。ある作品の主人公が他の作品では脇役として登場し、その作品に登場した人物がまた別の作品では主役を務める……という形で、主な登場人物たちは作品の間で重なり合っている。何人かの主要人物をさまざまな角度から描き出し、それぞれの人生を語ってみせる。ある作品が他の作品の後日談になっていることもある。

ただし、物語の構造は、これまで訳された三作でもそれぞれに異なっている。例えば『償《つぐな》いの雪が降る』は死期の迫った人物の冤罪《えんざい》を晴らそうとする物語であり、『たとえ天が墜《お》ちようとも』は親友同士が裁判で対決するリーガル・サスペンスであり、『過《あやま》ちの雨が止む』は小さな町での不審な死の謎に挑みつつ、主人公が自分の親との関係にも目を向ける物語だ。

一方で、共通している要素もある。人々が困難な事態に真摯《しんし》に向き合う姿は、エスケンスの作品の大きな魅力だ。自身の過去に、あるいは果たされるべき正義に。決して簡単ではない状況に置かれた主人公たちが、どのように考え、どのような決断を下すのか。素朴に正しさを貫徹しようとする物語は、その実直な姿勢で読む者の心を打つ。そうした正義への意志もまた、エスケンスの作品では重要な位置を占めている。

では、本書はどのような作品なのだろうか？

一九七六年、ミズーリ州の小さな町ジェサップ。ボーディ・サンデンは母と二人暮らしの十五歳だ。通っている高校には親しい友人もおらず、母の勤め先でアルバイトをしながら、いつかこの町を飛び出すことを夢見ている。幼いころに父を亡くしているが、隣家に暮らす年輩の男・ホークとの会話からさまざまなことを学んでいる。

ある日、ボーディは厄介な上級生ジャーヴィスとその子分が、クラスメートの黒人の少女に嫌がらせをしようとしていたのを咄嗟《とっさ》に防ぐ。そのせいでジャーヴィスたちに目を付けられてしまったものの、どうにか彼らに捕まらずに帰宅して、いつものようにホークを訪ねる。ところが、そこに保安官もやって来た。町を騒がせている失踪事件の捜査のためだという。二週間ほど前に姿を消した黒人女性、ライダ・ポー。どうやら彼女は、かつてホークの雇い人だったらしい。町から失踪した彼女の事件は、この町を飛び出したいボーディにとって気になるニュースだった。

もっとも、ボーディの日常には、他にも気になることがたくさんあった。ジャーヴィスたちのこと、アルバイト先のこと、近所に引っ越してきた黒人の少年トーマスとその一家のこと。だが、ボーディにとっては単なるニュースに過ぎなかったライダ・ポーの失踪が、やがて彼の身にも大きく関わってくる……。

　すでに『償いの雪が降る』『たとえ天が墜ちようとも』を読まれた方は、ボーディ・サンデンをご存じだろう。元弁護士で、いまはロースクールの教授。無実の罪で有罪判決を受けた人人を見つけて、その事件を掘り起こす〈冤罪証明機関《イノセンス・プロジェクト》〉という活動を続けている。正義をなすという点に関しては、厳しい意志決定を下すこともある。エスケンスの作品における、正義に対する真摯な姿勢を担う人物だ。

　本書は、そのボーディの少年時代の物語である。成熟した大人ではなく、まだ十代の若者だった彼が、非凡な経験を通じて成長する姿が描かれる。

　現在を背景としたエスケンスの作品は、作者が暮らすミネソタ州を舞台にしているが、過去を描く本書の舞台は、ミズーリ州――作者自身が生まれ育った土地である。ミズーリ州に生まれ、今はミネソタ州に住む元弁護士という点では、ボーディの経歴はエスケンスと共通している。近所の池や古い大木など、ボーディの身近にある自然もまた、エスケンス自身が育った環境の思い出をもとにしているという。

　少年の成長を描いたこの物語で、極めて大きな役割を担っているのがホークという人物だ。ボーディの隣に住む、年齢を重ねた男性。自らの過去を語ろうとはしないが、ボーディを教え導く言葉を口にする。幼いころに父を亡くしたボーディにとって、父の代わりに近い存在である。ホークの秘められた過去もまた、この物語では大きな意味を持つ。

　ちなみに、本書の原題 *Nothing More Dangerous* は公民権運動に尽力したキング牧師の言葉からとられているが、作中では「キング牧師が言ったように、この世に真の無知ほど危険なものはないんだよ」というホークの台詞《せりふ》として記されている。彼がこの物語で大事な役割を担う人物であることのあらわれだろう。

人種差別と偏見もまた、本書で重要な位置を占めるテーマである。エスケンスはこの題材を扱うにあたって、黒人や白人優越主義者といったキャラクターを登場させるだけでなく、ボーディ自身の内なる偏見も描いている。自分では黒人に対する差別意識などないと信じているボーディ。確かに、彼自身は黒人に敵意を抱くこともなければ、嫌がらせに加担することもなく、むしろ止めようとする。だが、ホークと言葉を交わし、トーマスと親しくなるうちに、彼は自身の内面にあった差別意識に気づくことになる。意識しない内なる偏見に対するボーディの内省とその先にある成長も、本書の魅力であり特長の一つだ。

念のためにことわっておくと、この作品は決して教訓を押しつけるような物語ではない。トーマスとその一家との交流。ホークの過去。ジャーヴィスたちとのトラブル。失踪事件の結末。さまざまなできごとが配置されたストーリーで読者を引っ張っていく。それを支えているのが、小説としての語り方である。たとえば、第三十六章の最後は忘れがたい。小説という形式でこそ可能なエモーショナルな語りで、読者の心を揺り動かしてくれる。

若い世代の主人公ならではの、微笑《ほほえ》ましい場面もある。『たとえ天が墜ちようとも』を読むと、本書でボーディと親しくなった人物が、彼と一緒に登場することに気づくはずだ。そう、本書の登場人物で他の作品にも登場するのは、ボーディ一人だけではないのだ。

また、作中のミステリとしての仕掛けはいたってシンプルなものだが、これも物語にうねりをもたらし、緊迫したクライマックスへと進んでいく原動力となっている。

ところで、語り手が少年時代に遭遇した事件を回想して語るスタイルの物語といえば、ジョー・R・ランズデールの『ボトムズ』、あるいはロバート・R・マキャモンの『少年時代』といった作品が思い浮かぶ。それらの作品に比べると、本書は郷愁の色合いが薄い。過去を懐かしむ思いは回想を通じて強く押し出されることはなく、事物の描写のなかに抑えられた形であらわれている。本書の叙述では、ノスタルジーを盛り上げるであろう「現在との距離」が控えめなのだ。

だが、本書とエスケンスの他の作品を併せて読むことで、少年のころのボーディと、後の成長した姿を並べて、その距離に思いを馳せることができる。このできごとが後のボーディを形作ったのだと納得させられる場面も、本書には多く描かれている。

実際、成長したボーディの姿と重なり合う描写もある。例えば、本書の第二十五章の終わり、ホークが過去の事件について語るくだりがそうだ。ホークの「エメット・ティルという少年の話を聞いたことがあるかい?」という台詞に続く、ボーディとのやり取り。人種差別が生んだ悲惨な事件についてホークが語り、自身のものの見方を、そして信条を語る場面だ。成長したボーディが、ここでのホークにあたる役割を担う場面が、他のエスケンスの作品にある。『たとえ天が墜ちようとも』の第二十六章の最後だ。ボーディは彼の仕事を手伝う若者に、「スコッツボロ・ボーイズの話を聞いたことがあるかな?」と、同じく人種差別に関わる事件の話をして、自身のなすべきことを語る。この作品のタイトルの由来となる、重要なフレーズが語られる場面だ。異なる作品に描かれた、年長者が若者に語りかける二つの場面が、作品を超えて、作中の年月を超えて重なり合う。

本書と他の作品を併せて読むことで、ボーディという人物と、彼の人生に対する理解が深まっていく。複数の作品が響き合い、より深い感動をもたらしてくれる。

さて、本書以降のアレン・エスケンスの作品についても簡単に触れておこう。

本書の次作、二〇二一年に発表された *The Stolen Hours* では、これまでに訳された三作すべてに登場したライラ・ナッシュが主役となる。念願の検察局で働くことになったライラが遭遇する事件の物語で、彼女自身の過去も絡《から》んでいるようだ。

また、現時点での最新作、二〇二三年に発表された *Saving Emma* は『たとえ天が墜ちようとも』の後日談で、再びボーディ・サンデンが主役を務める。

素朴な正義感を率直に描き、人々が困難に挑む姿を丁寧に語ってみせるアレン・エスケンス。その真摯な物語をこれからも楽しみに待ちたい。

検印
廃止

訳者紹介 英米文学翻訳家。訳書にオコンネル『クリスマスに少女は還る』『愛おしい骨』、デュ・モーリア『鳥』、エスケンス『償いの雪が降る』『過ちの雨が止む』、スワンソン『そして ミランダを殺す』『8つの完璧な殺人』などがある。

あの夏が教えてくれた

2024年3月29日 初版

著者 アレン・エスケンス

訳者 務《む》 台《たい》 夏《なつ》 子《こ》

発行所 (株) 東京創元社
代表者 渋谷健太郎

162-0814/東京都新宿区新小川町1-5
電話 03・3268・8231-営業部
03・3268・8204-編集部
URL http://www.tsogen.co.jp
DTP 工友会印刷
暁印刷・本間製本

乱丁・落丁本は、ご面倒ですが小社までご送付ください。送料小社負担にてお取替えいたします。

ISBN978-4-488-13611-6 C0197